古典文獻研究輯刊

十九編

曾永義 主編

第 22 冊

杜貴晨文集（第三卷）：
泰山文化與《水滸傳》研究

杜貴晨 著

國家圖書館出版品預行編目資料

杜貴晨文集（第三卷）：泰山文化與《水滸傳》研究／杜貴晨
著 — 初版 — 新北市：花木蘭文化事業有限公司，2019〔民
108〕
序 2+ 目 2+282 面；19×26 公分
（古典文學研究輯刊 十九編：第 22 冊）
ISBN 978-986-485-655-8（精裝）
1. 水滸傳 2. 研究考訂
820.8   108000793

ISBN-978-986-485-655-8

9 789864 856558

古典文學研究輯刊
十九編　第二二冊   ISBN：978-986-485-655-8

杜貴晨文集（第三卷）：泰山文化與《水滸傳》研究

作　　者　杜貴晨
主　　編　曾永義
總 編 輯　杜潔祥
副總編輯　楊嘉樂
編　　輯　許郁翎、王筑　美術編輯　陳逸婷
出　　版　花木蘭文化事業有限公司
發 行 人　高小娟
聯絡地址　235 新北市中和區中安街七二號十三樓
　　　　　電話：02-2923-1455／傳眞：02-2923-1452
網　　址　http://www.huamulan.tw 信箱 hml810518@gmail.com
印　　刷　普羅文化出版廣告事業
初　　版　2019 年 3 月
全書字數　233088 字
定　　價　十九編 33 冊（精裝）新台幣 64,000 元

杜貴晨文集（第三卷）：
泰山文化與《水滸傳》研究

杜貴晨　著

作者簡介

杜貴晨，字慕之。山東省寧陽縣人。1950 年 3 月 25（農曆庚寅年二月初八）日生於寧陽縣堽城鄉（今鎮）堽城南村。六歲入本村小學，從仲偉林先生受業初小四年；十歲入堽城屯小學讀高小二年；十一歲慈母見背；十二歲入寧陽縣第三中學（初中，駐堽城屯）；十五歲入寧陽縣第一中學（駐縣城）高中部；文革中 1968 年畢業，回鄉務農。歷任村及管理區幹部。1978 年高考以全縣第一名考入中國人民大學中文系；1979 年 10 月作為學生代表列席全國第四次文代會開幕式；1980 年開始發表文章，1981 年參加《文學遺產》編輯部舉辦的青年作者座談會；1982 年七月大學畢業，畢業論文《〈歧路燈〉簡論》發表於《文學遺產》（1983 年第 1 期）。

1982 至 1983 年短暫在全國人大常委會法制工作委員會辦公室工作。1983 年 3 月調入曲阜師範學院中文系（今曲阜師範大學文學院），先後任講師、副教授、教授、碩士生導師，教研室主任；2000 年 10 月調河北大學人文學院，任教授、博士生導師、教研室主任；2002 年 7 月調山東師範大學文學院，任教授，古代文學、文藝學博士生導師、博士後合作導師，學科負責人。2015 年 4 月退休。

兼任中國《三國演義》學會副會長，《歧路燈》研究會副會長，羅貫中學會副會長，中國水滸學會、中國《儒林外史》學會（籌）常務理事，中國《金瓶梅》學會理事等；創立山東省水滸研究會並擔任會長；擔任山東省古典文學學會副會長兼秘書長。

先後出版各類著作 19 部；在《中國社會科學》《文學評論》《文學遺產》《北京大學學報》《中國人民大學學報》《復旦學報》《清華大學學報》《明清小說研究》《河北學刊》《學術研究》《齊魯學刊》《山東師範大學學報》《南都學壇》等刊，以及《人民日報》（海外版）、《光明日報》等報發表學術論文、隨筆等約 200 篇。多種學術觀點在學界以至社會有一定影響。

提　要

本卷收錄作者有關泰山文化與《水滸傳》研究文章。分上、下編。上編考證泰山別稱「太行山」以及泰山與太行山、華山互稱的歷史，破解了《大宋宣和遺事》等稱「太行山梁山泊」等千古之謎，揭蔽泰山與水滸地相近、文化血脈相連的密切關係，以及這種聯繫對《水滸傳》《三國志平話》《西遊記》《殘唐五代史演義傳》等多種文學作品的影響；下編探討自《水滸傳》作者、名義、主旨到宋江、九天玄女、李逵、武松等人物形象，以及《水滸傳》中的儒家思想、「血腥描寫」、茶事描寫等藝術特色多方面問題，提出《水滸傳》的主旨是「替天行道」，某些「血腥描寫」也是寫「替天行道」，而不是「宣揚暴力」；《水滸傳》是「忠義」「護國」之書；以《水滸傳》「李逵殺四虎」為例，通俗小說尚俗黜雅，有時是化雅為俗，從而通俗小說文本不免俗中有雅，讀者必當「以雅觀俗」，有如漢儒治經的態度與方法閱讀理解；《水滸傳》所寫「八百里梁山水泊」今雖大部淤沒，但是仍有「梁山泊遺存」。重大的問題，新穎的角度，別樣的解讀，第一次全面溝通泰山與水滸文化，使二者珠聯璧合，相得益彰，是本卷突出的特色。

自　序

　　本卷收入有關泰山文化與《水滸傳》的研究文章。雖然上編僅三篇，又寫成幾乎最晚，但是自信解決了一個困惑學界已久的問題，即《大宋宣和遺事》稱「太行山梁山泊」，《古今小說·沈小霞相會出師表》寫沈煉等一路北上說「明日是濟寧府界上，過了府去，便是太行山、梁山濼」「到前途大行、梁山等處」，都把太行山與梁山泊連在一起說。而現實中太行山與梁山泊相去甚遠，從而「太行山梁山泊」就成了數百年未解之謎，有種種猜測，可惜都錯了。現在由《試說泰山別稱「太行山」──兼及若干小說戲曲之讀誤》可以證實，以上兩處引文和《水滸傳》第十六回中詩「休道西川蜀道險，須知此是太行山」兩句詩中提到的「太行山」，實際是泰山在古代的別稱。由此進一步揭開了泰山與《大宋宣和遺事》《水滸傳》《三國演義》《殘唐五代史演義》乃至《西遊記》等關係的神秘面紗，成為泰山與《水滸傳》等研究的一個新的角度，故有《明清小說與泰山文化》之作，並以之為本卷之首篇。

　　下編諸文所討論的問題涉及幾十年來《水滸傳》研究中，除版本、續書之外的多個重大問題。在前人研究基礎上形成個人的看法，一是傳為《水滸傳》的作者施耐庵其人無考，或並無其人，或僅為一粗糙底本的創始者而無如羅貫中之重要，羅貫中才是《水滸傳》的作者或最具代表性作者。這一觀點雖未作重點論述，但已體現在本書論《水滸傳》只講羅貫中而不提「施耐庵」的表達了；二是《水滸傳》取名《詩經·大雅·綿》，有比「三分天下有其二，以服事殷。周之德，其可謂至德」（《論語·泰伯》）之義，故稱「忠義」。這與王利器、羅爾綱等先生的看法迥然不同；三是《水滸傳》的主旨是「替天行道」；四是《水滸傳》是一部寫百零八個「妖魔」轉世歷劫的「新神話」，

一部託於「石碣天文」的「石碣記」；五是《水滸傳》中的某些「血腥描寫」與其作爲一部「新神話」寫宋江等由「魔」而「替天行道」有關；以及有關題材、手法等藝術上的一些問題。這些問題的提出與討論或都有些新意，但是不是已經很好地解決了，或者竟是偏頗甚至錯誤的，都請讀者專家指教。

　　山東農業大學文法學院副教授劉銘博士參與本卷文字校正，特此致謝！

杜貴晨

二〇一八年三月十七日

目

次

上　編

明清小說與泰山文化

　　近年來，山東旅遊開發對外宣稱「一山一水一聖人」，提煉並突出了齊魯旅遊文化的特色。但是，齊魯文化豐富多彩，即使從旅遊開發的角度說，也顯然不止這三大靚點。同樣靚麗的至少還可以舉出一項就是「明清小說」，並且「明清小說」在齊魯又與泰山的關係最為密切。這一歷史的聯繫早就引起了學者專家的注意，多年來研究積累了不少個案探討的成果，但綜合深入地討論和總體的考量迄今未見，本文擬從小說與齊魯的關係說起，試論明清小說所受泰山文化的影響，以見泰山文化中「泰山小說」之概貌及其價值與意義，以為引玉之磚。

一、齊魯為古代小說之鄉

　　「明清小說」雖然是全國性的文化現象，但由於種種原因，這一文化現象在各地域的發生、發展及其至今的遺存，有似於自然資源的分佈，是不平衡的。在這一方面，古代齊魯作為儒家「聖人」以及諸子中多家創始人物的故鄉，同時是古代小說家和小說之鄉。今存中國古代小說史最早的文獻表明，齊魯是中國古代小說最主要的發源地和最早興起的地區。這體現在古代小說萌芽期的四個重要的關鍵方面：

　　一是「小說」之名出於《莊子・外物篇》所載任公子釣大魚的故事。故事中的「任」是周代諸侯國，其故地即今山東濟寧城區。「小說」之名出於有關濟寧的故事，是山東為古代小說之鄉的一個有力象徵。

　　二是古代小說史上所謂「齊諧」「志怪」「齊東野人之語」「好事者」「夷堅」等上古小說家或小說的別名，就都是因春秋戰國的齊國並在齊地產生的。

這些概念的產生，既反映了當時齊魯小說萌芽的盛況，也與上述「小說」一起，奠定了中國古代小說理論的基礎。

三是戰國秦漢與後世小說關係密切的神仙思想與傳說，也最早並主要是產生於「燕齊」即環渤海灣地區的「方士」，而神仙家所謂的「三神山」在山東蓬萊的海上，引發了道教「十洲三島」神話的小說《十洲記》也託名齊人東方朔，可見上古齊文化是後世「神魔小說」的主要源頭之一。

四是齊魯文化的代表人物孔子、孟子、墨子、莊子（取山東東明人說）、騶衍等都在小說萌芽之際即以不同方式給予過關注。《晏子春秋》《孔子家語》等，其實是我國最早的志人小說。

因此，齊魯是中國古代小說創作與理論的主要發源地，當之無愧的古代小說之鄉。而古代小說是齊魯文化重要的組成部分，其綿延千年而至於宋、元、明、清，白話小說漸次興起並趨於繁榮，就有了今所謂「明清小說」同時是中國古代小說中最重要的代表作，多為山東人寫或寫山東事、或其描寫取山東背景為原型的靚麗文化景觀。

這是有充分根據的。以作者論，如羅貫中、蘭陵笑笑生、西周生、蒲松齡、曾衍東等都是山東人；以作品論，如明代的《三國志通俗演義》《水滸傳》《金瓶梅》《西遊記》（合稱「四大奇書」）《三遂平妖傳》《隋唐兩朝志傳》《殘唐五代史演義傳》《醒世姻緣傳》，清代的《聊齋誌異》《小豆棚》《紅樓夢》《儒林外史》《綠野仙蹤》《老殘遊記》等等，幾乎所有最重要的小說名著都與山東有密切的聯繫。

歷史的經驗證明，一大自然景觀、一個名人、一部名著、或一大事件都可以造就一方地域或一座城市的文化特色，成為它向世界展示自己的名片！這在當今世界一體化的「地球村」時代，其社會經濟文化價值之重要甚至巨大，是顯而易見的。以此而論，「明清小說」對於山東人和山東文化的意義，不是可以與「一山一水一聖人」相提並論嗎？

但以「明清小說」為代表，古代小說的發生與發展所形成的文化資源，在山東各地的分佈也是不平衡的。在我看來，也是幾十年來學界有關齊魯文化與明清小說研究的成果證明，明清小說與齊魯文化的密切關係中，泰山實居重心或中心的地位。這具體表現在如上提及的幾乎所有明清小說名著中，大都與泰山有關，或是泰山地區也就是泰安人寫的，或是寫到泰山的，或是從泰山得到靈感與啟發寫出來的，或是由於各種原因假託於泰山的。如此等

等，使得泰山不僅在神州大地為「五嶽獨尊」，於大量明清小說所涉及的萬千山水文化中，也是「擎天一柱」，有昂首天外一覽眾小的崇高地位。

二、《三國演義》與泰山

《三國演義》向被譽為我國章回小說的開山之祖，歷史演義的壓卷之作，明清至今中國長篇小說無不直接間接受到它的影響，是中國小說最具代表性的第一部偉大名著。這部名著從作者、成書到書中的描寫，都可見大量泰山文化的印記。

（一）《三國演義》的作者羅貫中是山東泰安東平人。關於羅貫中的籍貫，明朝人有「東原」說、「錢塘」說、「廬陵」說，20世紀30年代初至80年代以前的長時期中，以鄭振鐸、魯迅等為代表，羅貫中又基本上被確定為「太原人」。但無論「錢塘人」「廬陵人」或「太原人」說，都根本上是錯誤的。因為他們太過忽略了一個基本的事實，即今見明刊《三國演義》諸本中，除少數不署名、因殘缺佚名或署名不著籍貫者外，題有「東原羅貫中編次」「東原羅貫中演義」等字樣者有十三種，而沒有一種題為「太原」或其他地方的人〔註1〕；同時今見最早說到《三國演義》作者羅貫中的明庸愚子（蔣大器）寫於明弘治甲寅（1494）的《三國志通俗演義序》，也明確以該書的作者是「東原羅貫中」〔註2〕。著名學者胡適先生早在1937年所寫的日記中就改變了他原以羅貫中為錢塘即杭州人的看法，確認「羅貫中是鄆人，故宋江、晁蓋起於鄆城」〔註3〕。宋代的鄆州即東原，也就是今山東泰安的東平。胡適的看法是，羅貫中因是東原即宋之鄆州人之故，而把宋江、晁蓋寫作了鄆城縣人。雖然胡適可能不清楚宋代鄆城屬於濟州而不屬於鄆州，但二地歷史上同屬於鄆的聯繫，仍足以證明胡適的結論是正確的。而且羅貫中的《隋唐兩朝志傳》所寫的程咬金為唐濟州東阿（今山東東平斑鳩店）人，程咬金的知己好友秦瓊是唐齊州歷城（今山東濟南歷城區）人，另一位名將羅士信也是齊州歷城人。這些人物在小說中被特別突出地加以描寫，或也與羅貫中是山東東平人有關。

〔註1〕曲沐《羅貫中籍貫論爭小議》，《東平與羅貫中〈三國演義〉〈水滸傳〉研究》，中國出版社2006年版。

〔註2〕〔明〕庸愚子《三國志通俗演義序》，〔元〕羅貫中《三國志通俗演義》，上海古籍出版社1980年版。

〔註3〕胡適《日記全編》第六冊（1937年3月7日），安徽教育出版社2001年版。

因此，針對《三國演義》作者羅貫中籍貫「太原說」的謬誤，幾十年來，有眾多學者如羅爾綱、王利器、劉知漸、刁雲展、沈伯俊、陳遼、楊海中、曲沐、杜貴晨等，撰文論證支持「東原羅貫中說」。值得注意的是，與某說主張者多屬在其地工作的人不同，「東原羅貫中說」的主張者多屬山東以外工作的學者，可見公道自在人心。這個問題的討論延至上世紀末，以北京大學教授、著名學者袁行霈先生總主編，復旦大學教授、著名學者黃霖先生等主編並由黃霖先生親自執筆的《中國文學史》第四卷有關《三國演義》的一章中，明確肯定《三國演義》的作者羅貫中是「東原」即山東東平人〔註4〕，從而使這個問題經過近百年的論爭而重回明朝「東原羅貫中」的定論。泰安東平作為《三國演義》《水滸傳》等多部小說名著作者羅貫中故里的事實，也由此而大白於天下，是令人欣慰的事！近年來東平以「貫中故里，水滸東平」為「名片」，大步走出泰安，走向全國，走向世界，吸引越來越多的人慕名到東平來，有力地證明了「東原羅貫中」的巨大文化魅力！

（二）羅貫中在泰山創作了《三國演義》。泰山東麓的祖徠山原有二聖宮，遺址在今良莊鎮高胡莊，祖徠山林場廟子林區。原有廟宇是金人在唐代竹溪六逸遺址上改建，並祀孔子和老子，故得名「二聖宮」。1997年，泰山學院（原泰安師專）泰山名人研究室羅貫中課題組蔣鐵生教授等採訪原泰安教育學院政史系主任李安本教授，李教授說：「從上中學起，就經常聽叔父李平湖（泰山郊區地方名儒）說，羅貫中是在二聖宮內寫的《三國演義》。」〔註5〕傳說是歷史的影子。羅貫中是東平人，離泰山不遠，這一傳說有較大可信性。

（三）《三國演義》成書的直接根據之一——《三國志平話》寫三國之興與泰山「天書」直接相關。《三國志平話》寫三國的成因有兩個線索，一是由於漢高祖劉邦錯殺了韓信、彭越、英布三個功臣，上帝准三人分別投胎為曹操、劉備、孫權，並建立魏、蜀、吳三分漢朝天下；二是漢靈帝時太（泰）山腳下孫太公莊地陷成一大穴，太公次子孫學究得癲疾，避居莊後，久治不愈，跳穴尋死，卻於穴中得天書載有治病神方，醫好了自己的病，又行醫救人，收徒弟五百餘。其一名張覺（角），學得此仙方，以行醫治病為名，聚眾造反，頭裏黃巾起事，就是歷史上著名的黃巾起義。上面所說韓信、彭越、

〔註4〕袁行霈主編《中國文學史》第四冊，高等教育出版社2005年版。
〔註5〕泰山名人研究室羅貫中課題組《關於羅貫中故里「東平」說的研究和調查》，
　　　《泰安師專學報》1997年第2期。

英布分別投胎的曹操、劉備、孫權三人，就奉天承運，各乘了平定黃巾起義的機會，分別建立了魏、蜀、吳三國。可知在《三國演義》之前的三國故事中，泰山天書曾是「說三分」的一大由頭，結構故事的一大道具。因此，雖然後來的《三國演義》沒有採用《三國志平話》的這一開篇，但作為《三國演義》成書的前奏，《三國志平話》中泰山「天書」的故事，曾經是《三國演義》開篇備選內容之一，也是不可忽略的。

（四）《三國演義》中不少重要的人與事與泰山相關。《三國演義》寫那時天下之事，三國爭奪的中心先是吳、魏相接的荊州，後是蜀、魏對峙的漢中，但實際更早在曹操、劉備先後崛起之初，天下爭奪的中心曾經是山東，更具體是泰山地區，有不少重要的人和事與泰山密切相關。

首先，《三國志》的記載和《三國演義》的描寫，都涉及一位對漢末三國形成實際起了重要作用的泰山人物，那就是鮑信。《三國志·魏書·鮑勳傳》附載他是泰山平陽（即今新泰）人，稱「太山鮑信」。鮑信於漢靈帝時任騎都校尉，曾第一個看出被召入京的董卓包藏禍心，勸當時亦甚有勢力的袁紹擒殺董卓，以絕後患。袁紹懼不敢從，鮑信乃抱憾而自引軍回泰山，「收徒眾二萬，騎七百，輜重五千餘乘」，以助曹操。他是漢末群雄中最早識曹操為能收拾天下的人。《鮑勳傳》注曰：「信獨謂太祖曰：『夫略不世出，能總英雄以撥亂反正者，君也。苟非其人，雖強必斃。君殆天之所啓！』」意思說曹操為天縱之才，必能平世亂以安天下。此誠可謂巨眼！因此他與曹操交好，曹操為東郡太守，而薦鮑信為濟北相。不久，二人同奉旨平黃巾，《三國志·鮑勳傳》注引《魏書》曰：「太祖以賊恃勝而驕，欲設奇兵，挑擊之於壽張。先與信出行戰地，後步軍未至，而卒與賊遇，遂接戰。信殊死戰，以救太祖。太祖僅得潰圍出，信遂沒，時年四十一。」他是為救曹操而死的。鮑信戰死，其部如大將于禁等，遂歸曹操，使曹操勢力大增。鮑信於曹操的崛起有首輔之功，《後漢書·荀彧傳》注曰：「曹操初從東郡守鮑信等迎領兗州牧，遂進兵破黃巾等，故能平定山東也。」

其次，曹操與劉備交惡和後來的勢不兩立，由曹父在泰山被殺引起。按《三國志》所載，並《三國演義》也寫了曹操的父親一家在黃巾亂中避難琅琊（今山東沂水一帶），後曹操在山東平黃巾得勝有「青州兵」之後，「領大軍，屯紮兗州……乃遣泰山太守應劭，往琅琊郡……取父曹嵩。嵩……與弟曹德一家老小四十餘人，帶從者百餘人……徑望兗州而來。道經過徐州界，

太守陶謙……聽知操父經過，遂出境迎接，再拜致敬，如父事之，大設筵會。住了兩日，謙差都尉張闓，將部兵五百護送曹嵩老小前去……前行到華、費間，（華、費二縣皆屬泰山郡。費，音秘。）」天下大雨，路難行，張闓等本不願吃這份苦，又見曹嵩財物甚多，遂生異心，殺了曹嵩隨行一家，劫財而逃。應劭手下逃命的軍士回報曹操，曹操遂興兵洗蕩徐州，「令但得城池，盡皆殺戮，以雪父仇」〔註6〕。這時劉備在山東平原（今屬德州）做縣令，剛爲孔融擊退黃巾餘部，解了北海之圍，又受孔融之邀，一起去幫助徐州的陶謙迎戰曹操，第一次站到了曹操的對立面。雖然此後曹、劉還有過短暫共處的日子，但畢竟嫌怨在心，同床異夢，終至決裂。這決裂的遠因，就是曹父在泰山地面上被殺之事。

第三，《三國演義》中人物有不少是泰安人或與泰山有關。《三國演義》中除了臧霸雖稱「泰山華人」而實際是現在的費縣（今屬山東臨沂）人之外，仍有幾位是眞正的泰山人。如上面提到的漢末鮑信是泰安新泰人，曹操的大將于禁是鉅平即今泰安泰山區西南人。另有魏晉之際的羊祜，泰山南城（今山東費縣西南）人，祖籍新泰羊流（今泰安新泰市羊流鎭），西晉開國功臣，爲人老成持重，深謀遠慮，風流儒雅。《三國演義》第一百二十回《薦杜預老將獻新謀》就寫他的故事，「羊陸之交」世代傳爲佳話。而蜀相諸葛亮與其兄吳國的大臣諸葛瑾，雖爲山東琅琊（今沂南）人，但他們的父親諸葛圭，字君貢，漢末爲太山郡丞。《三國志》本傳和《三國演義》並載諸葛亮好爲《梁父吟》，宋姚寬云：「張衡《四愁詩》云：『欲往從之梁父艱。』注云：『泰山，東嶽也……』梁父，泰山下小山名。諸葛好爲《梁父吟》，恐取此意。」〔註7〕。由此推想，說不定諸葛亮就生於泰安，或其幼年曾隨父任在泰安生活過一段時間。

綜上所述，《三國演義》從作者、成書到書中人物故事，多與泰山有這樣那樣密切的聯繫，承傳並豐富了泰山文化的內涵！

三、《水滸傳》與泰山

《水滸傳》所寫梁山泊接壤泰山，但書中並沒有太多地寫到泰山，這主

〔註6〕〔元〕羅貫中《三國志通俗演義》，上海古籍出版社1980年版，第97～98頁。
〔註7〕華文軒《古典文學研究資料彙編・杜甫卷》（上編第二冊），中華書局1964年版，第338頁。

要由於宋元時代以泰山爲歷代帝王封禪之山，高度神聖，與水滸故事的「強盜」性質不相兼容，所以在宋代以後的歷史上被刻意迴避了，今本《水滸傳》中也就沒有很多筆墨寫到泰山。但即使如此，《水滸傳》從作者、成書到今見文本，明裏暗裏與泰山的關係仍極爲密切。

關於《水滸傳》與泰山的關係，已經有學者進行研究。日本埼玉大學大冢秀高教授《天書與泰山——從〈宣和遺事〉看〈水滸傳〉成書之謎》[註8]一文，系統考察了《宣和遺事》中所寫晁蓋、宋江兩代梁山泊首領赴泰山進香的故事情節，進而指出此一情節設置，「是在影射宋太宗與眞宗的泰山封禪」。泰山學者周郢先生作有《〈水滸傳〉與泰山文化》一文，從「《水滸傳》中的泰山場景」「《水滸傳》中的泰山名物」「《水滸傳》中的泰山風俗」「從『泰山文字』看《水滸傳》本事與成書」等五個方面詳細論述了《水滸傳》與泰山文化的關係。文章除涉及水滸戲與泰山文化的聯繫之外，所例舉《水滸傳》成書所據前代《大宋宣和遺事》中宋江三十六人故事部分涉及泰山的描寫有：

1、宋徽宗遣太尉往東嶽獻金鈴弔掛。

2、晁蓋爲劫生辰綱，向沿路酒店借取酒桶，聲稱要往「嶽廟燒香」。

3、晁蓋臨終時叮囑吳用：「從政和間朝東嶽燒香，得一夢，見寨上會中合得三十六人之數。若果應數，須是行助忠義、衛護國家。」

4、宋江承晁蓋遺志，「統率三十六將，往朝東嶽，賽取金爐心願」。

對此，大冢秀高論文指出：「《宣和遺事》的水滸說話，強調去東嶽泰山還願。」這表明在早期流傳的水滸故事，其情節、人物、場景便已同泰山發生若干聯繫。

文章所例舉《水滸傳》涉及泰山的描寫有：

1、第十一回：林沖在投奔梁山時，於酒店壁上題詩：「威震泰山東。」

2、第十五回：描畫阮小五一段贊子：「休言岳廟惡司神，果是人間剛直漢。」

3、第二十九回：蔣門神向人自誇：「三年上泰山爭跤，不曾有對。」

4、第三十九回：吳用使戴宗以泰安州岳廟重修五嶽樓要寫鐫碑文，賺取蕭讓與金大堅二人上梁山。

5、第五十六回：時遷盜取徐寧金甲後，對徐詭稱是「泰安州人氏」，奉

[註8] 〔日〕大冢秀高《天書與泰山——從〈宣和遺事〉看〈水滸傳〉成書之謎》，《保定師範專科學校學報》2003 年第 1 期。

本州財主之命，「來你家偷盜」。接著湯隆又向徐寧介紹前來接應之樂和，謊稱是「在泰安州燒香結識」，賺徐寧同往泰安討甲。

6、第六十一回：盧俊義受吳用之誑，欲出門遠行以避災咎：「我想東南方有個去處，便是泰安州，那裡有東嶽仁聖帝金殿，管天下人民生死災厄……。」遂赴泰山進香。

7、第七十三、七十四回：以幾近整回之長篇，演說泰安州東嶽廟擂臺之上，燕青擊敗「擎天柱」任原的故事。

8、第八十回：高俅於梁山自誇相撲無對，盧俊義便說燕青「也會相撲，三番上岱嶽爭跤，天下無對」。引起兩人競技。

9、第一百回：戴宗於征臘功成之後，訣別宋江，「去泰安州東嶽廟裏陪堂出家，在彼每日殷勤奉祀聖帝香火」，卒後累次顯靈，廟祝「塑戴宗神像於廟裏，胎骨是他真身」。

可知在《宣和遺事》的宋江三十六人故事中，東嶽泰山是晁蓋、宋江等的保護神，而在《水滸傳》中東嶽泰山以不同形式的描寫幾乎是每隔十回或五回地出現於百回書的情節之中。

值得強調的是，周郢先生的文章還具體研究了《水滸傳》中所提及東嶽廟的嘉寧殿、仁安殿、岱廟壁畫、五嶽樓、東宮（即炳靈宮）、北闕（即宋魯瞻門）、正陽門（即太嶽門）、火池等七處勝蹟，以及草參亭、蒿里山、白騾廟等。泰安州之稱在書中出現達十餘次之多。尤其第七十四回關於「東嶽廟會」和東嶽廟會中的「打擂」，為關於泰山風俗最集中鮮明的描繪，為我們留下了宋元泰山文化繁榮的證明。〔註9〕

在以上二位學者研究的基礎之上，本人另就三個方面略加補充或申說：

（一）《水滸傳》的作者或主要作者是泰安東平人羅貫中。《水滸傳》的作者有羅貫中說、施耐庵與羅貫中合作說與施耐庵說。雖然今通行各種《水滸傳》版本多署施、羅二名，讀者多以施耐庵為主要或唯一的作者，但學術界眾所周知，《水滸傳》作者羅貫中說產生最早，近今許多學者如胡適、嚴敦易、夏志清、羅爾綱、王利器等，都以《水滸傳》的作者或主要作者為羅貫中。這就是說，羅貫中是《三國演義》同時是《水滸傳》的作者，他是東平人，當然也就是泰安人。

〔註9〕周郢《〈水滸傳〉與泰山文化》，《東平與羅貫中〈三國演義〉〈水滸傳〉研究》，中國出版社 2006 年版。

　　（二）歷史上宋江三十六人活動的中心是泰山與梁山泊山水相依的地區。

　　按《宋史》等有關宋江起義活動地域的記載，雖然涉及淮南、河北與今江蘇北部等廣大地方，但主要還是說他們是「京東盜」「山東盜」，爲此還曾經想安排一位叫做侯蒙的官員任東平知州去做招降宋江等人的工作。這透露了當時宋江等人活動的中心是靠近東平的一帶。另據宋代張守《毗陵集》卷十三《左中奉大夫充秘閣修撰蔣公墓誌銘》載，蔣圓任沂州（今山東沂水）知州時，「宋江嘯聚亡命，剽掠山東一路」，蔣圓曾「督兵鏖擊，大破之。餘眾北走龜蒙間，卒投戈請降」。龜蒙即龜山與蒙山。龜山在泰山南面的新泰境內。由此可知，宋江等「剽掠山東一路」活動的主要區域，就是今山東東平與沂水和龜蒙二山之間的地區，即泰山與梁山泊。泰山與梁山泊相距甚近。我最近查到宋初進士、鄆州知州宋庠在東平作的一首詩，題爲《坐舊州驛亭上作》題下自注說：「亭下是梁山泊，水數百里。」題中的「舊州驛亭」就是鄆州即當時東平須昌（舊城今已沒於東湖水下）的一個驛站的亭子，其地在今東平境內。詩題的注表明，梁山泊水達東平境內與泰山離得很近，二者山水相依，在梁山泊活動的宋江必然也依靠泰山爲活動的有利地勢。應是因此，最早記載宋江故事的《大宋宣和遺事》先是說楊志等人「將防送軍人殺了，同往太行山落草爲寇去也」，後又說晁蓋等「前往太行山梁山泊去落草爲寇」，這裡的「太行山」實爲泰山的別稱。實際上宋元間許多小說一旦涉及如黃巢、宋江這類古代所謂「盜賊」人物故事的場合，往往在本應是寫作「泰山」或「太山」的時候，卻寫作「太行山」〔註10〕。但在能夠表明或不妨礙泰山神聖形象的時候，即使在這類人物的故事中，泰山也可以是不迴避的。如《大宋宣和遺事》中也寫了晁蓋曾經發願「朝東嶽燒香」，而後來「宋江統率三十六將，往朝東嶽，賽取金爐心願」。雖然《水滸傳》中把這一情節改爲了「吳用賺金鈴弔掛，宋江鬧西嶽華山」（第五十八回），但一經與《宣和遺事》對照，此節故事原本與泰山的聯繫，就很清楚了。

　　（三）水滸故事中宋江等人的保護神九天玄女是泰山神。雖然有學者以爲九天玄女就是泰山娘娘即碧霞元君並不可信，但九天玄女肯定是泰山神。其根據就是宋人張君房輯《雲笈七籤》卷一百一十四《九天玄女傳》載：「九天玄女者，黃帝之師聖母元君弟子也。黃帝……戰蚩尤於涿鹿，不勝……齋

〔註10〕杜貴晨《試說泰山別稱「太行山」——兼及若干小說戲曲之讀誤》，《文學遺產》2010 第 6 期。收入本卷。

於太山之下。王母遣使，披玄狐之裘，以符授帝。」這裡「聖母元君」應即碧霞元君，也就是泰山娘娘。而九天玄女作爲「黃帝之師聖母元君弟子」，與黃帝爲師兄妹，當時玄女也許還在碧霞元君處修行，臨時被差到太山下授黃帝神符，她當然也就是泰山神譜中人物。也正是因此，雖然我們從《大宋宣和遺事》中並沒有看到直說東嶽神保護了晁蓋、宋江等人，但仍然寫晁、宋等「往朝東嶽」，感恩於東嶽神的保護。其原因無他，就是因爲九天玄女即泰山神女，是她保祐了宋江並授其天書。宋江等「往朝東嶽」，就是去感恩九天玄女。其實《水滸傳》寫宋江得九天玄女授以天書的情節，應當就是模倣《九天玄女傳》寫玄女於泰山下授黃帝天書而來，即使把授書的地點改爲鄆城縣的還道村，也並不能掩沒九天玄女作爲泰山神是宋江故事的提線人、保護者的深刻關係。

（四）《水滸傳》體現了羅貫中對泰山的熟悉與感情。這體現於以下幾個方面：一是《水滸傳》把燕青打擂智取任原的故事寫在泰安東嶽廟，並對東嶽廟會作了具體生動的描寫，表明他對宋元東嶽廟會與泰山打擂之俗非常熟悉；二是《水滸傳》寫燕青打擂，把被燕青打敗擲於臺下的擂主「擎天柱」任原寫作是「太原府人氏」，似即表明他對太原絕無所謂「故土之情」，並反證其於泰山更爲親切。三是《水滸傳》寫唯一存活下來的女將顧大嫂被封爲「東原縣君」（一作「東源縣君」，「源」，同「原」），似爲表明其不忘「東原」之心跡。四是《水滸傳》中綽號「神行太保」的「戴宗」諧音「岱宗」，是泰山的別稱之一。書中把戴宗的歸宿安排爲出家泰山東嶽廟，並在廟中死後成神，「後來在嶽廟裏累次顯靈，州人廟祝，隨塑戴宗神像於廟裏，胎骨是他眞身」。這一情節的安排顯示了《水滸傳》對泰山信仰的認同，體現了水滸文化與泰山文化交集一面的特點。

四、《西遊記》與泰山

西遊故事起自唐代，後世西遊小說版本甚多，這裡所討論是百回本《西遊記》故事與泰山的關係，並且是指泰山對《西遊記》創作成書的影響，而不是反過來。所以，這一討論必須有兩個前提：

一是必須肯定這一問題是可以討論的。《西遊記》是一部神魔小說，其所寫人與事當然是虛構，而且與現實主義創作的虛構不同，使普通讀者會以爲其所寫與現實生活決無關係。其實不然，小說是人寫的，任何虛構都不會是

神論，而只能從作者的生活中來。因此，《西遊記》所寫雖爲神魔人物與環境，但那些人物與環境，歸根結底離不開作者的學識、見聞及其人生與社會的經驗，是作者化人與人世爲神魔世界的變相。換言之，《西遊記》中的神魔人物與環境，也如現實主義文學中人物與環境一樣，都是由一定的生活原型變化來的。讀者在喜愛這些描寫之餘，完全可以追溯描寫所根據的生活原型。這是文學的基本常識。只有明白了這一點，我們才可以討論《西遊記》與泰山的關係。但時至今日，不僅普通讀者未盡有這樣的常識，甚至有大學中文系本科畢業的人，也以爲《西遊記》、孫悟空故事的地理背景是不可以討論的，豈非把學過的一點文學理論常識全忘光了！

二是討論泰山對《西遊記》的影響，所使用泰山的資料必須早於《西遊記》，有可能爲《西遊記》所取材。學界對《西遊記》成書的準確時間尚未有共識，但今存世德堂本《西遊記》序作於明萬曆二十年（1592），我們定其成書於萬曆元年（1572）可能不早亦不晚矣。因此，以下討論所使用主要資料，一是原刻於明嘉靖三十四年（1555）的汪子卿《泰山志》，有關此書的注引均據周郢《泰山志校證》本〔註11〕；二是成書於明嘉靖三十三年（1554）後經補充的查志隆《岱史》，有關注引均據馬銘初、嚴澄非《岱史校注》本〔註12〕。兩種資料所記泰山情況更是早於百回本《西遊記》成書，爲後者所可能取材。

以上兩點請讀者務必有格外注意。

在以上兩個前提下，筆者與諸同好考察《西遊記》與泰山的聯繫，發現早在唐代即已發生。《太平廣記》卷九二《玄奘》載：

> 沙門玄奘俗姓陳，偃師縣人也。幼聰慧，有操行。唐武德初，往西域取經，行至罽賓國，道險，虎豹不可過。奘不知爲計，乃鎖房門而坐。至夕開門，見一老僧，頭面瘡痍，身體膿血，床上獨坐，莫知來由。奘乃禮拜勤求，僧口授《多心經》一卷，令奘誦之。遂得山川平易，道路開闢，虎豹藏形，魔鬼潛跡。遂至佛國，取經六百餘部而歸，其《多心經》至今誦之。初奘將往西域，於靈巖寺見有松一樹，奘立於庭，以手摩其枝曰：「吾西去求佛教，汝可西長；若吾歸，即卻東回，使吾弟子知之。」及去，其枝年年西指，約長數丈。一年忽東回，門人弟子曰：「教主歸矣！」乃西迎之。奘果還。至今眾謂此松爲摩頂松。

〔註11〕周郢《泰山志校證》，黃山出版社2006年版。
〔註12〕馬銘初、嚴澄非《岱史校注》，青島海洋大學出版社1992年版。

注「出《獨異志》及《唐新語》」，應是據兩書文字合成。《唐新語》即劉肅《大唐新語》，今本失載。《唐人說薈》第三冊存其佚文有此條，文較此簡略；《獨異志》，唐李亢撰。亢，或作冗，或作元。唐開成、咸通間仕至明州刺史，是書作於咸通（860～873）六年（865）稍後〔註13〕。本條在今本《獨異志》卷上，文字略異。而最重要的區別是上引僅稱「靈巖寺」而不言寺之所在。而《獨異志》本條記摩頂松明確是在「齊州靈巖寺院」，即今濟南市長清區的泰山靈巖寺。這一記載坐實了早在唐朝玄奘西遊歸國之後李亢生活的時期，「西天取經」故事就已經與泰山靈巖寺有了聯繫，即唐僧「西天取經」是從泰山出發，後又回到泰山的。

至百回本《西遊記》集西遊故事之大成融鑄創造，暗以泰山景觀爲藍本進行描寫，使西遊文化與泰山文化進一步融合而密不可分，泰山作爲神山、國山，又成爲了《西遊記》之「花果山」！根據與具體結論如下：

（一）《西遊記》寫孫悟空的「鄉貫」即「東勝神洲傲來國花果山」，是以泰山爲原型描寫而成的。在這個意義上，泰山準確說是泰山的傲來峰，就是花果山；而泰山水簾洞以及舊曾有過的「鐵板橋」（原在今肥城境內），則是《西遊記》寫水簾洞的原型。在原型的意義上，泰山水簾洞就是孫悟空的花果山水簾洞；又泰山「極頂石」是《西遊記》描寫化出石猴即孕育孫悟空出生的仙石之原型。

（二）《西遊記》寫「天宮」模擬泰山。《西遊記》是描寫古代想像中「天宮」最好的著作，但《西遊記》的「天宮」是以泰山的主體（即從一天門至玉皇頂，又主要是玉皇頂）爲原型描寫而成的。因此，泰山主體特別是玉皇頂，應該被認爲是《西遊記》和民俗信仰中的「天宮」。

（三）《西遊記》中有四十餘處地名直接取自泰山或與泰山有關。如摩頂松、曬經石、鷹愁澗、扇子崖、天勝寨、高老橋、馬神廟、馬棚崖、東神霄山、西神霄山、桃花峪、玉女山、玉女池、黑風口、蓮花洞、觀音洞、黑水灣、金絲洞、火焰山、魔王洞、白猿墓，以及泰山地獄、奈河等等。據《泰山志》《岱史》等考證，這些景觀名號遠自漢唐，近在元明，都在百回本《西遊記》成書之前早就有了，不可能是泰山取自《西遊記》，而只可能是《西遊記》取自泰山，是泰山對《西遊記》成書產生過重大影響的鐵證。

〔註13〕〔日〕磯部彰《〈西遊記〉二十卷一百回》，石昌渝主編《中國古代小說總目（文言卷）》，山西教育出版社2004年版，第69頁。

（四）《西遊記》中大量使用泰安方言。如「咽哱」（第十三回）、「緒聒」（第十四回）、「告誦」（第二十四回）、「五黃六月」（第二十七回）、「骨冗」（第五十三回）等，表明《西遊記》至少部分地採用了泰安方言，其作者對泰安方言相當熟悉並運用自如。

（五）《西遊記》的作者是泰安人或在泰安長期居住過的人。雖然作品中有某地方言並不證明作者一定是某地人，但《西遊記》中對泰山具體而生動的模擬和大量使用泰安方言的一致性卻能夠表明，作者不僅對泰山非常熟悉，而且對泰山文化有很深入的研究。又結合其他資料，可以確認《西遊記》的作者很可能是一位泰安人，否則也一定是曾經長住泰安的人。

（六）近年泰山周圍地區陸續發現祭祀孫悟空的廟宇。如據民國《重修泰安縣志》卷二《輿地志·建置》記載，泰安有祭祀孫悟空的「大聖院」，院中「大聖塔」1956 年才被拆除。今存至元十一年九月徐朗撰，張士或正書並題額正書《重修大聖院塔廊記》，表明至遲元代泰安就已經有了祭祀孫悟空的風俗，後來發生百回本《西遊記》以泰山為故事地理背景的藍本，只是這一風俗在文學上的延續，自然而然，不足為奇。而我省東平、萊蕪、濟南、平陰、新泰等地也陸續發現明清時的孫悟空廟，證明我省自宋元以降，以泰山為中心，孫悟空崇拜之俗相沿歷史悠久，是西遊文化中心之一。〔註14〕

五、《紅樓夢》與泰山

《紅樓夢》與泰山文化的聯繫也早就有學者注意到了，特別是周汝昌、周郢等先生有過深入探討。這裡總結各家研究成果並加以自己的考述說明如下：

（一）《紅樓夢》的題名出自唐代泰安東平人蔡京。《全唐詩》第四七二卷蔡京《詠子規》詩云：

千年冤魄化為禽，永逐悲風叫遠林。
愁血滴花春豔死，月明飄浪冷光沈。
凝成紫塞風前淚，驚破紅樓夢裏心。
腸斷楚詞歸不得，劍門迢遞蜀江深。

按蔡京，鄆州（即今東平縣）人。京早年為僧，後還俗。中開成元年（836）進士，歷官嶺南節度使，旋因士卒嘩變被逐，最後自盡於零陵。蔡京以勤學

〔註14〕杜貴晨《齊魯文化與明清小說》，齊魯書社 2008 年版，第 276～355 頁。

工詩見重於劉禹錫、令狐楚及賈島等人，劉氏譽其「已是世間能賦客，更攻窗下絕編書」（事詳《中國文學家大辭典・唐五代卷》）。惜蔡京詩多已散佚，《全唐詩》僅輯得三首。這首詩是寫遠客思鄉的心情，最早以「紅樓夢」組詞，爲曹雪芹小說題名《紅樓夢》所本；並且其所謂「紅樓夢裏心」明確指閨中女子之心，也爲曹雪芹小說題名《紅樓夢》所承襲。故周汝昌先生有詩詠蔡京與《紅樓夢》之因緣云：

> 春花乾死月沈冰，鵑苦紅樓破夢曾。
>
> 三字詞源搜句例，蔡僧多恐亦情僧。

蔡京做過和尚，賈寶玉後亦出家做和尚，曹雪芹小說取蔡詩題名又寫其主人公做了和尚，確實可以引起《紅樓夢》與蔡京的諸多聯想。

（二）《紅樓夢》寫到了泰山的女兒茶。《紅樓夢》第六十三回寫林之孝家的到怡紅院來巡夜，問起寶玉睡了沒有，並吩咐襲人：

> 「該沏些普洱茶吃。」襲人、晴雯忙說：「沏了一盞子女兒茶，已經吃過兩碗了……」

「女兒茶」的記載屢見泰山典籍，如明人《岱史》中稱：「茶，薄產岩谷間，山僧間有之，而城市皆無，山人採青桐芽，號女兒茶。」其他如《泰山志》《岱覽》《泰安縣志》也都有提及。與曹雪芹同時代的詩人桑調元，於乾隆十九年（1754）遊泰山時，曾作《女兒茶》五絕，詩中寫到：「攜將聖母水，烹取女兒茶。」說明此茶爲曹雪芹時世人所熟知，證明《紅樓夢》中女兒茶確出自泰山。

（三）林黛玉詩句「冷月葬花魂」源自泰山小說。《紅樓夢》第七十六回寫黛玉與湘雲聯句，湘雲出「寒塘渡鶴影」，黛玉對以「冷月葬花魂」，爲《紅樓夢》中絕佳情節，備爲「紅學」家激賞！但「冷月葬花魂」句出宋代王山撰泰山小說《盈盈傳》，自傳中盈盈詩句化出。《盈盈傳》寫北宋歌妓盈盈與戀人王山惜別，撰《傷春曲》云：

> 芳菲時節，花壓枝折。蜂蝶撩亂，闌檻光發。一旦碎花魂、葬花骨，蜂兮蝶兮何不來？空使雕闌對寒月。

後來盈盈思念成疾，一夕夢見一紅裳美人，道：「玉女命汝掌奏牘。」盈盈驚醒，哭述其母：「女兒將不久於人世，王郎若是再來，可訪我於東嶽之上。」言訖而逝。後來王山登泰山，經泰山玉女神助，再見盈盈，感而撰《盈盈傳》，《傳》載宋李獻民編《雲齋廣錄》，記盈盈詩。《紅樓夢》中的「冷月葬花魂」句，正自《傳》中盈盈「碎花魂、葬花骨」「空使雕闌對寒月」諸句化出。有

學者認為盈盈的《傷春曲》「在一定程度上，可以看作林黛玉《葬花詞》的先聲」〔註15〕，而「時復好聱」的盈盈還是「中國文學史上較早出現的林黛玉型的怨女」〔註16〕，「王山之入溪洞，有如寶玉之入太虛幻境」〔註17〕。這些，都可以看出《盈盈傳》對《紅樓夢》創作的影響。

（四）《紅樓夢》寫「太虛幻境」原型出「泰山陰司」。我國泰山治鬼之說約起於西漢末，後世附益，曹丕《列異傳》「蔣濟亡兒」條已言地獄在泰山之下，唐宋已有「地府」（陳鴻《長恨歌傳》《大宋宣和遺事》元集）、「陰司」（《大宋宣和遺事》元集）之說。《列異傳》並說地獄之官為「泰山令」，蔣濟亡兒在地獄為「伍伯」，託夢與他的母親賄賂即將死為地獄泰山令的孫阿而轉為「錄事」。干寶《搜神記》「胡母班」條則稱「泰山令」為「泰山府君」。後世漸漸虛構出陰司中與人間官府相似一套龐大的組織機構，或曰「七十司」，或曰「七十二司」。《紅樓夢》第五回寫賈寶玉夢遊「放春山遣香洞太虛幻境」明屬山洞，為山下之境，實即地獄。此境的總管是警幻仙姑，她「司人間之風情月債，掌塵世之女怨男癡」，其中有「癡情司」「結怨司」「朝啼司」「暮哭司」「春感司」「秋悲司」「薄命司」，「各司存的是普天下所有的女子過去未來的簿冊」。進入「薄命司」，只見「有十數個大櫥，皆用封條封著，看那封條上皆有各省字樣」。與陰司相比，可知這些「司」的設置雖有名號與職責的不同，但其作為分類主？人生死的陰司特徵與泰山陰司的信仰與傳說一脈相承。所以《紅樓夢》最早的評點者脂硯齋於「太虛幻境」下批曰：「余今意欲起『太虛幻境』，似較修『七十二司』更有功德。」實已指出了「太虛幻境」與泰山陰司信仰的淵源關係。〔註18〕

六、《綠野仙蹤》與泰山

清代與《紅樓夢》幾乎同時成書的李百川《綠野仙蹤》一百回，寫冷於冰修仙並度脫溫如玉等六個徒弟成仙的故事。故事寫冷於冰雖然是直隸廣平府（今河北永年）人，出家學仙也是先去山西，但這部書卻以極大的篇幅寫了泰山，主要有以下幾個方面的內容：

〔註15〕程毅中《宋元小說研究》，江蘇古籍出版社1999年版，第124頁。
〔註16〕薛洪勣「冷月葬花魂」還有更早的淵源，《紅樓夢學刊》1985第1期。
〔註17〕王人恩《「寒塘渡鶴影，冷月葬花魂」考論》，《紅樓夢學刊》2006年第2期。
〔註18〕本節參閱周郢《〈紅樓夢〉與泰山文化——從「泰嶽陰司」到「太虛幻境」》，《泰山與中華文化》，山東友誼出版社2010年版。

（一）第八回《泰山廟於冰打女鬼 八里鋪俠客趕書生》，寫冷於冰在山西代州所見有泰山娘娘廟：

> 鐘樓倒壞，殿宇歪斜。山門盡長蒼苔，寶閣都生蕪草。紫霄聖母，迥非金斗默運之時；碧霞元君，大似赤羽逢劫之日。試看獨角小鬼，口中鳥雀營巢；再觀兩面佳人，耳畔蜘蛛結網。沒頭書吏，猶捧折足之兒；斷臂奶娘，尚垂破胸之乳。正是修造未卜何年，摧崩只在目下。〔註19〕

這座廟很可能是虛構的，雖然破敗，但仍見得有泰山娘娘、碧霞元君、獨角小鬼、玉女、書吏等。

（二）第十三回《韓鐵頭大鬧泰安州 連城璧被擒山神廟》寫連城璧之兄連城璽與人結夥在泰安州作案被擒，其同夥韓八鐵頭等潛伏泰山內「劫牢反獄」，大鬧泰安州，結果事敗，國璽自刎，連城璧也因此身陷牢獄。這一回書中寫到了「泰安山中……杜家溪玉女峰」。

（三）第二十六回《救難裔月夜殺解役 請仙女談笑打權奸》寫冷於冰說「五嶽之中……唯泰山未一遊」。

（四）第二十七回《埋骨骸巧遇金不換 設重險聊試道中人》寫冷於冰等四人初至泰山，賞玩美景，拜謁碧霞宮，「於冰領城璧、董瑋在廟前廟後閒遊。這座泰山，也有好幾處大寺院，並有名勝地，日日通去遊覽。次後，董瑋只在碧霞宮，惟城璧跟隨於冰，於深山窮谷中閒行」，遊覽玉女峰，收拾連國璽等骸骨，並宿於玉女峰石堂。繼而遇到金不換，他說先曾住在白雲嶺玉皇廟，在泰山修煉，遭遇多種異事（考驗）。冷於冰在泰山住下來。

（五）第三十三回《斬金花於冰歸泰嶽 殺大雄殷氏出賊巢》寫冷於冰從泰山出發助林桂芳等破敵，後仍歸泰山。

（六）第三十六回《走長莊賣藝賺公子 入大罐舉手避癡兒》寫冷於冰遇到泰安城中舊宦子弟溫如玉，一見即識為仙才。此後斷續約三十回書寫泰安州事，涉及地名有（溫如玉所住的）長泰莊、（嫖妓的）試馬坡、大元莊、大槐樹巷、「城西門內，驟馬市兒」……

（七）第四十五回《連城璧誤入驪珠洞 冷於冰奔救虎牙山》，寫「三年前冷於冰等三人，在泰山元君廟內，住了許久。這幾年冷於冰不知那去了。連城璧和金不換，俱搬入泰山瓊岩洞修行」。

〔註19〕〔清〕李百川《綠野仙蹤》，中華書局 2001 年版。

如此等等，《綠野仙蹤》全書故事幾乎大半發生於泰山或泰安，或與泰安、泰山有關。特別是寫溫如玉形象實爲一書中僅次於冷於冰的第二主角，寫他是泰安人，又在全書中寫得最好，是全書思想與藝術價值最爲突出的地方，從來受到讀者專家的重視。著名學者、古典文學專家鄭振鐸先生認爲「書中寫山東事最爲親切」，其作者李百川「當是山東泰安左近的人」，是「山東泰安人」。〔註20〕

七、幾點認識

除上論《三國演義》《水滸傳》《紅樓夢》《西遊記》《綠野仙蹤》五部與泰山關係最爲密切的小說之外，《金瓶梅》《老殘遊記》《女仙外史》《醒世姻緣傳》《野叟曝言》等也無不或多或少直接寫及泰山。又據周郢先生研究，「在泰山周邊，分佈著爲數衆多的楊家將遺跡，諸如南天門（奉祀穆桂英像）、六郎墳、楊六郎祠……多達二十餘處」，其出現大都早於明代的《楊家府演義》等小說〔註21〕，也值得關注。至於以用「重如泰山」「泰山壓頂」之類詞彙提到泰山者，古典小說幾乎無書不有。從而明清小說與泰山文化聯繫之全面複雜與深刻，實屬名山文化中絕無僅有的現象。這裡僅就這一現象的特點及其意義等總結提出以下幾個方面的認識：

（一）泰山文化應推出「泰山小說」以爲新的靚點。在中國的十萬大山中，泰山是唯一與多部古典小說名著密切相關的天下名山，於小說特別是明清通俗小說可謂得天獨厚，這一面顯示了泰山的形象在明清小說中也是「五嶽獨尊」和「擎天一柱」，另一面體現出泰山文化中小說特別是明清小說非同尋常的地位，即在明清小說中以其與泰山文化的密切聯繫，可稱之爲「泰山小說」。「泰山小說」的形成是泰山億萬年形成的自然景觀與萬千年間形成的人文景觀，至明清二代小說興盛，其全體或部分被作爲小說創作的背景或原型，看來是泰山「被小說化」了，實際卻是泰山文化與時俱進煥發的新的增量，是泰山文化中自成格局的小說系統，是泰山文化對小說發展的獨特貢獻。而且，即使這可以看作是泰山「被小說化」，卻也是因爲泰山文化本身有被「小說化」的特質，例如最突出的就是其「神山」文化的一面。因此，無論在何種情況下，本文上述有關明清小說中的泰山因素，都不應該被視爲外加到泰

〔註20〕鄭振鐸《古典文學論文集》，上海古籍出版社1984年版，第467頁。
〔註21〕周郢《楊家將故事與泰山》，《泰山與中華文化》，山東友誼出版社2010年版。

山的內容，更不應該以其與今天的泰山無關而拒斥之。正確的態度是如實以之爲古老泰山文化在「自然景觀」「帝王封禪」和「宗教民俗」等傳統顯見的內涵之外，其所固有而久爲遮蔽的「泰山小說」特色，給予應有的重視。

（二）「泰山小說」對泰山文化增益不可估量。一部小說名著可以成爲一座名山或城市的品牌。這五部小說中《三國演義》《水滸傳》《紅樓夢》《西遊記》四書，已經佔了我國古典小說名著的大半，其家喻戶曉、婦孺皆知，在我國古今都屬傳播最廣、影響最大的古典著作。《綠野仙蹤》本身的讀者雖沒有另外四書那樣多，但是，美國有一部著名的童話被譯爲中文時有意無意地借用了《綠野仙蹤》的書名，從而使這一書名在世界華文圈得到廣泛的傳播，其題名廣爲人知，也不在另外四書之下。因此可以說，這些小說名著中的任何一部在全中國乃至全世界的名聲，都不在我國任何名山之下。而從擴大影響來看，一座名山與一部小說名著關係的挖掘與實現「聯姻」，是強強聯手，相得益彰。泰山文化的開發決不應該忽視其「泰山小說」一面的發掘與發揚。這是有成功經驗可循的，例如從旅遊方面看，連雲港市主要是由一部《西遊記》的「花果山」而成爲了一座著名的旅遊城市，可說是一部小說提升了一座城市品位的顯例。一部書尚且如此，那麼五部小說能夠造成什麼？是可想而知的了！

（三）「泰山小說」改造、放大並提升泰山神山文化的品格。我們注意到，除《三國演義》之外，無論《水滸傳》《西遊記》《紅樓夢》與《綠野仙蹤》等，其與泰山相聯部分的因素都與泰山作爲神山文化的一面密切相關。其核心是泰山玉皇頂的天宮與傳說中山底下的地獄，有關神祇則主要是玉皇、王母、碧霞元君、玉女、閻王等等。但傳統對泰山文化的理解上，這些核心的成份屬於帝王文化與封建迷信，從而今天實已不宜宣傳提倡，隱隱中成爲了泰山文化開發的一處「軟肋」。孤立看來，這已無可迴旋的餘地。但是，如果換一個角度從「泰山小說」的描寫看，這些所謂封建糟粕的東西，其實已經過了作爲古代大眾文化的明清小說的長期改造，而成爲了具有人性與民主性價值與特點的通俗文化。由此在我們的觀感中整個泰山的神山文化系統就得到了放大與提升，使傳統神山文化獲得更接近於當代普通人的大眾性與娛樂性。例如，《水滸傳》的早期故事《大宋宣和遺事》中所寫宋江朝拜東嶽的情節，對東嶽廟神形象的重新認識是有利的；玉皇大帝作爲人間皇帝影子的形象與在《西遊記》中作爲被孫悟空嘲弄反抗的形象是不一樣的，一則拒人於千里之外，一則給人以戲謔的樂趣。而孫悟空由仙石化育與大鬧天宮的故事，

對岱頂天宮場景特別是泰山極頂石、水簾洞的解讀，大有可資利用的價值；豬八戒形象對高老橋，牛魔王、羅剎女形象對火焰山、扇子崖等，都可以使相應景點煥發新彩，進而使泰山不再是只有帝王之山與傳統神山嚴肅的呆面孔，而一定程度上緩和爲愉悅民生之平易近人的風格。

（四）「泰山小說」與泰山相得益彰，但泰山更需要「泰山小說」攜程。明清小說中泰山文化因素的發現給了明清小說研究一新的角度，實際上「泰山小說」研究已經並且正在繼續由此深入，不斷有新的發明，是此一學術領域的重要開拓。同樣在泰山文化研究領域，「泰山小說」也已經被作爲泰山文化研究的重要內容提到了日程上來，產生並在繼續產生著新的研究論著。兩方面的情況共同表明，「泰山小說」研究實現了「明清小說」與「泰山文化」的學術聯姻，在學術上二者相得益彰。但相對於泰山文化研究而言，至少五部「泰山小說」的薈萃，一方面使研究對象的增量無疑顯得更加突出，所以研究上也更應該受到重視；另一方面泰山文化的研究顯然更貼近現實社會經濟文化發展的需要，而上述至少五部「泰山小說」名著中，每一部對地方旅遊文化拉動的能量，都能夠頂得上一座名山！其原因無它，乃因爲一般說來，現實的名山是凝固靜止被動的文化，而文學名著卻是在持續被閱讀與改編中隨時新生與流行的文化。因此，在泰山與諸「泰山小說」名著的關係中，相對於諸「泰山小說」名著需要泰山的支撐，泰山其實更需要諸「泰山小說」名著的攜程。作爲通俗小說經典的「泰山小說」名著對泰山文化的增益和宣傳推廣效應愈久愈遠，愈遠愈大，無可估量。

綜合以上諸家與本人探討所論，可知「明清小說與泰山文化」是一個大課題，其濃縮與結晶的「泰山小說」，是非常值得大力提倡和發揚的一個概念。「泰山小說」既是學術研究的寶藏，又是山東特別是泰安以旅遊爲中心的經濟文化開發利用的大項目，其潛在的經濟文化與社會的效益巨大而長遠。深盼學者持續給予更多更大的關注，而社會有識之士應在可能的條件下盡力予以推動，使有關方面在發展規劃上給予應有的重視，納入當地文化建設的計劃，在研究、論證的基礎上，精心設計，有序開發，使泰山文化這一被遮蔽數百年之久的通俗親民的一面，更加輝煌地展示出來，以促進山東文化強省的建設，爲全國和全人類做出更大貢獻。

（原載《山東師範大學學報》2012 年第 2 期）

試說泰山別稱「太行山」──
兼及若干小說戲曲之讀誤

　　泰山之稱始見於《詩經·魯頌》，同時及其以後又多別稱。《尚書》曰「岱」（《禹貢》）、「岱宗」（《舜典》），《周禮》稱「岱山」（《職方》），《爾雅》稱「東嶽」（《釋山》）、「岱嶽」（《釋地》），《漢書·地理志》：「海、岱惟青州。」顏師古注曰：「岱，即太山也。」故又稱「太山」等等。各有所據，爲學者所熟知。但自唐代至明末千餘年中，由於種種原因，泰山又別稱「太行」或「太行山」等，雖然流行未廣，影響不大，但時有見於各類雜著與小說戲曲等文本，至今似未爲人所論及，造成百餘年來對相關作品閱讀上的錯誤，應予辨證與澄清。

一、歷史上「泰山」與「太行山」名號的混淆

　　眾所周知，我國泰山與太行山隔華北平原千里相望，絕無聯屬。但太行山縱貫南北，古人號爲「天下之脊」〔註1〕，進而與黃河一起成爲我國北方分區的兩大界標。以太行山爲界，北方自古及今都有「山左」「山右」與「山東」「山西」之稱。而從來界劃，泰山都在山東，距太行山遠甚；又無論如何界劃，泰山卻又在太行山的界標系內。所以，古人言地理者，《上黨記》仍有曰：

〔註1〕　〔漢〕司馬遷《史記·張儀列傳》：「雖無出甲席捲常山之險，必折天下之脊。」《索隱》曰：「常山於天下在北，有若人之背脊也。」常山即恒山，爲太行山支脈。宋莊綽撰《雞肋編》卷中錄李邦直《韓太保墓表》云：「夫河北方二千里，太行橫亙中國，號爲天下脊。」

「太行阪東頭，即泰山也。」〔註2〕「太行阪」即著名的太行阪道：一壺關、二陽曲、三晉城，均東西向。按今天的理解，此言應是說自太行阪出山東向，就可以到達東嶽泰山，絕無說泰山與太行山相連或為後者之餘脈的意思。但這句話畢竟把相隔千里的兩座名山並在一起說了。是否因此導致後世詩歌有「太山、「太行」似相混淆的做法〔註3〕還難以斷定。但在史籍與小說文獻中確有「太山」與「太行山」名實混亂的現象。較早始於唐代西嶽華山的易名，《舊唐書·地理志》：「義寧元年，割京兆之鄭縣、華陰二縣置華山郡……武德元年，改為華州……垂拱元年，割同州之下邽來屬。二年，改為太州。神龍元年，復舊名。天寶元年，改為華陰郡。乾元元年，復為華州。上元元年十二月，改為太州，華山為太山。寶應元（762）年，復為華州。」唐代年號有兩上元，一為高宗李治上元（674～675），一為肅宗李亨上元（760～761）。從上引「改……華山為太山」敘事在「乾元元年，復為華州」之後看，「改……華山為太山」的「上元」應是肅宗李亨朝的「上元元年十二月」，實已進入公元761年，而762年4月改元寶應，同時太州恢復了華州的舊名。雖然史無明文，但是想來隨「華州……改為太州」而「改……華山為太山」的事也是改回去了，從而華山曾一改名稱太山只有一二年間的過程，從而在歷史上沒有留下顯明的印記，從而不值得重視。但是，在筆者看來這短暫的改稱卻也不是當事人一時的心血來潮。因為據宋人王欽若等編纂成書於真宗景德二年（1005）的《冊府元龜》卷一百十二《帝王部·巡幸第一》載舜「八月西巡狩，至於西嶽如初」，下注「西嶽華山初謂岱宗」可以知道，華山自古也有「岱宗」之稱，正是與東嶽泰（太）山同一別稱。所以，至少在宋初以前，華山與泰山曾有過或長或短共享「岱宗」和「太山」名稱的歷史。另外，據《史記·夏本紀》「華陽黑水惟梁州」句下孔安國注：「東據華山之南，西距黑水。」〔正義〕曰：《括地志》云：「黑水源出梁州城固縣西北太山。」又「終南、敦物至於鳥鼠」句下〔正義〕引《括地志》曰：「終南山一名中

〔註2〕《太平御覽》卷三十九《地部四·泰山》引《上黨記》。《上黨記》久佚，但劉宋裴駰《史記·集解》等屢引此書，可知此書至晚出劉宋以前，而以泰山為「太行阪東頭」說出更早。

〔註3〕〔清〕王琦注《李太白集》卷五《白馬篇》詩「手接太行猱」句，劉宋郭茂倩《樂府詩集》卷第六十三《雜曲歌辭三》錄作「手接太山猱」；蘇轍《欒城後集》卷三《潁川城東野老姓劉氏名正》詩「東朝太行款真君」句，蜀藩刻本作「東朝太山款真君」。兩例異文均為「太行」與「太山」，疑似改易者認為「太行」即「太山」，所指均為泰山。

南山，一名太一山，一名南山，一名橘山，一名楚山，一名泰山，一名周南山，一名地脯山，在雍州萬年縣南五十里。」分別提及東嶽以外之「太山」或「泰山」。由此可見，至晚在宋眞宗封禪泰山之前，「岱宗」「太山」「泰山」尚不絕對是東嶽的專稱。從而不僅華山有與「岱宗」「太山」「泰山」互稱的可能，而且除「岱宗」之外，「華山」「太山」「泰山」也有了與「太行山」互稱的可能，從而造成今天看古代文獻中出現的某種混亂，如《宣和遺事》中所謂「太行山梁山泊」等。但是唐宋及其以後文獻中以「太行」爲「太山」即泰山之別稱的現象固然不會是大量的，但也不應僅此一二例，當仍有待揭蔽者。

　　元人文獻中以泰山爲「太行山」須揭示才見者，如念常集《佛祖歷代通載》卷第二十二載元世祖與人問答云：

　　　　帝問相士山水。士奏云：「善惡由山水所主。」帝問：「太行山
　　如何？」相士奏云：「出奸盜。」帝云：「何以夫子在彼生？」帝召
　　僧圓證問云：「此人山水說得是麼？」證回奏云：「善政治天下，天
　　下人皆善。山水之說，臣僧未曉。」帝大悅。〔註4〕

以上引文中「夫子」無疑指孔子。孔子爲泰山之陽魯都曲阜人。《詩經·魯頌》云：「泰山岩岩，魯邦所詹。」朱熹注：「賦也。泰山，魯之望也。」故《論衡》稱引「傳書或言：顏淵與孔子俱上魯太山。」〔註5〕而明查志隆《岱巓修建孔廟議》云：「聖哲中之有孔子，猶山阜中之有泰嶽也。豈惟誕育降自嶽神，乃其里居尤爲密邇。」〔註6〕這就是說，孔子誕生是「（東）嶽神」降瑞人間，並且使之「里居」也離泰山不遠。從上引帝問「何以夫子在彼生」可知，帝問「太行山如何」之「太行山」，和相士答以「多奸盜」之「太行山」所指爲一山，但肯定不會是晉、冀、豫三省交界的太行山，而應當是指與孔子「里居尤爲密邇」之泰山，只是用了它的別稱「太行山」而已。

　　明代泰山別稱「太行山」見於佚名《清源妙道顯聖眞君一了眞人護國祐民忠孝二郎開山寶卷》（以下簡稱《二郎寶卷》）。《二郎寶卷》上、下卷，卷

〔註4〕〔元〕念常集《佛祖歷代通載》，《大正藏》本卷第二十二，清宣統元年江北
　　　刻經處本卷三十六。
〔註5〕〔漢〕王充著，北京大學《論衡》注釋小組《論衡注釋》（第一冊），中華書
　　　局1979年版，第236頁。
〔註6〕〔明〕查志隆《岱巓修建孔廟議》，見查志隆著，馬銘初、嚴澄非《岱史校注》，
　　　青島海洋大學出版社1992年版，第168頁。

末各署「大明嘉靖歲次壬戌〔戍〕三十四年九月朔旦吉日敬造」〔註7〕。卷中敘碻州楊天祐與雲花夫妻本是天上金童玉女，生子二郎後雙雙參禪，《聖水浸潤品第五》云：

> 參禪不受明人點，都作朦朧走心猿。猿猴頓斷無情鎖，見害當來主人公。念佛若不拴意馬，走了心猿鬧天宮。行者碻州來赴會，壓了雲花在山中。斗牛宮裏西王母，來取二郎上天宮。二郎到了天宮景，蟠桃會上看群仙。走了行者見元人，壓在太山根。行者回到花果山中，今朝壓住幾時翻身？母子相會，還行整五春。〔註8〕

如上引文中「元人」即「主人公」是二郎的母親雲花，而正如卷中別處所敘，「心猿就是孫悟空」〔註9〕。引文說孫悟空把雲花「壓在太山根」之後，就回花果山去了。而接下敘二郎劈山救母，又把孫悟空壓在了「太山」之下：

> 移山倒海拿行者，翻江攪海捉悟空……撒下天羅合地網……拿住孫行者，壓在太山根。總〔縱〕然神通大，還得老唐僧。〔註10〕

又曰：「因爲二郎來救母，太山壓住孫悟空。」〔註11〕直到唐僧取經路過，悟空求救，「唐僧一見忙念咒，太山崩裂在兩邊」〔註12〕，悟空才從太山底下出來。總之，這個二郎救母與孫悟空鬥法的故事，始終圍繞「太山」和以「太山」爲背景。

還值得注意的是《二郎寶卷》中寫泰山除多作「太山」之外，還一稱「崑山」〔註13〕，又稱「太行山」。後者出西王母教告二郎：「開言叫二郎，你娘壓在太行山。子母若得重相見，山要不崩難見娘。〔註14〕從卷中稱泰山多作「太山」而偶作「崑山」看，這裡的「太行山」應即「太山」，是說唱中隨緣

〔註7〕〔明〕佚名撰：《清源妙道顯聖眞君一了眞人護國祐民忠孝二郎開山寶卷》，張希舜、濮文起、高可、宋軍主編《寶卷》初集（13），山西人民出版社1994年版影印本，第588頁。以下注簡稱《寶卷》初集（13）並頁碼。又，嘉靖壬戌爲四十一年（1562），三十四年（1555）爲乙卯，未知孰是。

〔註8〕《寶卷》初集（13），第507～509頁。

〔註9〕〔明〕佚名撰：《清源妙道顯聖眞君一了眞人護國祐民忠孝二郎開山寶卷》，張希舜、濮文起、高可、宋軍主編《寶卷》初集（14），山西人民出版社1994年版影印本，第37頁。以下注此書簡稱《寶卷》初集（14）並頁碼。

〔註10〕《寶卷》初集（13），第567～568頁。

〔註11〕《寶卷》初集（14），第30頁。

〔註12〕《寶卷》初集（14），第33頁。

〔註13〕《寶卷》初集（13），第529頁。

〔註14〕《寶卷》初集（13），第515頁。

發生之泰山的別稱。但這偶然一見是否造卷人「字演差錯多」〔註15〕的一例呢？這個疑問從《二郎寶卷》稍後成書的《靈應泰山娘娘寶卷》（以下或簡稱《泰山寶卷》），和應是明末清初人西周生所作的《醒世姻緣傳》中似可以得到解釋。

《泰山寶卷》是一部宣揚泰山女神碧霞元君靈應的説唱本子。車錫倫先生在其即將出版的《中國寶卷研究》中專節介紹此卷説：「這部寶卷是明萬曆末年黃天教教徒悟空所編。卷中泰山女神被稱作『聖母娘娘』或『泰山娘娘』，它反覆説唱泰山娘娘的神威和靈應，卻沒有統一的故事。」〔註16〕因為「反覆説唱泰山娘娘」之故，卷中「泰山」之稱名絡繹不絕。卻與《二郎寶卷》不同，此卷中「泰山」除直寫之外，均不作「太山」，而多作「泰行山」。如「泰山娘娘，道號天仙，鎮守泰行山……眼觀十萬里，獨鎮泰行山」〔註17〕；「娘娘接旨仔細觀，敕封永鎮泰行山」〔註18〕；「泰行山，天仙母，神通廣大」〔註19〕；「處心發的正，感動泰行山」〔註20〕；「施財虔心有感應，虔心感動泰行山」〔註21〕；「造卷的福無邊，感動了泰行山頂上娘娘可憐見」〔註22〕等。凡此七例，足證《泰山寶卷》中泰山又稱「泰行山」，決非筆誤。這種情況又必然是在與受眾約定俗成時才可以發生，所以也不會是寫卷人隨意杜撰，而應該是明萬曆前後至少在寶卷之類民間説唱文學中較為通行的做法。由此上溯，可知明嘉靖年間《二郎寶卷》的泰山一作「太行山」也非寫卷人之誤，而是與此「泰行山」一致是泰山的別稱，乃民間説唱隨緣改稱的產物。

《二郎寶卷》中「太山」即泰山別稱「太行山」，還可以從《醒世姻緣傳》第八回寫青梅説自己「真如孫行者壓在太行山底下一般」〔註23〕的話中得到證明。雖然「孫行者壓在太行山底下」與上引《二郎寶卷》中説「你娘壓在

〔註15〕《寶卷》初集（13），第535頁。
〔註16〕據車錫倫先生賜寄電子文本，謹此致謝！
〔註17〕〔明〕佚名撰《靈應泰山娘娘寶卷》，張希舜、濮文起、高可、宋軍主編《寶卷》初集（13），山西人民出版社1994年版影印本，第22頁。以下簡稱《寶卷》初集（13），只注頁碼。
〔註18〕《寶卷》初集（13），第28頁。
〔註19〕《寶卷》初集（13），第89頁。
〔註20〕《寶卷》初集（13），第140頁。
〔註21〕《寶卷》初集（13），第356頁。
〔註22〕《寶卷》初集（13），第380頁。
〔註23〕〔明〕西周生《醒世姻緣傳》，黃肅秋校注，上海古籍出版社1981年版，上冊第114頁。

太行山」和「太山壓住孫悟空」不一，但是參以卷中既稱悟空把二郎的母親雲花「壓在太山根」，卻在西王母口中是「你娘壓在太行山」，便可以知道《醒世姻緣傳》所引「孫行者壓在太行山底下」，其實也就是壓在了「太山」即泰山底下，而《醒世姻緣傳》的引述很可能是從《二郎寶卷》之類唱本來的。只是那個唱本「拿住孫行者」以下，不作「壓在太山根」，而是作「壓在太行山」，並衍爲《醒世姻緣傳》中的比喻罷了。由此可知，明朝中晚期流行的如寶卷一類說唱本子中「太山」即泰山與「太行山」時或混用的現象確曾存在，並且已經影響到如《醒世姻緣傳》之類文人創作的小說，使「太行山」在文人所撰寫的通俗小說中，有時是泰山的一個別稱，乃隱指泰山。

二、泰山別稱「太行山」的原因

唐宋金元明諸代泰山別稱「太行」或「太行山」可能的原因，除上所論及「太行阪東頭，即泰山也」等等之外，還有以下兩點值得注意：

首先，太行山之「太行」很早就被訓讀爲「泰行」，從而太行山時或稱「泰行山」，易致與「泰山」之稱混淆。按楊伯峻先生撰《列子集釋》卷第五《湯問篇》「太形、王屋二山」句下集釋云：「〔注〕形當作行……○王重民曰：《御覽》四十引『形』作『行』，當爲引者所改。○《釋文》『太形』作『大形』，云：『音泰行。』」〔註24〕《御覽》即《太平御覽》爲宋籍；《釋文》爲唐殷敬順纂，宋陳景元補，亦唐宋間成書。因此可知唐宋間即已以「太形」爲「太行山」之「太行」並訓讀爲「泰行」。這顯然有可能導致社會與文學中「太行山」被稱爲「泰行山」，乃至因此有笑話出來。宋李之彥《東谷所見・太行山》載：

> 有一主一僕久行役，忽登一山，遇豐碑大書「太行山」三字。主欣然曰：「今日得見太行山。」僕隨後揶揄官人不識字：「只是『太行（如字）』山，安得太行山。」主叱之，僕笑不已。主有怒色。僕反謂官人：「試問此間土人，若是太行山，某罰錢一貫與官人。若是太行（如字）山，主人當賞某錢一貫。」主笑而肯之。行至前，聞市學讀書聲，主曰：「只就讀書家問。」遂登其門，老儒出接。主具述其事。老儒笑曰：「公當賞僕矣。此只是太行（如字）山。」僕曰：

〔註24〕楊伯峻《列子集釋》，中華書局 1979 年版，第 159 頁。

「又卻某之言是。」主揖老儒退。僕請錢，即往沽飲。主俟之稍久，大不能平。復求見老儒詰之：「將謂公是土居，又讀書可證是否，何亦如僕之言『太行（如字）』耶？」老儒大笑曰：「公可謂不曉事。一貫錢，瑣末耳。教此等輩永不識太行山。」老儒之言頗有味。今之有眞是非，遇無識者，正不必與之辯。〔註25〕

上所引例雖爲笑話，但事或有本，顯示宋代人於「太行山」讀音進而認知上確實存在歧異。這一則笑話到了明朝爲趙南星《笑贊》所改編，仍題爲《太行山》云：

> 一儒生以「太行山」作「代形山」。一儒生曰：「乃『泰杭』耳。」其人曰：「我親到山下見其碑也。」相爭不決，曰：「我二人賭一東道，某學究識字多，試往問之。」及見學究問之，學究曰：「是『代形』也。」輸東道者怨之。學究曰：「你雖輸一東道，卻教他念一生別字。」贊曰：學究之存心忍矣哉，使人終身不知「太行山」，又謂天下人皆不識字。雖然，與之言必不信也，蓋彼已見其碑矣。〔註26〕

這裡趙南星根據於《列子》「太形王屋二山」句的舊注，把李之彥《太行山》之「太行」的正讀音訓爲「泰行」，訛音「如字」著明爲「代形」，不僅意思更顯豁了，而且其故事被改編本身，表明了趙南星認可「太行山」自宋至明有讀音與認知上的歧異。若不然，則前後都不成其爲笑話。所以《太行山》雖然相承實爲同一則笑話，但仍由此可知，自唐宋至明代普通民眾和一般讀書人中，有以太行山爲「代形山」者，也有以爲「泰杭」山者。「杭」音「行（háng）」，從而「太行山」很容易就成爲了「泰行山」，與民間也稱「泰行山」的泰山發生混淆。這一現象在元代所可考見者，如無名氏〔越調〕柳營曲《風月擔》即有句云：「可憐蘇卿，不識雙生，把泰行山錯認做豫章城。」〔註27〕其所稱「泰行山」當即太行山，但也不免使人想到別稱「太行」或「泰行山」的泰山。總之，如上自唐至明，因泰山別稱「太行」與太行山之「太行」音讀爲「泰杭」，使在實際生活進而文藝中有發生太山——泰山——泰行

〔註25〕〔宋〕李之彥撰《東谷所見》，《叢書集成初編》本，中華書局1991年版，第14頁。

〔註26〕〔明〕趙南星《笑贊》，王利器輯錄《歷代笑話集》，上海古籍出版社1981年版，第277頁。

〔註27〕徐徵、張月中、張聖潔、奚海主編《全元曲》第十二卷，河北教育出版社1998年版，第8889頁。

山——太行山諸稱一定範圍與程度的混淆，並主要是以別稱「太行山」隱指泰山的可能。

其次，是自晚唐五代以降講唱文學中泰山往往被隨緣改稱之傳統的影響。泰山不僅自上古多異名，更在晚唐五代出現在講唱文學中時又往往隨緣改稱。如今存末署寫卷？年代為南朝梁「貞明七年辛巳歲」（921）的《大目乾連冥間救母變文》（以下簡稱《目連變文》），敘目連之母青提夫人生前造孽，死被「太山定罪」，在「太山都尉」管下「阿鼻地獄受苦」，目連救母，恨不「舉身自撲太山崩，七孔之中皆灑血。」後來「遂乃舉身自撲，猶如五太山崩」﹝註28﹞。句中顯然是為了講唱的節律湊字數，把「太山」改稱為「五太山」了。而《二郎寶卷》中有云：「二郎救母，訪〔仿〕目連尊者……遊獄救母。」﹝註29﹞說明《二郎寶卷》寫二郎救母擬定與「太山」的關係非作者自創，而是追摹《目連變文》救母故事以「太山」為背景的描寫而來。那麼既然《目連變文》中「太山」可隨緣改稱「五太山」，後世如《二郎寶卷》《泰山寶卷》等因說唱節律的需要，而有「太山」即泰山為「太行山」或「泰行山」的改稱，就是有例可循順理成章了。

綜上所述論，自唐宋以迄金元明諸代，中國社會與文學特別是通俗文藝作品中長時期存在「太山」即泰山別稱「太行」即「太行山」，和太行山別稱「泰行山」的習俗。其成因除兩山稱名本身即易於混淆之外，還有寶卷之類民間說唱隨緣改稱的創作特點。二者的結合導致一定範圍與程度上泰山別稱「太行山」之俗，而時過境遷，其在傳世文本中的表現遂致後人的讀誤，試分說之。

三、黃巢題材小說戲曲中的「太行山」

舊、新《唐書》等舊史載黃巢為曹州冤句（今山東菏澤）人，僖宗乾符二年（876）從王仙芝起義，並於仙芝死後自稱帝。其事歷經十年，蹤跡涉於大江南北，但有關文獻未曾一稱太行山，反而一致記載黃巢於僖宗中和四年（884）兵敗「走保泰山」，並最後戰死於泰山之狼虎谷﹝註30﹞。另據周郢先

﹝註28﹞ 〔唐〕《大目乾連冥間救母變文並圖一卷並序》，王重民等編《敦煌變文集》，
　　　　人民文學出版社 1984 年版，第 714～755 頁。
﹝註29﹞ 《寶卷》初集（14），第 171 頁。
﹝註30﹞ 《舊唐書‧僖宗本紀》，舊、新《唐書》黃巢本傳。

生考證，黃巢除最後戰死泰山並留下多處遺跡之外〔註31〕，還早曾一度佔有並經營泰山以西地區，「從中足窺黃巢在泰山一帶深收黎庶之心（後黃巢失利率殘部『退保泰山』，欲藉斯地以再起，當與此有關）」〔註32〕。

今存宋元或至晚明初成書寫及黃巢起義的小説，一是佚名《五代史平話》，二是署名羅貫中的《殘唐五代史演義傳》（以下簡稱《殘唐》）；另有陳以仁《雁門關存孝打虎雜劇》（以下或簡稱《存孝打虎》）。這三種作品均據史演義，傳統的寫法應是大關節處不悖史實，但諸書不然。

《五代史平話》中涉及黃巢的爲《梁史平話》《唐史平話》，均未直接寫到太行山；其寫黃巢甚至不及其兵敗自殺，而結於「黃巢收千餘人奔兗州，克用追至冤句，不及」云云，也完全未及於泰山；《殘唐》六十回，寫黃巢起義始末在第三至第二十回。其中第五回寫黃巢殺人起事，「就反上金頂太行山，殺到宋州」；第二十回除虛構了黃巢兵敗途中自刎於「滅巢山鴉兒谷」之外，還寫他死前曾遇到「金頂太行山大將韓忠」，死後又有周德威追述前情説「巢即作了反詞，反上金頂太行山」〔註33〕。這兩回書中共三次提及「金頂太行山」，而未及泰山。《存孝打虎》第三折寫有黃巢上云「某在太行山落草爲寇」〔註34〕，除不同於《殘唐》的稱「金頂」而僅及「太行山」之外，還與《五代史平話》同樣地都沒有寫及黃巢結局是戰死於泰山。

筆者以爲，舊、新《唐書》等史關於黃巢始末的記載，特別是黃巢起事與太行山無關和最後戰死於泰山等重大歷史關目，是包括出於「長攻歷代史書」〔註35〕之手的《五代史平話》在內的三種黃巢題材小説戲曲作者絕不會不知道的。但在三書之中，泰山除被用作比喻之外，完全不曾被實際寫到，而是或如《五代史平話》與《存孝打虎》的寧肯不寫黃巢之死，也絕不如實寫他自殺於泰山；或如《殘唐》虛構黃巢事始於「反上金頂太行山」，終於「滅巢山鴉兒谷」，而避不言泰山。這兩種情況不可能有其他的解釋，而只能認爲是作者有意避寫泰山與黃巢起義的關係。唯是《殘唐》與《存孝打虎》的作

〔註31〕周郢《泰山通鑒》，齊魯書社2005年版，第63頁。
〔註32〕周郢《泰山與中華文化》書稿，承作者寄示，特此致謝。
〔註33〕〔元〕羅貫中著《殘唐五代史演義傳》，王述校點，寶文堂書店1983年版，第11頁、第74頁、第75頁。
〔註34〕〔元〕陳以仁《雁門關存孝打虎雜劇》，隋樹森《元曲選外編》本，中華書局1959年版，第562～563頁。
〔註35〕〔宋〕羅燁《新編醉翁談錄》，遼寧教育出版社《新世紀萬有文庫》本1998年版，第3頁。

者不甘或覺得不便於完全抹殺歷史的痕跡，於是用了「金頂太行山」或「太行山」以隱指泰山。

關於《殘唐》等之「金頂太行山」或「太行山」隱指泰山，除從其敘事與史實的明顯不合可以推知之外，還可以舉出以下理由：

一是從《殘唐》敘事的矛盾可以推知。《殘唐》寫黃巢「就反上金頂太行山，殺到宋州」，但唐之宋州即今之河南商丘在河南開封以東，與開封西北的太行山相去甚遠。倘「金頂太行山」指太行山，則完全不合於地理的常識。這雖在古代小說是能夠允許或可以被諒解的，但在作者明知歷史上黃巢死於泰山而無關太行山的情況下，我們只能理解為其心目中的「太行山」實非太行山，而是另有所指，為距宋州為近之當時別稱「太行山」的泰山。

二是泰山有「金頂」之稱，「金頂太行山」即指泰山。筆者檢索文獻未見太行山有「金頂」之稱，而清唐仲冕輯《岱覽》收有末署「萬曆甲寅年七月吉日造」的《御製泰山金頂御香寶殿銅鐘贊文》，除題目中已稱「泰山金頂」之外，文中也有「差官修理泰山工程金頂大工：玉皇寶殿、天仙寶殿……」〔註36〕云云。因知明代泰山之巔一稱「金頂」，有「泰山金頂」之說。參以唐以降泰山有別稱「太行山」之俗，則可信「金頂太行山」實指泰山。雖然這裡似不便以萬曆年間的資料論前此成書之《殘唐》中的「金頂太行山」，但可信上引贊文作為「御製」之作，稱泰山之巔為「金頂」必於古有據，可以上作《殘唐》中「金頂太行山」為實指泰山之注腳。總之，在太行山並無「金頂」之說，而泰山有「太行山」之別稱又有「金頂」之稱的情況下，《殘唐》中之「金頂太行山」就不會是太行山，而應是別稱「太行山」的「金頂」泰山。

還應該說到的是，三種小說戲曲寫黃巢事避不及泰山乃至別稱「金頂太行山」或「太行山」的現象強烈顯示了一個歷史的信息，即當是由於泰山自上古即為神山與帝王之山，又在宋朝真宗大中祥符年（1008）封禪之後，泰山更加神聖〔註37〕，遂多忌諱，使包括宋元說話人在內的相關作者們覺得不便把諸如「盜賊」等負面的形象與泰山聯繫在一起，於是除書寫中簡單地完全規避之外，還與上論泰山別稱「太行山」之俗相應，小說戲曲中早就有為

〔註36〕〔清〕唐仲冕編著，嚴承飛點校《岱覽點校》下冊，泰山學院編印，第421～422頁。

〔註37〕《宋史‧禮志‧嶽瀆》：「真宗封禪畢，加號泰山為仁聖天齊王，遣職方郎中沈維宗致告。又……詔泰山四面七里禁樵採，給近山二十戶以奉神祠，社首、徂徠山並禁樵採。」

避諱泰山而別稱「太行山」的筆法被發明出來了。這一認識對於理解同時同類作品類似情況有啓發和指導意義。

四、《宋江三十六贊》中的「太行」

　　南宋末周密《癸辛雜識續集》所錄龔聖與《宋江三十六贊》（以下或簡稱《贊》）〔註38〕，是今存最早記載宋江三十六人姓名、綽號及主要特徵的文獻。《贊》中涉及宋江等人活動區域的地名不多，除贊阮小二有「灌口少年……清源廟食」和贊雷橫有「生入玉關」等語，提及「灌口」「清源」「玉關」三處其實無關大體的地名之外，其他稱「大行」即「太行」亦即「太行山」者，共有五處，分別是：贊盧俊義云：「白玉麒麟，見之可愛，風塵大行，皮毛終壞。」贊燕青云：「平康巷陌，豈知汝名，大行春色，有一丈青。」贊張橫云：「大行好漢，三十有六，無此夥兒，其數不足。」贊戴宗云：「不疾而速，故神無方，汝行何之，敢離大行。」贊穆橫云：「出沒太行，茫無涯岸，雖沒遮攔，難離火伴。」諸贊中五稱「太行」，除嚴敦易先生認爲「這裡面當是龔氏有意的用太行來影射，隱寓寄希望於中原俊傑草莽英雄的說法」，而非實指太行山〔註39〕，與本文將要得出的認識有一定契合之外，其他論者無不以爲就是指太行山，唯是進一步的推論有所不同。如何心先生還止於說：「可見當時認爲宋江等三十六人聚集在太行山。」〔註40〕孫述宇先生就不僅以「這卅六人的活動範圍與大本營所在地都是太行山」，還把《贊》中「太行好漢」故事作爲「水滸」故事的一個「分枝」，「標作『山林故事』，以別於講梁山泊的『水滸故事』」〔註41〕；王利器先生則更明確說《水滸傳》成書的基礎之一是講宋江等人故事的「太行山系統本」〔註42〕。現在看來，這很可能都是錯誤的，溯源即在對《贊》中「太行」爲太行山的誤判。筆者這樣認爲的理由有以下幾點：

〔註38〕〔宋〕周密撰《癸辛雜識》，吳企明點校，中華書局1988年版，第145～150頁。

〔註39〕嚴敦易《水滸傳的演變》，作家出版社1957年版，第44頁。

〔註40〕何心《水滸研究》，上海古籍出版社1985年版，第386頁。

〔註41〕孫述宇《〈水滸傳〉的來歷、心態與藝術》，臺灣時報文化出版事業有限公司1981年版，第195頁。

〔註42〕王利器《〈水滸全傳〉是怎樣纂修的》，《耐雪堂集》，中國社會科學出版社1986年版，第49頁。

　　第一，綜觀史載宋江等活動的大範圍，實際是以京東梁山泊爲中心包括泰山在內的廣大地域，倘以《贊》文五稱之「太行」爲太行山，則於史不合，所以當有別解。按宋人記宋江事，或稱「淮南盜」（《宋史·徽宗本紀》），或稱「陷淮陽軍，又犯京東、河北，入楚海州界」「宋江寇京東，（侯）蒙上書言：『宋江以三十六人，橫行河朔、京東……』」（《東都事略》。「河朔」，《宋史·侯蒙傳》作「齊、魏」），或稱「河北劇賊宋江……轉掠京東，徑趨沐陽」（汪應辰《文定集》卷二十三《顯謨閣學士王公墓誌銘》），或稱「宋江……剽掠山東一路」（張守《毗陵集》卷十三《左中奉大夫充秘閣修撰蔣公墓誌銘》），或說「京東賊宋江等出入青、齊、單、濮間」「宋江擾京東」（方勺《泊宅編》），或曰「盜宋江犯淮陽及京西、河北，至是入海州界」（李燾《續宋編年資治通鑑》卷十八），或曰「宋江起河朔，轉略十郡」（《宋史·張叔夜傳》），或曰「山東盜宋江」「犯淮陽軍，又犯京東、河北路，入楚州界」（李埴《皇宋十朝綱要》卷十八）等等〔註43〕，今見除《贊》之外所有宋人關於宋江活動區域的記載，涉及不過「淮南」即「淮陽」「京西」「京東」即「山東」「河北」即「河朔」「齊、魏」「青、齊、單、濮」、海州等地。這些稱說中雖然都不直接涉及泰山或太行山，但綜合其所構成之宋江活動的大範圍，明顯是汴京（今河南開封）周圍偏重京東的廣大區域。這一區域實際的中心是京東的梁山泊，正是遠不及太行山，而與泰山爲緊鄰。

　　這尤其可以從《東都事略》與《宋史》同是記「（侯）蒙上書言」稱宋江等，一作「橫行河朔、京東」，一作「橫行齊、魏」的不同而相通處看得出來。其中「河朔」與「京東」並列，可以認爲是指河北路。「齊」即齊州，今山東濟南，宋屬京東路；「魏」即「安史之亂」前的魏州，後改置爲「河朔三鎮」之一的魏博，入宋稱大名府，後改北京，即今河北大名，宋屬河北路。由此可知，「橫行河朔、京東」，一作「橫行齊、魏」的不同，實是前者以路一級範圍稱，後者以府一級範圍稱，其相通處在其所指具體都爲宋河北路毗連京東路之今河北大名與濟南東西相望間梁山泊與泰山毗連一帶地區。這一地區的重鎮爲鄆州（治須城？即今東平），而鄆州於宣和元年（1119）升爲東平府，所以才會有《宋史·侯蒙傳》載蒙因上書言「不若赦江，使討方臘以自贖」

〔註43〕本段中以上引文皆轉錄自朱一玄、劉毓忱編《水滸傳資料彙編》，百花文藝出版社1981年版，第2～13頁。

而被「命知東平府」之事〔註44〕。否則，若以宋江「橫行河朔」爲在河北近太行山一帶活動的話，朝廷還會命侯蒙「知東平府」嗎？徽宗雖昏，亦不至如此。

　　第二，史載宋江事雖涉及「京西」與「河北」即「河朔」兩路，因此不排除宋江等偶而一至太行山的可能，但並不能得出宋江「這卅六人的活動範圍與大本營所在地都是太行山」的結論。按宋之「京西」「河北」兩路各地域甚廣，不便一說到「京西」「河北」就一定是到了太行山。按《宋史‧地理志》載：「京西南、北路，本京西路，蓋《禹貢》冀、豫、荊、兗、梁五州之域，而豫州之壤爲多……東暨汝、穎，西被陝服，南略鄢、郢，北抵河津。」又載：「河北路，蓋《禹貢》兗、冀、青三州之域，而冀、兗爲多……南濱大河，北際幽、朔，東瀕海，西壓上黨。」這兩路屬今河南、河北、山西的部分地方如上黨（今山西長治）近太行山或在太行山，但這些地方分別爲宋京西之北界、河北之西界，而上引「宋江犯淮陽及京西、河北，至是入海州界」等涉及京西、河北的記載中，其征戰運動的路向，一致是京東、沭陽、楚海州界等偏於汴京東南之京東東路、淮南東路一帶去處。這一路向，倘非有意作大寬轉至京西路北界和河北路西界的太行山，然後折回以去京東等地，那麼其繞行京西、河北兩路的取道，一般說應是京西、河北兩路近汴京之地，便於去京東以至沭陽、楚海州的地方。這條以汴京爲向心點繞行的路線，在京西、河北境內，總體上爲背太行山而趨向於京東梁山泊，而後歸於淮南東路的海州。這一條路線，如果說其上半段自淮陽繞京西以至河北的部分言，尚不排除偶而一至太行山的可能，但也絕不會到可以稱「太行好漢，三十有六」的地步，那麼其下半段自河北走京東入淮南的部分，不僅與太行山爲漸行漸遠，而且中經八百里梁山泊，主要是水道，即如余嘉錫先生所說：「江所以能馳騁十郡，縱橫於京東、河北、淮南之間者，以梁山泊水路可通故也。」〔註45〕更是完全沒有一至太行山的可能。從而《贊》中五稱之「太行」，必非太行山。又自古舉事者，勝則攻城入據，敗則退保山林，宋江這支隊伍的流動性與戰鬥力極強，其且戰且行，既「轉掠十郡，官軍莫敢攖其鋒」，所向無敵，也就沒有在京西、河北遁入無可「掠」之太行山的必要，從而以《贊》之「太行」爲太行山，情理上也是說不通的。

〔註44〕參見嚴敦易《水滸傳的演變》，第4～5頁。
〔註45〕余嘉錫《宋江三十六人考實‧楊家將故事考信錄》，雲南人民出版社2005年版，第91頁。

　　第三，《贊》中所透露地理特色亦與太行山不合，而更合於別稱「太行山」的泰山。按《贊》中既稱「太行好漢，三十有六」，則諸贊中涉及地域的用語，除如上引「清源」「玉關」等僅關乎個別人物來歷始末者之外，其他都應該與「太行」有關。倘以「太行」爲太行山，而太行山雖臨黃河，卻在河之中上游並無水域廣大的湖泊，那麼《贊》中如「出沒太行，茫無涯岸」所憑之湖山相倚之態，和相應寫有「夥兒」「火伴」等水上英雄的內容便無所著落。而京東「八百里梁山泊」東與泰山毗連一帶，卻正是這樣一個可以水陸兩棲作戰的大舞臺。孫述宇先生因於盧嘉錫等人的考證，僅執於「靖康」之後「太行忠義」活動的史實對水滸故事的影響，而不顧《贊》辭隱寫有水上英雄與廣大水域的事實，所做《贊》中所說是一個「活動範圍與大本營所在地都是太行山」的「山林故事」〔註46〕的結論，是不能令人信服的。

　　第四，從元陸友仁《題〈宋江三十六人畫贊〉》對《贊》辭的理解看，此「太行」也不會是太行山，而是泰山。陸詩一面誠如余嘉錫先生所論云：「友仁詩作於有元中葉，去宋亡未遠，典籍具在，故老猶存，故所言與史傳正合。」〔註47〕確有詩史的價值；另一面陸詩就《贊》而作，也是理解《贊》之內容的可靠參考。而正是這首詩稱「京東宋江」，而無一言及於《贊》中五出之「太行」，反而若爲《贊》中寫有水域和「出沒太行，茫無涯岸」之說作注似的，明確寫出了「宋江三十六」活動過的地域有「梁山泊」「石碣村」〔註48〕。這使我們一面是不能不認爲，陸友仁是以《贊》所五稱之「太行」並非太行山，宋江等活動的中心是「京東」毗鄰泰山的梁山泊；另一面推測他也許還知道此「太行」爲泰山避諱之不甚流行的別稱，不便承《贊》之五稱以「太行」言宋江事，遂捨「太行」而僅言「梁山泊」「石碣村」。

　　第五，從《水滸傳》的描寫看，其作者或寫定者也以《贊》之「太行」爲隱指泰山。《水滸傳》雖作年頗有爭議，但其寫宋江三十六人與《贊》中所記多相一致，某種程度上可視爲對後者的承衍。從而《水滸傳》對宋江三十六人形象的處理，可以看作對《贊》辭記敘的理解。以此而論，《贊》稱戴宗云：「不疾而速，故神無方。汝行何之，敢離太行。」但《水滸傳》寫戴宗並未著明爲山東人進而泰安人，卻最後到泰山歸神。倘若《水滸傳》的作者以

〔註46〕孫述宇《〈水滸傳〉的來歷、心態與藝術》，第195頁。
〔註47〕余嘉錫《宋江三十六人考實·楊家將故事考信錄》，第33頁。
〔註48〕〔清〕顧嗣立《元詩選》三《庚集》陸友仁《杞菊軒稿·題〈宋江三十六人畫贊〉》。

爲《贊》之「太行」爲太行山，則不難寫他去彼終老，卻一定把《贊》中戴宗所不「敢離」之「太行」寫作泰山，這在泰山有別稱「太行山」之俗的情況之下，應是表明《水滸傳》作者知道而且認可此「太行」實爲泰山之別稱，從而在寫及戴宗歸神這一不同於《贊》之寫「群盜之靡」的褒揚性情節時，能斷然不用《贊》中容易引起誤會的別稱「太行」，而直書揭明爲泰山了。

綜上所論，我們寧肯相信《宋史》《東都事略》等書完全不及「太行山」的記載，相信陸友仁詩與《水滸傳》以不同形式所表達對《贊》之內容的詮釋，而決不應該只據詩體的《贊》辭字面所顯示內容上亦不無自相矛盾的說法，相信其所謂「太行」是太行山並進而想入非非；反而是從亂中有序的歷史記載和泰山別稱「太行山」之俗，以及《贊》之並寫山水的特點中深窺其所寫「太行」，決不會是「天下之脊」的太行山，而應當是毗鄰梁山泊之別稱「太行山」的東嶽泰山。對《贊》中「太行」稱名的這一揭蔽，將有利於澄清宋元如《宣和遺事》等小說戲曲中稱「太行山梁山濼」等的讀誤。

五、《宣和遺事》等小說戲曲中的「太行山」

除上引陸友仁詩之外，宋元明文獻中把宋江三十六人與梁山泊聯繫起來的小說戲曲，有宋或元佚名《宣和遺事》（以下簡稱《遺事》）寫晁蓋、宋江等「同往太行山落草爲寇去也」「前往太行山梁山濼去落草爲寇」〔註49〕；元末明初楊景賢《馬丹陽度脫劉行首》雜劇中有云：「你怎不察知就裏？這總是你家門賊。怎將蓼兒窪強猜做藍橋驛？梁山泊權當做武陵溪？太行山錯認做桃源內？」〔註50〕把蓼兒窪、梁山泊與太行山並舉；又晚明馮夢龍編著《古今小說·沈小霞相會出師表》中有「明日是濟寧府界，過了府去便是太行山梁山濼」，與「前途太行梁山等處」〔註51〕等語。此外，《水滸傳》中雖無「太行山梁山濼」的稱說，但百回本第十六回寫黃泥岡的賦贊中仍有「休道西川蜀道險，須知此是太行山」〔註52〕的句子，明確提及「太行山」。

〔註49〕《宣和遺事》，丁錫根點校《宋元平話》，上海古籍出版社 1990 年版，第 301、303 頁。

〔註50〕〔明〕臧晉叔編《元曲選》第四冊，中華書局 1958 年版，第 1333 頁。

〔註51〕〔明〕馮夢龍編《古今小說》，許政揚校注，人民文學出版社 1958 年版下冊，第 666 頁、第 668 頁。

〔註52〕〔元〕施耐庵、羅貫中著《諸名家先生批評忠義水滸傳》，李永祜點校，中華書局 1997 年版。

　　以往有關如上表述的研究中，學者對「太行」「太行山」與「梁山」「梁山泊」之關係，或避而不談，如余嘉錫《宋江三十六人考實》、馬幼垣《〈宣和遺事〉中水滸故事考釋》〔註53〕；或以為「太行」為虛擬，如嚴敦易先生認為：「我們不必要去想像明萬曆以後，太行梁山連在一處，還有其特殊的解釋，或濟寧一帶，真有另外一個太行的山名。太行和梁山並稱，是傳說故事中對於草莽英雄，特別是抗金義軍的一種概括，太行梁山混用，是傳說故事在民間流傳弄不清空間與地理上的距離間隔的藝術現實，太行梁山，都是一種象徵。」〔註54〕或認為是敘事中的地理錯誤，如何心說：「太行山在東京之西，梁山濼在東京之東，把兩處地方牽扯在一起，這是《宣和遺事》編者的粗疏」〔註55〕；或以為雖非地理錯誤，但當別解，如王利器把「太行山梁山濼」斷句作「太行山、梁山濼」，進而認為《遺事》中「同往」「前往」云云的兩句話，表明「《水滸》故事有太行山、梁山泊兩個系統的本子」，這兩個本子「一經傳開，後人便以太行山、梁山泊相提並論」〔註56〕！

　　如上問題的關鍵在於「太行山梁山濼」之稱，其「太行山」「梁山泊」在宋一屬京西，一屬京東，絕不可能連屬稱同一區域。對此，除余嘉錫先生等持闕疑的態度可以不論之外，嚴敦易先生的解釋雖在小說美學上是說得通的，但出發點卻是「眼前無路想回頭」（《紅樓夢》第2回）。倘若他能夠顧及文學的虛構不當就實有之事指鹿為馬和牽東就西，又知道由唐至明泰山有別稱「太行山」之俗，他也許就不一定只往「概括」「象徵」等處說了。至於王利器先生由此生出「太行山系統本」的推想，當是由於不敢相信「太行山梁山濼」間為連屬關係而不可以點斷，又在點斷作兩處地方以後，還忽略小說中「明日是濟寧府界上，過了府去」，不當先到「太行山」而後到「梁山泊」，從而失去了發現自己讀誤的可能。又何心先生以為「編者的粗疏」，雖常識常情，但也應該知道《遺事》雖為野史，其有關晁蓋、宋江故事一節敘事，卻並無多明顯地理錯誤。倘「太行山梁山濼」所指果係一在京西、一在京東，

〔註53〕馬幼垣《〈宣和遺事〉中水滸故事考釋》，見馬幼垣《水滸二論》，三聯書店 2007年版。

〔註54〕嚴敦易《水滸傳的演變》，第 44 頁。

〔註55〕參見何心《水滸研究》，第 386～387 頁。

〔註56〕王利器《〈水滸全傳〉是怎樣纂修的》，《耐雪堂集》，第 67 頁。又，筆者雖然不同意王利器先生關於《水滸傳》有一個「太行山系統本」之說，但贊同余嘉錫等先生關於《水滸傳》可能吸納化用了太行山抗金義軍人物與故事的考論。

而將這二者扯在一起的錯誤還被後世淵博如馮夢龍等所信用容留，豈不也有些怪哉！所以，這個問題並不能至諸先生之說而了斷，還有必要尋求「特殊的解釋」。

於是上論泰山別稱「太行」即「太行山」成為釋此百年疑惑的關鍵。因為除了常識可知的太行山距梁山泊為遠，別稱「太行山」之泰山才真正與八百里梁山水泊為山水相連之外，更重要是如上實已論及，宋人文獻載宋江活動區域中，已包括了泰山一帶。余嘉錫論《泊宅編》言「京東盜宋江出青、齊、單、濮間」說：

> 青、齊、單、濮皆京東路濱梁山泊之地也。元陸友仁詩云：「京東宋江三十六，懸賞招之使擒賊。」不曰河北，不曰淮南，並不曰鄆城（小說言江為鄆州鄆城縣人），而曰京東者，因梁山濼彌漫京東諸州郡，故舉其根據地之所在以稱之也。〔註57〕

雖然余說也未及於泰山，但北宋泰山為齊州（後稱濟南府）南界，而地連梁山水泊，宋江等當年活動區域包括泰山，實可以意會得之。進而以泰山之別名稱「太行山梁山濼」，實在於無可無不可之間，恰是小說家敘事可取之境。在這種情況之下，如果我們不願意相信《遺事》作者等必是犯了東拉西扯的低級的地理知識錯誤，就應該相信「太行山梁山濼」之稱「太行山」，實是用了泰山的一個不夠廣為人知的別名，所指乃泰山與梁山泊相連一大片地域。

至於《遺事》作者別稱泰山為「太行山」而不直稱泰山之故，除上論泰山避諱的原因之外，一方面還當由於其既寫宋江等「落草為寇」，就不能不說他們有山寨憑依，就只好用了泰山的別稱「太行山」，並時或簡稱「太行」；另一方面太行山不僅與泰山一樣自古「多盜」〔註58〕，還如泰山與梁山泊相連地域一樣，是靖康之後抗金忠義軍活動的兩大主要區域之一，使二者確有嚴敦易先生所說「很悠久的精神聯絡」〔註59〕，實也有便於作者作此以「太行山」隱指泰山的安排。

〔註57〕余嘉錫《宋江三十六人考實·楊家將故事考信錄》，第91頁。
〔註58〕關於太行山多盜，參見《後漢書·鮑永子昱傳》《宋史·王仲寶傳》；關於泰山多盜，除上引史載黃巢事之外，另參見《莊子·盜跖》《三國志·魏書·涼茂傳》《金史》卷八〇《斜卯阿里傳》、卷八二《烏延胡里傳》、卷一〇一《承暉傳》。
〔註59〕嚴敦易《水滸傳的演變》，第45頁。

　　關於《遺事》之「太行山」不是太行山，而是隱指泰山，從其敘事中也可窺見一斑。按《遺事》寫「太行山」或與「梁山泊」綴爲一體，故應與後者聯繫起來一併考察。而相關文字，除寫楊志賣刀殺人被捕發配衛州的途中，李進義等「兄弟十一人往黃河岸上，等待楊志過來，將防送軍人殺了，同往太行山落草爲寇去也」，和「且說那晁蓋八個，劫了蔡太師生日禮物……不免邀約楊志等十二人……前往太行山梁山濼落草爲寇」之外，其他有四處都作「梁山濼」。由此可見者有三：

　　一是楊志等十二人「同往太行山落草爲寇去」的「太行山」，也就是「不免邀約楊志等十二人」前往落草的「太行山梁山濼」的「太行山」，同是與「梁山濼」山水相倚的一座山。而由於「梁山濼」只在山東，所以此「太行山」不會是太行山；

　　二是《遺事》寫得清楚：楊志賣刀殺人是在潁州（今安徽阜陽），獲罪刺配衛州（今河南汲縣），途經汴京（今河南開封）。衛州雖近太行山，但楊志尚未至衛州，到了「黃河岸上」，就被孫立等殺公差救了。當時黃河流經汴京城北，這救了楊志的「黃河岸上」在汴京的郊區，北距衛州尚有約三百里。所以，孫述宇先生說「他的義兄弟孫立等在衛州黃河邊上，把防送公差殺了……從衛州上太行山」〔註60〕，又注說「楊志等人上太行，是從太行山區邊上的衛州去的」〔註61〕云云是錯誤的。楊志等人是從流經汴京城北的黃河舟行而下，去了京東梁山濼毗鄰的「太行山」，所以才有下文「不免邀約楊志等十二人……前往太行山梁山濼落草爲寇」之說。由此也可見上列「太行山落草」與「太行山梁山濼去落草」的一致性，在於其所謂「太行山」都不是太行山，而是近「梁山濼」的同一座山，爲別稱「太行山」的泰山；

　　三是進一步聯繫《遺事》此節寫晁蓋、宋江諸事，凡涉及地理，除鄆州等之外，如晁蓋八個「劫了蔡太師生日禮物」的地方是「南洛縣」「五花營」也實有其地，即今河南濮陽南樂縣五花村，南距鄆城、梁山都在 200 華里以內。倘以「太行山」爲太行山，那麼一位敘事在「五花營」這種小地名都準確（合理）無誤的作者，會同時發生「太行山梁山濼」的所謂「粗疏」嗎？此外，還如嚴敦易先生所論：「《宣和遺事》記宋江攻奪的州縣，作『淮揚、京西、河北三路』，獨無京東，當因梁山濼本在京東之故；否則既在太行山，

〔註60〕孫述宇《〈水滸傳〉的來歷、心態與藝術》，第 195 頁。
〔註61〕孫述宇《〈水滸傳〉的來歷、心態與藝術》，第 207 頁。

又何必再特提河北呢？」〔註 62〕種種跡象，可見其「太行山」必非太行山；而且從《遺事》中極少虛擬地名看，這「太行山」也不便遽以爲僅是「一個象徵」，而與八百里水泊相倚的泰山別稱「太行山」，正可以備爲「特殊的解釋」。

《遺事》寫晁、宋故事以「太行山」隱指泰山的秘密，從其寫「太行山」「太行山梁山濼」等同時寫及泰山也可見端倪。按《遺事》寫及泰山的文字，除九天玄女實爲泰山神之外，還寫了吳加亮向宋江說及晁蓋「政和年間，朝東嶽燒香」，又寫宋江與吳加亮商量「休要忘了東嶽保護之恩，須索去燒香賽還心願則個」，並「擇日起行……往朝東嶽，賽取金爐心願」〔註 63〕。如此等等，是在「太行山梁山濼去落草爲寇」的「宋江三十六」？受到的是「東嶽保護之恩」，晁、宋曾先後率眾朝拜的是泰山。倘以此「太行山梁山濼」之「太行山」爲太行山，那麼太行有北嶽恒山，「東嶽保護」豈非越俎代庖了嗎？而且晁、宋等既在此「太行山梁山濼」，則太行山才是其最大保障，怎麼可以不感恩太行山或北嶽的保護，而「往朝東嶽」呢？這些矛盾的唯一解釋，就是以其「太行山」只是東嶽泰山的一個別稱，從而感恩「東嶽」也就是感恩「太行山」。唯是《遺事》作者是在他視爲是正面描寫涉及泰山時直寫稱「東嶽」，視爲是負面描寫時則曲筆作「太行山」。後世劉景賢、馮夢龍等當因深悉此義，故能以不同方式襲用之。而今人一切有關「太行山梁山濼」爲「編者的粗疏」或奇特解會，皆是因不明此「太行山」爲泰山別稱之故，而誤入了歧途。

至於《水滸傳》中只說梁山泊，僅一見「太行山」，當是由於《水滸傳》的作者或編訂者雖知泰山有別稱「太行山」之俗，但也知其流行未廣，故從眾之常識而有意避免牽合太行山以言梁山泊，並不見得就是爲補《遺事》「粗疏」。否則，儘管其筆下要略加斟酌，但並不難「只說梁山泊，絕不提太行山」〔註 64〕的。

綜上所考論，可以得出如下認識：
一、歷史上由於種種原因，一方面造就有「泰山」自古別稱「太山」，而唐宋元明諸代又有「太行山」「泰行山」之俗；另一方面「太行山」之「太行」

〔註62〕嚴敦易《水滸傳的演變》，第 44 頁。
〔註63〕《宣和遺事》，第 305～306 頁。
〔註64〕何心《水滸研究》，第 386～387 頁。

又自古音訓「泰行」或「泰杭」，後世或稱「泰行山」。兩山各稱名多歧與交叉共名的現象，導致唐宋金元明長時期中主要是泰山別稱「太行山」的混淆，並時或進入某些文獻的應用。

二、泰山別稱「太行山」在官書與正統詩文中較少，各類通俗文學特別是小說戲曲中時見。一般說來，泰山被作爲褒揚的對象或與這類對象相聯繫時，往往直寫爲「泰山」「東嶽」或「太山」等，而在說唱有修辭上的需要如《二郎寶卷》《泰山寶卷》及《水滸傳》之例中，和涉及「盜賊」等負面因素時如在《贊》《遺事》《殘唐》等有關黃巢、宋江故事的作品中，往往因諱言泰山而代之以別稱「太行」「太行山」等。這時的「太行」「太行山」等，不是太行山，而是東嶽泰山。明乎此，則知以往學者於「太行」「太行山梁山濼」等的判讀及其推測中的所謂「太行好漢」的「山林故事」與「太行山系統本」，基本上都是錯誤的。

三、泰山別稱「太行山」只是一定範圍的小傳統。其始偶見於唐代小說，宋代及其以後文獻中迤邐有較突出的表現，並形成一個演變的過程，即宋人史籍涉「盜」記載的諱言泰山——宋元雜著及小說戲曲涉「盜」描寫的泰山別稱「太行山」——元明《水滸傳》的有意避言「太行山」。這同時是「梁山濼（泊）」在水滸故事中從無到有被突出爲中心的過程。但至明代，泰山別稱「太行山」之俗及其對說唱文學與小說的影響，仍不絕如縷。

本文以上就泰山別稱「太行山」與若干小說戲曲之讀誤進行的討論，雖已盡力搜羅辨析，但由於涉及面廣，資料浩瀚，識淺力薄，誠不免管窺錐指，是非有所不公，誠盼專家學者賜教匡正。

（原載《文學遺產》2010 年第 6 期，有修訂）

略論泰（太）山與太行山、華山等之互稱及其對文學的影響

拙作有《試說泰山別稱「太行山」——兼及若干小說戲曲之讀誤》一文，揭蔽唐宋以降泰山有別稱「太行山」之俗，《水滸傳》等若干古代小說戲曲中之「太行」或「太行山」，其實是指「泰（太）山」。如《宣和遺事》《沈小霞相會出師表》中「太行山梁山泊」等〔註1〕，實是說泰山梁山泊。但由於當時個人的疏忽和認識所限，尚有三點不足：一是於唐代及其以前泰山別稱「太行山」的論證不夠充分併有微誤；二是於泰山別稱「太行山」對太行山形象影響的一面未能兼顧；三是與泰山別稱「太行山」直接或間接相關的，也還有太行山又名「五行山」和「西嶽華山」曾一度改稱「太山」等現象，也程度不同地反映於文學描寫的現象未曾提出討論。這些，都應該予以進一步的探討。

一、「泰（太）山」別稱「太行山」起於唐前

上述拙文《試說泰山別稱「太行山」——兼及若干小說戲曲之讀誤》於唐代泰山別稱「太行山」僅舉《太平廣記》卷三五〇《浮梁張令》一篇為證，卻又誤引「太山」作「太行」，是一個很大的疏忽（已在該刊有個人聲明糾正）。但是，當初拙稿引證並不止此一例，而還有如李白《白馬篇》之「弓摧」一聯，《李太白全集》卷五作「弓摧南山虎，手接太行猱」；而宋郭茂倩《樂府

〔註1〕杜貴晨《試說泰山別稱「太行山」——兼及若干小說戲曲之讀誤》，《文學遺產》2010 年第 6 期。收入本卷。

詩集》卷第六十三《雜曲歌辭三》錄李白此詩卻作「弓摧宜山虎，手接太山猱」，清康熙間繆曰芑刊本《李翰林集》（以下簡稱「繆本」）依之。對此，清乾隆間學者王琦《李太白全集》校注僅列異同〔註2〕，而未作是非的認定，似有兩存其可之意。這一現象與今本《樂府詩集》點校以《李太白集》本爲是、繆本爲非相對照〔註3〕，則知王琦兩存其可的處理，既是愼重的態度，也還有異文形成的原因以至原本如何難以遽斷的緣故。這在上句是「南山」與「宜山」之典均有出處，不可以理校，卻又不排除「南」與「宜」形近而訛的可能，茲不具論；在下句卻可以看出王琦實以唐代有「太行（山）」與「太山」可以互稱之俗。何以見得？

一是王琦校注以「太行猱」與「太山猱」兩說並存，實以「太山」或「太行」均無不可，就包含了「太山」與「太行（山）」可以互相替代即二者互稱的可能。據王琦注，《李太白全集》本「太行猱」出《尸子》載：「中黃伯曰：『予左執太行之猱，而右搏雕虎。』」〔註4〕由此出處的可靠，似又可以反證李白原作必作「太行猱」。卻又不然，因爲王琦注「南山虎」接下並注「宜山虎」，實乃顯示其以「南山」作「宜山」亦不爲無據的兩可態度。

二是上引王琦注雖然未及繆本之「太山猱」，但是繆本作「太山猱」除有《樂府詩集》本的根據之外，作爲用典也有可靠的出處，即《史記·周本紀》司馬貞《索隱》按引《越絕書》曰：「左手如附太山，右手如抱嬰兒。」（今本無）特別是句中「附」字正可以引申爲「接」，而《越絕書》句中「左手如附」與《尸子》「左執」意義相近，且《尸子》作「太行」處，在《越絕書》正是作「太山」。由此可見，在《尸子》至《越絕書》成書的戰國秦漢間，很可能就已經有了「太行」與「太山」互稱之俗。從而馴至唐代，李白《白馬篇》「弓摧」一聯原作「太行猱」或「太山猱」均有可能，今存異文不排除是李白原作與改稿並行結果。即使異文的發生是由後人改竄，但這一改竄必因於當時詩文中有「太行」與「太山」互稱之俗。乃至繆本的取捨和王琦校注的兩存其可，都應該是出於對「太行」與「太山」互稱之俗的瞭解與認可。

〔註2〕〔唐〕李白《李太白集》（上冊），〔清〕王琦注，中華書局1977年版，第280頁。

〔註3〕〔宋〕郭茂倩《樂府詩集》（第三冊），中華書局1979年版，第919頁。

〔註4〕〔唐〕李白《李太白集》（上冊），〔清〕王琦注，中華書局1977年版，第280頁。

上述之外，拙文《試說泰山別稱「太行山」——兼及若干小說戲曲之讀誤》還曾舉《太平御覽》卷三十九《地部四·泰山》引《上黨記》曰：「太行阪東頭，即泰山也。」認為「這一說法把太行山與泰山聯在了一起」，其「所指實際的情況應該是沿太行山羊腸阪道向東可至於泰山。但就字面上看，這句話不排除泰山是太行山之一部的意思，從而有導致泰山與太行山混淆的可能」。並舉元念常集《佛祖歷代通載》卷第二十二載元世祖與相士問答，證明元人有以「泰（太）山」為「太行山」之俗。此去數年，今又得泰山學者周郢先生惠寄他新發現的一則資料——清康熙刊本《南巡惠愛錄》所載：

> 此山（周郢按指泰山）即泰行山之南山也。三省管轄，周可八百里。《論語》云「登東山而小魯，登泰山而小天下」，正此山也。
> 〔註5〕

上引資料中的「泰行山」即「太行山」。其以泰山為「泰行山之南山」，與上引《上黨記》曰「太行阪東頭，即泰山也」相合。故周郢先生郵件就此資料的發現評說：「先生所論泰山與太行山之關係，今已尋得確證。」我想這至少是得到了進一步的證明，是一件令人高興的事。而「泰（太）山」與「太行山」互稱之俗，清人因之，其實際的源頭則不止可以上溯到唐代，更從上古秦漢就已經形成了。乃補證於此，並感謝周先生無私的貢獻，期待有關於「泰（太）山」別稱「太行山」的更多有力的證據被發現出來，以推動正經此一問題有更深入廣泛的討論。

二、「泰（太）山」與「太行山」互稱的特點與意義

上論「泰（太）山」與「太行（山）」互稱之俗，源自上古，與時流變，其特點與意義也在歷史的發展中不斷豐富變化，約有以下三個方面：

（一）民間說唱，湊字押韻。「泰（太）山」與「太行（山）」互稱，為民間說唱稱呼「泰（太）山」提供了選擇用兩個字或三個字以湊字押韻的方便。例如成書於明朝嘉靖年間的《清源妙道顯聖真君一了真人護國祐民忠孝二郎開山寶卷》（以下或簡稱《二郎寶卷》）卷上《水火既濟品第六》，寫孫悟空把二郎神的母親「壓在太山根」，但是到了《搖山晃海品第七》寫「二郎……問著西王母，我娘那邊行？」得到的回答卻是：「王母開言叫二郎，你娘壓在

〔註5〕楊勇軍《論記康熙第三次南巡事蹟的〈惠愛錄〉兼及〈紅樓夢〉》，《南京師範大學文學院學報》2015年第3期。

太行山。」〔註6〕又如明萬曆末年黃天教教徒悟空所編《靈應泰山娘娘寶卷》
有云：「泰山娘娘，道號天仙，鎮守泰行山……娘娘神通大，奧妙廣無邊。眼
觀十萬里，獨鎮泰行山。」〔註7〕這些文例中「泰（太）山」作「太行山」或
「泰行山」都明顯出於湊字押韻等詩歌修辭學上的裁量，於實際是敘泰山之
事和所敘泰山事本身，也就是文本的內容並沒有關係，而只是給了寶卷之類
民間說唱以修辭上的方便而已。

　　（二）使「泰（太）山」無「惡」不歸於「太行（山）」。《公羊傳‧閔公
元年》：「《春秋》爲尊者諱，爲親者諱，爲賢者諱。」這個傳統影響中國社會
自古就有並隨時發生各種避諱，包括自然物等一旦與尊、親、賢者相關或爲
其所重，就都有可能成爲避諱的對象，而避諱的對象往往同時是被刻意美化
的對象。甚者正如《儒林外史》寫杜慎卿譏評杜少卿所說：「我這兄弟有個毛
病：但凡說是見過他家太老爺的，就是一條狗也是敬重的。」〔註8〕泰山作爲
「五嶽獨尊」之山，是歷代皇帝封禪和民眾求子嗣、祈平安的神山，很早就
是避諱的對象。影響所及，大眾傳播中涉及「泰（太）山」有所謂「盜賊」
的歷史事實，往往就不能直言。而自古泰山偏又多盜，如史載「（黃）巢挺身
東走至泰山狼虎谷，爲時溥追兵所殺」（《新五代史‧梁紀‧太祖本紀》），史
實鐵證如山地就發生在泰山，而與「太行山」了無關係；又如宋江等三十六
人「橫行齊魏」（《宋史‧徽宗本紀》），「京東盜宋江出青、齊、單、濮間」（《泊
宅編》），齊即齊郡即今濟南市，南倚「泰（太）山」，而與「太行山」相去遙
遠。但在《殘唐五代史演義傳》《水滸傳》及其所取材的《大宋宣和遺事》等
書中，有關這些事實的「泰（太）山」都被置換成爲了「太行山」〔註9〕。由
於同樣的原因，如上已述及在晚明馮夢龍編著《古今小說》第四十卷《沈小
霞相會出師表》中甚至出現了「太行山梁山濼」之類明顯不合地理常識的表
述。其效果就是把那些發生在「泰（太）山」的所謂「悖逆」之事，硬是挪
移按在了「太行山」上，豈非泰山無「惡」而不歸於太行山？而太行山就因

<hr>

〔註6〕〔明〕無名氏《清源妙道顯聖眞君一了眞人護國祐民忠孝二郎開山寶卷》，張
　　　希舜、濮文起、高可、宋軍編《寶卷》初集（13），山西人民出版社 1994 年
　　　版，第 508～515 頁。
〔註7〕〔明〕無名氏《靈應泰山娘娘寶卷》，張希舜、濮文起、高可、宋軍編《寶卷》
　　　初集（13），山西人民出版社 1994 年版，第 21～22 頁。
〔註8〕〔清〕吳敬梓《儒林外史》，人民文學出版社 1984 年版，第 363 頁。
〔註9〕杜貴晨《試說泰山別稱「太行山」——兼及若干小說戲曲之讀誤》，《文學遺
　　　產》2010 年第 6 期。收入本卷。

此而被污名或進一步污名為盜賊之窟了。

（三）使「太行山」無美不歸於「泰（太）山」。「太行山」綿亙千里，自古與泰山同多盜或更甚，加以上述小說戲曲涉盜描寫泰山別稱太行山的刻意抹黑，真是到了子貢所說「紂之不善，不如是之甚也」（《論語·子張》）的地步。然而，事情的發展似又未止於此，而是在相反的方向上，又把「太行山」歷史上有可尊崇的「忠義」人物故事，挪移到了「泰（太）山」。集中而突出的例子是楊家將故事所根據的北宋初年太原名將楊業一門忠良的事蹟，本來發生於太行山一帶，但是，《新編全像楊家府世代忠勇通俗演義志傳》等楊家將小說，卻寫其能行「忠義」的事蹟都不在太行山，而一旦為朝廷所不容或「反上太行山，稱草頭天子」的情況下才上「太行山」〔註10〕。從而「太行山」作為楊家將戰死沙場的真實背景地，卻被與敘楊家將「忠良」一面的事蹟徹底切割。而在民間，楊家將忠君愛國故事甚至完全拋棄了「太行山」，而被直接挪移至「泰（太）山」的背景之上。對於因此而泰山周邊多楊家將故事流傳與印記的現象，周郢先生曾經考察並提出以下問題：

> 在泰山周邊，分佈著為數眾多的楊家將遺跡，諸如南天門（奉祀穆桂英像）、六郎墳、楊六郎祠、孟良臺、焦贊臺、穆桂英溝、穆英臺、穆柯寨、穆寨頂（以上泰山南麓）、楊家寨、楊家井、穆家寨、降龍樹、楊家臺（以上泰山北麓）等等，多達20餘處。與歷史上楊業、楊延朗（楊延昭）等人軍事活動區域（今山西、陝西、河北境）相距甚遙的東嶽泰山，為何會出現如此之多的楊家將遺跡，無疑是一個頗具興味的文化話題。

他的結論是：

> 楊家將故事與泰山有著諸多歷史及文化的聯繫。歷史上楊延朗作為扈從武臣，參加了宋真宗封禪大典，將楊家將的威名播於泰山，宋元之際泰山周邊湧現的眾多山寨及女傑，乃是「山東穆柯寨」與「穆桂英」藝術形象的直接源頭；而明人筆記中紅裳女子在泰山與楊六郎過招的情節，則是穆桂英故事進入楊家將傳奇的一個關鍵鏈環。泰山周邊眾多楊家將遺跡的出現，實基於上述這一複雜而有趣、離奇卻真實的歷史文化背景。〔註11〕

〔註10〕〔明〕無名氏《楊家府演義》，上海古籍出版社1980年版，第107頁。
〔註11〕周郢《楊家將故事與泰山》，《泰山學院學報》2010年第1期。

筆者所見這是楊家將故事與泰山之關係第一次被提出討論，其結論的基本方面也頗可令人信服。但還可以補充的是，「楊家將」作為本來發生於「太行山」的歷史故事，能在除太行山之外的泰山，而不是萬山之中的其他山及其周邊持久傳播，大量衍生，應當也由於「泰（太）山」別稱「太行山」或曰「泰（太）山」與「太行山」互稱的理由與方便。換言之，民間造作與傳播者無論為了對「楊家將」還是「泰（太）山」的褒美，都更願意把二者結合在一起。因為這樣做的結果，一方面使「楊家將」故事脫離了被以「盜賊」污名的「太行山」背景，另一方面也加強了「泰（太）山」自古生成並被持續強化的神山形象。如果此想有合理之處，那麼「泰（太）山」別稱「太行山」之影響，又有了古代通俗小說奪「太行山」之美以歸於「泰（太）山」的一面，而無所留白了。

但是，在今見「泰（太）山」與「太行山」互稱的文例中，有一個似為例外的情況不可以忽略，即《三國志平話》〔註 12〕中「太山」和「太行山」同時出現，日本漢學家大冢秀高先生曾就相關諸文例作具體分析討論。他先舉「太山」的文例，第一個例文：

> 「有鄆州表章至，有太山腳下摺（揭）一穴地，約車輪大，不
> 知深淺。差一使命探吉凶」。

對此，他認為「這個太山，從『鄆州表章至』之句來看，無疑就是泰山。」
又舉第二個例文：

> 「長安至定州幾程。若到定州，打算計幾日，都交打清。在前
> 拋下糧草，都交補訖。劉備赴定州附郭安喜縣縣尉。為太山賊寇極
> 多，你將本部下軍兵鎮壓」。

對此，他根據「安喜縣在河北省（保定道）定縣」的事實，認為「這就不能看作泰山了。」接下又舉第三個例句：

> 「有劉備、關、張眾將軍兵，都往太山落草」。

並述論曰：

> 可是朝廷接到報告，召開朝議，劉備等三人的落草之處，卻如
> 下述引文，當成太行山了。上文二例的太山，無疑指的是太行山。

> 「帝曰：『如何招安的劉備』』『今將十常侍等殺訖，將七人首級

〔註12〕 〔元〕無名氏《三國志平話》，丁錫根點校《宋元平話集》，上海古籍出版社
1990 年版。

往太行山，便招安得那弟兄三人。』帝：『依卿所奏。』問：『誰人可去』』董成奏：『小臣願往。』董成將七人首級，前往太行山去」。

以上引用的太行山是《三國志平話》中的太行山第一和第二例文。還有一例在卷中：

「卻說關公與二嫂，往南而進太行山，投荊州去」。這個太行山從地理位置上看，無疑就是太行山。

他由此得出結論說：

以上諸例，可以確認，《三國志平話》中把泰山都寫作太山，而把太行山有寫作太行山，也有寫作太山的。大山及與之同音的太山原意都是很大的山。因此，把秀峰獨立的稱為太山；把山巒連亙的稱為太行山，那也合乎道理。可是，對於認為沒必要區別的，把兩者都寫作太山。當時，太山之稱有可能不僅指泰山，也指太行山吧。

〔註13〕

以上也為了本文讀者便於參考的緣故而繁引大冢秀高先生的論述，如果單純就這個「太山之稱有可能不僅指泰山，也指太行山」的結論說，先生所論可說是對於泰山文化的一個獨立重要的發現。但是，他認為《三國志平話》以「太山」稱「太行山」或說把「太行山」稱為「太山」是由於「認為沒有必要區別」則還缺乏證據的支持，似乎考慮不周。

我這樣認為的理由在於，雖然上列《三國志平話》中提及「太山」的三個文例，確實是第一例指「泰山」，第二、三兩例指「太行山」，但是一般來說，在不是為了如湊字或押韻等形式技巧需要的情況之下，同一部書中又上下文之間出現這種差異的原因，並不一定就是認為「太行山」與「太山」是「沒有必要區別的」，還有可能是作者書寫或後世傳抄刊刻的疏忽所致。回到這一文例的出處來說，《三國志平話》既已在「有鄆州表章至」云云的敘事中以「太山」指泰山，那麼為敘事清楚計，下文再用「太山」時就該考慮到與此「太山」指「泰山」的用法一致，否則便容易導致讀者的誤會。而所以不一致者，確實不排除那時已有「太山之稱有可能不僅指泰山，也指太行山」的影響的可能，但同樣也不排除是作者書寫或後人傳抄刊刻中的失誤。從而《三國志平話》中「太山」和「太行山」同時出現的情況，確有作為「泰山

〔註13〕 〔日〕大冢秀高《天書與泰山》，閻家仁，董皓譯，《保定師範專科學校學報》 2003 年第 1 期。

別稱『太行山』」之輔證的可能，但也不能認爲是本文以「泰山」與「太行山」互稱導致無惡不歸「太行」，無美不歸「泰（太）山」的反證。

三、「五行山」之替代「泰山」——《西遊記》對「泰山壓頂」比喻的演義

與「泰（太）山」和「太行山」互稱有關，而且關係密切的，還有《西遊記》寫孫悟空被壓在「五行山」的描寫。《西遊記》寫孫悟空先後兩次被大山壓倒，第一次是第七回被佛祖一翻掌壓在了五行山下；第二次是第三十三回寫老魔接連遣三座大山壓倒了孫悟空，最後一座是泰山。雖然寫泰山壓倒孫悟空在後，寫五行山壓倒孫悟空在前，但以大山壓倒孫悟空情節的構思，卻在同一個修辭傳統，即俗語所說的「泰山壓頂」。只是第二次的描寫直接用了泰山，第一次的描寫雖然用的是「五行山」，但「五行山」其實是泰（太）山的替代，根本仍在「泰山壓頂」的俗說。這又是爲什麼呢？

按據筆者所做可能是不夠詳盡的檢索，古代比喻壓力巨大不可承受的「泰山壓頂」之說的應用，至晚出現於元人施惠《幽閨記》第九齣《綠林寄跡》。這部劇中寫丑扮金瓜武士試戴金盔：「戴在頭上，漸漸似泰山壓頂一般，頭疼眼脹，成不得，這寨主不願做了。還是戴紅帽兒罷。」〔註14〕由此可以認爲，上述《西遊記》寫老魔最後用泰山壓倒了孫悟空，除了前面增加了兩座山爲創造性因素之外，乃是沿襲了前人「泰山壓頂」之說的傳統。而且以泰（太）山壓倒孫悟空的情節，早在百回本《西遊記》出現之前就已經成書的《二郎寶卷》中就有了〔註15〕，百回本《西遊記》的描寫只是沿襲和略有變化而已。但是，一方面這一沿襲的過程值得追溯，另一方面可以認爲，《西遊記》正是從這一沿襲的新變生出了寫佛祖以「五行山」壓倒並制服孫悟空的情節創造。

按《西遊記》先後寫五行山和泰山壓倒孫悟空，雖然根本可追溯至俗語「泰山壓頂」比喻的傳統，但是二者直接間接而出之處，卻都是上引《二郎寶卷》寫楊二郎打敗並鎮壓孫悟空於「太山」之下的故事。試分說如下。

先說《西遊記》寫老魔遣三座大山之最後壓倒孫悟空的泰山，在第三十

〔註14〕〔元〕施惠《幽閨記》，中華書局上海編輯所編輯，中華書局1959年年版，第22頁。

〔註15〕今存百回本《西遊記》最早的刊本是明萬曆二十年（1592）世德堂本。從其題爲《新刻出像官版大字西遊記》看，此前已有刊本，成書時間當更早，但也不會早於《二郎寶卷》寫成的嘉靖三十四年（1555）。

三回略曰：

> 原來那怪……且會遣山，就使一個「移山倒海」的法術……把
> 一座須彌山遣在空中，劈頭來壓行者。這大聖慌的把頭偏一偏，壓
> 在左肩背上。笑道：「……這個倒也不怕，只是『正擔好挑，偏擔兒
> 難挨。』」那魔……又念咒語，把一座峨眉山遣在空中來壓。行者又
> 把頭偏一偏，壓在右肩背上。看他挑著兩座大山，飛星來趕師父！
> 那魔頭看見，就嚇得……道：「他卻會擔山！」又整性情，把眞言念
> 動，將一座泰山遣在空中，劈頭壓住行者。〔註16〕

上引寫孫悟空「擔山」以「趕師父」，與《二郎寶卷》寫西王母命「二郎擔山
趕著太陽，要見親娘」〔註17〕極為相類；又其寫孫悟空在老魔所遣第三座大
山——泰山「劈頭壓住」的情況下而支持不住，與《二郎寶卷》寫壓他於「太
山」之下雖情節有異，而本質都為「泰山壓頂」。這種高度的雷同，雖然有本
於「泰山壓頂」之俗說的必然性，但無疑也是其同時對上述《二郎寶卷》情
節模仿的結果。事實上在《西遊記》寫老魔讚歎「他會擔山」的口吻中，即
已透露出此一描寫有以「二郎擔山」故事為模擬的背景，乃挪移後者的情節
而來，包括了老魔所遣之泰山直接自《二郎寶卷》之「太山」而來。

　　後說如來佛鎮壓孫悟空的「五行山」，在第七回，茲不贅引。其中鎮壓孫
悟空的不是楊二郎而是如來佛可以不說，但如來佛鎮壓孫悟空的山不再是《二
郎寶卷》中的「太山」或「太行山」（實即「泰山」），而改寫為「五行山」，
卻是一個值得探討的問題。

　　按《淮南子・氾論訓》載：「武王克殷，欲築宮於五行之山。」高誘注曰：
「五行山，今太行山也。在河內野王縣北上黨關也。」〔註18〕可知我國上古
太行山本名或一名五行山，而百回本《西遊記》作者寫如來鎮壓孫悟空的「五
行山」，其實也就是「太行山」。但已如上所述論，早在百回本《西遊記》成
書之前，即已有了《二郎寶卷》寫壓住二郎母親雲花的「太山」即為「太行
山」，並且後來二郎劈山救母后壓住孫悟空的也正是這座別稱「太行山」的「太

〔註16〕　〔明〕吳承恩《西遊記》，李卓吾、黃周星評，山東文藝出版社 1996 年版。
〔註17〕　〔明〕無名氏《清源妙道顯聖眞君一了眞人護國祐民忠孝二郎開山寶卷》，張
　　　　希舜、濮文起、高可、宋軍編《寶卷》初集（13），山西人民出版社 1994 年
　　　　版，第 516 頁。
〔註18〕　〔漢〕劉安等《淮南子》，高誘注，上海古籍出版社 1989 年影印本，第 142
　　　　頁。

山」。所以《西遊記》所寫同是壓住孫悟空的「五行山」即「太行山」，應非直接自《淮南子》而來，而是與上論老魔壓倒孫悟空三座大山之最後壓頂的泰山同源，從寶卷的「太山」即「泰行山」又稱「太行山」來的。

這就是說，《西遊記》作者寫如來佛鎮壓孫悟空以「五行山」的創造，或有不止一種因素的影響，但直接是因《二郎寶卷》稱「太山」即泰山為「太行山」，而想到如來佛以「泰山壓頂」之術鎮壓孫悟空的「太山」可以稱「太行山」，進而回到了太行山的古稱「五行山」。這也就是說，如來佛鎮壓孫悟空的「五行山」即「太行山」，實際也是「太山」即「泰行山」，也就是泰山，歸根結底是受有泰山文化影響的產物，儘管這種影響的脈絡曲折隱晦如此！

四、「抑訛泰山作華山」──《水滸傳》「宋江鬧西嶽華山」的背後

《水滸傳》寫宋江等一百零八人有關西人物故事，除魯智深為「關西和尚」和史進為華陰縣人氏之外，最受學者注目的是第五十九回《吳用賺金鈴釣掛，宋江鬧西嶽華山》。《水滸傳》寫魯智深故事可能參考了宋人羅燁《醉翁談錄》提到的話本《花和尚》，「鬧西嶽華山」故事卻來歷不明，後人多有猜測。明許自昌《樗齋漫錄》卷六論《水滸傳》「多與正史不合」曾說：

> 愚意宋江自在山東，而宋史書淮南，已可笑。其金華將軍事，
> 又可笑……又金鈴釣掛，繫之華山，益可笑。蓋江未嘗越開封而至
> 陝西明矣，抑訛泰山作華山，蔡衛內作任原耶？〔註19〕

這裡「抑訛泰山作華山……耶？」是一個很有價值的提問。但是許自昌卻沒有作出肯定的回答，當然更沒有說明「訛泰山作華山」的原因。以下試說之。

上古「泰」「太」音同而通用，故「泰山」又作「太山」；又「大」「太」通，「太山」的本義並讀音若「大山」或「大（dài 岱）山」，所指可以是任何在古人看來足夠大的山。所以今存古籍文獻中的「太山」所指，有時就不一定是東嶽泰山，甚至「泰山」所指偶而也會是其他的山。前者如《史記·夏本紀》載：「華陽黑水惟梁州。」漢孔安國曰：「東據華山之南，西距黑水。」唐張守節《正義》引《括地志》云：「黑水源出梁州城固縣西北太山。」後者如上引《括地志》又云：「終南山一名中南山，一名太一山，一名南山，一名橘山，一名楚山，一名泰山，一名周南山，一名地腑山，在雍州萬年縣南五

〔註19〕朱一玄、劉毓忱《水滸傳資料彙編》，百花文藝出版 1981 年版，第 216 頁。

十里。」《括地志》成書於唐初，出魏王李泰之手。由此可見，自虞夏以降至於唐代，東嶽泰（太）山之外，尚有別個名爲「太山」或「泰山」的山。這標誌了晚至唐代，「泰（太）山」指東嶽的稱名雖然已具無可動搖的地位與強勢影響，但是還未至於完全固定爲東嶽的專名。乃至後來發生了唐肅宗上元間曾改「華山」名爲「太山」之事。

此事見諸史載，《舊唐書‧地理志一‧華州》：

> 隋京兆郡之鄭縣。義寧元年，割京兆之鄭縣、華陰二縣置華山郡，因後魏郡名。武德元年，改爲華州……垂拱元年，割同州之下邽來屬。二年，改爲太州。神龍元年，復舊名。天寶元年，改爲華陰郡。乾元元年，復爲華州。上元元年十二月，改爲太州，華山爲太山。寶應元年，復爲華州。

《新唐書‧地理志一‧華州華陰郡》：

> ……華陰、望。垂拱元年更名仙掌。天授二年析置潼津縣，在關口，後隸虢州，聖曆二年來屬，長安中省。神龍元年復曰華陰，上元二年曰太陰，華山曰太山，寶應元年復故名。

《唐會要》卷四十七《封建雜錄‧封諸嶽瀆》：

> 開元十三年，封泰山神爲齊天王，禮秩加三公一等。……至德二年十二月十五日敕，吳山宜改爲吳嶽，祠享官屬，並準五嶽故事。
> 上元二年十月，改華山爲太山，華陰縣爲太陰縣。

綜合以上記載，唐代華山曾改名稱「太山」是一個事實。這一改稱發生在上元年間，一作「元年」，一作「二年」。唐代年號有兩上元，先爲高宗上元（674～675），後爲肅宗上元（760～761）。上引諸史所載上元均在神龍、開元、天寶、至德、乾元之後，所以此上元爲後之肅宗上元。而無論《舊唐書》的作「上元元年十二月」與《新唐書》作「上元二年」，還是《唐會要》作「上元二年十月」，「改華山爲太山」都在公元 761 年；寶應（762～763）是唐肅宗、代宗交代的年號，僅一年即寶應元年當公元 762 年。這就是說，華山一度改稱「太山」的期間是公元 761～762 僅一年的時間。雖從「改華山爲太山」並不涉及泰山和前朝有「開元十三年。封泰山神爲齊天王」之禮看，那時官方對「太山」與「泰山」應是有明確的區分，但即使這短暫一年的「改華山爲太山」，應該也會加強民間對東嶽「泰山」與「太山」進而「華山」的混淆，使「泰山」與「華山」因同爲「太山」而在有意無意間有了互相替代

可能。〔註20〕

　　雖然如上推測中的混淆和替代只是一種大概率而不能確考，但是至少從古代小說寫及泰山與華山的情形看，這種類似於「泰（太）山」與「太行山」互稱的混淆與替代是一個客觀的存在。突出之例就是《水滸傳》第五十九回所寫「宋江鬧西嶽華山」故事。

　　作為《水滸傳》成書主要藍本的《宣和遺事》寫宋江故事的全部文字，以及宋人其他有關宋江史實與傳說的記載都沒有涉及華山。《宣和遺事》寫宋江三十六人故事的部分所涉及之山，也只有泰山和太行山。先說「太行山」，一則曰：

　　　　這李進義同孫立商議，兄弟十一人往黃河岸上，等待楊志過來，將防送軍人殺了，同往太行山落草為寇去也。〔註21〕

一則曰：

　　　　且說那晁蓋八個，劫了蔡太師生日禮物，不是尋常小可公事，不免邀約楊志等十二人，共有二十個，結為兄弟，前往太行山梁山濼去落草為寇。〔註22〕

筆者在《試說泰山別稱「太行山」——兼及若干小說戲曲之讀誤》一文中，曾論定以上兩例文中的「太行山」，實際所指都是「泰（太）山」。乃因寫楊志等是「落草為寇」之故，避諱「泰（太）山」的正名而別稱「太行山」。

　　後說「泰山」。書中稱「東嶽」，一則曰：

　　　　那時吳加亮向宋江道：「是哥哥晁蓋臨終時分道與俺：他從政和年間朝東嶽燒香，得一夢，見寨上會中合得三十六數；若果應數，須是助行忠義，衛護國家。」〔註23〕

一則曰：

　　　　一日，宋江與吳加亮商量：「俺三十六員猛將，並已登數；休要忘了東嶽保護之恩，須索去燒香賽還心願則個。」擇日起程……〔註24〕

〔註20〕　至於肅宗改華山為泰山的原因，則見於《舊唐書·禮儀志》載：「肅宗至德二年春，在鳳翔，改汧陽郡吳山為西嶽，增秩以祈靈助。及上元二年，聖躬不康，術士請改吳山為華山，華山為泰山，華州為泰州，華陽縣為太陰縣。寶應元年，復舊。」

〔註21〕　丁錫根點校《宋元平話集》，上海古籍出版社1990年版，第301頁。

〔註22〕　《宋元平話集》，第303頁。

〔註23〕　《宋元平話集》，第305頁。

〔註24〕　《宋元平話集》，第306頁。

一則曰：

> 宋江統率三十六將，往朝東嶽，賽取金爐心願。朝廷不奈何，只得出榜招諭宋江等。〔註25〕

以上寫及「東嶽」即「泰山」的三則例文所述實爲一事，即與前引兩稱「太行山」之實爲「泰（太）山」相聯繫，晁蓋、宋江及「三十六將」以先後得到了「東嶽」的保護，從而晁蓋臨終遺囑，宋江、吳加亮等謹遵率眾代晁蓋還了「往朝東嶽，賽取金爐心願」。這個故事其實就是後來《水滸傳》寫「宋江鬧西嶽華山」的基礎。只是比較《宣和遺事》，《水滸傳》爲避諱宋江尚且爲「賊寇」之身與「泰（太）山」的聯繫，而把他們的「往朝東嶽」改寫成了「鬧西嶽華山」。

雖然作爲小說描寫，《水滸傳》對《宣和遺事》的這一改變並不待歷史上確曾有過唐朝改「華山」爲「太山」的事實，然而既然歷史上有過「華山」改稱「太（泰）山」的事實，那麼讀者判斷上也就不能排除《水滸傳》的這一改變有受此一事實影響的可能。若不然，《水滸傳》爲什麼恰好就是把《宣和遺事》中的「東嶽」太（泰）山改爲「華山」，而不是其他什麼山呢？所以，在知悉唐代「華山」曾一度改稱「太山」的前提下，至少應該考慮到《水滸傳》把《宣和遺事》「往朝東嶽，賽取金爐心願」的故事改寫爲「鬧西嶽華山」，有受了歷史上華山曾改稱「太山」之影響的可能。

這種可能性的存在還另有跡象，就是華山與泰山有多個重要景觀同名，雖不能斷定其孰先孰後，但是大體可信爲一方移用自另一方的結果。據金代王處一編《西嶽華山志》與明汪子卿《泰山志》、查嗣瑮《岱史》相對照，明朝以前兩山同名之較有影響的景觀就有蓮花峰、水簾洞、黑龍潭、玉女洗頭盆等四處。前三種或在兩山之外的其他山也有景觀同名，可以不論。唯玉女洗頭盆或稱玉女洗頭池乃兩山共有，他處無覓。其原因大概是中國萬山之中，有玉女傳說古蹟並香火最盛的就是華山和泰山。王處一《西嶽華山志》云：

> 明星玉女、玉女石馬、玉女洗頭盆：明星玉女祠，在頂之中峰龜背上立。祠堂有玉女石室，一玉女聖像一尊，並玉女石馬一足，其馬神靈異常……祠前，有石臼五枚，臼中俱有水，號曰玉女洗頭盆。其水碧綠澄徹，旱不竭，雨不溢。」

汪子卿《泰山志》云：

〔註25〕《宋元平話集》，第306頁。

> 玉女池：在嶽頂元君祠右，甘洌，四時不涸。（詳見《靈宇志·
> 玉女考略》。一名聖母水池。）

兩《志》所分載泰山「玉女」實際也就是華山「玉女」，泰山的「玉女池」也
就是華山的「玉女洗頭盆」。清乾隆中查嗣隆《岱史》第十八卷《登覽志》錄
王世貞《遊泰山記》即曰：

> 行可里許，為元君祠。元君者，不知其所由始，或曰即華山玉
> 女也……其右為御史所棲。後一石，三尺許，刻李斯篆二行。一石
> 池，縱廣深俱二尺許，亦曰玉女洗頭盆也。〔註26〕

同卷又錄明王士性《岱遊記》也說：

> （碧霞）元君，即天孫，或云華山玉女也。〔註27〕

由此可見，至晚明朝就有學人認可泰山與華山共奉玉女之神的聯繫。這一聯
繫的揭示在認識上加強了因華山曾一度改稱太山，而影響到《水滸傳》把《宣
和遺事》「往朝東嶽，賽取金爐心願」的故事，改寫為「鬧西嶽華山」的可能
性。這固然未必就是最後的結論，但在沒有反證的情況下，肯定這種可能性
是一個合理的判斷。至於這種可能性產生的深層原因，也還是由於泰山避諱，
把《宣和遺事》說東嶽對宋江等「盜賊」的「保護之恩」，算在了在當時人看
來政治地位遠遜於泰山的「西嶽華山」之上，乃上論無「惡」不歸於太行、
無美不歸於泰山之泰山避諱傳統的一個變例而已。

五、結語

以上討論泰（太）山與太行山、五行山、華山互稱所涉及「泰（太）山」
與諸山的關係，由於「五行山」本是「太行山」的本名或別名，從而這一關
係實際只是「泰（太）山」分別與「太行山」和「華山」兩方的互稱而已。
這兩種互稱的形成各有其不同的文化淵源，似偶然而不無必然。但是一般說
來，主要是古代地理界劃大「太行（山）」與大「太山」觀念的影響。具體說
因為大「太行（山）」觀念之故，而「泰（太）山」被視為「泰行山之南山」，
所以從明代寶卷等到小說能以「太（泰）行山」代指「泰（太）山」；又因為
大「太山」觀念之故，而唐人不妨一改「華山」之名而稱「太山」，進而影響

〔註26〕〔明〕查嗣隆《岱史（校注）》，馬銘初、嚴澄非校注，青島海洋大學出版社
1992年版，第365頁。
〔註27〕《岱史（校注）》，第398頁。

《水滸傳》把《宣和遺事》中本來寫在「泰（太）山」的故事改寫作「鬧西嶽華山」。

這是一幅自然與人文、歷史與文學交互作用的生動畫卷，而政治的因素——具體說是至晚由宋真宗封禪泰山的推動而登峰造極的泰山避諱，是這一畫面生成的關鍵。因為，雖然由語言學的規律產生歷史上山川稱謂的變遷造成了如「泰（太）山」分別與「太行山」和「華山」的互稱與一定程度上的混淆甚至替代，但從中國歷代有關社會生活的文獻記載中看，這種互稱與替代還是偶然個別的現象，而且多係無意為之，沒有也不大可能造成古今對相關文獻有太多太大的誤讀。但在宋元以降以虛構寄意的小說戲曲中情況就不同了，如本文論「太行山梁山泊」「宋江鬧西嶽華山」之類的書寫，如果不是對上述互稱之俗的歷史有所瞭解，而又與彼時日益加強的泰山避諱聯繫起來考慮的話，那就只能如數百年來多少碩學名家或顧左右而言他，或強作奇特解會，而繼續地留為後人的遺憾了。

現在看來，這個跨在史學與文學間的千古之疑，可以有差不多是最後的結論了。我因此而有兩點感慨：

一是孔子曰「必也正名乎」云云之於現實與歷史的重要，不然則一定貽誤當世和後人，如本文所論者即是。但從另一方面看，古代小說利用「泰（太）山」與「太行山」和「華山」的互稱創作相關情節既是某種社會政治情勢影響下的無奈，又是反撥這種影響以堅持藝術創作的適當變通。後世讀者只需要同情並諒解古人寫作有似於史家的「曲筆」和文人有時行文中打方框的苦衷就是了，不必苛責其稱「名不正」了。

二是由本文跨在歷史、地理與文學間可能仍不夠徹底的探討，想到自然與人文，歷史與文學，雖然各為統一世界之學問的一個方面，況且人生有涯，而學問無涯，所以不得不困於或大或小的所謂「專業」的一隅，然而我輩當知學問之做大而深的途徑與標誌，一面固然在專業上的執著，另一面卻不能不是自覺和不斷地打破各種壁壘的分割圍困，而經常對自己的專業視閾有所開拓和調整，並嘗試有所超越。筆者於此雖不能至，但心嚮往之，願與讀者共勉。

（原載《南京師範大學學報》2016 年第 5 期）

下　編

論宋江的悲劇形象及其意義

　　《水滸全傳》（以下統稱「《水滸傳》」）塑造了眾多成功的藝術形象，無論李逵、武松、魯智深、林沖……都各以其獨特的個性，顯示了作品某一方面的思想意義。但是，比較而言，最能體現作者的創作意圖，代表作品思想傾向的，卻首推宋江這一人物形象。這不僅因爲他是小說中描寫的梁山農民起義領袖，是全書著墨最多、居於中心地位的人物，而且因爲他的性格在水滸故事流傳成書的過程中更少因襲的成分（史籍中只有」其才必過人「的推測，說部和雜劇中只有「勇悍狂俠」的描寫，性格較單純），是作者煞費苦心的一個創造。因此，研究宋江的悲劇形象及其意義，是理解《水滸傳》全書的一大關鍵。

　　《水滸傳》中的宋江是一個悲劇形象，這大概是人所公認的。然而，這是一個什麼樣的悲劇形象，有何種認識的和審美意義，恐怕就言人人殊了。說是農民革命英雄者有之，是農民革命叛徒者有之，是地主階級革新派者亦有之。這幾種幾乎完全對立意見的發生，除了宋江這一藝術形象本身的深刻複雜外，還由於我們認識和評價的原則在實際上是不一致的。我以爲，對宋江這一藝術形象的研究至少應注意以下幾點：

　　第一，認識和評價的對象是《水滸傳》這部小說中的宋江，而不是歷史上實有的或其他文學作品如《大宋宣和遺事》和元明水滸戲中的宋江；

　　第二，把宋江這一藝術形象放在作品產生和反映的時代去把握，且忌對古典作品中的人物作現代化要求；

　　第三，要顧及作品中宋江形象的「全人」，從「事實的全部總和、從事實的全部聯繫去掌握事實」〔註1〕，並從中發現這一人物的最本質的特徵。

〔註1〕《列寧全集》第23卷，第279頁。

　　筆者認為，在這樣的基礎上展開討論，或許能較好地統一我們對宋江這一形象的認識。

　　《水滸傳》中的宋江是北宋末年一個有田園莊客靠剝削農民為生的地主家庭的兒子。他「自幼學儒，長而通吏」，受的是地主階級傳統教育，幹的是封建衙門的幫辦——押司，是一個有恒產有地位的地主階級營壘中的下層分子。但是，他不同於土豪劣紳，不同於貪官污吏，更不是一個紈絝子弟，而是一個「志氣軒昂，胸襟秀麗」，「刀筆精通，吏道純熟」，「學得武藝多般，平生只好結識江湖英雄好漢」，扶危濟困，人稱「及時雨」，名滿天下的有道之士；後來被「逼上梁山」，帶領起義軍抗擊官軍，攻城略縣，百戰百勝，成了這支農民起義隊伍的領袖。然而在梁山事業鼎盛的時期，他乞求朝廷「招安」，率眾投降了，先是征遼，然後平王慶、田虎，征方臘，終於兔死狗烹，鳥盡弓藏，朝廷用藥酒毒死了他。這是《水滸傳》中宋江「全人」的「全部事實」。從他的前期看，顯然是地主階級中的一員；從他的中期看，無疑是農民革命的英雄；從他的後期以至結局看，則只能是農民革命的叛徒了。但是，這顯然都不是全面評價這一人物的正確方法和結論。

　　要找出宋江一生各個時期的聯繫，找出黑格爾所說的那種貫徹性格始終的突出的堅定的「情致」即他的立場、感情、社會和人生理想的主導因素。而就方面來說，在作品所提供的環境中，宋江至少在思想上屬於地主階級的改良派。即在封建統治階層中，他雖然不是反動派，但也不是革新派，而是比較革新派還更加保守的改良主義者。

　　這裡擬從視宋江為農民革命的英雄如何不妥說起。把宋江視為農民革命的英雄，必然把他的不反皇帝、「專等招安」「打方臘」等歸結於農民階級的局限性。不錯，農民階級在反封建暴政的革命中確實表現過這種局限性。如本書中的李逵革命性夠強了，但他的革命也不過是讓晁蓋做大皇帝，宋江做小皇帝，仍是個皇權主義者。至於受招安，招安後再去打「別的不替天行道的強盜」的那種農民起義領袖也是有過的，英雄乎？叛徒乎？暫且不論，而論其根本，是小說中的宋江何曾真正站到過農民階級的立場上呢？

　　如果上述宋江原是一個地主階級下層分子、有志之士的結論能夠成立，那麼就可以認為，這樣一個人參加農民起義並成為農民革命的英雄需要一個立場感情的徹底轉變。雖然不是要轉變出近、現代革命者反對帝制的立場感情來，但是作為農民革命的英雄，至少對自己事業的正義性質應有一定清醒

的認識（例如方臘那樣）。很難設想，一個盲目的或違心的農民起義參加者會具有眞正代表農民利益的英雄情操、理想與行爲。宋江是一個「自幼曾讀經史，長成亦有權謀」的人物，他的行爲絕不是盲目的，然而是不是違心的呢？從小說的描寫看，答案是肯定的。

《水滸傳》寫宋江在鄆城縣義釋晁蓋之後，不久見到官府緝捕晁蓋等人的公文：

> 心內尋思道：「晁蓋等眾人，不想做下這般大事，犯了大罪，劫了生辰綱，殺了做公的，傷了何觀察，又損害了許多官軍人馬，又把黃安活捉上山。如此之罪，是滅九族的勾當。雖是被人逼迫，事非得已，於法度上卻饒不得。倘有疏失，如之奈何？」自家一個心中納悶。（第二十回）

由此可見，宋江對「晁蓋等眾人」雖有活命之恩，但絕非同道，至多同情其「被人逼迫，事非得已」，基本立場還是站在朝廷「法度」一邊。所以他的上梁山比之林沖、武松、魯智深等都格外曲折艱難。本來這曲折艱難有利於他拋棄舊的地主階級立場，轉變到農民階級和農民起義的立場上來，進而成爲農民革命的英雄，但是，梁山好漢拼著性命「鬧江州」救了他並爲他報了仇，他卻還是認爲「如此犯下大罪，鬧了兩座州城」（第四十一回），對農民起義是犯罪的認識仍無絲毫改變。

這決定了他在不得已而上梁山之後，雖然也表示過「今日同哥哥上山去，這回只得死心蹋地，與哥哥同死同生」（第四十一回），內心裏仍還有著這「滅九族的勾當」「不期今日落到宋江身上」的遺憾。先是把主張選擇奪權的李逵罵了一頓（李逵挨宋江罵多是因此），然後抱著「若爲父親，死而無憾」的想頭下山搬取老父。可以看出，這時的宋江雖然身份變了，地主階級的立場、思想感情並沒有任何改變。

所以，他的上梁山始終只是「暫居水泊，專待朝廷招安，盡忠竭力報國，非敢貪財好殺，行不仁不義之事」（第五十六回），所謂「借得山東煙水寨，來買鳳城春色」（第七十二回），與晁蓋等的「聯盟是以各自分離爲基礎」的，參加和領導農民起義的「鬥爭是以不把鬥爭貫徹到底作爲根本規律」〔註2〕，不僅最終使這支農民起義軍投降了皇帝，而且每一鬥爭都浸透著明確的目標

〔註2〕〔德〕馬克思《路易·波拿巴的霧月十八日》，《馬克思恩格斯選集》第一卷，第 626 頁。

感，那就是「歸順朝廷，為國家出力」。甚至為了取得招安後「同著功勳於國」的願望，不惜與素來反對的貪官高俅妥協，已是到了不擇手段的地步。

所以，不管書中寫晁蓋等梁山好漢和現代讀者如何期待，宋江的上梁山和領導梁山事業主觀上都不是作為「起義」，而是作為「忠義」來進行的，是他爭取「招安」，至少回歸其本來社會地位，更好是實現「封妻蔭子」「青史留名」人生理想的努力。至於「招安」後征遼、平王慶、田虎、方臘，則是他「為朝廷出力」的本分，既是實現其人生理想的階梯，也是將功抵過洗刷其上梁山前之「大罪」的過程。宋江臨死把可能再次造反的李逵毒死，表明他至死否定、反對農民起義，從來不曾真正站到農民階級和農民革命的立場上來。因此，貫串宋江一生各個時期，滲透他的全部性格的主導因素，就是那種維護封建制度，為封建朝廷建功立業，以圖封妻蔭子、青史留名的狂熱追求。這決定了宋江形象本質上是一個封建統治階級營壘中人的典型。這也就是他為什麼在招安問題上總是與李逵等人發生矛盾和爭執的根源。如果說李逵感於宋江的「義」而違心地隨順了招安，阮小七惑於「天高地遠總無靈」的小農眼界「忠心報答趙官家」是農民階級的局限性，那麼，作為地主階級營壘中一個攻過「經史」，長於「吏道」的人物，宋江乞求招安，愚忠於宋徽宗，則無論如何也不能視為農民階級的局限性。這絕不是什麼「唯成分論」，也不是如金聖歎評「《水滸傳》獨惡宋江」〔註 3〕，而是還他以藝術形象的本來面目。且看招安後屢遭不公平對待，李逵曾提出「哥哥，反了罷！」（第一百二十回），李俊等眾水軍頭領也主張「把東京劫掠一空，再回梁山泊去」（第一百一十回），而宋江死心塌地，「寧肯朝廷負我，我忠心不負朝廷」，這個階級立場的對立何等鮮明？所以，把宋江稱之為農民革命的英雄或叛徒，並以農民階級的局限性為之辯護的觀點都是浮淺、偏頗和缺乏根據的。

從全書的描寫看，「招安」是宋江的一貫思想，他早在未上梁山之前送別武松去二龍山入夥就囑咐道：「早早的到了彼處。入夥之後，少戒酒性。如得朝廷招安，你便可攛掇魯智深、楊志投降了。日後但是去邊上一槍一刀，博得個封妻蔭子，久後青史上留得一個好名，也不枉了為人一世。」（第三十二回）自己不得已上梁山並在晁蓋死後坐上第一把交椅，就迫不及待把「聚義廳」改為「忠義堂」，亮出「望天王降詔，早招安」的主張。所以，宋江把梁

〔註 3〕〔清〕金聖歎《讀第五才子書法》，朱一玄、劉毓忱《水滸傳資料彙編》，百花文藝出版社 1981 年版，第 247 頁。

山隊伍帶向「招安」以圖「忠義」，從來不是陰謀，而是陽謀。《水滸傳》所寫梁山農民起義的失敗，絕非農民起義中了封建統治階級的「詭計」，而是自身缺乏明確的政治方向感又受宋江之「義」籠絡裹脅的結果。不是宋江出賣了他們，而是他們為著宋江糊裏糊塗犧牲了自身的根本利益。不然，宋江去死「忠」了，李逵等各人仍可以去「造反」。反而所謂「革命性」最強烈的李逵也「垂淚道：『罷，罷，罷！生時伏侍哥哥，死了也只是哥哥部下一個小鬼。』」（第一百二十回）這雖然是他知道宋江給他也服了毒藥以後的話，但其心甘情願以對宋江之「義」殉宋江之「忠」的心態情感並非虛偽造作，而是完全真實的。由此可見，不是宋江投降朝廷、背叛了農民起義，而是他身在梁山，心在魏闕，從來不曾改變其地主階級改良派的立場與本色。

然而，作為地主階級改良派人物，宋江又為什麼能夠成為梁山農民起義領袖呢？根據馬克思在《路易‧波拿巴的霧月十八日》所說「階級鬥爭怎樣造成了一種條件和局勢，使得一個平庸而可笑的人物有可能扮演了英雄的角色」〔註4〕，這一現象應該從中國古代封建社會的階級鬥爭情勢中得到解釋。中國古代封建統治階級是一個龐大的、多層次的上層政治群體。作為整體，他除了與農民及其他勞動者對立之外，自身內部也還有著各種各樣的矛盾，特別是貴族大地主階層與中小地主階層的矛盾。當著如《水滸傳》所寫那種「朝廷不明」「姦臣閉塞」（第四十四回），「濫官當道，污吏專權」（第六十三、六十五回）的黑暗時期到來時，不僅這整個封建統治階級與農民的矛盾激化，而且統治階級內部貴族階層與中小地主階層的矛盾也必將加劇。中小地主階級不僅在經濟上有破產被兼併的危險，更在政治上減少甚至完全喪失進入政權的可能，從而產生對現實政治的不滿和對個人前途的憂慮。第七十二回寫宋江自命「狂客」，有詞說自己「義膽包天，忠肝蓋地，四海無人識。離愁萬種，醉鄉一夜頭白」，第三十二回寫宋江送別武松去二龍山落草時說「我自百無一能，雖有忠心，不能得進步」等等，就是這種不滿的流露。而要進步，就需要掃除前途上的障礙。但在他看來，這個障礙絕不是封建制度，因為正是有這個制度才可能給他「封妻蔭子」和「青史留名」的機會；也就不是皇帝，皇帝是這個制度的代表，他只是「暫時昏昧」；唯一的障礙就是「閉塞」朝廷的「姦臣」和成事不足、敗事有餘的「濫官」。所以，他反貪官，不反皇帝；要革除弊政，但絕不要革命

〔註4〕〔德〕馬克思《路易‧波拿巴的霧月十八日》，《馬克思恩格斯選集》第一卷，第599頁。

（改朝換代），從而成爲地主階級的改良派。改良派反貪官、革除弊政的要求一定程度上符合普通勞動者的願望，從而在農民起義發生之際，有可能因爲這樣那樣的機遇加入進去，即恩格斯在談到德國市民反對派時所指出：「這個反對派有時也有名門望族中有不滿情緒的沒落分子參加進來。」〔註5〕乃至有的因既有社會實力或名望成爲起義軍的領袖。宋江作爲鄆城縣富室宋太公的兒子，自命「狂客」（第七十二回），卻落到逃命江湖，差不多就是這樣一位「沒落分子」。他的上梁山，既不是盡「忠」，也不是純粹的取「義」，而是以「替天行道」「暫居水泊」（第五十六回），以「招安」「與國家出力」（第五十五、五十九、七十七、七十八、七十九等回）爲「封妻蔭子」「青史留名」之資，所謂「借得山東煙水寨，來買鳳城春色」（第七十二回），就是以梁山爲籌碼，曲線求官。這樣，他就實質性地把自己置於了農民起義軍與封建朝廷這利益根本對立的兩極之間，既在梁山「冷了眾人的心」，更在「朝廷不明」「姦臣閉塞」的情況下很難得到皇帝的眞正諒解與歡心，這兩者矛盾的不可調和，使宋江最後陷入「歷史的必然要求和這個要求的實際上不可能實現之間的悲劇性的衝突」〔註6〕，成爲一個雖然在特殊「條件和局勢」下加入了農民起義、一度走在正確道路上的宋江，最終仍然不免皇帝鷹犬兔死狗烹的下場。

對於晁蓋死後的梁山農民起義隊伍而言，擁戴宋江成爲自己的領袖，並順從他「招安」的意志是一個歷史的誤會。因爲宋江作爲這樣一支隊伍的領袖，除一心癡想把隊伍帶向「招安」之外，並無任何其他萬全之想，從而不僅平庸，而且不負責任，是政治上根本不合格的；對於朝廷而言，對宋江長時期誤解、猜疑、壓制以致迫害至死，則是舊制度敗亡過程中自毀長城的悲劇。《水滸傳》作者正是以宋江這一悲劇形象的塑造，表達了地主階級中有志改良之士對個人遭際和時局的不滿。李卓吾《忠義水滸傳敘》說：

> 《水滸傳》者，發憤之所作也。蓋自宋室不兢，冠履倒施，大賢處下，不肖處上，馴致夷狄處上，中原處下，一時君相猶然處堂燕雀，納幣稱臣，甘心屈膝於犬羊已矣！施、羅二公，身在元，心在宋，雖生元日，實憤宋事。是故憤二帝之北狩，則稱大破遼以泄其憤；憤南渡之苟安，則稱滅方臘以泄其憤。敢間泄憤者誰乎？則

〔註5〕《馬恩全集》第七卷，第 394 頁。

〔註6〕〔德〕恩格斯《致斐·拉薩爾》，北京大學中文系文藝理論教研室編《馬克思恩格斯列寧斯大林論文藝》，人民文學出版社 1980 年版，第 101 頁。

前日嘯聚水滸之強人也！〔註7〕

上引所說雖未必件件可以指實，但《水滸傳》是藉寫「水滸之強人」以「泄其憤」之作則是無可疑的。南宋以降至元末明初，中原長期不振，內憂外患，尤其屢受北人憑陵，漢族士大夫中如陸游「書生無地效孤忠」（《溪上作》）、辛棄疾「江南子，把吳鈎看了，欄杆拍遍，無人會，登臨意」（《水龍吟・登建康賞心亭》）之報國無門的憂憤是普遍的狀況；更有岳飛抗金有功卻遭「莫須有」之獄，成曠古冤案。《水滸傳》在這期間成書，它的作者在史籍、文學流傳的基礎上對宋江形象大加損益，創造出這一絕代悲劇的典型以「泄其憤」，既是時代精神，也是個人思想寄託的產物。

《水滸傳》作者以飽滿的政治熱情塑造和歌頌了宋江這一地主階級改良派的悲劇形象，畫出了中國十二世紀的葛茲・馮・伯利欣根（約 1480～1562。德意志騎士，曾參加農民起義，後又投靠神聖羅馬帝國皇帝查理五世。歌德同名劇主人公），並不因為其不是農民而絲毫降低這一形象的認識與美學的意義。這一形象以其作為「志氣軒昂，胸襟秀麗」（第十八回）的全才，向朝廷盡忠無路、被逼為「盜」的坎坷經歷，顯示了地主階級改良派人物在歷史上為維持和加強自身地位所作的悲劇性努力。在這個意義上，宋江形象是崇高有震撼力的。他的「功高不封，竟斃於藥酒」，則顯示了大地主統治階級無可救藥的沒落。宋江在知道被服了毒酒後臨終「乃歎曰：『我自幼學儒，長而通吏。不幸失身於罪人，並不曾行半點異心之事。今日天子信聽讒佞，賜我藥酒。得罪何辜！』」也分明是在怨恨和控訴昏君姦臣了。而書末悼宋江詩有云「早知鴆毒埋黃壤，學取鴟夷泛釣船」，則表明作者其實並非真心肯定宋江的死於愚忠，而主張功成身退，即至少保證即使為了功名利祿而一時做了統治階級的鷹犬，但是最好不要落個兔死狗烹的下場。由此可見中國封建社會晚期士人舊理想的破滅，同時也就是個人價值的覺醒與回歸。雖然是極為初步和有限的，但其所內蘊個性解放的潛力有巨大增長的希望。所以，《水滸傳》雖然不是一部歌頌農民起義的小說，也絕對不是一部真心鼓吹「招安」投降的書，而是一部為地主階級改良派「泄憤」之書，一部喚起對封建統治懷疑之書。

（1983 年 9 月 8 日於曲阜師範大學）

〔註 7〕《水滸傳資料彙編》，第 192 頁。

《水滸傳》名義考辨——
兼與王利器、羅爾綱先生商榷

　　《水滸傳》書名取自《詩・大雅・綿》，此點經羅爾綱先生指出〔註 1〕，可成定論。但是，作者（按指確定此書名者）何以將梁山故事與《詩・大雅・綿》聯繫起來，取「水滸」以名其《傳》，卻是一個新的未能解決的問題。對此，羅先生文章認為：

　　　　《水滸傳》以「水滸」為書名，借周朝在岐山開基建國的典故，表明梁山泊與宋皇朝對立，建樹新政權，全書的內容不會有招安以後的故事，……七十一回是原本，後二十九回是續加，先有七十一回本，後有百回本。

王利器先生《〈水滸〉釋名》（以下簡稱《釋名》）〔註 2〕卻有另外的看法。他說《詩・大雅・綿》中：

　　　　周家之經營「水滸」，拿《水滸傳》的語言來說，就是為了「圖王霸業」，而《水滸傳》所描繪的梁山泊的水滸寨，以言梁山泊，則是湖泊而非水崖；以言水滸寨，則宛在水央，而非水崖，然則《詩經》之「水滸」與小說之「水滸」，不幾如風馬牛之不相及乎？

從而也提出了《水滸傳》原本問題（詳後引）。羅、王二位先生的意見差別很大，但有一點是相同的，即都認為以《詩經》之「水滸」命名的《水滸傳》應是一個「與宋皇朝對立，建樹新政權」「圖王霸業」的故事，因而「水滸」

〔註 1〕羅爾綱《水滸真義考》，《文史》第 15 期。
〔註 2〕王利器《〈水滸〉釋名》，《社會科學研究》1985 年第 3 期。

不是今百回本《水滸傳》的正名。《水滸傳》另有原本。對此，筆者不敢苟同。鑒於王利器先生的文章後出，在《水滸》原本問題上也走得更遠，謹以之作爲討論的主要對象。

《釋名》認爲：

> 所謂「水滸」，是指特定的關中平原的漆、沮二水流域的一大片土地，即《詩》所謂「周原膴膴」的周原地區。……《水滸全傳》是「三合一」的產物，所據之底本有三，其中有太行山系統的話本。……太行山這支隊伍的首領，不是宋江，而是史進。《水滸》從第二回起，是寫史進，直至第十八回，宋江才出場，顯然，今本《水滸》開篇用的是太行山系統本。這個本子，它的名字就叫做《水滸傳》。纂修者取偏以概全，即取以爲「三合一」的宋江三十六話本的大名。……蓋以史進……志在圖王霸業，其發跡在周原地區，故以周家發祥之地水滸，取以爲書名曰《水滸傳》也。其意若曰，無論周家也好，史家也好，一例圖王霸業，則《水滸》所謂「轟動宋國乾坤，鬧遍趙家社稷」「兀自要和大宋皇帝做個對頭」，非史進其將爲誰乎？

竊以爲這個推斷是沒有充分根據的。

首先，史進的發跡之地可能在周朝之發祥地──周原地區，但《詩》中「水滸」卻並非指這一地區。《詩》云：

> 綿綿瓜瓞，民之初生，自土沮漆。古公亶父，陶復陶穴，未有室家。

> 古公亶父，來朝走馬。率西水滸，至於岐下。爰及姜女，聿來胥宇。

這裡，「率西水滸」承上章「自土沮漆」而來，「西水滸」作一解，謂漆水之涯。《釋名》從鄭箋，以爲「沮漆」乃二水名，是錯誤的。「自土沮漆」是追溯「民之初生」的事蹟。「土」應從《齊詩》作「杜」。「杜」，水名，流經今陝西麟游、武功二縣。武功縣西南爲古邰城所在，乃周始祖后稷之國，即「民之初生」的地方。后稷傳至曾孫公劉，始離邰遷邠（今陝西旬邑西）。《詩·大雅·公劉》：「篤公劉，於豳（邠）斯館。」就講這一史實。邠西臨漆水。「沮」爲「徂」之形訛，猶言「到」「往」。「自土沮漆」的意思即「自杜水流域到漆水流域」，亦即自邰遷邠。公劉之後十世，傳至古公亶父（周太王），爲北方

狄人所逼，不得在邠安居，復舉族遷於岐山之下。「率西水滸」二句正是指的「自土沮漆」後的第二次遷徙。「西水滸」即邠西漆水之涯，前人於此早有辨正。王引之《經義述聞》卷六：

> 「率西水滸」正承上章之漆水而言（原注：若上章未言漆水，而此忽言水滸則不知為何水之滸矣）。《爾雅》曰：「率，自也」。西，邠之西也。太王自邠西漆水之崖，南行逾梁山，又西行，至於岐山之下。約而言之，則自邠西漆水之崖，至於岐山之下。故曰：「率西水滸，至於岐下」也。

王國維《水經注校》亦及此，其文曰：「周太王去邠，度漆，逾梁山，止於岐下。故《詩》云：民之初生，自土沮漆。又曰：率西水滸，至於岐下。」所以，《詩·大雅·綿》中「水滸」特指「西水滸」，即邠西漆水之涯，乃古公亶父率族自邠遷岐的路線。潘岳《西征賦》：「率西水滸，化流岐邠。」就是在這個意義上引《詩》的。而《釋名》所引《史通·雜說上》「姬宗之在水滸也，鸑鷟鳴於岐山」，以「水滸」指周原地區，不合《詩》的本意，不足為據。「水滸」不指周原地區，那就與《釋名》所謂在周原地區「圖王霸業」的史進沒什麼關係了。

第二，史進可能曾像武王時代的周族那樣在周原「圖王霸業」，但《詩》中古公亶父「率西水滸」之際，卻是為狄人所迫，「逼上梁山」，「適彼樂土」而已。此事史籍多有記載，茲舉《孟子·梁惠王下》所記：

> 滕文公問曰：「滕，小國也；竭力以事大國，則不得免焉。如何則可？」孟子對曰：「昔者大（太）王居邠，狄人侵之。事之以皮幣，不得免焉；事之以犬馬，不得免焉；事之以珠玉，不得免焉。乃屬其耆老而告之曰：『狄之所欲者，吾土地也。吾聞之也：君子不以其所以養人者害人。二三子何患乎無君？我將去之。』去邠，逾梁山，邑於岐山之下居焉。」

雖然如《孟子》說「盡信《書》，不如無《書》」，上引「二三子何患乎無君」的話也許不可信，但古公亶父（太王）「率西水滸，至於岐下」不是「圖王霸業」一點，應無可懷疑。不僅此也，即使古公亶父的孫子周文王的時代，周也還是臣服於商，這就是《論語·泰伯》所說「三分天下有其二，以服事殷。周之德，其可為至德也已矣」。周族「圖王霸業」，與商對立，是文王之子武王時代的事。而《綿》敘事只及文王，「水滸」更是言三世以上事，與「圖王

霸業」的周武王都沒什麼直接關係，又怎麼能與史進扯在一起呢？

第三，《釋名》認為：

> 《新刊大宋宣和遺事》卷三……寫得清楚，當他們智取生辰綱
> 之後，分成東西兩路，一往太行山，一往梁山濼落草為寇。

從而論證有「太行山系統的話本，《水滸》就是這個系統本的正名」。其實，這是對《宣和遺事》的誤解。《宣和遺事》寫道：

> 這李進義同孫立商議，兄弟十一人，往黃河岸上，等待楊志過
> 來，將防送軍人殺了，同往太行山落草為寇去也。

又寫道：

> 且說那晁蓋八個劫了蔡太師生日禮物，不是尋常小可公事，不
> 免邀約楊志等十二人，共有二十個，結為兄弟，前往太行山梁山濼
> 去落草為寇。

又寫道：

> 宋江寫著書，送這四人（注：杜千、張岑、索超、董平）去梁
> 山濼，尋著晁蓋去也。

還寫道：

> 宋江……把閻婆惜、吳偉兩個殺了，就壁寫上了四句詩……曰：
> 「殺了閻婆惜，壁中顯姓名。要捉凶身者，梁山濼上尋。」

所以，宋江得了九天玄女天書之後，「看了姓名，見梁山濼上見有二十四人，和俺共二十五人了。」正是上面八個、十二個、四個加上宋江本人之和，都在梁山濼上，哪裏還會有另外的一路上了太行山？這裡《釋名》的失誤是錯會了文意，把「太行山梁山濼」點斷了。其實，文中寫得清楚，是「晁蓋八個」，「邀約了楊志等十二人，共有二十個，結為兄弟」，一齊去太行山的梁山濼「落草為寇」，是合二為一，不是一分為二。

就話本而言，稱「太行山（的）梁山濼」並不為錯。一是太行山橫斷東西，古來有「山左」「山右」「山東」「山西」之稱，八百里梁山水泊位於山東靠近太行山一側，就大方位而言可以稱之；二是就《宣和遺事》的敘述看，宋江等在梁山濼「殺牛大會」之後「攻奪淮陽、京西、河北三路二十四州八十餘縣」，主要是游擊在太行山一帶（京西、河北），這與「江以三十六人橫行河朔，轉掠十郡」等史載亦相應。因此，就其活動的大範圍而言，亦可以稱之。後人不察，以為地別東西、政分兩地，不當在「梁山濼」前冠以「太

行山」，遂以其分指二處地方，乃是拋棄了宋江三十六人作爲傳說故事的俗文學特點，從今天純自然地理的角度作判斷。殊不知當初說話人全無這些考慮，只從宋江等人活動著眼，只從把那些當時「強人」出沒的重山複水撮合在一塊以聳動聽眾著眼，並不曾想著當時或後世會有人在地圖上爲它對號入座，只「因文生事」而已。即詩體的《宋江三十六贊》亦然。其中五處言「太行」。而不言「梁山」，非謂三十六人不在梁山濼也，乃是舉「太行」而「梁山濼」自在其中。三十六人，與《水滸傳》中大致姓名同，綽號同，行狀同，特別張順、張橫、李俊等的贊辭，都點明爲水上英雄。倘三十六人只在「太行山」，這幾位豈不沒了用武之地？而贊穆橫云：「出入太行，茫無畔岸。」我很疑心這後一句就是指梁山濼。《詩》云：「淇則有岸，隰則有泮（畔）」，「畔岸」即水邊，其所謂「太行」，非與「梁山濼」相聯的一帶地域而何？《釋名》所引《古今小說·沈小霞相會出師表》云：「明日是濟寧府界，過了府去，便是太行山梁山濼。」又「前途太行梁山等處」，亦是指太行山的梁山濼，乃一處地方。《釋名》點斷「太行山梁山濼」及「太行梁山」亦是不對的。倘作兩處地名，過了濟寧府，不當先是太行山而後梁山濼，前之作者不致荒陋如此。而言「太行山梁山濼」則約定俗成，雖不盡合地理，卻也能約略牽合，乃眞正小說戲劇的語言。所以《宣和遺事》以迄元明涉及「水滸」故事的作品，或舉其大概以言「太行」，或冠以「太行山」標榜「梁山濼」，均指一處地方。並不證明三十六人分了夥，有一幫去了「西路」，扶著史進作首領，到關中「圖王霸業去了」。

第四，《釋名》又說《水滸》中之宛子城爲「當時活動在太行山的抗金忠義軍的根據地碗子城」，說「在今本《水滸》裏出現了關西和尚、關西五路、華州、華陽縣、五臺山、少華山、渭河，以及關中方言，如此等等，這都屬於太行山系統這個活本的鐵證」。其實，亦非「鐵證」。書中明著宛子城在梁山泊中，固不必是河南懷慶府（宋、元稱路）之碗子城，且無論是或不是，亦不必先有「太行山系統這個活本」寫了宛子城，才會在今本《水滸》中出現。或係當初說話人牽合地理，或係後世編撰者虛擬之地，或者梁山泊中竟有此地而日久湮沒，不爲人知，種種情況都是可能的，如何謂之「鐵證」？至於「關西和尚」「五臺山」等，倒使我們聯想起《醉翁談錄·小說開闢》中所列《花和尚》的名目，「關中方言」或者就是從彼而來的吧。當然，不一定沒有一個關於史進的話本，但今天所見的材料，全無蛛絲馬跡。即使是有的，

想也不過如《花和尚》之類，與《水滸傳》之「施耐庵的本」是不能相提並論的。不然，山西是元雜劇興盛之地，元明的許多水滸戲中如何竟沒有這個人物？況且亦不必先有以關西人物爲主的話本，《水滸》才寫得關西地名。《宣和遺事》一曰：「宋江等犯京西、河北等地」，又曰宋江等「攻奪淮陽、京西、河北三路」，是宋江亦曾率部西進，《水滸全傳》第五十一回入回詩所謂「談笑西陲屯介冑」者，當係指此。而由此引入上述關西地名，也是很自然的，何必先有一個「太行山系統話本」，作者才可以這樣寫呢？

第五，《釋名》認爲：「『（宋江）把那天書說與吳加亮等……當日殺牛一會，……筵會已散，各人統率強人，放火殺人，攻奪淮陽、京西、河北三路、八十餘縣，』這裡交待得很明白，宋江三十六，殺牛一會之後，一是各人統率強人，分兵四出，二是攻奪州縣，除淮陽、河北二路外，還有京西一路」。這裡斷句和釋意均不妥。「放火殺人」以下，應斷爲「攻奪淮陽、京西、河北三路二十四州八十餘縣」。「路」是宋元政區，非稱軍旅。全句雖曰「各人統率強人」，實未「分兵四出」，乃先後游擊淮陽、京西、河北三路的二十四州八十餘縣。所以《宣和遺事》下文稱「朝廷命呼延綽爲將……出師收捕宋江等」，只派一路官軍前往鎮壓，說明宋江等只是一夥「流寇」。若宋江等「分兵四出」，「三路」同時起事，一個呼延綽計將安出？《宣和遺事》宋江有詩云：「來時三十六，去後十八雙。若還少一個，定是不還鄉。」一直到「有那元帥姓張名叔夜的，……前來招安，誘宋江和那三十六人歸順宋朝」，三十六人都屬於以宋江爲首的同一彪人馬，並無旁逸斜出之旅。觀其「若是少一個，定是不還鄉」句，《宋史・張叔夜傳》載「擒其副將，江乃降」，莫非事出有因？然則以史進爲首領的「太行山這支隊伍」及推想中的「太行山系統本」《水滸》也就無從出了。

第六，《釋名》進一步認爲，吳從先《小窗自紀・讀〈水滸傳〉》所見的《水滸傳》即是這個「太行山系統本」。此說更令人難以置信。《讀〈水滸傳〉》一曰宋室南渡後「何由而得平宋江也？」是吳以爲南渡後宋江未死之謂也；一曰宋江「被推爲（梁山泊）寨主」，是此本《水滸》亦寫梁山，且宋江爲群龍之首也；且曰宋江「扣河北而河北平，擊山東而山東定。……大擾西湖，朝廷……不得已而招之降，江遂甘心焉」，是此本《水滸》中宋江曾「扣河北」「擊山東」「擾西湖」，而並未至關西也。更未有一字及太行山，未有一字及史進。此種《水滸》與《釋名》所謂以史進爲首領的「太行山系統本」，不更如風馬牛之不相及乎？

總之，「水滸」與「關中賊史斌（進）」無涉，《宣和遺事》與「太行山這支隊伍」無涉，《小窗自紀》所記《水滸傳》與所謂「太行山系統本」無涉。就《釋名》所列和目前我們所能見到材料，可以斷定，根本不存在什麼以史進為首領的「太行山系統本」，「水滸」就是今本《水滸傳》的正名。史進在今本《水滸傳》中出現甚早，而宋江晚出，原因或如金聖歎所說：「必要第一回就寫宋江，文字便一直帳，無擒放。」〔註3〕當然也可以如《釋名》從成書過程作考察，但《釋名》的論述是不能令人信服的。

然則《水滸傳》是今本《水滸》的正名，何以言之？試為一解。

首先，書中多有明示。《引首》詩云：「水滸寨中屯節俠，梁山泊內聚英雄。」第十一回《林沖雪夜上梁山》云：「不因柴進修書薦，焉得馳名水滸中。」第二十回《梁山泊義士尊晁蓋》云：「水滸請看忠義士，死生能守歲寒心。」第六十一回回中詩云：「家產妻孥都撇下，來吞水滸釣魚鈎。」等等，無須遍檢全書，僅此數例，足以說明作者是明確地以「水滸」指「梁山泊」而名其《傳》的，不是「三合一」的產物。

其次，梁山泊足以當之。「水滸」乃截取「率西水滸」而來，於《詩》之本意，則指「西水」之「滸」。而獨立成詞完全可以指類似的地方，如「海濱」「山坡」「河灘」等詞一樣，並不為某地所專有。《詩》中「江漢之滸」「在河之滸」等句，均在廣義上暗用「水滸」詞意。而梁山泊雖為巨浸，實亦河流匯合而成。考之方志，胡渭《禹貢錐指》引于欽《齊乘》云：「大野澤即梁山泊也。……汶水西南流，與濟水匯於（梁山）之東北，回合而成泊。」滕永禎《壽張縣志圖說》云：「梁山在西北，居會通河之間。」等等，志書多有記載。考之《水滸傳》所寫水泊地理狀況，第七十八回入回賦云：「寨名水滸，泊號梁山。周回港汊數千餘，四方周圍八百里。……有七十二段港汊。」竊以為「港汊」視為「水」（河流）並無大錯。那麼，無論地志或本書中所記，梁山泊實是河流縱橫。而且，第十二回寫王倫邀楊志上山：「楊志聽說了，只得跟王倫一行人等過了河，上山寨來。」寫得清楚，梁山寨正在河邊。《說文》云：「滸（滸），水崖也。」梁山足以當之。即以水滸寨「宛在水中央」罷，李顒詩云：「輕禽翔雲漢，游鱗憩中滸。」〔註4〕是水中央亦可稱「滸」——

〔註3〕〔清〕金聖歎《讀第五才子書法》，朱一玄、劉毓忱《水滸傳資料彙編》，百花文藝出版社1981年版，第248頁。

〔註4〕《佩文韻府·拾遺》卷三十七「滸」字。

中滸，水中之滸，亦水滸也。因此，「水滸」指梁山毫無牽強扭捏之處，誠作者神思興會，妙手偶得。

最後，宋江故事與「水滸」有微妙聯繫。按史稱宋江為「淮南盜」，是多曾活動於淮河流域。《爾雅·釋水》云：「淮為滸」。宋沈□《鬼董·周寶》：「君盍往淮滸，結壯士掠之？」則宋江為「滸」上之「盜」，與「水滸」一詞可建立某種聯繫；又宋江這支隊伍的根據地是水泊梁山，《詩》中古公亶父之周族「至於岐下」，亦曾「逾梁山」（《孟子·梁惠王下》），二山同名，可助成這種聯繫。因此，《水滸傳》之書名雖為妙手偶得，亦非無因而至。何況，古公亶父之周族「率西水滸」，與宋江等離鄉井、歸水泊，同是「逼上梁山」；古公亶父之周族「至於岐下」，建設家邦，與宋江等經營梁山，「八方共域，異姓一家」，同是構造自己的「樂園」，是各自生活理想的實現；古公亶父之周族反對狄人的侵略，卻臣服於商，與宋江等只反貪官、不反皇帝，同是不悖忠義。種種相似，使以「水滸」名《傳》取譬古公亶父「率西水滸」的故事，順理成章。不僅王利器先生「三合一」「取偏以概全」「太行山系統本」等等是多餘的解釋，而且羅爾綱先生「七十一回是原本」的說法從《詩》之「水滸」裏也得不到證明。問題的結論與王、羅二位先生的意見恰恰相反，「水滸」是百回本為代表的寫有招安的《水滸傳》的正名，名副其實，不容置疑。

如果拙見可以成立，則《水滸傳》書名的寓意，應有以下四個方面：一、以宋江等百零八人被逼上梁山，擬之於古公亶父被迫遷岐，表示對壓迫者的憎恨和對人民「反貪官」起義的同情；二、以宋江等暫居水泊，專等招安，擬之於古公亶父遷岐前後都臣服於商，頌揚宋江等人「不反皇帝」的忠義；三、把宋江等人的活動地擬之於古公亶父遷岐所循之「西水滸」，暗示宋江等人上梁山是走向「忠義」的道路；四、概括水泊梁山的地理形勢。筆者認為，這四個方面與《水滸傳》的實際描寫是非常一致的。

這種一致性，也反過來證明「水滸」是此《傳》的正名。僅存殘頁的《京本忠義傳》的發現，也支持了我們的這一結論，就是說此《傳》最初以「忠義」命名，後來才由作者（或其他什麼人）加上「水滸」二字，所以《百川書志》等早期書錄記載均稱「忠義水滸傳」。但是，由於「水滸」二字的命名寓意豐富，實際包含了「忠義」的內容，如袁無涯所說：「《水滸》而忠義也，忠義而《水滸》也。」所以「水滸」後來居上，成了此《傳》的正名。孔子曰：「必也正名乎。」《水滸》聯類取譬，因地稱名，表現了命名者的藝術匠

心和才華，閃耀著同情人民的思想光輝，也帶有明顯的歷史局限性。顧名思義，可以使我們更好地理解這部偉大作品的思想和藝術。謹以此就都於王、羅二位先生並各位專家讀者。

（原載《明清小説研究》1990 年第 2 期）

《水滸傳》的作者、書名、主旨與宋江

這裡擬就《水滸傳》的若干基本問題，談一點不成熟的看法，供大家參考。

一、《水滸傳》的作者或主要作者是羅貫中

《水滸傳》是誰作的？現在一般都知道是施耐庵。但是，施耐庵這個人，雖然至今有的地方包攬他說是自己的老鄉了（我們尊重他們有這樣主張的權利），但這一個人物歷史上是不是有，從來沒有確切的根據。因爲關於他，宋、元、明三代沒有任何直接的資料。所以，魯迅先生曾經根據《水滸傳》成書最早的「簡本撰人，止題羅貫中，周亮工聞於故老者亦第云羅氏，比郭氏本出，始著耐庵，因疑施乃演爲繁本者之託名，當是後起，非古本所有」，乃書商「依託」〔註1〕的一個名字。

但是《水滸傳》同時還署有另外一個人的名字，就是羅貫中，而且其今見最早的百十五回簡本，就單署羅貫中而不署施耐庵。施耐庵是書商依託的假名，《水滸傳》的作者就只能寄信於羅貫中了。

羅貫中就是寫《三國演義》的那位作者。過去，人們因爲相信《水滸傳》的作者是施耐庵，所以對羅貫中就忽略了，至多以爲他第二，就不是很重要了。當然，也許還因爲羅貫中是《三國演義》的作者，風頭已經出盡，可以不必在《水滸傳》的題名裏面再占一個位置了。所以，從來說《水滸傳》，人們往往只說施耐庵，不說或很少說羅貫中。然而實際上，如果施耐庵這個人

〔註1〕魯迅《中國小說史略》，人民文學出版社1973年版，第122頁。

不存在的話，那麼《水滸傳》可信的作者就只有一個人，那就是羅貫中。如果確實有《水滸傳》的作者施耐庵這麼個人的話，那麼羅貫中就是在施耐庵之後，把《水滸傳》寫定、加工成現在這樣一個樣子的一個人，——看來是第二，其實是真正最後的定稿人。

所以，即使我們不輕易信從魯迅先生的判斷，那麼《水滸傳》的作者與其說是施耐庵，也還不如說是羅貫中。因為一面是沒有施耐庵的話，那麼整個的就是羅貫中；如果有施耐庵的話，那麼羅貫中是最後把這一部書寫定的人，是由他手定最後推出來的。大家想想看，《水滸傳》的作者或主要作者，不是定為羅貫中，還有什麼更適當合理的說法呢？

這件事情長期被人們所忽略，是由於我們難免有一些可以說感情用事的東西，某種世俗的心態。比如說吧，並沒有人說：你羅貫中既然是已經寫了《三國演義》了，就不要在這個地方再插手了。誰都不會這麼說，學者更不會這麼說。但是，這個東西，我感覺，確確實實在起著作用。另外，《三國演義》是一部淺近文言寫成的書，而《水滸傳》完全是白話，是市井語。人們會想：寫《三國演義》的那個人，寫白話也這麼順手嗎？總之，我們過去認識上不適當地割斷了羅貫中與《水滸傳》的聯繫，這是在作者問題上一個很大的偏頗，現在應該把它糾正過來。至於羅貫中怎樣寫了《水滸傳》，那是進一步的問題。是他一手寫定的？還是在施耐庵什麼底本、稿本的基礎上進一步加工寫定的？還是施耐庵寫了前半部，羅貫中又續了後半部？還是怎樣？……這是進一步的問題。而羅貫中是《水滸傳》的作者或主要作者，不容懷疑，也不容忽略。

二、從《水滸傳》的書名看「忠義」主旨

接下來我們就講最重要的，就是這一部書是寫了什麼，表現了什麼。「表現了什麼」之中包括：作者主觀上想表現什麼，實際上表現了什麼。

《水滸傳》寫了什麼，就從它的書名說，就很明顯。它的書名中在明代出現最多的就是「忠義水滸傳」，前面或者有「×××先生批評」「新刻出像」之類的話，但那都不具實質性意義。實質性的就是「忠義水滸傳」。甚至人們還發現一個很早版本的殘頁，題做「忠義傳」，連「水滸」這兩個字也沒有，表明《水滸傳》最早不叫「水滸」，而直接唯一的就是「忠義」，即「傳」寫「忠義」的，從而它的主旨是「忠義」，就不必有什麼爭議了。

這就是說，《忠義水滸傳》是先有「忠義」，後有什麼人突發奇想，增「水滸」二字；增了「水滸」以後，某個時候又有人突發奇想，不要「忠義」這兩個字了，只存「水滸」。

削「忠義」而存「水滸」的想法做法很有道理。為什麼呢？因為「水滸」其實還是講「忠義」的。這又是為什麼呢？就是因為「水滸」這個詞，最早出自《詩經・大雅・緜》這一首詩。詩是講周朝的祖先古公亶父為了躲避北方狄民族的侵擾，率領他的族人從陝西的豳這個地方，也就是現在的陝西的旬邑縣，遷徙到陝西岐山之下的周原。詩中說：「古公亶父，來朝走馬。率西水滸，至於岐下。」就是說古公亶父第二天早上，騎著馬就走了，沿著水邊，「水滸」就是「水邊」的意思，就是說「河邊」，沿著河的岸，跑著馬，都到了岐山之下。他的族人見狀，就都跟著他，也來到岐山之下，在岐山之下安營紮寨，發展了他的民族，後來的周朝就從這裡發祥。總之，這是一首寫周之先祖開基立國的史詩。

值得注意的是，這一首詩的敘事止於周文王的時候。周朝到了周文王的時候是個什麼樣子呢？《論語》中說，「三分天下有其二」，不是有其「一」。就是到了周文王的時候，周王在商朝雖然為諸侯，但三分天下已經有了兩分，強大到對商天子有壓倒的優勢，奪取商的天下已易如翻掌了。但是人家周文王沒有這麼做，仍然老老實實做商朝的臣子。所以《論語》中孔子稱讚說：「三分天下有其二，以服事殷。周之德，其可謂至德也已矣！」

這「至德」是什麼樣的「德」，就是「忠義」。這個「忠義」怎麼來的？就是「率西水滸，至於岐下」，這樣發展來的。所以，《詩・大雅・緜》這一首詩寫周朝從早年遷徙不斷發展壯大，而到了強盛至於「三分天下有其二」的地步，仍然堅守一個「忠義」的立場和態度，寧做臣子，絕不僭越，仍然是尊天子。所以在這個意義上，《詩・大雅・緜》等於說是一首歌頌周王「忠義」的詩，而「水滸」正是周民族走向「忠義」的一條路，從而「水滸」這個詞天然的最早就是和「忠義」聯繫在一起的，而且是和周文王的「忠義」聯繫在一起的。雖然後世「水滸」這個詞，還有其他的用法，但是總的說來都源於《詩・大雅・緜》，而且在多數情況下都是用在體現《詩・大雅・緜》與「忠義」相聯繫的語境。

因此，「水滸」這個詞被增插入關於宋江、梁山泊的《忠義傳》書名中，作為這個故事的標榜，不是偶然的，而是體現了增插的人對這部書故事思想

傾向的進一步省察與認定。它使「忠義傳」的「忠義」與上古「三王」之一周文王的德業名聲聯在了一起，自然是提高了本書所「傳」「忠義」的品級，使無以復加，登峰造極了！而且在經書壟斷思想學術進而引導文化的時代，這一插增應該能有廣告效應，所以就沿用流行開來。然而這樣一來，也不免會有人看出，「忠義傳」本就明著「忠義」了，再加「水滸」寓說「忠義」，就有頭上安頭之嫌。所以明人有「忠義而水滸也，水滸而忠義」也之說，言外之意實有「忠義」就是「水滸」，「水滸」就是「忠義」，二者留一就可以了。結果是詩意的暗示戰勝了綱常的直白，坊間就去「忠義」而留「水滸」了。然而，實際是「忠義」未曾去。因為，「水滸」未嘗不「忠義」，說「水滸」，「忠義」自在其中。

所以，《水滸傳》書名的流行，事實上蘊含了古代文化中關於「忠義」的一個認識在裏面。只是日久年遠，特別是讀經的時代過去也很久了，當今人學習古典文學難得深入，更很少能夠追源溯流、知其根本。所以《水滸傳》這個書名本身對於全書意義的顯示，往往為我們所忽略。我在很多年前寫過一篇文章，叫做《〈水滸傳〉名義考辨》，針對著當時還在世的兩位非常著名的學者，一位是羅爾綱先生，一位是王利器先生，針對他們的說法發表了些不同意見請教。這篇文章現在收在我的《傳統文化與古典小說》這部論文集〔註2〕中，同學們可以去看，可以對照了兩位先生的文章去看，看看是他說得對呢？還是我說的更有些道理。

這個認識，我至今堅定不移。為什麼呢？就是因為非常簡單的事，「水滸」這個詞就出自這一篇，這一篇只是截止到周文王。但是，有老先生偏說周朝到了周武王時候伐紂滅商。武王伐紂滅商是不錯的，但是這一首詩沒寫到武王伐紂，還沒到武王伐紂的時候。如果不管詩寫到哪裏，而隨意往下說，那何止有武王伐紂啊？還有霸王滅秦呢！那是何年的事了？我覺得不能無限制性說到那裡去。說是《詩·大雅·緜》就是《詩·大雅·緜》，說周到周文王，就是周文王的周，周文王的周能夠「三分天下有其二，而服事殷。周之德，可謂至德也已矣」（《論語·泰伯》），就與造反革商紂王的命無關。

我以為，這個沒有什麼好商量的。因為只有這個故事，只有這樣一篇《詩·大雅·緜》，和《水滸傳》的故事才對得上來。怎麼對得上來呢？

〔註 2〕杜貴晨《傳統文化與古典小說》，河北大學出版社 2001 年版，第 242～252 頁。
　　　　附注：見本卷。

第一，《詩・大雅・緜》的故事是逼上岐山，而《水滸傳》的故事，很多人是逼上梁山，都是一個「逼」字。《水滸傳》寫的是好漢們在某地某地過不下去了，然後大家輾轉上梁山。《詩・大雅・緜》中寫的是周族的人在豳這個地方過不下去了，然後大家上了岐山。都是被逼，都是上山，都是在水邊，這二者不是很相似、對得起來嗎？

第二，《詩・大雅・緜》寫周族人到了岐山，避開了狄人的侵擾，日子好起來了，興旺發達起來了。《水滸傳》寫上了梁山以後，哥們義氣，日子也過得好起來了，興旺發達起來了。好了，發達了，人家在岐山之下的周王作為殷商的臣子，「三分天下有其二」，非常的強大了，但是還「服事殷」，甘心情願，恪守臣節。《水滸傳》上寫的好漢們在梁山上已經那麼強大了，三敗高俅，兩贏童貫，就是這樣地使官府無可奈何了，但以宋江為代表，人家還是要求招安，要求被赦免下山，替朝廷出力，護國安民，服事宋。大家想想看，這不也是完全對應的嗎？

所以，依《詩・大雅・緜》，「水滸」只與「忠義」相聯。根本說不到後來武王伐紂，如果《詩》寫到了武王伐紂的話，那就沒有了「至德」，不再與「忠義」相聯，那就只好去對應金聖歎的七十回本，寫造反不成，被殺掉了。然而，我們重複地說，問題是《詩・大雅・緜》沒寫到武王伐紂，只寫到周文王。武王伐紂的事是後來的，另外有文獻去寫它。所以，「水滸」這個詞和武王伐紂、和反叛根本沒有任何聯繫，它只和「忠義」有聯繫。《水滸傳》寫這些英雄們後來受招安，就是「忠義」。這正是《詩・大雅・緜》這一首詩的主調，主旋律。所以，《水滸傳》這個書名的由來，先天的就包含了對這部書內容的核心提示。懂得《詩經》，看到書名，就應該想到這是一部寫「忠義」的書，為忠臣義士唱讚歌的書。

《水滸傳》正是寫了忠臣義士。誰是忠臣呢？宋江是忠臣；誰是義士呢？一百單七將都是義士。一個忠臣，一個大大的忠臣，率領了一百單七個義士受招安，為朝廷征遼，攘外；打方臘，安內。總之，護國安民，替天行道。最後，雖然被冤枉而死，但是死後封神，「生當鼎食死封侯，男兒生平志已酬」。所以，這不是寫「忠義」是寫什麼？不是肯定「忠義」、歌頌「忠義」，那還能是什麼？

過去有各種說法，或說這部書寫了農民起義，或說寫綠林豪傑，或說為市民寫心，或說寫忠奸鬥爭，或說寫逼上梁山……這些說法從一定角度一

定意義上看，都可謂是有道理的，但是總體上都不是切實和全面的看法。

我以為那些說法都不夠妥當的理由，舉農民起義說為例，有人曾在書中查有多少個農民，結果也沒查著幾個，就有些不安了。而且，你說寫了農民，就叫農民起義，那麼像《西遊記》寫了神魔，妖怪最多，那該稱作一部什麼書呢？寫妖怪的書嗎？當然不能。因為，雖然文學作品的意義與題材是有關係的，卻不是題材決定論。文學作品的題材當然影響作品的意義，但意義既產生於題材，更產生於作者對題材的處理。即他怎樣把握這個題材，怎樣開掘、利用這個題材。雖然一個題材確定了，不管做成什麼，比如說把木頭做成桌子，還是做成板凳，還是做成一扇門，都是木質的，這不錯。但是板凳就是板凳，門就是門，桌子就是桌子。都是木頭那個話，就不必說了，你只說它怎麼做的、做成了什麼就行了，而做成了什麼就是什麼。

這就是說，板凳是木頭做的，但木頭不就是板凳，板凳也不能等同於木頭，成了另外性質的東西。這在一部書，就是它的題旨，與題材有關，但絕對不等同於題材。《水滸傳》也是如此。這一部書，你如果說寫農民，概括不了；寫市民，概括不了……寫什麼也概括不了，因為一部書不可能只寫單一的人：寫男人的地方不可能沒女人，寫小偷的地方不可能沒有失主，……以為寫什麼人就是什麼樣的主題，不僅僅看作品簡單化了，而且根本違背文學創作的實際。我過去相信那個農民起義說，總往那個地方想……，常常納悶：怎麼沒幾個農民呢？當然書中有詩上說到了「農夫身上添心號」，「農夫心內如湯滾」，那不也說農夫了嗎？然而能以那幾句話來概括《水滸傳》嗎？不能。因為作品要靠全部形象體系說話，靠其總體結構與情節的邏輯說話。從而也就明白：《水滸傳》的主旨，不在於寫了什麼人，而在乎他寫了這些人的什麼和怎麼寫。寫了什麼、怎麼寫，就是人物和故事的思想傾向是什麼。我說，還是「忠義」。這從全書的中心人物和故事的中心、故事的發展來看，都是如此。我們大家看，《水滸傳》寫了三十六天罡、七十二地煞，還有其他許多許多的人，有一些英雄其實沒有入得一百零八人的，像王進就沒有，晁蓋也沒有，但是這些人物有一個中心，這個中心人物就是宋江。

三、宋江形象是《水滸傳》作者集中的代言

文學形象總或多或少，或正或反或側地反映或傳達著作者的思想感情。在這個意義上，宋江是《水滸傳》的中心人物，是作者集中的代言。這個道

理，我們只要平心靜氣地想，沒有什麼好爭議的。但是平常我們不太注意這一點，分析作品的時候也不是很注意它。爲什麼呢？我們不喜歡他。我們常常一說《水滸傳》就想起魯智深來，就想起武松來，就想起林沖來。想起來好，而且因爲他們好，我們才會想起來，都不無道理。但是，我們不能因此就認爲，《水滸傳》是主要寫了他們。我們至多可以說，《水滸傳》寫他們寫得很成功，甚至最成功。但是這一切都不等於說他們是全書的中心人物。《水滸傳》全書的中心人物是宋江，宋江才是體現全書的主旨的唯一中心。正是他、他的命運體現了作者對於故事思想傾向的設定、安排，體現了他的價值取向。所以，看《水滸傳》，抓住了宋江這個人物，也就抓住了全書的中心。懂得了宋江，也就懂得了作者的用心。

首先，宋江是全書故事的中心，所有人物的中心。我們看，宋江雖然在書中出現得比較晚，但是，無論是早出現的人物還是後來出現的人物，幾乎沒有什麼人不是早早的就知道宋江。宋江是聞名天下，所謂呼保義、及時雨、宋公明。許多聞名天下的英雄好漢上梁山，就是奔著他去的。只有到他上了梁上，梁山才穩定下來，逐漸興旺發達。所以，宋江這個人是所有梁山英雄的中心、領袖。

宋江這個人，比較其他的英雄，他具有兩面性。別人都是義士，也許有個把兒可以說得上是對朝廷有忠心的人，特別那些從朝廷歸順來的，往往都有一個「將來還要歸順朝廷、受招安」的這樣一個前提，所以也可以說他們心底裏對朝廷還懷有「忠」的想法。但是無論如何，他們當時上梁山，在梁山住下來，大家一同做事業，都是出於一個「義」字，並沒有什麼人爲朝廷著想，更多的或者首先的是爲自己的當下與未來著想，只要上山入夥了，殺官軍沒有一個不是爭先恐後的。雖然他們主要是針對貪官，但是無論如何，這不是按照朝廷的意旨去做的。所以，在宋江領導之下，他手下的人主要的都是義士，做的都是「義舉」，而只有宋江一個人，始終心懷忠君的熱忱。

這是有充分根據的。我們看宋江的名言，就是「寧肯朝廷負我，我忠心不負朝廷」！這個話是從《三國演義》曹操「寧教我負天下人，休教天下人負我」的話脫化來的（是羅貫中作的）。但二者不同：曹操那是絕對自私的話，宋江這是絕對忠君的話。大家想想看，還有什麼話能比這表達忠君的意志更加堅決，更加徹底？

當然，宋江這個人，前後好像有些不一致。例如，他曾經私自放了晁蓋，

但那主要是體現他「義」的一面，那和他的忠君有矛盾，但不是根本性的矛盾。因爲至少在他看來可以認爲，晁蓋所做的事情是反貪官，是劫奪不義之財，雖然違法，卻是仗義，有俠義之風，所以才爲他通風報信。這是在「忠」和「義」之間兩難的情況下他的一個權宜之計，並不妨礙他將來忠義兩全，或者一意要「忠」。

又或者提出來，宋江不是還吟了一首反詩嗎？「他年若遂凌雲志，敢笑黃巢不丈夫」。黃文炳就拿著這首詩去告，結果宋江遭了文字獄，差點送命（這個故事當是比照《三國志通俗演義》寫蔡瑁以反詩誣陷劉備脫化來的，是羅貫中作的）。但是，這首反詩，我來的路上還想，其實可以做兩面解的。一面是「他年若遂凌雲志，敢笑黃巢不丈夫」，這個「黃巢不丈夫」，其實不一定是指黃巢造反不成，沒有做皇位，還可能是另外的情況，即另一面可以說，黃巢這個人，你功名不遂就去造反，這個法太傻太笨，不夠丈夫氣了！你看咱遭遇比你坎坷得多了，將來怎麼樣迂迴曲折，仍要歸到建功立業上來，立一個大功勞，護國安民，青史留名。我覺得後面這一個意思，倒是更貼近宋江這個人物的性格。爲什麼呢？因爲他先前早就囑咐武松等人，說將來招了安，到邊疆上「一刀一槍搏個封妻蔭子」。宋江一直就想著這麼個事。所以，怎麼會到了吟詩的時候，忽然就覺得還不如學學黃巢去造反，而且不屑黃巢那個樣子，造反不成功，畫虎反類犬。咱要造反的話，就反他個徹底，一定是成功自己來做皇上。如果宋江是那樣想的話，不就前後自相矛盾，成了兩個人了嗎？所以循著宋江早先時候囑咐武松、楊志那些人的說法與思路過來，所謂「敢笑黃巢不丈夫」，是說黃巢這個人一時功名不遂，就去造反，太小氣量，到頭來身敗名裂，不足爲法。眞的大丈夫應該能屈能伸，書中所謂「恰如猛虎臥荒邸，潛伏爪牙忍受」。實在沒得辦法，就可以暫避梁山作權宜之計，「借得山東煙火寨，來買鳳城春色」，早晚還是要邊疆上「一刀一槍搏個封妻蔭子」，青史留名。所以，那一首詩不要黃文炳說是反詩，我們也跟著黃文炳就說是反詩。我們和黃文炳一個見識，就這麼個見識，那還稱得上什麼文學批評？而且那就不是「瞻前顧後」了。

我在我的博客上，曾胡亂寫點讀書的方法，後來又改成叫「小言」。我說這個讀書，要敲敲打打，要東拉西扯，等等，就是說要聯繫起來看，從多方面聯繫中看問題。聯繫起來看，宋江那個所謂反詩就不是反詩，它表達的其實是一個志士遭遇坎坷，但在坎坷之中還不喪失將來能夠出人頭地、建功立

業的理想與希望。這正是宋江堅韌性格的一種體現。說它是反詩，不僅附合了黃文炳那廝是不對的，更顯見我們不理解宋江。所以，大家這就可以知道，宋江是忠義，宋江是曲線忠君的這麼一個志士！正是他把這一百零七人帶上了招安之路，帶上了護國安民、建功立業、青史留名之路。所以，他才是真丈夫、大丈夫，是那個時代真正的英雄，更是作者的代言。

四、從總體結構看宋江是全書的靈魂

宋江這個人物，在這一方面，我們對他缺乏理解，尤其是不能理解他如何能夠忍耐，在忍耐當中積聚轉換命運的力量，能夠抓住機會，再度崛起，從江湖走向廟堂，實現人生的抱負。我們不能理解這樣的人，不能理解他的苦心經營，我們缺乏那種同情感，缺乏對社會的複雜性、歷史的曲折性和人生的多歧路，缺乏對這諸多方面的理解和同情。所以，宋江這個人物是真正寫得好的，是真正複雜的、多面的。他是全書的靈魂，一個充滿矛盾和痛苦的靈魂，一個遭遇坎坷而堅忍不拔、百折不撓的勇士，一個為名聲、為理想而活著的人，一個在實際生活中和精神上的勇敢的鬥士。

這樣的人，在現實生活中，在歷史上，都是太少了。這個人物是《水滸傳》作者為我們中國文學所塑造的一個最具有內涵的人物形象之一、最具民族特點的文學形象。他的內涵的豐富，遠不是像武松、魯智深、林沖這些人物所可比擬的。也正是如此，我們一般的讀者，能理解武松、魯智深、林沖，但是就不能理解宋江。不僅是我們一般的讀者，就是那些改編《水滸傳》的編導也不能理解，演宋江的李雪健先生是位優秀的電影藝術家，但恕我直言，他演宋江卻未能理解宋江。當年的李雪健先生，去演別的什麼人物都可能演得好；但是演宋江，他演不了，他那時還把握不住，他不知道這個人本質上是幹什麼的，不知道這個人的內心，他的痛苦、他的期望、他的追求。這些他都不理解，或理解不夠到位，——當然這也是見仁見智的事，但我是這麼看的。他理解不到位，怎麼能演得好呢？而我們看的人，往往又都看淺了，看到武松拔出那刀子來，那個腿踢起來，那個好，於是就認為宋江不好。其實宋江何嘗不好？是沒有演好，是沒有導好，當然看的人就更看不出什麼好。宋江這個人，就是那哈姆雷特，他是內心世界非常豐富複雜的一種人，城府非常的深。包括本人在內，我們一般的讀者、研究者看不到這，就把他看得淺，甚至看扭曲了。這是很不應該的。

　　宋江這個人是全書的中心，還表現在整個故事情節的安排上。我們看，宋江出場晚，成爲梁山實際的領袖也晚。但是要知道，這是作者一個有意的安排。這個安排是什麼呢？按照我的「數理批評」的理論，是一個「三而一成」。何以見得呢？我們看，梁山上第一個首領是王倫，第二個首領是晁蓋，第三個首領就是宋江。所以，我說他「三而一成」。這三個首領，第一個首領不具備拉山頭最起碼的品質，氣度狹隘。怎麼叫氣度狹隘？喻於利而不知「義」，有個亭子只叫「斷金亭」，純強盜行徑，所以被「晁蓋梁山小奪泊」；第二個首領晁蓋倒是個義士，所以有「梁山泊義士尊晁蓋」，斷金亭也改爲聚義廳。但是，晁蓋只知有「義」，不知有「忠」，敢託膽稱王，號托塔天王，結果中箭身亡；第三個也是最後一任首領就到了宋江，他既有了「義」，又有了「忠」，而且他的「忠」，當如《孟子》言，是「集義所生者」，從而「聚義廳」改爲「忠義堂」，最後完成九天玄女所宣示天意，要他「爲主全忠仗義，爲臣輔國安民」，率眾受招安以護國安民的大業。所以，以全書總體結構與情節邏輯，宋江出場雖晚，但是，前邊兩個頭領，卻是他的鋪墊。實在是等於如舊戲的演出，主將沒出來之前，那些鳴鑼開道的、出來跑場的，先熱鬧起來了，然後主將才出來。宋江在《水滸傳》前半，就處於這種位置與情景之中。

　　宋江一出來，《水滸傳》整個情調大變。我們就能明顯地感覺出來，從宋江上山執政以後，他一面率眾與山下的敵對勢力鬥爭，一面在做內部的「整頓」。「整頓」什麼呢？一是整合組織，千方百計拉各種人才上山；二是整合思想，隨時隨地向部下灌輸招安路線。宋江是一步一步地把梁山上人的思想整頓、引導到「忠義」的路上來，引向招安之路。這個過程也是「三而一成」：第一次招安不成，第二次招安又不成，第三次招安，成了。招安以後去征遼，這是護國；去平方臘，這是安民。護國安民，安內攘外，這些事做罷，大功就告成了，書中所謂「男兒生平志已酬」，表達的正是舊時士大夫傳統的人生理想與奮鬥目標！

　　然而大功告成，宋江與他的弟兄們卻大都死了，有些是被姦臣害死了。雖然害死了，後來卻又成了神，歲時祭祀，盡享人間煙火崇敬。這個結尾讓大家覺得好像是無所適從，不知道該說什麼好。也確實在這裡面顯露了作者一些猶豫的、彷徨的心態。但是，總的說來，那是姦臣害忠臣，但是忠臣卻不是爲了姦臣去「忠」的。人家宋江「忠」的是官家，是皇上，皇上承認他

是忠臣了，這個目的就達到了。至於說，他雖然「忠」，卻還是被姦臣害死了，那是姦臣的問題，那是姦臣所以奸，然後才顯示忠臣所以忠。這並不是說因為有了姦臣，特別是朝廷重用了姦臣，那忠臣就不該「忠」了。作者的意思不是這個樣子。作者的意思是，「忠」自然是應該「忠」的，但是忠臣不該落到這樣一個地步。這是他遺憾的。但是即使落到這樣一個地步，他也並不認為就可以不「忠」。他對這個事有些猶豫，這不假。但如果他真的是猶豫以至於反悔了，那好了，他把那個結尾改一改不行嗎？比如說再上梁山！但是他沒有改。為什麼不改？就是因為在他看來，畢竟忠君、為朝廷而死，而且朝廷最後理解了他，人生的目標到此也就足矣。有遺憾，但是與人生青史留名的根本目標相比，遺憾不是很大，因為人畢竟是要死的，能一生轟轟烈烈，最後悲壯地去死，也差可滿足了。

此即書中所謂「生當鼎食死封侯，男兒生平志已酬」。至於封侯封得好像不順利，從而不完美，但不順利不完美不也是「封侯」「志已酬」了嗎？。所以，《水滸傳》總的方面說還是肯定了「忠義」，這個沒有什麼好懷疑的；所以《水滸傳》寫宋江一個人，一百零七個人都是為著宋江一個人，一百零七個人的「義」都是為了襯托宋江一個人的「忠」。所以，電視劇演不好宋江，使我們看起來這個也好、那個也好，就是宋江沒有什麼好。但是你如果把一部《水滸傳》改編，改編的結果就是這個也好、那個也好，唯獨宋江不好，那你就是在把「七寶樓臺，拆碎不成片斷」地來介紹《水滸傳》，而不是總體上來把握演義《水滸傳》了。我們現在對於《水滸傳》的理解，基本上就處於這種狀態。

五、從人生的意義評價宋江

為什麼會長期處於這樣一種狀態？就是因為小說這種書從來就是，而且也只能是在消遣的狀態下閱讀的東西。作者把這些意義雖然安排得是這樣的深蘊，這樣的謹嚴，可是因此而大多數讀者消遣閱讀，不容易明瞭作者用心，是很正常的。所以，小說這種東西一旦經過了文人的整理、加工，就被賦予了很多他自己的考量。這種考量使得這一部書所有的人物故事都聚攏來，聚集在一個思想體系之內，為這個思想體系──好比說它就是這部書的神經──所支配。但也就在這同時，就使得這一部書失去了某些鮮活的東西，使它變得深奧，不是光憑著感覺就能理解，往往要憑著理性的體察考究才能夠知

道，而這也正是一部名著成立的必然的條件。因爲如果不是這樣，它就不能上升到哲學與詩的融合的高層次。文學的極致是詩與哲學的融合。我們不懂得詩中的哲學可以懂詩，但是如果懂得了詩中的哲學，就可以把詩理解得更深入徹底。這就是名著。名著和非名著差距只在這一點上：非名著只是好看，但是不耐咀嚼；名著是不止好看，更耐咀嚼。有時候它甚至不甚好看，但是非常耐咀嚼。不善咀嚼的人不是批評家，只會看熱鬧的人不是批評家，只有既看好熱鬧又善於咀嚼的才是批評家。

　　《水滸傳》就是既好看又耐咀嚼的名著。但我們平時只管是通俗小說，確實是通俗。但是不要以爲它通俗了就沒有雅，不要以爲通俗生動了，就沒有深刻。它的深刻在於全部的刻畫，特別是在於作者在宋江這個人物身上，寄託了古代一位仁人志士實現自己人生價值的追求、坎坷，他的對不幸的理解，對光榮的夢想。他用宋江等百零八人的故事，表達了在古代一個出身平民的讀書人，又是一位立志做一番事業的人，像宋江那樣，他生活的路是多麼難，可以說是進身無路，報國無門。原因只在於姦臣當道，君王不明，所以仕路坎坷、充滿危險、九死一生，然後才僥倖功成名遂，而且到底還是死於姦臣之手。

　　大家想想看，這樣一個人物更具有典型性呢？還是武松打虎更具有典型性呢？毫無疑問，宋江這樣的人更具有典型性。爲什麼呢？因爲封建時代，不用說封建時代，任何一個時代，如果它的體制不合理，出了大問題的話，那麼平常的人、普通的人想做一番事業，那就是難啊。當然，也有幸運兒，如梁中書怎麼能成了中書呢？就是人家有個好老岳父；高俅怎麼能成了太尉了？就是人家命好，那球踢準了。宋江要是有這麼個機會的話，那不也能做個中書或太尉嗎？然而沒有，不可能那麼多人都有。何止是沒這樣的機會？還處處遭遇那些坎坷、不順、九死一生。所以事情就是這麼比照著來的。大家想想看，宋江這樣的人多不多啊？這樣的人是不是讓我們爲他感到不平呢？魯智深打死了鎮關西被官府通緝，值得同情，但是能夠爲他有很大不平嗎？雖然宋江殺閻婆惜的情況也是如此，但是後來他在梁山幾乎是「臥底」成功，把梁山眾虎化爲朝廷的虎賁，又攘外安內，大功不差似再造宋室，卻落到被鴆而死的結局，就肯定是令人爲之不平了。這個不平，正是作者有意造成的藝術效果。

　　當然，《水滸傳》寫的宋江是一個官迷，就是想立功名，沒有「悠然見南

山」的那種氣質。但是問題是，我們中國的歷史要是大家都「悠然見南山」的話，都去「採菊東籬下」的話，那真正是國將不國了。而且如果都是那樣的話，東籬還有菊可採嗎？所以，宋江這種人是真正從平民起來的那種志士、立志做一番事業的人。用我們今天的話說，就像前一段時間表彰的帶著他妹妹上學的童戰輝似的，無論怎麼苦與難，人家也得千方百計來提高自己，一定要改變自己的命運，「做最好的自己」，建功立業，要青史留名。這個思想也許我們看起來有點俗氣，因為按我們現在的觀念，你去掃大街也是光榮的，跟總理一樣光榮。但在古人呢，人家都很直截了當，掃大街叫貧賤，出將入相才光榮，那時候人都是這樣講話。而實際的情況是，如果不是鼓勵一代代年輕人大家都去追求功名、為國家做事的話，那我們這個民族、這個國家還能指望什麼存在與發展下去啊？

　　所以，我覺得宋江求功名這一件事，是人間正道，是正人正事。這樣的人才是社會的脊梁，應該得到肯定、鼓勵、提倡、表彰。說《水滸傳》不表彰宋江，我覺得這是一個大失誤。而一表彰就表彰那魯智深、武松等，就總是有些片面。要知道，魯智深做的那些事，確實是大快人心，但同時也要知道，一個總是這樣才能大快人心的時代和社會是讓人感到悲哀的。一個只是寄希望這樣才能夠大快人心的社會心理，不是健全的，它不利於社會發展。用我們最新的話，就是不利於和諧。雖然你做得對，但你那個操作的方式不對。一個理想的社會，一個良好的秩序，不需要而且不能允許這樣做。在這個意義上，宋江所代表的這樣一個人生選擇，至少有他可以值得同情的一面，雖然最後他還是和貪官妥協、走後門，甚至走宋徽宗的二奶的後門，靠了李師師做他的「恩妓」鋪路招安，弄個官做，路子頗不光彩。但就宋江這個人來說，他想這樣來實現他的人生價值，他沒有辦法。就像一個才子，想去做本來只有他才能做的那個事，然後不行，只好隨大流，他也去送點禮，然後做成了，後來有大貢獻，總體上就無論對社會還是對他個人，都比一生沉抑要好啊。孔子曾去見南子，是聖賢屈身以行道的榜樣。我們總不能因為那一點點小節的講究，就耽誤了這個人才與他的大業吧。所以宋江，就看他後來征遼、打方臘，那樣一種赫赫戰功，我們就可以原諒他當年怎麼走二奶的門子之類的，不算什麼大不了的事。不要以小眚掩大德！世上的路從來都不是筆直的，「條條大路通羅馬」，但是沒有一條是直的。所以，宋江這個人，我們更多的應該是給予同情。

　　另外，從整個故事的發展來看，是從最初的起事、鬧事，從小鬧發展到大鬧，鬧上梁山，從梁山再鬧向四方，打得官軍可以說只可招架，無可還手。像這種情況，到這樣一個地步，可以說，就到了「物極必反」。要麼打下去，「殺去東京，奪了鳥位」；要麼就此談判、攤牌，向朝廷討一個封賞，仍然去做臣子爲朝廷出力。宋江爲主的梁山選擇了後者，在最興旺的時候受了招安。上面說過，這件事也正相當於《詩·大雅·緜》寫周朝「三分天下有其二，而服事殷」，這個情況是一致的。只有在這種情況下，才能顯示出宋江眞正是「忠」，因爲他可以不忠的時候他還「忠」，他很難「忠」的時候他還堅持著「忠」。哪裏還有比較這樣更「忠」的那樣一個層次的忠嗎？所以，宋江的「忠」不是一般的「忠」，是爲人所難爲，爲人所不敢爲，爲人所不能爲，是曠古未有的一種「忠」。

　　你說《三國演義》寫諸葛亮也是「忠」，誠然是的。但是，諸葛亮周圍並沒有什麼人說：「孔明先生，幹嘛要忠呢？你要忠的話，我們弟兄們都反了。」諸葛亮沒有面臨這種情況，我們不能假設諸葛亮面臨這種情況。但是你果然要假設的話，諸葛亮是個什麼樣，你也很難假設。從來寫忠臣的，寫岳飛，寫什麼，都沒有像寫宋江這樣。這等於是帶著一幫烏合之眾，等於說是網羅了一幫亡命之徒，狼蟲虎豹，帶到朝廷來，化強盜爲忠臣，化義士爲干將，保家衛國。這個宋江確曾一度棄國而去，但最終不僅是宋江他一個人回來了，而且還帶著一大幫同樣嘯聚江湖的人回來了。這一幫人中的多數，都是朝廷費盡心力難以制服的人，可是「呼保義」宋江一個人就把他們「全夥」化盜爲良了。你看，宋江單就這一件事，他爲朝廷建的功也就大了，那更不用說後來再征遼、再打方臘。只是一個使得「梁山泊分金大賣市」，宋江能比得多少個高俅？高俅「三打」打不下來，宋江在內部一打，就打下來了。

　　這就是宋江的「忠」。所以宋江的「忠」不僅是表現在招安上，表現在後來征遼、打方臘上。宋江作爲忠臣，是說他不上梁山是「忠」，上了梁山還是「忠」，不上梁山是做公開的活動，上了梁山是在梁山「臥底」，把梁山上的人一個個的都說動，有的就裹挾強迫著，讓他們還是回到忠君這條路上來。所以，我們看，宋江這個人，眞是爲人所難爲，爲人所不敢爲，爲人所不能爲。你想做個忠臣，還有比這更難的忠臣嗎？弄不巧的話，就叫李逵一板斧劈死了。要不是宋江有那麼個大德高行的義，使得像李逵那樣的人都是「百鍊鋼化作繞指柔」，一看到宋江他們「骨頭都酥了」！說句笑話，那眞是豬八

戒見了美女似的，一下子就酥了。就這個樣子，你想想，得多大的本事啊！
所以，《水滸傳》這一部書，我們國家幾十年前曾批宋江，這是不瞭解《水滸
傳》；另外一個是演宋江，演那個宋江是邋邋遢遢、哼哼唧唧，可以說是找不
著哪裏痛癢，簡直是莫名其妙。所以，不行。他們沒有這個感覺，找不到感
覺。所以，去年《三國演義》編劇的，他們來找我，拿他們的劇本給我看，
我就毫不客氣地跟他說，我說你們沒有找到感覺，你們不管誰是編劇，必須
是有專門研究的人去給你那編劇去講，講一段，你編一段。專家的缺陷是不
會說那些俏皮話、那些時髦話、那些酷詞，我們不會，就那不會。但你要是
說懂這個書，就只有真正的專家。專家能懂，那除了努力之外，還得有那種
悟性才行。

　　《水滸傳》這部書，研究透宋江，也就吃透了這部書到底寫了什麼、表
現了什麼。這是一部為古代沈移下僚的仁人志士，就是地位低下的豪傑之士，
基本上是下層知識分子寫心的一部書。什麼叫寫心呢？就是寫他們的願望、
理想、追求、思想、情感，寫他們的苦悶，寫他們的辛酸，寫他們的光榮與
夢想。不是有本書嗎？外國的，叫《光榮與夢想》。我說《水滸傳》就是寫中
國古代下層知識分子的有志之士，寫他們的追求與苦悶、光榮與夢想。你可
以不贊同他的光榮與夢想，你覺得犯不著，幹嘛非要那樣折騰來折騰去，叫
人家弄藥酒來藥死呢？何苦來呢？到中學裏或者大學裏教個書不行啊？你可
以這樣認為，可以不同意宋江那種做法，但你卻不可以認為宋江那種做法不
是一種追求，也就是說人家那也是一種追求，也是一種對人生的價值實現的
一種努力。而且那一種努力，比我們說「去教教書吧」，更比那個「採菊東籬
下」，對於推動社會的發展更有意義。古往今來，正是有這樣的人，社會才發
展了。

　　自然，宋江是自私的。可是，如果他不是為著這點「光榮與夢想」的話，
他就不幹。歷史就是這樣，沒有什麼好說的。「食、色，性也」，沒有追求，
人的欲望、積極性就出不來。我們現在改革開放，改的什麼？「革」的什麼？
就是革了只講精神，不講物質一條：「手裏沒把米，喚雞也不來」！有了堅定
正確的政治方向，也離不開物質刺激，就是高工資、高薪金，誰能幹誰發財，
就是這把大家鼓舞起來了，忙活起來了，社會就發展了。而正如小平同志說：
發展是硬道理。在這種情況下，大家都不要覺得我多麼高尚，沒那麼回事；
但也絕不卑鄙。這就叫正常。不過就是有的人見了錢不要命，栽了；好多人

人家是見了錢，能瞻前顧後，心裏有數，不隨便伸手，所以一生平安。所以將心比心，宋江這個形象，沒必要那樣否定他，沒有理由那樣看不起他，不應該把他說得那麼不值錢。大家想想看，假如都像那李逵、武松、魯智深似的，他只知道用拳頭說話，你怎麼個過？當然，「殺盡不平」的願望畢竟是好的，但是你不能因為說李逵等人好，就說宋江不好。

這是不同的人，不同的人生，不同的追求，不同的價值觀。宋江是為理想而活著的人，武松、魯智深這些人是為著性情而活著的人。在宋江的心目中，李逵、武松這些人，必須有個人開導他，說將來「一刀一槍搏個封妻蔭子」。但是，你就教了都不行，他也不往那想，他是屬於那種性情中人。所以我們看《水滸傳》，為什麼總覺得這種人好呢？就是因為我們都是性情中人，絕大多數都是性情中人。而性情中人率性而為，不會「做」人，林黛玉似的，是個什麼人就是什麼人，絕不掩飾自己。這就是不會做人。做，這個做的工夫他不到，所以他是性情中人。我們何嘗不想著普天下人都能做性情中人啊？但是，只憑著性情能把人類的事，把社會的事做得好嗎？所以，還得有宋江。而且宋江那樣的人，正是適合於做領袖、做統帥那種人。但是大多數人，就其作為人的本來意義說，都應該像武松、魯智深這些人。所以，這些人物我們同樣應該給予高度的評價。而且事實上，這些人更容易使我們產生一種共鳴，就覺得好，看了覺得痛快。而文學作品其實在大多數情況下只要讀者覺得痛快就行了，進一步的東西人們往往就不大想。比如說，鎮關西還用你去打啊？但是話說回來，也有他的理由啊，要不是魯智深去打的話，那誰敢打？而且官府又不管，那不就是金翠蓮父女倒了霉嗎？沒人管啊。所以，那也就是事逼的，官逼的，魯智深確實到了該出手的時候了，那就出手。所以，這一種故事都必須在此情此景下來講。但是宏觀地說起來，這不是解決問題之道。理解《水滸傳》，這是一個關節點。

六、餘　論

以上講了《水滸傳》幾個表面化的問題，但它作為名著，僅是表面上能看到的問題也決不止這些。那就好比說，一個鑽石或者純正的水晶體，你從哪兒看都能看出一點點不一樣的折光來，都能作一番分析。可是那雖然也可能體現了作者對事物的一定的看法、一個方面的看法，卻不一定是中心的看法。《水滸傳》就是這樣。有關其主題的許多看法都有一定合理性，但從作品

的核心意識看，就只是「忠義」。《水滸傳》的「忠義」就是宋江，《水滸傳》核心就是寫他作為一個下層志士的追求與坎坷、光榮與夢想，就是寫這麼一個忠義之士。其他的，比如說寫那個社會的不合理，鄭屠包了二奶還坑二奶，高衙內仗著他老子的那種勢力去調戲林沖的妻子，並且牽連、加害於林沖……，這些社會的黑暗，主要是官和民的矛盾，也有意義，也可以分析，甚至某種程度上我們也就能見出所謂「逼上梁山」的道理。但這不是這一部書思想的全部，甚至也不是這一部書的主要出發點。這只是書中很重要的一個側面而已。

又比如說，這部書中寫了很多情色的故事，潘金蓮、西門慶，所謂「四大淫婦」，顯然也代表了作者對這一類事的看法。然而也不是一部書的主體。它是輔佐著、並且聯繫著這一部書「忠義」的中心線索而出現的、而存在的，是由這個中心帶出來的，是為這個中心服務的。分析和研究這些東西、這些側面，同樣是我們研究這一部書的重要內容，但這必須結合著中心才能得到恰當的說明。

比如說宋江為什麼著了閻婆惜的圈套了？這只能從他作為一個忠義之士、一條好漢這個角度來看才能明白。你要從平常人的角度，那就不會出這個問題，也許根本就沒這回事。比如說，怎麼和這個閻婆惜扯上呢？就是因為宋江慷慨好義，幫了閻婆一把，而當初閻婆對宋江也確實是感激，雖然可能一個很重要的動機就是想靠上這麼一個衙門裏的人，小官，會有些好處，但是也確確實實不排除她有感激的成分在裏面，這樣就把閻婆惜送給宋江了。而宋江接受閻婆惜，其實也並不是因為貪戀這個女子，也是湊合著不得不接受，而且想著：有幾個閒錢照顧他娘們兒過日子，也算做一個功德吧。宋江大概當時就是出於這種心理：有閻婆惜也就算有女人這麼回事吧！另外，幾個錢不當回事，他沒把這太當回事。為什麼這樣呢？就是因為他是個好漢，是個英雄，既想做好事，同時又不戀女色，所以在這個事上就麻煩了。因為閻婆惜本來就是女色，你不戀她，那這個女色還幹什麼？所以你不拿著女色當女色，這個事不是傻嗎？宋江這個地方可以說是迷了一竅，糊塗啊。另外呢，你想做好事，但是這個好事可不是這麼做的，這個事一定要分清楚，幹什麼就是幹什麼。可是宋江就沒有分清楚，他似乎覺得：咱花幾個錢也沒有什麼不捨得，那你們娘們兒就那麼過吧，反正有個房子。但是他沒想到，人家可不只是為了他那幾個錢，所以宋江整天的打熬筋骨，做那種不回家的

男人，弄得那閻婆惜就只好去找那張文遠去了。就這樣子下來，還有不出事的？所以這一種事，是個性情問題，是在宋江這種人一個必然。這個事要是換作王矮虎的話，雖然閻婆惜可能也不找他，但如果是王矮虎，他肯定是回家回得挺勤的，那就一般說出不了什麼大事。這就是說，做什麼都有做什麼的道。接受一個女子，就有接受一個女子的道，你得按這個道來行事才行，宋江就不通此道。不通此道，那反過來肯定要受到制裁。所以這一件事，不是一個什麼淫婦的問題，實際上是一個英雄處在世上和世俗人情格格不入的問題，至少這個故事上有這一面的意義在裏邊。這個故事就是要告訴我們，你要是娶老婆就是娶老婆，就是一個有家的人；如果你娶了老婆還是做一個沒家的人，總是一個不回家的人，那麼你這樣還不如不娶老婆。這個事情就是這麼個道理，所以宋江不要只去教訓閻婆惜，閻婆惜沒有什麼好教訓的：宋江不來，她就去找張文遠，找李文遠，是否是該找？先要問宋江爲什麼不來？你心裏沒俺，沒俺那還掛著這個羊頭幹什麼？掛這個幌子幹什麼？你不把這個老婆當回事，又不乾脆撒手，這是什麼話？不像話！所以這個故事是個很簡單的事。當然，後來閻婆惜非要訛詐那一百兩金子，就過分了，那實在是過分。你就見出她那個沒出息，要那麼多金子幹什麼？要金子不要命。她做女人很知道男人，卻不知道與男人處的分寸：在這種場合，你不能把他逼急了。

另外的，像潘巧雲、楊雄那種故事，大概差不多的。楊雄也是一個忙字了得，另外也是有點打熬筋骨，都是那打熬筋骨的念頭害的。再加上潘巧雲和裴如海，人家早早的就是有點情意，早早的就是有關係，就相好，那個事情更說不上了。潘金蓮那個事是一說。還有像盧俊義他夫人，等於說盧俊義一走，家裏就「政變」，——反叛了，他老婆和管家李固合夥反叛了他。在這些事情上，作者的同情心都在英雄這一邊，他最恨的就是這樣的女人。那麼他最肯定的呢，就是林沖他老婆。所以，這一個肯定，四個反對，對照下來，我們就知道作者的那個婦女觀、婚姻觀是什麼？就是《三國演義》中劉備說的「兄弟如手足，妻子如衣服」。所以，這樣就怪不得潘金蓮、閻婆惜、賈氏、潘巧雲信奉「情人如兄弟，丈夫如衣服」了！那沒有辦法，你拿人家當「衣服」，人家不拿你當「衣服」嗎？你拿人家是穿完了就扔，人家也只好沒得穿的時候就另尋衣服穿，——沒這個衣服就穿那個衣服去，只能這樣了。所以這一件事沒什麼深奧的，因爲書中對所有兩性關係的評價，都是以婚姻爲標

準的，婚姻的、合法的就是合理的。然而在古代，這個話根本就不能成立。婚姻的、合法的只是從形式看是合理的，卻不一定是合情的。因為孤立看婚姻這件事，它本來不是基於人性，而是基於人的社會性。或者說，部分的基於人性、部分的基於社會性。而男女關係卻是主要基於人性，並不是說有婚姻的就叫男女關係，沒婚姻的就不叫男女關係。男女關係是世界上最自然的關係，沒有比這更自然的了。所以，包括那個劉備，雖然他口頭上講的，「妻子如衣服，兄弟如手足」，但是兄弟才三個，妻子有五個，就看出他還是更愛「衣服」，也不過就是他要喊這麼個口號罷了，就是口號而已，千萬別信那。

《水滸傳》寫人物，可以說人各一面，各有性情，栩栩如生。這是一句老話，我不小心還是露出一些老話。但是這一些人物都是一些在淺層次上日常方面行動著的人，大多數不是有思想、有內涵的人。所以這種故事在很多情況下也就是個故事而已，也就適合於看熱鬧。所以這種書，過去雖然有過很多爭議，但是爭議都不是在深層次上的爭議，都是些表面的糾纏。它不像曹操，不像王熙鳳、賈寶玉。雖然那些人也顯得有些單薄，可是《水滸傳》這些人物好像是更沒的多少話說似的。怎麼講啊？有些事我們就不好講，像魯智深從來不曉得娶個媳婦啊之類的，沒這種想法。武松也沒這種想法。但是都是為著女人的事在那打仗。你看，魯智深招惹的那些麻煩，哪一個事不是為著女人啊？為著劉太公的女兒打周通，為著金翠蓮打死鎮關西，為著林沖的老婆要打高衙內，就這些事。三個女人就成就了一個魯智深。要不是這三個女人的事，哪還有什麼魯智深呢？可是魯智深不只是說後來做了和尚，在先也沒有娶個家室的想法。寫這樣一個人物而偏偏總與女人有關，證明了所有的「好」，都是「女子」也，一笑！

《水滸傳》好漢不近女色不是說尊重女性，不近女色恰恰是不尊重女性。為什麼呢？因為在他看來，女性是最危險的，她妨礙他打熬筋骨，她使的英雄氣短。這不危險嗎？這等於說他平常的那些訓練是聚集英雄氣，而女色只要一沾上，就像吃了那解藥了，就沒得英雄氣了。你說這個《水滸傳》是種什麼心腸呢？這個事就可以看出來，一個是古代的性科學不發達，好多事他傻，他不明白；另外一個是，他對於女性的事不理解，他不知道在一個成功的男人背後必然有個堅強的女性。其實這一些事，你就看看，包括《水滸傳》上的這些人，雖然他不知道，但是他們的成和敗背後都有一個女人。

從這個意義上去解讀《水滸傳》，你去看一看，有哪一個人他背後沒有個

女人啊？所以這些好漢幾乎是個個不近女色，但是幾乎個個都因爲女人的事而行動起來。所以，網絡上有馮鞏寫的一篇文章：做男人最苦，像《水滸傳》上就苦到什麼地步呢？他已經是爲女性遭了那麼多災，反而他不知道。他還整天的反對女性、看不起女性。但是他忙的那些事，幾乎都是爲了女性，就包括他那個打熬筋骨，你說他跟男人打仗不錯，但是有意無意的也是爲了向女性展示他的膂力，好像是鋼打鐵鑄的，打不倒的那英雄漢。男人他所以苦，有時候是因爲這，所以就有那個「有淚不輕彈」。其實要是該哭的時候哭一場，那整個的來說從精神上、身體上都得到很大的休息。但是「不輕彈」，就是怕人家看見了，怕人家看見了，實際上主要的是怕女人看見了。所以，《水滸傳》這個地方我也說不清楚，就覺得非常尷尬，非常讓人費解，大家可以去琢磨琢磨。我們不要只看著打打殺殺的好看，就不去想想這背後有些什麼東西。背後的這些東西是什麼呢？就是文化，中國文化。

關於《水滸傳》，就講這麼多，謝謝大家聽完的厚意！

（范芄蕊據錄音整理，經本人改定，原載《南都學壇》2008 年第 1 期）

《水滸傳》「替天行道」論

引　言

　　《水滸傳》問世以來，有關其思想內容與傾向的研究，眾說紛紜。近世諸多引申太過的議論，就不必說了。但說古今學者較多認同也影響較大者，先後有「逼上梁山」和「忠義」兩種觀點。兩種觀點誠各備一說。尤其是後者，近年來附合者較多。本人也曾是這種觀點的附合者〔註1〕，但近日看法又有了轉變，即認為兩說雖各有一定文本上的根據，卻都各有所偏，不足稱《水滸傳》全書故事的主旨。《水滸傳》的主旨與其說為「逼上梁山」或「忠義」，不如說是「替天行道」更為貼切作品實際。

　　近今「逼上梁山」說的意思是說官逼民反，亂自上作，進而引為「農民起義」的根據。此說於文本不為無據。如第五十七回宋江對呼延灼道：「小可宋江怎敢背負朝廷？蓋為官吏污濫，威逼得緊，誤犯大罪，因此權借水泊裏隨時避難，只待朝廷赦罪招安。……」第五十八回寫宋江向宿太尉告稟道：「宋江原是鄆城小吏，為被官所逼，不得已哨聚山林，權借梁山泊避難，專等朝廷招安，與國家出力。……」第七十七回寫宋江對酆美道：「……宋江等本無異心，只要歸順朝廷，與國家出力，被這不公不法之人逼得如此，望將軍回朝，善言解救……」第七十九回寫宋江道：「二位將軍，切勿相疑，宋江等並無異心，只被濫官污吏，逼得如此。若蒙朝廷赦罪招安，情願與國家出力。」

〔註1〕杜貴晨《〈水滸傳〉的作者、書名、主旨與宋江》，《南都學壇》2008 第 1 期。
　　　收入本卷。

第八十回宋江對高俅道：「文面小吏，安敢叛逆聖朝，奈緣積累罪尤，逼得如此。二次雖奉天恩，中間委曲奸弊，難以縷陳。萬望太尉慈憫，救拔深陷之人，得瞻天日，刻骨銘心，誓圖死保。」〔註2〕如此等等，都一口咬定落草梁山是「濫官污吏，逼得如此」。由此看來，近今「逼上梁山」說不無道理。但是，《水滸傳》寫百零八條好漢，如上被「逼上梁山」的情況竟是不多，而正如宋江所說，梁山上「眾兄弟們，一大半都是朝廷軍官」（第六十五回），最多的人是被先上了梁山的人「逼上梁山」。所以，清人王望如曰：「人言逼上梁山，言乎有激而成也。其最狠毒者，如假攻青州城而迫秦明，如燒李家莊而逼李應，如殺了衙內而迫朱全，如用鈎鐮槍而逼徐寧，如寫假書、刻假印而逼蕭讓、金大堅，如寫反詩給李固而迫盧俊義，人間惡姻緣，大率類此。」〔註3〕由此一面可以知道，「逼上梁山」是清人早就概括出來的說法；另一面也可以知道，近今所論「官逼民反」的「逼上梁山」只是梁山上一小部分人的事，多數人是被先上山的「逼上梁山」——拉上去的。倘以「逼上梁山」為既有「官逼民反」，又有先上山的人逼別人也上梁山與自己結夥的「惡姻緣」，則此說的含義就複雜而模糊，不合於持論者的本意了。

至於「忠義」，則不僅在《水滸傳》百回本的 38 回書中出現共達 137 次之多，還有「聚義廳」改為「忠義堂」的堪稱點題性情節，甚至《水滸傳》的早期版本就有一種題為「忠義傳」，顯示其確有可能是作者有意而作品也實際突出了的一部書的中心。但是，人們從一般對「忠義」的理解感到有所不通的是，一方面《水滸傳》寫宋江等山泊中人招安之前，衝州撞縣，殺人放火，「官軍不敢攖其鋒」的描寫，會使古今讀者都有人認為他們是「強盜」「造反」，即使後來受「招安」，也已經說不上是什麼「忠義」了。因為「忠義」不需要「招安」，「招安」的不會是「忠義」；另一方面對《水滸傳》所寫梁山故事，稱「忠義」應該指山泊全夥，但是，不僅李逵絕對不是「忠」的，即

〔註2〕類似的表示還可以舉出第一回寫朱武哭道：「小人等三個累被官司逼迫，不得已上山落草。……」第十九回寫宋江見了公文，心內尋思道：「晁蓋等……如此之罪，是滅九族的勾當！雖是被人逼迫，事非得已，於法度上卻饒不得……」第三十三回寫花榮向秦明道：「總管聽稟：量花榮肯反背朝廷？實被劉高這廝，無中生有，官報私讎，逼迫得花榮有家難奔，有國難投，權且躲避在此。望總管詳察救解。」又說「兄長息怒，聽小弟一言。我也是朝廷命官之子，無可奈何，被逼得如此。……」

〔註3〕陳曦鍾、侯忠義、魯玉川輯校《水滸傳會評本》，北京大學出版社 1981 年版，第 929 頁。

如呼延灼、秦明、關勝等一班朝廷降將，既已公然背叛朝廷，與官軍對敵，哪還能有什麼「忠義」？

因此，學術界關於《水滸傳》的思想內容與傾向的討論，迄今難得共識。這促使我們思考，關於這一問題的認識，是否有比二說更恰當的概括？有之，那就是書中作為梁山旗號的「替天行道」。它在《水滸傳》中所起作用和受到作者重視的程度，實遠過於那可以有多解的「逼」字和前後不易貫通的「忠義」，應是作者留給我們把握《水滸傳》一書的竅門與鑰匙，因為之論說如下。

一、《水滸傳》「替天行道」溯源

今存文獻中，《水滸傳》以前，「替天行道」之說僅見於元雜劇。如《黑旋風雙獻功》第四折：「宋公明替天行道，到今日慶賞開筵。」《梁山泊李逵負荊》第一折：「（宋江詩云）澗水潺潺繞寨門，野花斜插滲青巾。杏黃旗上七個字，替天行道救生民。」又「（王林云）你山上頭領，都是替天行道的好漢。」《爭報恩三虎下山》楔子云：「忠義堂高搠杏黃旗一面，上寫著『替天行道宋公明』。」《都孔目風雨還牢末》第四折：「（宋江詩云）俺梁山泊遠近馳名，要替天行道公平。」《宜秋山趙禮讓肥》第二折：「他那片殺人心可敢替天行道？」等等。這些劇本中的「替天行道」專指宋江與宋江為首的梁山好漢的事實，表明「替天行道」是隨梁山好漢而主要是宋江故事的發展而出現的。它是宋江故事中的旗幟，是宋江等好漢高標於「忠義堂」之上的集體的靈魂。由此可見《水滸傳》與元雜劇——主要是元代水滸戲——關係的密切。但是，「替天行道」一說，卻有更深的思想淵源。

元雜劇水滸戲與《水滸傳》「替天行道」的遠源，應是中國上古盛行的天道觀念。這種觀念認為，天即自然或上帝，至高無上，籠罩並主宰一切。天之下是地，以及天地之間的萬物，而天地之間人為貴，為萬物之靈。所以，《周易》以天、地、人為「三才」，並曰「有天道焉，有人道焉，有地道焉」（《繫辭下》），以為世界的多樣與變化，就是天、地、人「三才之道」（《繫辭下》）互動的結果。但是，古代稱「天道」常兼「地道」而言之，指「天地之道」，從而「三才之道」的互動關係本質上只是「天人之際」。

「天人之際」是中國古代學術的根本。早在《荀子》就已經指出：「故明於天人之分，則可謂至人矣。」（《天論》）又從司馬遷《報任少卿書》雖以「究天人之際，察古今之變」並舉為「成一家之言」的兩大課題，卻畢竟以「究

天人之際」打頭看，古代學術的首要目標與中心，正是認識、把握與處理「天」與「人」的關係。有關「天人之際」的學術可概稱爲「天人之學」。古代「天人之學」能有系統研究的固然不多，但凡有論及，言人人殊，眾說紛紜。唯是一般說來，百家言「天人」，占主流的認識是天定人事，人命由天，也就是天道決定人道，人事順應天命。從而「天人之學」的基本目標，就是知天意、明趨避，講求法天、應天、順天等按照天意行事的原則。

這一種與上蒼交流的智絕天人的學問，自然不是隨便什麼人都能夠掌握的。所以，《禮記》曰：「天道至教，聖人至德。」（《禮器》）又曰：「天垂象，聖人則之。」（《郊特牲》）以知「天道」爲聖人之事。雖然從《論語》載：「子貢曰：『文武之道，未墜於地，在人。賢者識其大者，不賢者識其小者，莫不有文武之道焉，夫子焉不學，而亦何常師之有？」（《子張》）似人人都可以大小有所得識的，但其所識「文武之道」只是聖人之道，與「天道」尚隔一層。所以在明中葉王陽明「心學」興起之前，中國古人以「天人之學」爲聖人的專利，賢人與普通人至多能夠通過學習聖人之道，間接地瞭解「天道」。眞正能通「天人之學」，也就是能得「天道至教」達至則「天象」行事之最高境界的，只有「聖人」。

「聖人」能則天行事的原因，在於「聖人」雖然也與普通人一樣，是父母所生，但其「受命」與眾不同。大略有兩種情況：一是如孔子，自認「天生德於予」（《論語・述而》），卻有其德而無其位，所以只能爲布化「天道」的「木鐸」（《論語・八佾》），舌耕筆削，著述以傳承「六藝」而代天宣道；一是更多的爲有其德並有其位者，如三皇五帝和歷代的皇帝。這種「聖人」是所謂天假於人而行道的主體，因「繼天則謂之天子，其號謂之帝」（《尚書正義》卷二《堯典第一》）。帝爲「天子」的責任與能事，即如孔子所稱讚的：「大哉堯之爲君也！巍巍乎！唯天爲大，唯堯則之。」（《論語・泰伯》）《尚書・大禹謨》載舜命禹曰：「天之歷數在汝躬，汝終陟元后。」《正義》曰：「丕，大也。歷數謂天道。元，大也；大君，天子。舜善禹有治水之大功，言天道在汝身，汝終當升爲天子。」都是把「天子」作爲「天道」在人世的代言、代理與執行者，即代天行道之人。後世相沿，帝王稱「聖上」，又稱「天子」之義，以至宰相爲天子首輔的主要責任，一是「代天爵人」《漢書》卷八十六《何武王嘉師丹傳》《後漢書》卷二十四《馬援列傳》作「代天官人」）；二是「代天理物」（《舊唐書・卷八十八》《舊唐書・卷一百九十九上》等），實際都是說天子「代天」行道。

元雜劇進而《水滸傳》為宋江水滸故事所標榜之「替天行道」，就是自上引經史中「代天」行道之類用語化出，是經史雅言「代天」行道的通俗表達。其以「替」易「代」，看來只是兩個同義字的調換，但在《水滸傳》明明有「今天子」在上的語境之中，因此新創出「替天行道」一說，寫為宋江等百零八人的旗號，就不是無意義的了。

二、《水滸傳》以「替天行道」為主旨

《水滸傳》作為一部小說，雖有一定歷史根據，但主要起於民間說話和以市民為受眾主體的元雜劇，甚多民間色彩。所以，從來研究這部書的，往往只看它「是集合許多口傳，或小本《水滸》故事而成的」〔註4〕，主要反映下層以至綠林草澤人物生活與思想性格的一面，而忽略它畢竟由元末文人羅貫中寫定，是最終出自文人之手、寄託文人思想感情之作品。從而往往不能很好地注意到它其實已不僅是講故事娛樂受眾，而同時包含了藉講故事以傳達某種思想感情的用心。換言之，《水滸傳》是一部起於民間而被文人改造利用的有寓意的作品，它的宗旨與其成書所根據之本可能有關，卻已經過最後一位作者羅貫中的認定、校正與發揮，成為了他所確定《水滸傳》要負載並表達的觀念。

這就是說，對這部（類）作品的認識與評價，我們固然不可忽略其所秉受民間文藝思想與藝術的影響，但是，也萬不可以其寫定者稱「編輯」「編次」等，就輕易認為寫定者只是做了文本鏈接、情節綴合、文字補訂之類的潤色工作，而沒有或很少個人思想意圖、感情色彩的介入。相反，我們應當十分重視《水滸傳》寫定者羅貫中在改造舊本的創作過程中，賦予前人各種資料以新的解讀利用和思想的線索、藝術的框架、又或捏合生發、筆補造化、頰上三毫、阿堵傳神、奪胎換骨、因故為新、以他人之酒杯、澆胸中之塊磊的用心與表現。「替天行道」「忠義」等就是羅貫中寫定《水滸傳》種種寄託中最重要的觀念，所以格外值得注意。

從「替天行道」「忠義」等並不見於粗具水滸故事梗概的《大宋宣和遺事》，和雖然見於多種元雜劇，卻各只是一個口號的標榜來看，二者都是羅貫中從元雜劇繼承而來，在《水滸傳》中刻意強調的作品的主導思想。但在「替天

〔註4〕魯迅《中國小說史略》，人民文學出版社1973年版，第293頁。

行道」與「忠義」二者之間，羅貫中並非是沒有軒輊的。簡言之，雖然據尹小林《國學寶典》檢索可知，「替天行道」在百回本《水滸傳》中，自第十九回首次出現，至第一百回結束，散見於三十回書中，共使用了四十六次，比較上述「忠義」出現的頻次要少得多了，但我們認爲，「替天行道」更應該是羅貫中所設《水滸傳》一書主旨的體現。

首先，「唯天爲大」，《水滸傳》以「替天行道」總括宋江等梁山好漢的一切，都是由於其所受「天命」，那麼作爲對《水滸傳》一書主旨的認定，捨「替天行道」則無可言說。而在作品中正是強調了「替天行道」的主旨地位，文例甚多，如《水滸傳》第二十一回「虔婆醉打唐牛兒」有詩道：

> 替天行道呼保義，上應玉府天魁星。

第四十二回「還道村受三卷天」：

> 娘娘法旨道：「宋星主！傳汝三卷天書，汝可替天行道：爲主全忠仗義，爲臣輔國安民，去邪歸正。他日功成果滿，作爲上卿。吾有四句天言，汝當記取，終身佩受，勿忘於心，勿泄於世。」宋江再拜，「願受天言，臣不敢輕泄於世人。」

第七十一回「忠義堂石碣受天」寫道：

> 宋江聽了大喜。連忙捧過石碣，教何道士看了。良久，説道：「此石都是義士大名，鐫在上面。側首一邊是『替天行道』四字，一邊是『忠義雙全』四字。……」

第八十五回「宋公明夜度益津」寫道：

> 羅眞人乃曰：「將軍上應星魁天象，威鎮中原，外合列曜，一同替天行道。今則歸順宋朝，此清名千秋不朽矣。

第九十回「五臺山宋江參禪」寫道：

> 智眞長老道：「常有高僧到此，亦曾聞論世事循環。久聞將軍替天行道，忠義根心，深知眾將義氣爲重。吾弟子智深跟著將軍，豈有差錯。」宋江稱謝不已。

如此等等，或由作者出面直接點明、或以九天玄女代天宣示、或以天降石碣之銘記、或以仙佛人物的特別說明，從不同角度，以不同方式，共同表明宋江等人，各是天上下凡的星宿；他們受命於天，轉世爲人，爲的就是「替天行道」。第一回有作者感歎曰：「豈不是天數！」實是以天理昭然，肯定宋江等梁山百零八人「大鬧中原」「大鬧東京」「大鬧濟州」等種種「大鬧」，雖從

士大夫俗見看來爲「犯上作亂」，更爲朝廷所不容，卻是上蒼所使，「天命」如此，不容置疑，更不容否定。從而第一回不僅「楔」出一部大書的故事，也提破了故事即《水滸傳》一書「替天行道」的宗旨。

其次，《水滸傳》寫「替天行道」是人生最高的使命與價值觀念。《水滸傳》描寫所涉及人生價值觀念頗多，諸如「義」「勇」「俠」「仁」「孝」「忠義」等等，都是作者所肯定的人生原則。但「唯天爲大」，《水滸傳》寫宋江等「替天行道」，也就是說他們的行爲處處合乎天理，這些原則無疑就全部被包括其中了。這應該是《水滸傳》作者繼承元雜劇以梁山大寨杏黃旗號爲「替天行道」，而沒有取「忠義」或其他字號的根本原因。

這裡僅以《水滸傳》「替天行道」與學者多所關注的「忠義」比較爲說。我們看《水滸傳》寫九天玄女對宋江的「天言」曰「傳汝三卷天書，汝可替天行道：爲主全忠仗義，爲臣輔國安民，去邪歸正」云云，「替天行道」實包括了要宋江做三件事：一是「爲主」亦即招安前在梁山爲首領的階段，要「全忠仗義」；二是「爲臣」亦即受招安歸順朝廷以後的階段，要「輔國安民」；三是在「全忠仗義」與「輔國安民」的過程中「去邪歸正」，達至「他日功成果滿，作爲上卿」的結局。

雖然這三件事各都與「忠義」相關，如簡言之則可以說：第一是「忠義」之心，第二是「忠義」之行，第三是「忠義」之果；但是，宋江作爲「魔心未盡」的「星君」，這樣的「忠義」並非出於自覺，而是九天玄女代表上蒼責成他必須如此。從而雖然《水滸傳》寫的是宋江「忠義」，卻不是宋江要「忠義」，而是上天要他「忠義」；「忠義」不是宋江人生的最後目標，而是他作爲下世「星君」在人間不得不做的「功果」，是「他日……作爲上卿」的必由之路或手段。在這種情況下，宋江「忠義」的實質是「替天行道」，與其說宋江「忠義」，不如說他「替天行道」更爲恰當。第六十五回寫老丈道：「他山上宋頭領，不劫來往客人，又不殺害人性命，只是替天行道。」又寫張順道：「宋頭領專以忠義爲主，不害良民，只怪濫官污吏。」第一百回寫宋江道：「我等以忠義爲主，替天行道，於心不曾負了天子。」都只說「替天行道」，或把「忠義」作爲「替天行道」的主要內容以言「替天行道」。可見「忠義」是書中宋江作爲「星主」入世後做人的原則，而「替天行道」才是其三生注定要實踐的《水滸傳》最高的理念。

第三，宋江是「替天行道人」的典型。《水滸傳》寫梁山三代首領：王倫、

晁蓋、宋江。王倫固不足論，而晁蓋與宋江相比，差別只在能否「替天行道」。第十九回「林沖水寨大並火」回末詩曰「替天行道人將至，仗義疏財漢便來」，後句說晁蓋先上了梁山，前句說隨後宋江也要到梁山上來。兩句的言外之意，是說「仗義疏財漢」的晁蓋，乃「替天行道人」宋江的前驅。從而「恐託膽稱王」的晁蓋只是一個「仗義疏財的」好漢，而「肯呼群保義」的宋江才是真正「替天行道人」。又第七十六回寫道：「設計施謀，眾伏智多吳學究。運籌帷幄，替天行道宋公明。」也是以「替天行道」肯定宋江。這裡需要說明的是，《水滸傳》寫宋江名號甚多，如宋公明、及時雨、呼保義等，甚至有「人稱忠義宋公明，話不虛傳」（第六十四回），但都是世俗之稱，得宋江「替天行道」之一面，而不可謂其全面的概括，只有「替天行道人」才全面道出宋江受命於天的角色與使命，所以值得特別看重。《水滸傳》以「替天行道人」宋江為主，「替天行道」自然也就是《水滸傳》之旨。

第四，「替天行道」是水滸梁山的旗幟與靈魂。美國著名政治家、發明家、外交家富蘭克林在為一位槍殺市長的罪犯辯護時稱：「當法律無法制裁貪官污吏時，人民有權力替天行道。」

這體現於第七十回「梁山泊英雄排座次」敘祭天儀式的布置：

> ……一切完備。選定吉日良時，殺牛宰馬，祭獻天地神明。掛
> 上「忠義堂」「斷金亭」牌額，立起「替天行道」杏黃旗。

這裡依次掛起的兩塊牌額：「忠義堂」標明「忠義」而偏重於「忠」，「斷金亭」象徵「義」，都不必說。雖然最後才「立起『替天行道』杏黃旗」，但「牌額」與旗幟既不可等量齊觀，後出旗幟還可以認為是後來居上。所以，《水滸傳》作者為梁山「立起『替天行道』杏黃旗」，應是表明在「義」與「忠義」之上，「替天行道」為梁山事業的靈魂，是《水滸傳》高居中心的主旨。

第五，「替天行道」是梁山好漢們的共識。宋江是作者標定的「替天行道人」，又凡勸降官軍將領，無不以「替天行道」為說辭，並曾以「我這一般兒『替天行道』的好漢」（第七十八回）自居，不必說了。宋江之外，梁山人物可以分為兩類。一類是自覺上梁山的，可以李逵為代表。他反招安，也就是不要「忠義」的。這一點宋江很清楚，所以有第一百回「宋公明神聚蓼兒窪」寫宋江臨終毒死李逵：

> 宋江道：「兄弟，你休怪我！前日朝廷差天使賜藥酒與我服了，
> 死在旦夕。我為人一世，只主張忠義二字，不肯半點欺心。今日朝

廷賜死無辜。寧可朝廷負我，我忠心不負朝廷！我死之後，恐怕你
造反，壞了我梁山泊替天行道忠義之名。因此……與了你慢藥服了。
回至潤州必死。……言訖，墮淚如雨。李逵見說，亦垂淚道：「罷，
罷，罷！生時伏侍哥哥，死了也只是哥哥部下一個小鬼。」言訖淚
下。……回到潤州，果然藥發……

從這段文字可以看出，宋江死前非毒死李逵不可，是因為他知道李逵是為了
「義」而非「忠義」才勉強接受招安。一旦自己死了，活著的李逵一定會「造
反」重上梁山；而李逵的三聲「罷」和只以「伏侍哥哥」為言，也表明他雖
然未作反抗，但與宋江為了對朝廷的「忠義」而死不同，只是甘心死於對宋
江的「義」。然而，他們都在一杆「替天行道」的杏黃旗下。我們知道，李逵
曾因誤會宋江搶人女子而砍倒杏黃旗，說明他真正在乎的是「替天行道」。所
以，李逵為宋江死「義」，本質上是為追隨宋江所樹立「替天行道」的旗幟。
換言之，「替天行道」中所包含的「義」，才是李逵甘心生生死死伏侍宋江的
初衷。其他如魯智深、林沖、武松等一班反對招安的好漢，雖然也都勉強隨
順宋江招安了，結局也各有不同，但是，誠如羅真人贈宋江的八句真言中所
說：「忠心者少，義氣者稀。」（第八十五回，本回寫遼國歐陽侍郎勸降，吳
用私下對宋江表明態度說：「若論我小子愚意，從其大遼，豈不勝如梁山水寨。
只是負了兄長忠義之心。」）他們雖不情願卻畢竟隨順宋江受招安，實在是因
為思想上有與宋江的一個最大共同點，就是「替天行道」。只不過宋江的「替
天行道」是「以忠義為主」，而其他人雖「忠義」而無如宋江「之死靡他」，
或至多是以「義」為主罷了。

　　另一類是宋江等以各種方式脅迫誘惑招引上梁山的，如秦明、關勝、徐
寧、盧俊義等。這些人能夠接受宋江留在梁山的唯一理由，就是宋江兼「忠
義」而言的「替天行道」。如第五十五回寫「彭玘勸道：『晁、宋二頭領，替
天行道，招納豪傑，專等招安，與國家出力。既然我等到此，只得從命。』」
第五十六回寫宋江執杯向徐寧陪告道：「見今宋江暫居水泊，專待朝廷招安，
盡忠竭力報國，非敢貪財好殺，行不仁不義之事。萬望觀察憐此真情，一同
替天行道。」第六十二回寫吳用上前向盧俊義說道：「昨奉兄長之命，特令吳
某親詣門牆，以賣卜為由，賺員外上山，共聚大義，一同替天行道。」第六
十五回寫宋江對索超好言撫慰道：「你看我眾兄弟們，一大半都是朝廷軍官。
蓋為朝廷不明，縱容濫官當道，污吏專權，酷害良民，都情願協助宋江，替

天行道。若是將軍不棄，同以忠義爲主。」如此等等，宋江等無不以「替天行道」爲說勸誘被俘將官，而被俘將官們也無不因此接受了宋江的慰留而入夥。

「替天行道」作爲梁山好漢們的共識，其實只是他們作爲天縱下世歷劫之星宿的一個共同特徵。這一特徵對人物的性格命運多有影響（詳下），並在某些情況下成爲《水滸傳》敘事中匯聚「一會之人」（第七十回）一個方便的藉口。例如，第五十九回結尾詩評梁山設計誘迫盧俊義上山云：「只爲一人歸水滸，致令百姓受兵戈。」雖兼有不滿於梁山做法的意思，但還是正面敘寫了這一令百姓生靈塗炭的過程。其所以如此，就是因爲不有此一事，就不能達至「梁山泊英雄排座次」的「數足」，乃書中後來所說：「天地之意，理數所定，誰敢違拗！」（第七十一回）。第八十五回寫羅眞人再與宋江道：「將軍在上，貧道一言可稟。這個徒弟公孫勝，本從貧道山中出家，遠絕塵俗，正當其理。奈緣是一會下星辰，不由他不來。」總之，在這種情況下「替天行道」的「天命」成爲《水滸傳》人物與情節的根據。從今天的文學觀念看，這一種作用已頗可笑而不足論。但在羅貫中作《水滸傳》的當年，幾乎無人不信「天命」，故能因此使「替天行道」成爲彌綸一篇的中心思想。

第六，「替天行道」是書中輿論公認宋江等梁山好漢行爲軌於正義的標誌。這裡除了由以上引文可知，釋道仙佛的都已公認之外，書中還寫了各界人士也都認同梁山好漢這一最重要的特點。例如，普通百姓是這樣看的。第七十三回「黑旋風喬捉鬼」寫劉太公說道：「兩日前梁山泊宋江，和一個年紀小的後生，騎著兩疋馬，來莊上來。老兒聽得說是替天行道的人……」；第八十六回「宋公明大戰獨鹿」寫遼國百姓「劉二、劉三管待解珍、解寶飲酒之間，動問道：『俺們久聞你梁山泊宋公明，替天行道，不損良民，直傳聞到俺遼國。』」遼國君臣是這樣看的，第八十四回「宋公明月兵打薊州」寫遼國右丞相太師褚堅出班奏道：「臣聞宋江這夥，原是梁山泊水滸寨草寇，卻不肯殺害良民百姓，專一替天行道，只殺濫官污吏，詐害百姓的人……」，第八十五回「宋公明夜度益津」寫歐陽侍郎至後堂，欠身與宋江道：「俺大遼國久聞將軍大名，……又聞將軍在梁山大寨，替天行道……」第八十二回「梁山泊分金大買市」寫宿太尉道：「元景雖知義士等忠義凜然，替天行道。……」如此等等，表明「替天行道」在書中世界是對梁山全夥公認的特點。

第七，「替天行道」是使宋江「爲主全忠仗義」後能得朝廷招安，「輔國

安民」,「功成果滿」的保障。宋江能夠「功成果滿」的關鍵在朝廷招安,而促使朝廷招安宋江等梁山好漢的原因非一,主要的雖然是由於官軍進攻梁山的屢戰屢敗,但使道君皇上最後接受招安建議,還是梁山能「替天行道」的感召。第七十四回「燕青智撲擎天柱」寫道:

> 傍有御史大夫崔靖出班奏曰:「臣聞梁山泊上,立一面大旗,上書『替天行道』四字。此是曜民之術。民心既伏,不可加兵。即目遼兵犯境,各處軍馬遮掩不及。若要起兵征伐,深爲不便。以臣愚意,……若降一封丹詔,光祿寺頒給御酒珍羞,差一員大臣,直到梁山泊好言撫諭,招安來降,假此以敵遼兵,公私兩便。伏乞陛下聖鑒。」天子云:「卿言甚當,正合朕意。」便差殿前太尉陳宗善爲使,齎擎丹詔御酒,前去招安梁山泊大小人數。

這裡可以看出「替天行道」作爲旗號的作用,是中能在梁山維繫全夥;下能號召民眾;上能使朝廷認識到「民心既伏,不可加兵」,道君皇上就只好接受臣下「好言撫諭,招安來降」的建議了。後來宿元景去招安梁山好漢,就稱「天子近聞梁山泊一夥,以義爲主,不侵州郡,不害良民,專一替天行道。今差下官齎到天子御筆親書丹詔,……來此招安」云云。可見不是梁山「忠義」感動了朝廷給宋江「爲臣輔國安民」的機會,而是合著玄女「天言」以「忠義」爲「替天行道」之內容的邏輯,「替天行道」爲宋江贏得了這樣一個履行「忠義」機會,並成爲了對全書內容的概括!

　　總之,無論從作者對「替天行道」的有意安排,還是「替天行道」在文本敘事中實際所起的作用,《水滸傳》一書中,決不是「忠義」,也不是「義」或其他什麼觀念能夠貫穿統領全書,而只有「替天行道」才是梁山好漢全夥的共識,贏得民心和對官軍戰無不勝的精神武器,從而也是朝廷不得不行招安,給宋江等以「一槍一刀,博得個封妻蔭子,久後青史上留得一個好名」之機會的根本原因。其所以如此,乃因梁山百零八人使命雖各有不同,但其共同的宿命,卻是一個「替天行道」。因此之故,只有「替天行道」才是統領《水滸傳》一書人物與故事的宗旨!

三、《水滸傳》「替天行道」的思想內涵

　　作爲《水滸傳》一書的主旨,「替天行道」彷彿一個巨大的籮筐,無論什麼作者所認爲合理的觀念、言行都可以往裏裝。這使得《水滸傳》一書的題

材內容與思想內涵豐富複雜，甚至充滿矛盾。而無論是如何豐富複雜和矛盾重重，卻又都可以用「替天行道」一語概括之。從而全面準確地把握《水滸傳》一書的思想內容的關鍵就是對書中「替天行道」內涵的理解。這應該有若干不同的方面和層面，分述如下：

（一）「替天行道」的政治觀

1、尊王攘夷

《水滸傳》寫玄女「天言」命宋江「替天行道」之義，就包括了「為臣輔國安民」，也就是忠君報國，為朝廷出力，具體說就是招安後的征遼與打方臘。這兩件事，一是攘外，一是安內。而安內攘外的實質，無非是儒家《春秋》「尊王攘夷」之義。宋江等人雖然並非個個心甘情願，卻畢竟都參與了這兩件事，許多好漢甚至死於戰場，為國捐軀，可說人人都很好地完成了「天命」。在這個意義上，宋江等梁山好漢的「替天行道」，實是「順天護國」。招安以後宋江所率部隊下山所打的旗號，就由「替天行道」一分為二，「前面打著兩面紅旗；一面上書『順天』二字，一面上書『護國』二字」了。

由「替天行道」一變而為「順天」「護國」，是以宋江為代表梁山好漢絕大多數人對「替天行道」最後的理解。這也就是為什麼阮小五的歌中有「忠心報答趙官家」（第十八回），而金聖歎評曰：「以殺盡贓酷為報答國家，真能報答國家者也。」阮小七歌中有「先斬何濤巡檢首，京師獻與趙王君」，而金聖歎評曰：「斬贓酷首級以獻其君，真能獻其君矣。」李贄評曰：「兩歌俱見忠義。」同時這也就是為什麼梁山好漢們在招安得到朝廷賞賜的錦帛以後，各製衣裳，「惟公孫勝將紅錦裁成道袍，魯智深縫做僧衣，武行者改作直裰，皆不忘君賜也」（第八十二回），即無不「忠義根心」，都有某種尊君的態度。

只有李逵是一個例外的原因，在於如羅真人所透露「天機」：「這人是上界天殺星之數，為是下土眾生，作業太重，故罰他下來殺戮。」（第五十二回）從而李逵的動輒「殺去東京，奪了鳥位」，打仗時只圖「殺得快活」，「見著活的便砍」（第四十九回），也是「天命」要他充當此一角色國行「天罰」，並與其最終被宋江下毒而死的下場，為符契相應。而宋江臨死對李逵的處置，不過是他「陳橋驛滴淚斬小卒」的「升級版」。

2、譏天子失道

「替天行道」的潛臺詞無疑是天子失道，從而《水滸傳》雖然如以往研

究者大都公認的「反貪官，不反皇帝」，誠然有道理，但更準確一些說，它雖然「不反皇帝」，但是不反客觀上極大地彰顯了朝廷與皇帝之過，還激烈地批判了朝廷與皇帝。書中寫持這種激烈批判態度的不止一人，但首先是「寧肯朝廷負我，我忠心不負朝廷」的宋江。第六十三回「宋江兵打北京城」寫道：

> 「梁山泊義士宋江，仰示大名府，布告天下：今爲大宋朝濫官當道，污吏專權。毆死良民；塗炭萬姓。北京盧俊義乃豪傑之士。今者啓請上山，一同替天行道。」

第六十四回「呼延灼夜月賺關勝」寫道：

> 關勝道：「汝爲俗吏，安敢背叛朝廷？」宋江答道：「蓋爲朝廷不明，縱容姦臣當道，讒佞專權，設除濫官污吏，陷害天下百姓。宋江等替天行道，並無異心。」

其他人也多有類似議論。第六十七回「宋江賞馬步三軍」寫關勝答單廷珪、魏定國道：

> 「你二將差矣！目今主上昏昧，姦臣弄權，非親不用，非仇不談。兄長宋公明仁德施恩，替天行道。特令關某等到來，招請二位將軍。倘蒙不棄，便請過來，同歸山寨。」

甚至借敵國人物之口道出。第八十四回「宋公明兵打薊州」寫遼國右丞相太師褚堅出班奏道：

> 「臣聞宋江這夥，原是梁山泊水滸寨草寇，卻不肯殺害良民百姓，專一替天行道，只殺濫官污吏，詐害百姓的人。……」

第八十五回「宋公明夜度益津關」寫遼國歐陽侍郎說宋江說：

> 今日宋朝姦臣們，閉塞賢路，有金帛投於門下者，便得高官重用，無賄賂投於門下者，總有大功於國，空被沉埋，不得升賞。如上奸黨弄權，讒佞僥倖，嫉賢妒能，賞罰不明，以致天下大亂，江南、兩浙、山東、河北，盜賊並起，草寇猖狂。良民受其塗炭，不得聊生。

《水滸傳》這些地方在爲「替天行道」辯護的同時，都不能不抨擊「大宋朝」「朝廷」「今主上」的昏昧無道。這種抨擊雖然未至於「反皇帝」的地步，但作爲「替天行道」的理由，顯然比較一般寫忠奸鬥爭而涉及皇上昏庸的故事更進了一步。例如寫徽宗與李師師的交往，雖屬有據，但其效果不啻是罵皇上。這正是《水滸傳》在政治傾向上高於一般古代政治題材小說的地

方。其所以能夠如此，既由於《水滸傳》題材特殊性的要求，不把皇上寫到風流子弟、無恥嫖客的地步，就不能彰顯梁山好漢「替天行道」的必要；也還應該是由於作者羅貫中對皇帝的態度，能在一定程度上突破「為尊者諱」的局限所致。這與《三國演義》「尊劉貶曹」歌頌「好皇帝」的傾向是高度一致的。

這裡要說明的是，第七十一回「忠義堂石碣受天文」曾有一處寫宋江道：「眾弟兄聽說：今皇上至聖至明，只被姦臣閉塞，暫時昏昧」云云，似宋江一下又成了道君皇上的「歌德派」，其實這是他要「眾兄弟聽說」的有所為之言，並不證明他對「今皇上」不滿與批評的態度有什麼變化與矛盾。

3、反貪官

當然，這裡所說「貪官」往往不只是「經濟犯」，有的還會因「貪」而「奸」，甚至酷虐百姓，書中或稱為「濫官污吏」「姦臣」「讒佞」「酷吏贓官」等。在這個意義上，《水滸傳》的「替天行道」實是為朝廷之不肯為抑或不能為，為朝廷懲貪肅奸，「治理腐敗」。

《水滸傳》寫「貪官」的最大特點，是自《三國演義》以張角等黃巾起義「三公」引出「三國」的設計化出，與江湖上有宋（江）、王（慶）、田（虎）、方（臘）「四大寇」相應，寫朝中有高（俅）、楊（戩）、童（貫）、蔡（京）「四個賊臣」（第八十三回）。書中凡貪酷狡詐，陷害忠良，不仁不義之大事，往往都是「四個賊臣設計」（第八十三回）。四賊臣之中，蔡、高最劣，書中凡寫貪官酷吏，幾無不與蔡京、高俅有關。如「為官貪濫，作事驕奢」的江州知府蔡九是蔡京的兒子（第三十六回），連續兩年搜刮「十萬貫金珠寶貝」做「生辰綱」的梁中書是蔡京的女婿（第十三回），「為官貪濫，非理害民」搶人女兒為妾的華州賀太守「原是蔡太師的門人」（第五十七回）；高唐州「新任知府高廉，兼管本州兵馬，是東京高太尉的叔伯兄弟；倚仗他哥哥勢要，在這裡無所不為；帶將一個妻舅殷天賜來，人盡稱他做殷直閣。那廝年紀卻小，又倚仗他姊夫的勢要，又在這裡無所不為」（第五十一回）。至於四賊蒙蔽蠱惑道君皇上，對梁山所行種種陰謀詭計，並最後下毒害死宋江等人，其居心之狠毒，手段之殘忍，在古代小說寫官場傾軋中實為罕見，某種程度上可視為近代寫黑暗政治之《官場現形記》的先聲。

《水滸傳》「反貪官」的意義，一般說自然是打擊這些黑暗腐朽勢力，以純潔政體，伸張正義。但是，《水滸傳》具體描寫所強調的，卻是幫助趙宋天

子清理純潔官僚隊伍，遏制腐敗，以長治久安。這就是阮小五的歌中所唱的：「酷吏贓官都殺盡，忠心報答趙官家。」在這個意義上，《水滸傳》「替天行道」實是替趙宋天子行道，行趙宋天子應行未行之道，乃「處江湖之遠則憂其君」之「忠義根心」（第九十回）的行為。

（二）「替天行道」的社會觀

1、「四海之內皆兄弟」

《水滸傳》「替天行道」於人際關係的理想，就是《論語·顏淵》中孔子所說：「四海之內，皆兄弟也」（《顏淵》）。這句話在《水滸傳》中先後分別由陳達（第一回）、趙員外（第三回）、楊林（第四十三回）三復引說，意謂天之生人（自然是指男人），不分高低貴賤，理應親疏遠近，人人平等，相互友愛。書中這一理想又集中體現於《水滸全傳》第七十一回「單道梁山泊的好處」一賦中所說：

> 怎見得：八方共域，異姓一家。天地顯罡煞之精，人境合傑靈之美。千里面朝夕相見，一寸心死生可同。相貌語言，南北東西雖各別；心情肝膽，忠誠信義並無差。其人則有帝子神孫，富豪將吏，並三教九流，乃至獵戶漁人，屠兒劊子，都一般兒哥弟稱呼，不分貴賤；且又有同胞手足，捉對夫妻，與叔侄郎舅，以及跟隨主僕，爭鬥冤讎，皆一樣的酒筵歡樂，無問親疏。或精靈，或粗鹵，或村樸，或風流，何嘗相礙，果然識性同居。

雖然如魯迅先生所批評的，《水滸傳》所寫梁山之上也並不曾真正做到這一點〔註5〕。但是，作者著書，心願如此，寄託如此，是不容懷疑的。而且，我們看宋江雖然自己「不好女色」，對王英有「溜骨髓」的毛病頗不以為然，頗有不平等的嫌疑，但並沒有否決王英執意要討老婆，而是對王英說到做到，終於把一丈青扈三娘做了他的妻子。不但未強其同己，而且由父親宋太公把一丈青認作乾女兒，然後嫁與王英為妻，豈不是以王英為自己的乾妹婿了？又哪裏少了「兄弟」情誼？又，雖然時遷偷雞不成體統，還惹出與祝家莊結冤，按晁蓋所說是「把梁山泊好漢的名目去偷雞，因此連累我等受辱」的勾當，但宋江卻為時遷解脫道：「那個鼓上蚤時遷，他原是此等人」（第四十六回），給予了原諒。這應該就是梁山所謂的「識性同居」，即人與人性情處事，

〔註5〕魯迅《致姚克》，《魯迅全集》（12），人民文學出版社1981年版，第359頁。

只要合於「天理」，不背「忠義」，可以是不一樣的，但是，既「同做好漢」（第十一回），凡事就要「夠哥們」。所以，梁山所謂「四海之內，皆兄弟也」，不只是說平等，還有相互間的理解與包容。

2、隨才器使，各盡其能。

《水滸傳》作者顯然極不滿於社會上人才被壓抑、摧殘甚至被埋沒的現象，所以極寫英雄失路，如寫林沖誤入白虎堂、火併王倫、楊志押運生辰綱爲盧虞侯所輕和窮途賣刀、武松在柴進莊上患瘧疾等等，無不透露強烈的抑鬱不平之氣。這就是第八十一回「燕青月夜遇道君」寫燕青求李師師爲梁山向道君皇上通情所說：「如今被姦臣當道，讒佞專權，閉塞賢路，下情不能上達……」爲此，《水滸傳》「單道梁山泊的好處」一賦中又說：

或筆舌，或刀槍，或奔馳，或偷騙，各有偏長，眞是隨才器使。

可恨的是假文墨，沒奈何著一個「聖手書生」，聊存風雅；最惱的是

大頭巾，幸喜得先殺卻「白衣秀士」，洗盡酸慳。

由此可以看出，《水滸傳》作者所希望的社會，是人人都能夠盡其所長，有事做，有飯吃，過一種自由自在的生活。雖然上引所舉「才器」包括了「筆舌」，但作者顯然最爲痛恨的是「白衣秀士」一類人物，看來恐怕連「偷騙」的人都不如。即在作者後看來，「偷騙」還可能是一種本事。如時遷，書中寫他「只一地裏做些飛檐走壁跳籬騙馬的勾當」，但石秀一見，即認他是「是好漢中人物」，帶他也上了梁山。而時遷「飛檐走壁跳籬騙馬」的伎倆，後來對梁山的事業也確實發揮了作用。由此可見本書的「江湖義氣」，更可以見出作者對個性的尊重，對自由自在生活的渴望。

3、公平與正義

《水滸傳》「替天行道」最大快人心之處，是英雄好漢們每能抱打不平，維護他們所認爲的社會公平與正義。《水滸傳》所謂「不平」內容甚廣，可以說包括了社會生活方方面面各種性質的事件。有屬於恃強凌弱的，如鄭屠、周通、殷天錫等人的欺凌或搶佔民女、蔣門神霸佔施恩的快活林等；有屬於陷害無辜的，如高俅迫害林沖；有屬於無賴放刁的，如牛二欺侮楊志、張保訛詐楊雄；有屬於背夫偷漢、傷風敗俗的，如潘金蓮與西門慶、裴如海與潘巧雲等等，從今天法制的觀點看，所涉及主要是各種民事、刑事上的是非糾紛。在《水滸傳》寫英雄們對這些問題的所作所爲，都是「替天行道」。

《水滸傳》所指「不平」包括了一切現實中不合理的現象。如第十七回

魯智深道：「一言難盡。洒家在大相國寺管菜園。遇著那豹子頭林沖，被高太尉要陷害他性命。俺卻路見不平，直送他到滄州，救了他一命。……」第三十回寫武松道：「我從來只要打天下這等不明道德的人！」第三十八回寫戴宗對宋江介紹李逵道：「這廝本事自有，只是心粗膽大不好。在江州牢裏，但吃醉了時，卻不奈何罪人，只要打一般強的牢子。」甚至第六十三回寫「軍卒久不臨陣，皆生戰鬥之心。各恨不平，盡想報仇之念。得蒙差遣，歡天喜地。收拾槍刀，拴束鞍馬，磨拳擦掌，時刻下山。」第一百回結末對梁山好漢多遭毒害也說「無窮冤抑當階訴，身後何人報不平」，就擴大到人間一切的不合理了。但是，《水滸傳》中「不平」所指，仍主要是日常人與人社會關係的不合理。在這一方面，《水滸傳》所持幾乎是與「反貪官」一樣激烈的態度。正如書中有詩讚魯智深云：「直教禪杖打開危險路，戒刀殺盡不平人。」（第三回）

《水滸傳》對於社會「不平」的激烈抨擊態度，反映了對社會公平與正義的強烈渴求。這使我們不難想到《老子》中「天之道，其猶張弓！高者抑之，下者舉之」的話，也正是《水滸傳》「替天行道」的本質內容之一。

4、經濟平均

第十四回寫阮小五說梁山泊中人道：「他們不怕天，不怕地，不怕官司；論秤分金銀，異樣穿綢錦；成甕吃酒，大塊吃肉：如何不快活？」第三十三回寫燕順勸降呼延灼道：「總管差矣！你既是引了青州五百兵馬都沒了，如何回得州去？慕容知府如何不見你罪責？不如權在荒山草寨住幾時。──本不堪歇馬，權就此間落草，論秤分金銀，整套穿衣服，不強似受那大頭巾的氣？」第四十二回寫朱貴對弟弟朱富道：「兄弟，你在這裡賣酒也不濟事。不如帶領老小，跟我上山，一發入了夥。論秤分金銀，換套穿衣服，卻不快活？」第四十三回寫戴宗對石秀道：「這般時節認不得真！一者朝廷不明，二乃姦臣閉塞。小可一個薄識，因一口氣，去投奔了梁山泊宋公明入夥，如今論秤分金錢，換套穿衣服，等朝廷招安了，早晚都做個官人。」都明確說梁山泊人生活上的「大鍋飯」狀態。

由此我們很容易想到《老子》中「天之道，損有餘而補不足；人道則不然，損不足，奉有餘。孰能有餘以奉天下？其唯有道者。」又《論語》曰：「丘也聞有國有家者，不患寡，而患不均；不患貧，而患不安。蓋均無貧，和無寡，安無傾。」（《季氏》）而宋江撒漫地施錢給李逵、武松等，又不禁使人想

到《論語》載「子路曰：『願車馬衣輕裘，與朋友共，敝之而無憾。』」（《公冶長》）《水滸傳》「替天行道」，就是做《老子》所謂的「有道者」，體現的是《論語》中所謂「患不均」「與朋友共」的經濟平均主義要求。

（三）「替天行道」的人生觀

水滸傳》寫百零八人，人有其面目，人有其性情，生命的追求也是不一樣的，但是都在「替天行道」的籠罩之下，分別體現有以下幾個方面的特點：

1、「路見不平，拔刀相助」

《水滸傳》人物最能動人心魄的，是某些人物「路見不平，拔刀相助」的英雄性格。第三十回寫武松道：「聞聽得人說道：『快活林這座酒店，原是小施管營造的屋宇等項買賣。被這蔣門神倚勢豪強，公然奪了，白白地佔了他的衣飯。』你眾人休猜道是我的主人。他和我並無干涉。我從來只要打天下這等不明道德的人！我若路見不平，眞乃拔刀相助，我便死了不怕！」第三十八回寫戴宗對宋江介紹李逵道：「這廝……專一路見不平，好打強的人。以此江州滿城人都怕他。」第四十四回寫戴宗、楊林向石秀暗暗地喝采道：「端的是好漢。此乃路見不平，拔刀相助，眞壯士也！」有詩爲證：「路見不平眞可怒，拔刀相助是英雄。」石秀也自報家門道：「小人姓石名秀，祖貫是金陵建康府人氏。自小學得些槍棒在身。一生執意，路見不平，但要去相助，人都呼小弟作拚命三郎。」

2、「以忠義為主」

《水滸傳》寫石碣「側首一邊是『替天行道』四字，一邊是『忠義雙全』四字」，表明「替天行道」的核心是「忠義」。雖然晁蓋也曾說過，「俺梁山泊好漢自從並王倫之後，便以忠義爲主，全施恩德於民」云云（第四十六回），但是，書中同時也稱說「在晁蓋恐託膽稱王，歸天及早」（第七十一回），實有內在的矛盾，不足爲梁山本就「以忠義爲主」的根據。而從玄女對宋江「爲主全忠仗義」的要求，和宋江在晁蓋死後坐上第一把交椅以後，即改「聚義廳」爲「忠義堂」看，梁山上「以忠義爲主」是從宋江主政，一步步落實玄女的「天言」才開始的。在這之前，梁山上未必沒有「忠」，但爲主的肯定是「義」，而且「義」之所集，也還說不上深厚。這也就是爲什麼羅眞人贈宋江的八句眞言中說梁山「忠心者少，義氣者稀」，只有宋江爲眞正「忠義之士」（第八十五回）的原因了。筆者以爲這兩句偈語，揭示了《水滸傳》寫百零

八人，有「忠」或有「義」的人，只占少數；而「忠義雙全」雖是結義諸人共同的人生目標，卻只有宋江一人「忠義根心」，實踐中也眞正是做到了。至於其他人，或僅得一「忠」，或僅得一「義」，或略有些「忠」，也略有些「義」。總之，都是要宋江去引導、改造的人。因此，書中獨許宋江爲「替天行道人」，爲「呼保義」；以他爲「星主」，要他「爲主全忠仗義」。筆者以爲這個「全忠仗義」的意思，應是依仗「義」而成全「忠」，即《孟子》所謂「義者，人路也。」（《告子上》）。九天玄女對宋江的這一要求，不僅是說他做了山寨之主以後要行「忠義」，而且還指示他只有「呼群保義」，才可能促使梁山全夥接受「招安」以「全忠」。這也就是爲什麼第七十一回寫宋江與諸人誓言「但願共存忠義於心，同著功勳於國。替天行道，保境安民。神天察鑒，報應照彰。」

宋江正是堅持這樣做的，書中前後大約有八次由宋江自道或他人肯定宋江「以忠義爲主」。最典型是宋江總結自己一生所說：「我爲人一世，只主張忠義二字，不肯半點欺心。今日朝廷賜死無辜。寧可朝廷負我，我忠心不負朝廷！」又說：「我等以忠義爲主，替天行道，於心不曾負了天子。」「以忠義爲主」既是九天玄女所諭他做山寨首領的「爲主全忠仗義」，又是羅眞人所說以「忠義」爲心主的「忠義根心」。宋江故事的前半，就主要是寫他在梁山爲山寨首領「忠義根心」，「仗義」以「全忠」之不易，後半則集中寫他歸順朝廷後爲臣「輔國安民」之功業與「忠義雙全」之難，特別是「忠義」不得善終的悲劇。從而全書作爲「宋江傳」，正是寫其「忠義」的一生，乃作者既推崇景仰又同情而惶惑的人生之路。

但是，宋江的「忠義」卻不僅是忠君之義，而還包括了「反貪官」和爲民除害，如書中寫「戴宗訴說晁天王、宋公明仗義疏財，專只替天行道，誓不損害忠臣烈士，孝子賢孫，義夫節婦，許多好處」（第五十二回）；又寫「張順道：『宋頭領專以忠義爲主，不害良民，只怪濫官污吏。』老丈道：『老漢聽得說，宋江這夥，端的仁義，只是救貧濟老……』」（第六十五回）

3、建功立業，封妻蔭子，青史留名

與「忠義」相應，《水滸傳》寫宋江等人的人生目標是建功立業，封妻蔭子青史留名。書中明確以此爲人生自覺追求的，有第十二回寫楊志不肯在梁山落草，「悶悶不已。回到客店中，思量：『王倫勸俺，也見得是。只爲洒家清白姓字，不肯將父母遺體來點污了。指望把一身本事，邊庭上一槍一刀，博個封妻蔭子，也與祖宗爭口氣。』」第三十二回寫宋江對武松道：「……兄

弟，你只顧自己前程萬里，早早的到了彼處。入夥之後，少戒酒性。如得朝廷招安，你便可攛掇魯智深、楊志投降了。日後但是去邊上一槍一刀，博得個封妻蔭子，久後青史上留得一個好名，也不枉了爲人一世。我自百無一能，雖有忠心，不能得進步。兄弟，你如此英雄，決定得做大官。可以記心，聽愚兄之言，圖個日後相見。」第九十九回寫盧俊義對勸他退隱的燕青道：「自從梁山泊歸順宋朝已來，北破遼兵，南征方臘，勤勞不易，邊塞苦楚。弟兄殞折，幸存我一家二人性命。正要衣錦還鄉，圖個封妻蔭子。你如何卻尋這等沒結果？」這些人用世情殷，功名心重，思想性情上合於儒家「修、齊、治、平」以「立功」「立名」之道，卻在作者筆下，可惜到頭來大都是「沒結果」，或者結果並不如其初所想的美妙。與這些人同命運的，還有李逵那種死於「義」的人，儘管爲數不多。

4、功成不居，全身而退

《老子》云：「持而盈之，不若其以。揣而銳之，不可長保。金玉滿堂，莫之能守。富貴而驕，自遺其咎。功成、名遂、身退，天之道。」這在《水滸傳》是梁山之上與宋江完全不同的一部分人的處世之道，第九十九回《魯智深浙江坐化，宋公明衣錦還鄉》鮮明地體現了這兩種人生態度的對立：

> 宋江道：「那和尚眼見得是聖僧羅漢，如此顯靈，令吾師成此大功！回京奏聞朝廷，可以還俗爲官，在京師圖個蔭子封妻，光耀祖宗，報答父母劬勞之恩。」魯智深答道：「洒家心已成灰，不願爲官，只圖尋個淨了去處，安身立命足矣。」宋江道：「吾師既不肯還俗，便到京師去住持一個名山大刹，爲一僧首，也光顯宗風，亦報答得父母。」智深聽了，搖首叫道：「都不要！要多也無用。只得個囫圇屍首，便是強了。」宋江聽罷，默上心來，各不喜歡。

上已引及同樣的對立也出現於本回寫盧俊義與燕青之間，後來燕青不辭而別，留書宋江，末有詩云：「『情願自將官誥納，不求富貴不求榮。身邊自有君王赦，淡飯黃虀過此生。』宋江看了燕青的書並四句口號，心中鬱悒不樂。」

　　與此相類的是李俊等七人不受封賞，「盡將家私打造船隻，從太倉港乘駕出海，自投化外國去了，後來爲暹羅國之主。童威、費保等都做了化外官職，自取其樂，另霸海濱，這是李俊的後話」。筆者以爲這「後話」正根源於《論語》「子曰：『道不行，乘桴浮於海……』」的無奈之辭。而李俊等一定是「七人」也是擬《論語·憲問》「作者七人矣」之意，對李俊等人的做法給予「賢

者辟世，其次辟地」的稱許。但作者顯然也把這一部分人視為知幾恬退一路了。

　　此外，本回還寫了武松斷臂成為「廢人」，自願留杭州六和寺，「作清閒道人」，「後至八十善終」；第一百回開頭寫了戴宗辭官後，於泰安東嶽廟出家，死後成神。作者對戴宗的選擇許以「戴宗指點迷途破，身退名全遍海涯」。《水滸傳》「以忠義為主」，自然是以寫宋江等人的人生道路為中心，卻因為歷代兔死狗烹、鳥盡弓藏的血的教訓，在仕隱出處的問題上內心充滿矛盾，從而以魯智深等與宋江的對比，為自己也就是為士大夫文人寫心。他的結論即本回回前詩云：「衲子心空圓寂去，將軍功遂錦衣回。兩人俱是男兒漢，不忝英雄濟世才。」

5、「圖個一世快活」

　　「快活」即活得痛快。這個詞在《水滸傳》中出現達六十次之多，多半涉及人生的態度。其中典型當推「快活林」。筆者以為，武松所幫助的施恩與蔣門神之間所爭奪「快活林」故事可視為一個象徵。其意義在於表明，《水滸傳》所寫無論什麼人，生命中所追求的其實都只是一個「快活」，唯是具體的內容因人而異罷了。這裡單說梁山好漢的「快活」，除了大多數人極力避免的情慾之外，其他都屬於人最基本要求的滿足與生命力的張揚。如發財，第十四回：

> 吳用道：「你們三位弟兄在這裡，……如今欲要請你去商議，聚幾個好漢向山凹僻靜去處取此一套不義之財，大家圖個一世快活；……不知你們心意如何？」……阮小七跳起來道：「一世的指望，今日還了願心！正是搔著我癢處，我們幾時去？」吳用道：「請三位即便去來。明日起個五更，一齊都到晁天王莊上去。」阮家三弟兄大喜。

發財只是為了隨心所欲地吃穿享受，第十五回

> 阮小五道：「他們不怕天，不怕地，不怕官司。論秤分金銀，異樣穿綢錦。成甕吃酒，大塊吃肉。如何不快活！……」

還有行動與思想上的自由自在，第九十回：

> 吳用回至中軍寨中，來與宋江閒話，計較軍情，便道：「仁兄往常千自由，百自在，眾多弟兄亦皆快活。今來受了招安，為國家臣子，不想倒受拘束，不能任用。弟兄們都有怨心。」

這樣也就不能生活在封建體制之內，特別是不能做官，第九十三回：

> 費保道：「容覆：若是我四個要做官時，方臘手下也得個統制，做了多時。所以不願為官，只求快活。若是哥哥要我四人幫助時，水裏水裏去，火裏火裏去。若說保我做官時，其實不要。」

結果就是只有在梁山最為「快活」，第一百回：

> 李逵道：「我鎮江有三千軍馬，哥哥這裡楚州軍馬，盡點起來，並這百姓，都盡數起去，並氣力招軍買馬，殺將去。只是再上梁山泊倒快活！強似在這姦臣們手下受氣。」

這種「快活」的極致是生命力的瘋狂釋放，如殺人，第五十回：

> 黑旋風笑道：「雖然沒了功勞，也吃我殺得快活。」

甚至挨打，第二十八回：

> 武松又道：「要打便打毒些，不要人情棒兒，打我不快活。」

總之，「快活」是《水滸傳》社會人生的共同追求。但與高、蔡、童、楊以及鄭屠、王婆、西門慶等人不同，梁山好漢所追求的「快活」具有反封建、崇個性、倡平等、求自由等思想與社會解放的進步傾向，但也帶有某種反社會的蠻野潛質。

綜上所論，「唯天為大」，從而《水滸傳》「替天行道」的內涵極為寬泛。這從玄女「天言」要宋江「為主全忠仗義，為臣輔國安民，去邪歸正」云云，已涉及「為主」「為臣」和個人修行等諸多方面，先就可以看出一些這種寬泛的特點了。而又毫無疑問，我們必須把梁山好漢各不相同的人生態度與價值取向一起考慮進去，包括無事生非般一定要把盧俊義弄上山做了第二把交椅的安排，與羅真人所說李逵「是上界天殺星之數，為是下土眾生，作業太重，故罰他下來殺戮」（第五十一回），其實無一不是「替天行道」，即第一回作者讚歎所說：「豈不是天數！」從而《水滸傳》思想內容的概括，就不僅不是「逼上梁山」或「忠義」所能勝任，而且不是一般所謂「治亂興衰」「出處行藏」「修齊治平」等所可以表達，而一言以蔽之，只能是「替天行道」。

四、《水滸傳》「替天行道」對藝術形式的規約

在羅貫中加工寫定的創作過程中，「替天行道」作為《水滸傳》的主旨，極大地影響了文本以故為新、筆補造化的總體構思，規定並制約了其在題材、結構、情節與描寫上有獨特的樣式。

（一）「替天行道」決定了《水滸傳》題材的複合性，近於無所不包。《水滸傳》以宋江三十六人故事為基礎生發描寫，固然可以無所不至，但是，若僅以其為人間事在現實的時空中展開，則《水滸傳》的題材，基本上也就是論者一般所認為的或為「農民起義」、或為「綠林豪傑」、或為「英雄傳奇」了。但是，由於作者對這一舊有題材的處理採取了非現實的態度與方法，《水滸傳》實際描寫所展現的題材性質，就不是傳統上所認為的任何單一的說法了。

例如，第一回《張天師祈禳瘟疫 洪太尉誤走妖魔》，與第四十一回《還道村受三卷天書 宋公明遇九天玄女》的故事不僅本身張皇神異，而且預示一書全部為妖魔下凡歷劫的神魔故事。儘管在近世傳統的中國小說分類中，不能因此以《水滸傳》為與《西遊記》一樣的神魔小說，但是，我們有理由要求對《水滸傳》題材的考察必須顧及這方面的內容，給出合理的解釋。筆者以為，這裡能使人信服的解釋，應該是由於梁山好漢為「替天行道」之故，必須寫出「天」之「道」為如何，從而有玄女天書故事；又必須寫出梁山好漢何以要「替天行道」，從而有「誤走妖魔」故事點出百零八人，前身皆為「妖魔」而需要「去邪歸正」。這就使《水滸傳》故事由歷史上的農民起義引發出來，卻一變而成了一個「一來天罡星合當出世，二來宋朝必顯忠良，三來湊巧遇著洪信」之「豈不是天數」之「謫世——昇天」的故事。這個故事只有從「替天行道」的角度才可以被理解，即因為要「替天行道」之故而百零八人必為非常之人；而又只有在此故事的基礎上，宋江等才具「替天行道」的資格，而梁山上才可能樹起「一面『替天行道』杏黃旗」。否則，不有「替天行道」，「謫世——昇天」的故事就無著落；不有「謫世——昇天」的故事，「替天行道」就沒了來由。可惜的是，世人對《水滸傳》處理宋江故事題材這一用心的認識，雖未如以《紅樓夢》託於神話為避開文字獄那樣的可笑，但幾乎同樣的是對這一開端的意義極少有學者能夠認真對待。其原因就是忽略了《水滸傳》中高高飄揚的是「一面『替天行道』杏黃旗」的思想特點。

又如就《水滸傳》寫百零八人從上梁山到受招安等故事的主線而言，所謂「四大淫婦」故事只可以看作細枝末節。但是，若以細枝末節論，至少其中西門慶與潘金蓮故事有喧賓奪主的嫌疑，後來引起蘭陵笑笑生藉以敷衍出《金瓶梅》一書，就是證明。筆者以為，這種情況不能僅以《水滸傳》對說話——話本傳統的承襲為解，而應該視為《水滸傳》「替天行道」題中應有之

義。因爲，與在「林教頭風雪山神廟」中託之於「原來天理昭然，祐護善人義士，因這場大雪，救了林沖的性命：那兩間草廳已被雪壓倒了」（第九回）一樣，西門慶與潘金蓮故事中也強調了「天理」。第二十五回：

> 西門慶見踢去了刀，心裏便不怕他，右手虛照一照，左手一拳，
> 照著武松心窩裏打來；卻被武松略躲個過，就勢裏從脅下鑽入來，
> 左手帶住頭，連肩胛只一提，右手早掯住西門慶左腳，叫聲「下去」，
> 那西門慶，一者冤魂纏定，二乃天理難容，三來怎當武松神力，只
> 見頭在下，腳在上，倒撞落在街心裏去了，跌得個「發昏章第十一」！

從行文中稱「天理難容」看，作者顯然不只是把武松鬥殺西門慶單純看作爲兄復仇，而且強調了其形而上的意義即「替天行道」。從而西門慶與潘金蓮的故事雖爲市井細事，但作爲逆天背理的典型，成爲了《水滸傳》全書寫「替天行道」的有機組成部分。

因此，與前此《三國演義》和後之《金瓶梅》《西遊記》等題材的比較單一相比較，《水滸傳》故事題材並不只是「農民起義」「綠林豪傑」或「英雄傳奇」，而且還包括了神魔、世情、狹邪等等，是這諸多題材的多元統一。其所以能夠如此，根本就由於其「替天行道」的主旨，不僅可以包括「天」對人世的干預，而且所有古代屬於「治天下」的事，都可以包括在內，具有無比廣大的包容性。

（二）「替天行道」賦予了《水滸傳》故事以天定人事的神秘框架。古代迷信流行，世間傳奇每不免染有神秘色彩。宋江故事也是如此，至晚到《大宋宣和遺事》的階段，就已經雜有了玄女天書的神話因素。《水滸傳》踵事增華，使玄女成爲代表天意掌管宋江百零八人命運的教母之神，成爲故事中如後來《西遊記》中觀音菩薩、比《紅樓夢》中警幻仙子還要重要的人物形象，其地位當可視爲全書神佛人物之代表，其時隱時現之作用則是以「天言」「天書」爲全部故事之規定和預言，與人間百零八人命運成一明一暗之雙線平行發展，不可小覷。加以《引首》寫宋朝自太祖開基，歷太宗、眞宗，至仁宗末「天下瘟疫盛行」，引出第一回《張天師祈禳瘟疫，洪太尉誤走妖魔》，又歷英宗、神宗、哲宗，至徽宗登基，由高俅發跡變態，導致「王進夜走延安府」，書歸正傳。全部故事就從「天道循環」，盛極而衰，「樂極生悲」，「天下瘟疫盛行」中來。但是，把「誤走妖魔」與與玄女天書故事聯繫起來看，前者顯然不只是一個引子。因爲「妖魔」出世，一方面從「天道循環」說，是

宋朝世運該當如此,即「天子不明」,世道昏暗,亟待有力者「替天行道」;另一方面,從玄女「天言」透露諸「妖魔」本爲「星君」犯戒看,這些「妖魔」被鎮壓洞中已久,也亟待一個機會,將功贖過,「去邪歸正」,以恢復本身,「重登紫府」。正值宋朝氣運如此,「替天行道」就給了諸「妖魔」這樣一個機會。這既是天緣湊巧,又是天賜良機。所以書中《引首》說:「不因此事,如何教三十六員天罡下臨凡世,七十二座地煞降在人間,哄動宋國乾坤,鬧遍趙家社稷。」第一回寫洪太尉誤走妖魔說「豈不是天數」。如此一來,《水滸傳》寫梁山泊「哄動宋國乾坤,鬧遍趙家社稷」的故事雖在人間,但掌控這一故事發生發展以至於結局的人物與機制,卻在天上。換言之,梁山好漢故事是「天道循環」之下宋朝盛衰過程中的一個插曲,天人感應的一個實現;沒有「天道循環」和「天人感應」,沒有百零八妖魔「合當出世」,就不會有《水滸傳》故事。從而《水滸傳》雖大部寫梁山好漢故事,妖魔、玄女神話只占很少的成分,但是,這很少的成分卻是大部梁山好漢故事的框架。從而嚴格意義上的《水滸傳》故事,首先是如上所說的神話,其次才是梁山好漢的「大鬧」與「哄動」。

對於《水滸傳》中神話的框架,如今讀者能夠不迷信這些事是歷史或可能的事實自然是好的。但是,因此把這些事只看作迷信和在文本中無意義的成分,卻會影響到對這部書的正確理解與把握。因爲顯然,當羅貫中把梁山好漢故事的發生與進行視爲天意和「替天行道」的時候,他不僅是獲得了一個講故事的框架,而且高置了一個評判是非的「天道」標準、可隨意調控的視野。在這個標準之下,「忠義」可以不在朝廷而在梁山,而李逵只圖「殺得快活」的惡魔的一面,也可以得到適當的解釋;在這樣一種視野下,《水滸傳》的題材、人物、情節結構等,就在諸古代小說名著中最具多樣化,爲後世小說開無數法門。

第三,「替天行道」規定了《水滸傳》故事的主要內容與中心線索。《水滸傳》「替天行道」雖然可以是無所不包的,但作者深知,《水滸傳》要處理的畢竟是流傳已久的宋江梁山泊故事題材,並且要體現「以忠義爲主」的基本思想傾向。所以,在全書「天人之際」的敘事框架中,作者不失時機以由玄女「天言」教誨宋江「替天行道」,實際是點明全書故事的主要內容與中心線索,即依次或同時做好三件事:一是「爲主全忠仗義」,無疑是要宋江爲梁山首領「仗義」以匯聚百零八人爭取招安之事;二是「爲臣輔國安民」,無疑

是要宋江在受招安以後，帶領弟兄們征遼、打方臘，安內攘外，盡忠報國。這兩件事序有先後；第三件事可以說寓於前兩事之中，又可以說是全部努力的結果，就是「去邪歸正」，這無疑是點明宋江等前世「魔心未斷，道行未完，暫罰下方」，「替天行道」，實質是他們祛除「魔心」的一個修行過程，當好好把握。從大略完整的意義上說，《水滸傳》前後就是寫了這樣三件事。三事之中，前二者爲人事，後者爲神魔事，而主導並貫穿這三件事的中心線索，是宋江等以人、魔合一之身「替天行道」。三事之中，顯然以前二者爲主，並且是第三件事的前提。這樣前二事的中心也就是「替天行道」的中心，又無疑是書中出現最多的「忠義」。《水滸傳》稱宋江梁山「替天行道」，往往接說「以忠義爲主」，實乃表明「忠義」又是「替天行道」的中心，不可不察。在這個意義上，「忠義」即「替天行道」；但是，「替天行道」畢竟只是「以忠義爲主」，而不是其全部，所以《水滸傳》中能彌綸一篇，包羅萬象，給全部故事以規定、安置和貫穿的，只能是「替天行道」。

（三）「替天行道」給《水滸傳》人物配置以根本的規定性。從人物設置方面看，這種規定性首先表現在主要人物都來歷不凡，乃「天罡」「地煞」臨世，雖散居各處、身貌相異、職業懸殊、性情不同、卻都是「一會之人」。這一點影響甚大，「英雄排座次」以後，有關人物命運就時以此爲說，如第八十五回寫羅眞人對宋江說弟子公孫勝行跡云：「這個徒弟公孫勝，本從貧道山中出家，遠絕塵俗，正當其理。奈緣是一會下星辰，不由他不來。」第一百回寫「上皇覽表，嗟歎不已。乃曰：『卿等一百八人，上應星曜……』」不時表明宋江等人乃星宿臨凡的神秘身世。這足可以使一般以爲《水滸傳》人物的現實主義風格受到一定程度的質疑；其次表現在其組合必符合某種「數」度。按《周易》稱「天地之數」「萬物之數」則天地萬物莫不有「數」；又云「昔者聖人之作《易》也，幽贊於神明而生蓍，參天兩地而倚數，觀變於陰陽而立卦」（《繫辭上》）。這幾句話的意思是說，卦即《易》之八卦與六十四卦之「立」，也就是《周易》一書的創制，是「倚（天地之）數」的結果，從而能以體「天地之撰」（《繫辭下》）。這影響到中國文獻——文學編纂形成悠久的數理傳統。《水滸傳》「替天行道」，以「天言」爲則，更是自覺地遵循了這一「倚數」編纂的傳統。表現於人物的配置，總體即「梁山泊全夥」之「三十六天罡」「七十二地煞」，合而爲數「一百零八」，即是全書最重要數度之一。這三個數字自身並不在《周易》「天地之數」，但三者之間以「三十六」爲基，「七十二」「一百零八」分別是「三十六」的二倍、三倍。而「三十六」是《易》

數「三」的十二倍，「十二」又爲「天（數）三、地（數）四」之積。按對中國古代神秘數字研究深有所得的楊希枚先生說：「十數以上的神秘數字也就在原則上須是以天三地四或天九地八兩數之積，即或十二或七十二爲基數的數字。」〔註 6〕這三個數字雖然並不直接就是「天地之數」，卻都屬於以「三」與「四」這兩個「天地之數」爲基礎的神秘數字，是「天地交泰」的體現。除此之外，《水滸傳》局部描寫中人物的配置，也每合於某種「數」度。如前有晁蓋等「七星聚義」，「智取生辰綱」；後有李俊等「七人」義不受封，「自投化外」。又「梁山泊英雄排座次」之前早期各山頭首領多爲「三個頭領」〔註 7〕，以及最明顯的是全書一百零八人都載在「石碣天文」，一個不能多，一個也不能少，又一個個或分批次聚攏來和一個個或分批次死散去，等等，無疑都是「天數」使然，爲「替天行道」之必須與必然。

（四）《水滸傳》「替天行道」給情節結構以規定性。這種規定性首先體現於全部故事的「圓形框架」，即「妖魔」從「誤走」出世到死後「封神」往復迴環過程。全書結末所謂「天罡盡已歸天界，地煞還應入地中」（第一百回），即爲點明《水滸傳》百零八人故事，各都爲從哪裏來、還回哪裏去之「返本還元」〔註 8〕型圓形結構框架。「誤走妖魔」與「石碣天文」是對這一鎖定百零八人命運之敘事框架的總體說明，而具體到到每個人物，書中提點較爲明白的，只有宋江、李逵、魯智深等數人。以宋江爲例，這一框架的集中表現於他作爲「魔心未盡，道行未完」的「星君」，即犯戒神仙下世，要通過在人間「爲主全忠仗義，爲臣輔國安民」的修行過程而「去邪歸正」，「重登紫府」。這是一個神仙從天上到人間又回至天上的回歸過程，後來《西遊記》中唐僧師徒的「還元」，《紅樓夢》中的「石歸山下」，即都與此爲同一套路。而作爲「重登紫府」的必要條件，宋江在人間的經歷，也一如後來《西遊記》寫唐僧師徒的取經、《紅樓夢》寫神瑛侍者者即「石頭」的歷世，是全書描寫的重心，從而讀者從書中所看到的，就主要是宋江在人間「爲主」或「爲臣」「以忠義爲主」的一段。並且這一階段應該做些什麼，也是由各種「天言」「偈語」等顯示爲早就規定好了的。這使我們感到《水滸傳》與其說是宋江一百零八人的故事，還不如說是作爲天意代言人的九天玄女所導演的天人感應的一齣戲劇。過去我們常常不能很好地注意這一點，從而對諸如宋江一縣衙小吏耳，

〔註 6〕楊希枚《先秦文化史論集》，中國社會科學出版社 1995 年版，第 650 頁。
〔註 7〕杜貴晨《傳統文化與古典小說》，河北大學出版社 2001 年版，第 270～271 頁。
〔註 8〕〔宋〕張伯端著，王沐淺解《悟真篇淺解〔》，中華書局 1990 年版，第 16 頁。

既已被逼無奈，占山爲王，位尊權重，行爲自專，卻又爲什麽「專望招安」等，常常感到不好理解，而一旦認識到他們其實是被譴下世「替天行道」的「妖魔」，就會豁然明白，這是他們「替天」以至「順天」不得不行之「道」而已，乃冥中注定，無可改易。

其次，與書中人物不能多亦不能少以及必然地聚散過程相應，有關人物主要情節的生成與進展，也都是「天數」使然。如盧俊義的上山並坐第二把交椅，書中雖然有宋江早就慕名和晁蓋之遺言可據，但從當時梁山大業幾成，而盧俊義上山後又並沒有做出什麽驚天動地之事來看，讀者往往覺得多此一舉，拉爲湊數；又如金聖歎評《水滸傳》，曾對宋江勸使眾多官軍敗將留在梁山頗致不滿說：「乃吾不知宋江何心，必欲悉擒而致之於山泊。悉擒而致之，而或不可致，則必曲爲之說曰：其暫避此，以需招安。嗟乎！強盜則須招安，將軍胡爲亦須招安？身在水泊則須招安而歸順朝廷，身在朝廷，胡爲亦須招安而反入水泊？」以爲「言招安」是假，「誘人入水泊」是眞，是眞強盜，僞忠義。這些誤會，都是由於不知此書所設，大略非人間故事，乃宋朝數當劫運，上天示警，遣「妖魔」下世「替天行道」，一切皆冥中注定，不可簡單以世事論。這只要結合了後來「石碣天文」一節，寫「宋江與眾頭領道：『鄙猥小吏，原來上應星魁，眾多弟兄也原來都是一會之人。上天顯應，合當聚義。今已數足，分定次序，眾頭領各守其位，各休爭執，不可逆了天言。』眾人皆道：『天地之意，理數所定，誰敢違拗！』」等語來看，就可以明白，盧俊義以及前後歸降梁山的官軍將領，都是作爲「一會之人」，數中不可少，所以無論如何，一定是要「拉來湊數」的，否則不能「數足」。由此可見「天數」即「天道」和「替天行道」，決定了《水滸傳》人物的設置進而情節生成。又如從目錄可以看到的「梁山泊英雄排座次」（第七十一回）的大聚義之前，共有「七星聚義」（第十五回）、「白龍廟英雄小聚義」（第四十回）和「三山聚義打青州」（第五十八回）等三次「聚義」；排座次以後歸順朝廷，也是經過了「三番招安」。其中「三」「七」之數既是實數，又是在《易》數意義上使用的「天地之數」，以「體天地之撰」。當然，以上所論列《水滸傳》中各種數理的運用很可能只是《三國演義》「三顧茅廬」「七擒孟獲」模式的承衍。但是，這種承衍在一個關於「天罡」「地煞」下凡臨世故事的敘述中，更加能夠表明其「體天地之撰」以爲情節數度的構造特點。

（五）「替天行道」對《水滸傳》的描寫有某些深刻的介入。首先，在人物形象塑造方面，《水滸傳》明確是按照「替天行道」的標準給定人物性格命

運的。例如，梁山水泊先後三易其主，首先是王倫，其次是晁蓋，最後是宋江。第十八回寫林沖火併王倫之後，有詩讚道：「正是：替天行道人將至，仗義疏財漢便來。」接下來就是第十九回寫「梁山泊義士尊晁蓋」，林沖以「晁兄仗義疏財」等理由推晁蓋為山寨之主。顯然晁蓋已來山寨，是「仗義疏財漢」，而「將至」未至之「替天行道人」就肯定是宋江了。書中也正是不止一次突出宋江為「替天行道人」。這就不僅為三位頭領排定了次序，而且揭明其必然的性格命運。又如第五十二回寫羅真人捉弄李逵後「笑道：『貧道已知這人是上界天殺星之數，為是下土眾生，作業太重，故罰他下來殺戮。吾亦安肯逆天，壞了此人？只是磨他一會，我叫取來還你。』」這裡點明了李逵性格與其所屬星象的關係，從而解釋了為什麼《水滸傳》中獨有李逵上陣打仗只圖「殺得快活」，「見著活的便砍了」（第四十九回）的魯莽與殘忍。同樣，吳用為「天機星」是與只有他一人能夠共宋江一起閱讀「天書」，從而知「天機」為「替天行道人」之軍師的身份相一致的。當然，就筆者或今人所能夠理解，《水滸傳》人物描寫中這種與人物所屬星象密切關聯的情況並不算普遍，但是，這並不妨礙我們從李逵、吳用之例做出作者為有意加強這一聯繫的判斷。

總之，「替天行道」作為《水滸傳》主旨，必然地影響制約了《水滸傳》藝術形式的建構，使從題材、框架結構、人物配置、情節安排以至描寫等方面，全方位地使一部本是講人間故事之書成為了一部倚「天道」「天數」編撰的書。

結　語

綜上所論，「替天行道」之說雖然並不始自《水滸傳》，但是，承元代水滸戲之發明，把世代陸續發生積累零星散傳之水滸故事綴集統一提高到「天人之際」，以「替天行道」為主旨，彌綸一篇，再創造為水滸故事的定本，卻是《水滸傳》的創造。這一創造在本書題材內容、思想傾向與敘事形式上都起到極決定性支配作用的同時，顯示了極大政治文化意義，並對後來明清小說的創作有重大影響。

其一，《水滸傳》這一主旨的確立與始終貫穿，在君主時代「天無二日，國無二主」，有今天子「代天爵人」「代天理物」的情況下，有鮮明而強烈的政治對抗意義。具體說，它表達了古代普通民眾雖不難明白卻很難得說出的真理，即「天子」當「代天」行道，倘天子無道，則天必假手他人「替天行道」。這就以「天」的名義，否定了「天子」的絕對權威，進而對封建君主專

制也是一種蔑視，具有強烈的挑戰性；

其二，是從元雜劇到《水滸傳》，把「替天行道」寫爲包括許多「殺人放火」（《水滸傳》第一回、第五回、第十八回等等）者在內宋江等百零八梁山好漢的旗號，等於說不只是「聖人」「賢人」，而且嘯聚山林、揭竿造反的「強盜」，都可能秉承「天命」，「替天行道」。反過來說也就是說，天命可能在「天子」，又不僅在「天子」，還可以在他人，甚至江湖綠林中人。這就打破了皇權神聖，不可侵犯的迷信，無疑是一種體現有古代樸素民主思想的構想。

其三，《水滸傳》把宋江等百零八人故事標榜爲「替天行道」，與「天子」同爲「受命於天」，是「替天」行當今「天子」應「代天」所行卻未嘗行之道，這就在客觀上提破了「天子」無道，是書中所揭露「朝廷不明，縱容姦臣當道，讒佞專權，設除濫官污吏，陷害天下百姓」（第六十四回），以及借遼將之口所斥宋朝「無道昏君」（第一〇六，第一一二回）的正面表達，並從根本上肯定了書中所寫梁山好漢其人其事，爲天經地義、正大光明。

其四，《水滸傳》以「替天行道」爲旨，雖「以忠義爲主」，但可以不爲世俗「忠義」所局限，以「道法自然」，放筆寫以「天」之名義所當行可行之事，從而能筆墨恣縱，貼切綠林好漢眞實面目心性，文稱其情，成一部爲「義俠」寫心，爲「忠臣」明志的「率性」之書。

其五，《水滸傳》以「替天行道」爲旨，把傳統說話藝術中屬於「樸刀杆棒」類的江湖故事，一下提升到忠奸鬥爭「治國平天下」的層面。其所關注雖視野廣闊，其所思考雖繁雜和充滿矛盾，但中心不再是民間細事、江湖恩怨，而是「身在江湖，心存魏闕」，「以忠義爲主」。這就使主要是民間意識之載體的水滸故事，很大程度上成爲了寄託傳達文人思想感情的創作，完成了水滸故事內容從大俗到大雅的根本性轉變。

其六，《水滸傳》以「替天行道」爲旨，導致其所敘述，根本上可以說是事無不關「天」，不僅其內容都是「天言」說定，而且其形式上，一如書中所寫玄女授宋江有所謂「天書」，從框架結構、人物塑造、情節安排、細節描寫等各方面，也都「倚數」結撰，是作者以體其「天地之撰」的「奇書」，並深刻影響了後世幾乎所有重要小說的創作，如《金瓶梅》《西遊記》《儒林外史》《紅樓夢》，莫不從中取法，眞可謂開後世小說無限法門。

（原載《菏澤學院學報》2008 年第 6 期）

「征方臘」平議

　　「征方臘」約有十回書，在今《水滸傳》百回本、百二十回本中，只不過是後小半幾個大的故事之一。然而，在《水滸傳》的研究上，另外幾個故事，如征遼、平田虎、王慶等，卻不能與征方臘作同等看待。從水滸故事的流傳和成書看，「征方臘」是原作的部分，而且基本保持了原作的面貌。《水滸傳》描寫宋江征方臘，蓋本《宋史・侯蒙傳》「不若赦（宋）江，使討方臘以自贖」一語演化而來，現存說部中最早見於《大宋宣和遺事》，自金聖歎「腰斬」《水滸》之前，各種版本的《水滸傳》都有「征方臘」的故事。魯迅先生在《中國小說史略》中敘過各種版本《水滸傳》於征遼、平田虎、王慶諸事或僅有征遼，或三事俱存後說：「惟其後討平方臘，則各本悉同，因疑在郭本所據舊本之前，當又有別本，即以平方臘接招安之後，如《宣和遺事》所記者，於事理始爲密合，然而證信尙缺，未能定也。」〔註1〕鄭振鐸先生更進一步認爲：「（《水滸傳》）原本當於『全夥受招安』之後，即直接征方臘的事。」〔註2〕版本學家孫楷第先生亦有幾乎相同的說法（見氏著《日本東京所見中國小說書目》）。這種「原本」雖然迄今未被發現，而且可能永不復見，但上述諸先生的論證和推斷，足以啓發我們予「征方臘」以特別的重視：即比較後來插增的故事，在《水滸傳》後半部中，它最接近原作的面貌，因而是研究《水滸傳》創作意圖和思想藝術的可靠依據之一。

〔註1〕魯迅《中國小說史略》，人民文學出版社1973年版，第122頁。
〔註2〕鄭振鐸《〈水滸傳〉的演化》，《中國文學研究》，人民文學出版社2000年版，第106頁。

　　「征方臘」是宋江等人一意招安和招安後情節發展的必然結果，是全書重要的有機成分。這種情節的邏輯性，反映了作家創作意圖的一貫性。就作品的構思看，「征方臘」顯然是為了襯托突出宋江等人的忠義而創作的。「宋江重賞陞官日，方臘當刑受剮時。善惡到頭終有報，只爭來早與來遲。」褒貶何等分明，顯露了作者著書並不是一般地歌頌農民起義，而還表達他對這一歷史現象的全面評價，其中有進步的合理成分，亦有落後的甚至反動的因素，把《水滸傳》前大半與後小半即「征方臘」對比，作綜合考察，這兩方面的因素可以看得很分明。

　　就進步的方面而言，《水滸傳》貫穿了農民起義是「官逼民反」的合理認識。這一點在前半描寫中得到了生動的體現，已經人屢屢說明，無庸贅述；在「征方臘」中，作者也同樣堅持了這個進步的認識。他寫方臘所以能發動起義，乃「因朱勔在吳中徵取花石綱，百姓大怨，人人思亂，方臘乘機造反，……」承認方臘起義只是「乘機」起事，致亂的根源在統治者對人民的剝削和壓迫。這就比後人插增的田虎王慶的故事高明得多。至於書中借百姓之口說：「累被方臘殘害」，「累被方臘不時科斂，但有不從者，全家殺害」等等，從藝術的真實性看，一方面固然是對農民起義的污蔑，另一方面，也正是作家同情人民的思想的曲折表現，儘管二者實際上是矛盾的。

　　然而「征方臘」更多表現了作者的同時也就是作品的思想局限性。書中描寫的宋江和方臘都是農民起義，但這兩支農民起義的綱領、路線和奮鬥目標卻有本質的不同。宋江的起義是暫居水泊，「替天行道」專等朝廷招安；方臘起義是推翻趙宋王朝，自己做皇帝；宋江抗拒官兵，是為了留得青山，方臘攻城略地，是為了擁有天下；宋江是大軍一到，便受招安，方臘是堅持鬥爭，寧死不屈。作者把這兩支農民起義軍鮮明地對立起來進行描寫，表明了他所肯定和歌頌的是宋江那種始於劇盜，終於忠義，只反貪官，不反皇帝的起義；否定和批判的是方臘那種欲推翻一姓王朝取而代之的起義。他讓宋江征方臘，並且是主動請旨出征，不僅是顯示此時的宋江是朝廷的忠臣，而且為了說明彼時的宋江亦不是真正的「強盜」。只有這樣一來，就成了對宋江前期的一個否定，儘管作品形象的意義並不完全以作家的主觀意圖為轉移，也仍然是對作品應有思想價值的一個損害。顯然，按照作者的理解，在封建統治下生存無地，走投無路之際，可以嘯聚山林水崖，權且避難。但「普天之下，莫非王土，率土之濱，莫非王臣」，無論在哪裏，都應盡忠仗義，不得有

「反心」，更不可以建號稱王。「神器從來不可幹，僭號稱王詎能安？」書中寫方臘被誅，與李逵屢受宋江呵斥，阮小七被追奪官職，都是為了反覆申明這個君權神聖的封建正統觀念。白紙黑字，寫得明白。明清的評點家或各持一端，農民起義者或各取所需，根本上是他們作為讀者如何接受和理解作品的問題。作者的真正意思，是絕不饒恕方臘那樣的農民起義，亦不忍宋江等為勢所迫陷於「彌天大罪」的農民起義，招安宋江，寸磔方臘，讓百姓做穩奴隸，天子安享太平，使封建王朝長治久安，如此而已，豈有他哉？「歌頌農民起義」云云，未必不能從書中找出某些似乎可靠的根據，但根本上是把作者流露的一定同情梁山起義的思想傾向擴大和拔高了。

　　這並不是要貶低《水滸傳》的思想價值，在它成書的封建時代，能對農民起義表示一定的同情和理解，揭露了官逼民反的黑暗現實，如實地表現了梁山和方臘兩支農民起義足以使趙宋王朝統治者聞風喪膽的偉大力量，都是作品人民性的所在，是前此的小說所未曾有過的。而且，宋江征方臘雖未必實有其事，歷史上農民起義為封建王朝利用，自相殘殺，乃至同歸於盡的慘痛教訓卻是有的，征方臘的描寫客觀上不悖歷史的真實，我們所指出和批判的，只是作者在這一描寫中滲透和表現的階級局限性。

　　征方臘的描寫不僅是對宋江等人前期為「盜」的洗刷和否定，而且是對他們悲劇結局的一個美化和安慰。正是討平方臘，為趙天子立了大功，宋江才得以重賞陞官，雖有「早知鴆毒埋黃壤，學取鴟夷泛釣船」的遺憾，但到底「生當鼎食死封侯，男子生平志已酬」。所以，征方臘是宋江盡忠封建統治者，獵取功名富貴，酬平生之志的一個階梯。他踏上了這個階梯，自謂「今陛下賜臣藥酒，與臣服吃，臣死無憾」，而是怕「壞了我梁山泊替天行道忠義之名」，學高俅等人的榜樣，依樣畫葫蘆地拿藥酒鴆死「反心兀自未褪」的李逵，把生前身後之事一了百當，大可以含笑九泉了。「兔死狗烹」的悲劇其實是做奴才的必然下場，倘不以做奴才為然，說它帶點滑稽亦未嘗不可。

　　在藝術上，「征方臘」雖不逮前茅，但也有它成功的地方，大大超過征遼、平田虎王慶部分。首先，如果說《水滸傳》前半部寫各路英雄上梁山，如百川歸海，那麼征方臘寫英雄們各自的末路，恰似一水分流。在這十回書中，百零八人十去其八，或陣亡，或病故，或坐化，或歸隱……加上宋江等人受賞陞官，可以說達到了這部英雄傳的實際上的結束。而且人物的歸宿，都符合自身性格發展的邏輯，如宋江的得官，魯智深的坐化，武松的傷殘出家，

燕青的退居山野等。李俊的隱退尤寫得曲折有致：先是「太湖小結義」引出一個日後勸他退隱的費保，後是費保先辭宋江而去，然後李俊從征方臘完畢，依前約來與費保等在榆柳莊匯合，「盡將家私打造船隻，從太倉港乘駕出海，自投化外國去了，後來爲暹羅國之主。……」寫得餘音繞梁，成爲二百多年後《水滸後傳》的緣起，不是偶然的。最末一回「宋公明神聚蓼兒窪，徽宗帝夢遊梁山泊」自然也是不可少的，但它在情節的意義卻不能與「征方臘」相比，如果說「誤走妖魔」是全書開宗明義，這末一回中的「徽宗夢遊」則主要是作者卒章顯志。對於這種狀況，契訶夫的一段話也許是適用的：

> 依我看來，寫完小説，應當把開頭和結尾刪掉。在這類地方，我們小説家最容易説假話，……〔註3〕

（1986 年 9 月於曲阜師範大學）

〔註 3〕轉引自段寶林編《西方古典作家談文藝創作》，春風文藝出版社 1980 年版，第 657 頁。

《水滸傳》爲「石碣記」試論

百年來有關《水滸傳》內容的研究，與古典小說研究整體的情況略無不同，大體重對直接反映現實重大社會矛盾的方面的解讀，而輕虛構之閒筆特別是虛幻情景的描寫，往往以爲不足道甚或荒誕迷信而以糟粕棄之的。例如第一回《張天師祈禳瘟疫，洪太尉誤走妖魔》至第二回開篇寫水滸故事緣起，實爲全書敘事之領起，作者開宗明義之筆，卻向來很少有人論述。至於「洪太尉誤走妖魔」之關鍵，尤在洪太尉所命人推倒「伏魔之殿」內鎮壓妖魔的一塊「石碑」，後來還以不同形式一再出現或提及，有關描寫的意義非同尋常，更是無人揭出，故爲之試論如下。

按《水滸傳》第一回寫洪太尉來至伏魔之殿云：

> ……殿內……四邊並無別物，只中央一個石碑，約高五六尺，下面石龜趺坐，大半陷在泥裏。照那碑碣上時，前面都是龍章鳳篆，天書符篆，人皆不識。照那碑後時，卻有四個眞字大書，鑿著「遇洪而開」。……洪大尉……便對眞人說道：「……『遇洪而開』，分明是教我開看，卻何妨！我想這個魔王，都只在石碑底下。汝等從人與我多喚幾個火工人等，將鋤頭鐵鍬來掘開。」……掘下去，……卻是一個萬丈深淺地穴。……只見一道黑氣……直衝上半天裏，空中散作百十道金光，望四面八方去了。……眞人向前叫苦不迭……對洪太尉說道：「太尉不知：此殿中，當初是祖老天師洞玄眞人傳下法符，囑付道：『此殿內鎮鎖著三十六員天罡星，七十二座地煞星，共是一百單八個魔君在裏面。上立石碑，鑿著龍章鳳篆姓名，鎮住在此。若還放他出世，必惱下方生靈。』如今太尉放他走了，怎生

是好！他日必爲後患。」〔註1〕

至第七十一回《忠義堂石碣受天文，梁山泊英雄排座次》，寫宋江於水泊梁山「建一羅天大醮，報答天地神明眷祐之恩」，乃有「石碣」現形：

> 宋江……務要拜求報應。是夜三更時候，只聽得天上一聲響，如裂帛相似，正是西北乾方天門上。眾人看時，直豎金盤，兩頭尖，中間闊，又喚做天門開，又喚做天眼開。裏面毫光射人眼目，霞彩繚繞，從中間捲出一塊火來，如栲栳之形，直滾下虛皇壇來……攢入正南地下去了。……宋江隨即叫人將鐵鍬鐵鋤頭掘開泥土，……只見一個石碣，正面兩側各有天書文字……乃是龍章鳳篆，蝌蚪之書，人皆不識。……教何道士看了，良久說道：「此石都是義士大名，鐫在上面。側首一邊是『替天行道』四字，一邊是『忠義雙全』四字。頂上皆有星辰南北二斗……」……「前面有天書三十六行，皆是天罡星。背後也有天書七十二行，皆是地煞星。下面注著眾義士的姓名。」

按《漢書・竇憲傳》李賢注云：「方者謂之碑，員（圓）者謂之碣。」由此可以推知，碑與碣雖有方頭與圓頭的區別，但基本的形象與實際的用途無甚差別，廣義上碑也就碣。因此，降於梁山的「石碣」雖與龍虎山「石碑」有「碑」與「碣」與立於伏魔殿中和自天而降之別，但從都有「龍章鳳篆」刻著「三十六員天罡星，七十二座地煞星」之姓名來看，二者實爲同一塊靈石，是其作爲神物能上天入地、騰挪變化，在不同情景下隱喻天意的現形。〔註2〕

但是，《水滸傳》必於第一回稱「石碑」，後來則一概改稱「石碣」，卻是有原因的。《說文》段注引《聘禮》鄭注曰：「宮必有碑，所以識日影，引陰陽也。凡碑，引物者。」大約因此，一面石立於「伏魔之殿」即宮中應該稱「碑」，又要特別突出其在第一回中爲「引物」即一書託始的作用也要稱「碑」。但後來所寫，既不在宮中室內，又其「引物」的作用顯然地減小了，故稱「石碣」。金聖歎本《水滸傳・楔子》改「石碑」爲「石碣」，似爲了與後文統一，以便其評點立論，實乃不明古義，又太拘泥於文字，不夠通脫了。

《水滸傳》除上述第一回即出「石碑」爲一書託始，第七十一回「石碑」

〔註1〕本文引《水滸傳》非特別說明者外，均據施耐庵、羅貫中《水滸傳》，人民文學出版社1984年版。

〔註2〕金聖歎批改本《水滸傳・楔子》正是改「石碑」爲「石碣」。

再以「石碣」現身，使石碣作爲神物的形象更加引人矚目之外，還不惜筆墨反覆影寫石碣，第十四回《赤髮鬼醉臥靈官殿，晁天王認義東溪村》追溯晁蓋綽號「托塔天王」的來歷云：

> 原來那東溪村保正，姓晁名蓋，……鄆城縣管下東門外有兩個村坊，一個東溪村，一個西溪村，只隔著一條大溪。當初這西溪村常常有鬼，白日迷人下水在溪裏，無可奈何。忽一日，有個僧人經過，村中人備細說知此事。僧人指個去處，教用青石鑿個寶塔，放於所在，鎮住溪邊。其時西溪村的鬼，都趕過東溪村來。那時晁蓋得知了大怒，從溪裏走將過去，把青石寶塔獨自奪了過來東溪邊放下。因此，人皆稱他做托塔天王晁蓋。

關於這一石塔鎮鬼的插話，袁無涯本有眉批僅曰：「生此一段因緣，如又入一小劇。」〔註3〕似以其只爲追溯晁蓋綽號「托塔天王」來歷的蕩出一筆。但金聖歎讀後以爲不然，於「教用青石鑿個寶塔放於所在，鎮住溪邊」句下夾批云：「亦暗射石碣鎮魔事。」又於「把青石寶塔獨自奪了過來，東溪邊放下」句下夾批云：「亦暗射開碣走魔事。」這看似有穿鑿附會之嫌，但結合《水滸傳》寫晁蓋雖不在一百八人之數，卻是「一部書……前後凡敘一百八人，而晁蓋則其提綱挈領之人」來看，可信其正如第一回寫洪太尉力逼龍虎山道士放倒石碑「誤走妖魔」，而使一百八天罡、地煞入世一樣，晁蓋奪移鎮鬼之石塔使來東溪村之鬼復歸西溪村，而得名「托塔天王」，也具有了一百八人匯聚梁山「提綱挈領之人」的身份，並因「七星聚義」而真正進入角色的。從而「石碑」即「石碣」爲一百零八「妖魔」下世託始，「石塔」爲妖魔入世匯聚梁山託始，二者遙相呼應，一脈貫通。金聖歎此批，真可謂目光如炬，如見作者肺腑然。

接下來即第十五回《吳學究說三阮撞籌，公孫勝應七星聚義》，又寫阮氏三雄家住「石碣村」，金批回前曰：

> 《水滸》之始也，始於石碣；《水滸》之終也，終於石碣。石碣之爲言一定之數，固也。然前乎此者之石碣，蓋託始之例也。若《水滸》之一百八人，則自有其始也。一百八人自有其始，則又宜何所始？其必始於石碣矣。故讀阮氏三雄，而至石碣村字，則知一百八人之入《水滸》，斷自此始也。

〔註3〕本文引《水滸傳》諸家評點，均據陳曦鍾、侯忠義、魯玉川輯校《水滸傳會評本》，北京大學出版社 1981 年版。

又於文中「這三個人是弟兄三個，在濟州梁山泊邊石碣村住」句下夾批曰：

> 此書始於石碣，終於石碣，然所以始之終之者，必以中間石碣
> 爲提綱，此撞籌之旨也。

金批此語雖就其所謂貫華堂古本七十回而言，但即使從百回本看，「七星聚義」的「智取生辰綱」同樣是梁山事業的眞正起點，金聖歎以「石碣村」之「石碣」爲「中間石碣」，也是不錯的。因爲，不僅七十回本結末的「忠義堂石碣受天文」爲「終於石碣」，而且百回本書中既在第十九回寫阮小七自稱「老爺生長石碣村，稟性生來要殺人」（第十九回）云云，又至全書之末的第一百回寫了因涉嫌有造反之心而被撤職爲民後，「阮小七⋯⋯心中也自歡喜，帶了老母，回還梁山泊石碣村」，也是「終於石碣」，則不僅前此「石碣村」之「石碣」爲「中間石碣」，而且第一回首以「石碑」名義出之的「石碣」之後至第一百回的全書首尾之間，筆法變幻地不時寫到的「石碣」，也無非爲「中間石碣」。

這也就是說，不僅金聖歎以七十回本爲「始於石碣，終於石碣，⋯⋯中間石碣爲提綱」之大照應之法的評語，移之於百回本也是恰當的說明，而且因百回本最接近原本之故，應是更合於作書人或曰寫定者的意圖。因此筆者認爲，百回本中除第一回「石碑」與第七十一回「石碣」的照應之外，第十五回「濟州梁山泊邊石碣村」的布置，亦與「龍虎山」上「伏魔之殿」暗相照應；而「石碣村」之字「石碣」與東溪村晁蓋之所託「石塔」，也各與第一回「伏魔之殿」的「石碑」爲後先的照應。作者正是用這諸多照應，反覆暗示強調了一百零八人始末的宿命因由，而「石碣」亦因此得有一書敘事之關鍵物象與主旨象徵的地位。

這裡需要說明的是，如上筆者援引金聖歎並參以己意所抉出這諸多照應，在作書者已是用意極微，今天讀來更近乎深晦了。但是，讀者倘能注意到這同一部書中，雖筆法用度有所不一，卻有如此之多關於鎮壓魔鬼之「石碣」的文字，則難免不生其何以如此津津樂道之疑；而又能夠如朱熹論讀書所說「正看背看，左看右看」，「讀得正文⋯⋯如自己做出來的一般」（《朱子語類》卷十一）的話，也就不難相信《水滸傳》作者於「石碣」意象之設計與描寫，應該有總體構思上的用心，具體表達爲以下幾個方面：

首先，如上已言及，「石碑」即「石碣」爲全書敘事之託始。《水滸傳》第一回《張天師祈禳瘟疫，洪太尉誤走妖魔》寫水滸故事緣起，關鍵在「京

師瘟疫成行」,洪太尉奉旨龍虎山宣請天師禳災而「誤走妖魔」。但其所謂洪太尉之「誤」和不能不「誤」,實在於「伏魔之殿」上的「石碑」,後面早就「有四個眞字大書,鑿著『遇洪而開』」。洪太尉正是憑此碑上之命定,逼使隨行眞人等屈從他推倒此碑而「誤走妖魔」,遂致「千古幽局一旦開,天罡地煞出泉臺」,而有後來水泊梁山一百零八人故事。回目中曰「誤」,是作者故就一般讀者人心思定而言;實際描寫的卻是龍虎山「祖老天師洞玄眞人」當初立石碑「鎭鎖」妖魔之時,即已命定「遇洪而開」。所以,回目雖以由洪太尉爲一百零八「妖魔」出世開「千年幽局」爲「誤」,但描寫中又感歎說:「豈不是天數!」可知其所謂「誤」,只是作書人好行狡獪,閃爍其辭。其眞意至多是以其開碣放魔非奉旨來山之事和人心思定言爲「誤」,而以石碑所示「遇洪而開」的天命言爲不誤。從而《水滸傳》一書「走妖魔」故事之始,本質上不是洪太尉之「誤」,而是天假洪太尉之來山以行其道。這既是全書「替天行道」之旨的一個體現,又全書以「石碑」打頭敘一百零八人之事也正是合於「凡碑,引物者」的古義。

其次,「石碣」以「天文」之兩聯爲《水滸傳》點題,含蓄全書主旨。《水滸傳》寫「石碑」與其後來之變相「石碣」上都鐫有「天文」,後者描寫更爲具體,除與前寫石碑上共有諸天罡、地煞之名號以外,還在側首一邊有曰「替天行道」,另一邊有曰「忠義雙全」。這兩聯實與第四十二回九天玄女授宋江天書時所囑「汝可替天行道,爲主全忠仗義,爲臣輔國安民」諸語相照應,乃以「石碣」再次爲全書點題。《水滸傳》早期刊本題「忠義傳」或「忠義水滸傳」諸稱,又書中寫晁蓋死後梁山上「聚義廳」改爲「忠義堂」,並樹起「替天行道」杏黃旗,都可以說是九天玄女「天言」並「石碣」之兩聯的演義。唯是玄女「天言」明告於宋江一人牢記,而「石碣」兩聯書於一百零八人名號之側眾人共觀,表現方式有異,目的卻不過反覆皴染,同在爲全書點明題旨。

第三,「石碣」以「天文」之書一百零八人名號給《水滸傳》敘事以根本性規約,是全書主旨實現的「天命」保障之一。「石碣」除以「天文」之兩聯含蓄《水滸傳》主旨之外,其對百零八人名號的標舉還有規約並保障全書主旨實現的作用。具體說來,一是「石碣」通過以「天文」標舉一百零八人名號,坐實了《水滸傳》所寫爲宋江諸星君入世歷劫,「替天行道」,功德圓滿,「重歸紫府」的故事,從而在聳人聽聞的同時體現了作書人意在「究天人之

際」的用心。讀者若要讀懂《水滸傳》一書眞義，必須聯繫這一故事發生於「天人之際」的全部內容與特點，結合其非現實的「因」，才有可能圓滿解釋現實的「果」。那種完全不顧《水滸傳》非現實描寫因素的解讀，一定是片面和有悖於作書人本意的；二是「石碣」以「天文」通過標舉一百零八人名號，在提破宋江「原來上應星魁」，「眾多兄弟……合當聚義」等等的同時，也爲一百零八人「排座次」，並使得「眾人」不敢「違拗」，根本上奠定了寫梁山全夥受招安的敘事目標；三是「天文」所標舉一百零八人名號本身往往隱寓人物個性命運，如李逵、武松的好殺以至濫殺無辜，就不僅是他們個人的現實品格問題，而是與二人綽號即其前身份別爲「天殺星」「天傷星」的宿命有關，也是其所到之處，有人該當此「天罰」的體現，是更深層次上對人物塑造與情節設計的一種規約。

最後，由於以上的原因，加以「石碣」形象超然神秘並貫穿始終，遂使「石碣天文」成爲全書敘事所祭起的一大綱領。《水滸傳》寫石碑即石碣初現於龍虎山，再現於梁山；又「暗射」以晁蓋青石寶塔，重影以阮氏兄弟之「石碣村」之「石碣」，乃至第九十八回寫至平方臘之役，梁山好漢死傷相繼，仍有宋江道「……我想當初石碣天文所載一百八人，誰知到此漸漸凋零，損吾手足」的話。這諸多處寫到的「石碑」——「石碣」或「石碣天文」，讀者粗粗看來，似三處「石碣」各爲一物，若不相關；而細心推求，始知其一而三，三而一，各處「石碣」，貌異而實同爲一物。因此三復隱喻，使「石碣天文」之提示，或隱或現於故事之前前後後，以醒讀者之目。特別是將近書末的第九十八回又順筆一提，更顯示作書人爲有意突出「石碣」在全書敘事中不僅具領起地位，而且有貫穿作用，始終強調故事的全部現實描寫爲「洪太尉誤走妖魔」的後續，即龍虎山眞人所說「他日必爲後患」預言的實現。讀者若以爲《水滸傳》寫至晁蓋、阮氏兄弟之後，梁山故事即可一直講下去，不必再有回溯開篇「誤走妖魔」也就罷了。但那大概還只是把《水滸傳》作一般說書人之話本的水平看待，而沒有意識到《水滸傳》在舊有材料的基礎上改造，其實已是文人之作。而古之文人作小說，必追求「前能留步以應後，後能回照以應前，令人讀之，眞一篇如一句」〔註4〕的境界，在宋江等人故事來說，經文人以「水滸」命名重鑄爲《水滸傳》之後，藝術上更是別具一種風

〔註4〕〔清〕毛宗崗《讀三國志法》，朱一玄、劉毓忱編《三國演義資料彙編》，百花文藝出版社 1983 年版，第 306 頁。

格與朦朧美的特徵。所以，雖然百回本《水滸傳》仍不免敘事不完、情節疏漏之處，但大處已結構嚴謹，血脈貫通。對這樣一部《水滸傳》，若必以「一篇如一句」衡量的話，我們就應該相信「石碣」形象之設，實作爲超然於具體情節之上的敘事綱領的載體。特別第七十一回寫「石碣天文」刻載一百零八人名號，不啻爲《水滸傳》無非「敘一百八人」（金批本第六十九回前評）之事標目，規定了全書寫人敘事之「數」，因此提破宋江「原來上應星魁」，「眾多兄弟……合當聚義」等，也爲前七十回敘事作一大收束，並使情節能夠比較快捷地向「招安」轉換，有遙啓下文，直照結局之縮續全書的建構意義。

　　總之，《水滸傳》寫「石碑」自第一回即出，第七十一回再出，結末順筆重提。其中間則以其影射之象「石塔」自第十四回出，以「石碣村」之名「石碣」自第十五回出，結末第一百回以阮小七「回還梁山泊石碣村」重提。同一物象，兩條線索，三復提點，若明若暗，各有所謂。大略而言，「石碑」爲全書託始，「石塔」爲晁蓋等「七星聚義」託始，「石碣村」爲一百八人梁山聚義託始，都屬關鍵，並前後映襯，消息暗通，共同隱喻一部大書主旨，並規約其以「石碣天文」爲一超然之結構中心的藝術形式。因此，作爲《水滸傳》各種可能的解讀之一，筆者把它視爲一部託於「石頭」意象爲敘事總構的一部放大展開的「石碣天文」，一部綠林江湖故事的「石碣記」，應該是說得過去的。

（原載《黑龍江社會科學》2010 年第 3 期）

《水滸傳》的「儒家」底色

　　《水滸傳》寫「義」、寫「忠」、寫「替天行道」「忠義雙全」〔註1〕，都明確是儒家思想的表現，但論及書中人物，卻似乎沒有一個像樣的儒家。以故明無名氏《又論〈水滸傳〉文字》一文開篇就說：

> 《水滸傳》，雖小說家也，實泛濫百家，貫串三教。魯智深臨化數語，已揭內典之精微，羅眞人、清道人、戴院長又極道家之變幻，獨其有心貶抑儒家，只以一王倫當之，局量區淺，智識卑陋，強盜也做不成，可發一笑。〔註2〕

　　此論出「無名氏」，無如金聖歎的評點那樣受後來專家讀者重視，其實是提出或涉及了一系列不容忽略的問題，即《水滸傳》中王倫能代表「儒家」嗎，宋江等主要人物形象是否「儒家」？《水滸傳》的情節、細節描寫是否蘊含有儒家意識？以及作者對「儒家」持怎樣的態度等。本文把這些問題所涉及歸結於一點，即《水滸傳》作爲一部「新神話」〔註3〕，從「張天師祈禳瘟疫，洪太尉誤走妖魔」到「宋公明神聚蓼兒窪，徽宗帝夢遊梁山泊」，一路「神道設教」（《周易·觀卦·彖》），到底還有沒有「儒家」的地位？答案是肯定的，即王倫不能代表「儒家」；除卻上述「義」「忠」等根本思想原則之外，《水滸傳》從人物到情節、細節描寫都深著「儒家」底色，乃作者自覺爲之，論說如下。

〔註1〕〔元〕施耐庵、羅貫中《水滸傳》，李永祜點校，中華書局1997年版。本文如無特別說明，凡引《水滸傳》均據此本，隨文說明或括注回次。

〔註2〕朱一玄、劉毓忱《水滸傳資料彙編》，百花文藝出版社1981年版，第210頁。

〔註3〕杜貴晨《〈紅樓夢〉的「新神話」觀照》，《廣東技術師範學院學報》2011年第2期。

一、王倫不能代表「儒家」

《水滸傳》寫王倫，雖然也稱他「好漢」，但綽號「白衣秀士」（第十回），已明貶其屬文弱之輩；是個「村野窮儒」，「落第腐儒，胸中又沒文學」（第十九回）。他「因鳥氣合著杜遷來這裡落草，續後宋萬來」，三個人在梁山「打家劫舍」。他自知「沒十分本事」（第十一回），所以容不得本事比他高的人，「手下人都說道他心地窄狹」（第十五回），林沖罵他「笑裏藏刀，言清行濁」，「嫉賢妒能的賊⋯⋯做不得山寨之主」（第十九回）。後即因此被林沖殺了。這樣一個人怎麼就是「儒家」？其實作者就沒有把他作「儒家」看待。

《水滸傳》寫王倫是「假文墨」「大頭巾」象徵。《水滸全傳》第七十一回「單道梁山泊的好處」結尾有一段文字說得明白：

> 可恨的是假文墨，沒奈何著一個「聖手書生」，聊存風雅；最惱的是大頭巾，幸喜得先殺卻「白衣秀士」，洗盡酸慳。〔註4〕

上引文字雖不見於百回本，但其所彰顯之義與百回本一致。其前後各三句乃互文見義，「可恨的是假文墨」與「最惱的是大頭巾」都指王倫。前者概括他「落第腐儒，胸中又沒文學」，後者說他「酸慳」，屬「大頭巾」一類人物。其說「大頭巾」卻非指王倫本身，王倫只是戴頭巾的強盜頭子。真正的「大頭巾」是指「頭巾」之「大」者，即做了官的「假文墨」，那些無學問、沒本事，卻靠了科舉做官有權勢的人。這在《水滸傳》中一則有王英曰「況兼如今世上都是那大頭巾弄得歹了（第三十二回）」，二則寫秦明在清風山被捉了，有燕順勸他「權就此間落草，論秤分金銀，整套穿衣服，不強似受那大頭巾的氣」（第三十四回）云云為證，是以「大頭巾」指做官的腐儒。從而王倫雖在梁山為盜首，但其性情為人卻一如官場中「大頭巾」令人「最惱」，殺了王倫這個「大頭巾」似人物，正可為世間「洗盡酸慳」

另外，上引《水滸傳》既說「沒奈何著一個『聖手書生』，聊存風雅」，即把「聖手書生」蕭讓做了儒雅之流的代表，就是明確不把王倫作正經「儒家」看了，從而王倫被殺不僅無損於「儒家」，而且為「儒家」「洗盡酸慳」，即清理了假貨，哪裏是「貶抑儒家」？

又從《水滸傳》寫三教人物看，其於「儒家」人物中寫一「白衣秀士」王倫，一如書中也寫了綽號生鐵佛的惡僧崔道成（第 6 回）和綽號飛天蜈蚣的王道人（第 32 回），他們分別為釋、道中的敗類，先後被武松、魯智深殺

〔註 4〕施耐庵、羅貫中：《水滸全傳》，嶽麓書社，1988 年標點本，第 575 頁。

了，當然不是貶抑釋、道，林沖殺了王倫，也不是「有心貶抑儒家」，相反是爲「儒家」清理門戶，伸張正氣。

二、宋江、盧俊義、吳用的「儒家」出身

《水滸傳》寫「梁山泊好漢」百零八人，以儒家人物爲中心，體現在書中寫排位最前的宋江、盧俊義、吳用三巨頭都出身「儒家」，具有鮮明的儒家本色。

《水滸傳》曾特筆寫宋江自幼業儒，第三十九回「潯陽樓宋江吟反詩」，其詞曰「自幼曾攻經史，長成亦有權謀」，第一百回卒章見志，寫宋江臨終自道「我自幼學儒，長而通吏」（第一百回）云云，可見自始至終，宋江都以「儒家」自居。

《水滸傳》更突出了宋江有儒家賢者諸般的品質，第十八回寫宋江出場說：

> 那人姓宋，名江，表字公明，排行第三。祖居鄆城縣宋家村人氏。爲他面黑身矮，人都喚他做黑宋江；又且於家大孝，爲人仗義疏財，人皆稱他做孝義黑三郎。上有父親在堂，母親蚤喪；下有一個兄弟，喚做鐵扇子宋清，自和他父親宋太公在村中務農，守些田園過活。這宋江自在鄆城縣做押司，他刀筆精通，吏道純熟；更兼愛習槍棒，學得武藝多般，平生只好結識江湖上好漢：但有人來投奔他的，若高若低，無有不納，便留在莊士館穀，終日追陪，並無厭倦；若要起身，盡力資助。端的是揮金似土！人問他求錢物，亦不推託；且好做方便，每每排難解紛，只是周全人性命。時常散施棺材藥餌，濟人貧苦，賙人之急，扶人之困。以此，山東，河北聞名，都稱他做及時雨；卻把他比做天上下的及時雨一般，能救萬物。

這段文字強調了宋江的孝悌、仁義、文武才幹、見義勇爲等等，無非《四書》修身齊家、倫理綱常上的道德要求，表明宋江形象根本是按照儒家賢人標準塑造出來的一個典型。

《論語·學而》載：「有子曰：『其爲人也孝悌，而好犯上者，鮮矣；不好犯上，而好作亂者，未之有也。君子務本，本立而道生。孝悌也者，其爲仁之本與！』」由此說到《水滸傳》第三十九回寫「潯陽樓宋江吟反詩」中關鍵的「他時若遂凌雲志，敢笑黃巢不丈夫」兩句，儘管「詩無達詁」，黃文炳

能因此誣他謀反，但從宋江「於家大孝」等品質看，他那「敢笑黃巢不丈夫」的「凌雲志」，實應理解為書中所寫他曾對武松等不止一次表達的願望：「如得朝廷招安……日後但是去邊上，一槍一刀，博得個封妻蔭子，久後青史上留得一個好名，也不枉了為人一世」（第三十二回）的人生理想。這也就是說，在宋江看來，人生的目標應該是「學成文武藝，貨於帝王家」，要比黃巢那樣造反不成淪為盜賊而死的下場要好得多了。這是古代士人傳統的人生追求。孔子曰：「吾將仕矣。」（《陽貨》）比較孔子的欲出仕以行道，宋江雖因負罪在逃，但不忘初心，正是儒家「守死善道」的精神。

盧俊義則身份上深與儒家有緣。他是梁山上入夥較晚卻後來居上為第二位的首領，書中寫其為人雖曾惑於術數而又有些粗莽，但是「玉麒麟」之綽號卻取自孔子故事。可能在於兩個方面。一者據《拾遺記》載：

> 夫子未生時，有麟吐玉書於闕里人家，文云：「水精之子，繼衰周而素王。」故二龍繞室，五星降庭。徵在賢明，知為神異。乃以繡紱繫麟角，信宿而麟去。相者云：「夫子繫殷湯，水德而素王。」至敬王之末，魯定公二十四年，魯人鋤商田於大澤，得麟，以示夫子。繫角之紱，尚猶在焉。夫子知命之將終，乃抱麟解紱，涕泗滂沱。且麟出之時，及解紱之歲，垂百年矣。〔註5〕

二者相傳孔子修《春秋》絕筆於哀公十四年的「西狩獲麟」，後稱絕筆為「麟止」。司馬遷《史記·太史公自序》云：「於是卒述陶唐以來，至於麟止。」裴駰《集解》引張晏曰：「武帝獲麟，遷以為述事之端。上紀黃帝，下至麟止，猶《春秋》止於獲麟也。」

當有取此孔子感生於「有麟吐玉書」並知命於大澤獲麟，以及《史記》效孔子作《春秋》終於「麟止」等義，自隋文帝始以玉麟符特賜為京師留守的兵符。《隋書·樊子蓋傳》載：

> 帝顧謂子蓋曰：「朕遣越王留守東都，示以皇枝磐石；社稷大事，終以委公。特宜持重，戈甲五百人而後出，此亦勇夫重閉之義也。無賴不軌者，便誅鋤之。凡可施行，無勞形跡。今為公別造玉麟符，以代銅獸。」

隋煬帝時續有此禮，《隋書·衛玄傳》載大業九年煬帝親征遼東，衛玄留守京師，一度出擊叛軍獲勝：

〔註5〕〔晉〕王嘉《拾遺記》，《漢魏六朝筆記小說大觀》本，上海古籍出版社1999年版，第511～512頁。

還鎮京師，帝謂之曰：「關右之任，一委於公，公安，社稷乃安；
公危，社稷亦危。出入須有兵衛，坐臥恒宜自牢，勇夫重閉，此其
義也。今特給千兵，以充侍從。」賜以玉麟符。

由此可見玉麟符始自隋朝，二帝先後特製並賜予的對象都是留守京師的大
臣，乃代替「銅獸」即虎符的執掌兵權之符。後世演變為佩飾，或稱「隨玉
麟符」〔註6〕。隨，日常貼身佩帶。但是大約因為仍有制度或價值貴重等原因，
佩帶玉麟符應是身份不同尋常的標誌，故宋代曾鞏有七律《人情》詩前四句
云：「人情當面蔽山丘，誰可論心向白頭。天祿閣非真學士，玉麟符是假諸侯。」
（《曾鞏集》卷七）而盧俊義號稱「盧大員外」，「河北三絕，祖居北京人氏；
一身好武藝，棍棒天下無對」，「北京大名府第一等長者」（第六十回），其綽
號「玉麒麟」，主要也就是說他有「假諸侯」的身份了。

但是，《大宋宣和遺事》寫宋江三十六人中盧俊義作「盧進義」，已有此
綽號「玉麒麟」，非後來《水滸傳》所首創。《水滸傳》寫「玉麒麟盧俊義」
的創新之處在於把他作為除宋江外一個最為特殊人物看待，寫百零八人中只
有他的上山，包括了由於他的推重才使宋江最後坐上梁山第一把交椅，是「梁
山泊好漢」從「嘯聚山林」到「瞻依廊廟」（第七十一回）的戰略轉型的一大
關鍵。因此可以認為，盧俊義綽號「玉麒麟」，除為借影於孔子與麒麟的聯繫
之外，還有傚仿《史記》以「《春秋》止於獲麟」為法結束晁蓋死後山寨之主
虛位之局的意思。總之，盧俊義這一物形象也有著深厚的儒家底色。

吳用的出身更接近「儒家」。第十四回寫吳用出場「似秀才打扮，戴一頂
桶子樣抹眉梁頭巾，穿一領皂沿邊麻布寬衫，腰繫一條茶褐鑾帶，下面絲鞋
淨襪，生得眉目清秀，面白鬚長。這人乃是智多星吳用，表字學究，道號加
亮先生，祖貫本鄉人氏」（第十四回），形容酷似「臥龍崗上散淡的人」。吳用
在「智取生辰綱」前對人往往自稱「小生」，自道「如今在一個大財主家做門
館教學」（第十五回），阮氏兄弟則口口聲聲尊他「教授」。使得一條銅鏈。書
中寫應晁蓋之邀出門，「那吳用還至書齋，掛了銅煉在書房裏，分付主人家道：
『學生來時，說道先生今日有干，權放一日假。』拽上書齋門，將鎖鎖了，
同晁蓋，劉唐，到晁家莊上」（第十四回），是個能文能武又有計謀的人，故

〔註6〕吳大澂《古玉圖考·隨玉麟符》引之，並辯《隋書》以為發兵符之誤，「疑隋
制麟符為佩玉，乃當時特賜之符，非常制也」。見〔清〕吳大澂《古玉圖考》，
杜斌注譯，中華書局 2013 年版，第 182 頁。

綽號「智多星」，「表字學究，道號加亮先生」。第六十一回前有《滿庭芳》詞「單道著吳用好處」云：

通天徹地，能文會武，廣交四海豪英。胸藏錦繡，義氣更高明。

瀟灑綸巾野服，笑談將白羽麾兵。聚義處人人膽仰，四海久仰名。

韻度同諸葛，運籌帷幄，殫竭忠誠。有才能冠世，玉柱高擎。

由此可見《水滸傳》故意比照模倣《三國演義》中的諸葛亮寫吳用，最突出其「運籌帷幄，殫竭忠誠」，是「智」與「忠」的典型。書中描寫正是一再彰顯吳用對梁山事業乃至對宋江個人的忠心耿耿，至死靡他。比較魯智深、公孫勝最後各自見機而退，而吳用以身殉宋江之義，顯然「儒家」作爲，而斷非道、釋人物可有的品質，故在「石碣天書」中是僅次於「天魁星呼保義宋江，天罡星玉麒麟盧俊義」的「天機星」，而位居於道教代表人物「天閒星入雲龍公孫勝」之前。從而吳用能與宋江、盧俊義三位一體，共同標誌了《水滸傳》「貫串三教」的「排座次」，不是道或釋在前爲主，而是儒、道、釋以儒打頭、以道、釋濟儒的格局。

三、情節、細節中的「儒家」意識

《水滸傳》基於所寫主要人物形象的「儒家」身份，於情節安排和細節描寫上也多遵循儒家禮節、禮數等，充溢儒家意識，例如筆者曾論其「三而一成」（〔漢〕董仲舒《春秋繁露·官制象天》）的敘事藝術〔註7〕，「五世敘事」的框架〔註8〕等，都與儒家思想意識密切相關等等。但掛一漏萬，所以還可舉出《水滸傳》寫宋江得爲山寨之主的情節以及某些細節描寫對儒家意識的體現。

從情節看，宋江能得爲梁山寨之主，固然因其上山以來的種種貢獻，但在大節目上也由於他能體儒家「以禮讓爲國」的聖教，遵循了儒家禮數即「禮三讓而成一節」（〔漢〕董仲舒《春秋繁露·官制象天》），也就是三國魏王肅所總結的「禮以三爲成」（《禮記·曲禮上》：「卜筮不過三。」孔穎達疏引王肅語）。

這一特點從全書看又分兩層出落。一是梁山寨主先有王倫，後被晁蓋奪了，第三位山寨之主才是宋江。第四十一回寫宋江自江州被梁山泊好漢救上

〔註7〕杜貴晨：《論〈水滸傳〉「三而一成」的敘事藝術》，明清小說研究 2001 年第 3 期。
〔註8〕杜貴晨：《「五世而斬」與古代小說敘事——從〈水滸傳〉到乾隆小說的「五世敘事」模式》，《學術研究》2014 年第 4 期。

梁山之後：

> 晁蓋便請宋江爲山寨之主，坐第一把交椅。宋江那裡肯，便道：
> 「哥哥差矣！感蒙眾位不避刀斧，救拔宋江性命。哥哥原是山寨之
> 主，如何卻讓不才坐？若要堅執如此相讓，宋江情願就死。」晁蓋
> 道：「賢弟如何這般說！當初若不是賢弟擔那血海般干係，救得我等
> 七人性命上山，如何有今日之眾！你正是山寨之恩主。你不坐，誰
> 坐？」宋江道：「仁兄，論年齒，兄長也大十歲。宋江若坐了，豈不
> 自羞。」再三推晁蓋坐了第一位。宋江坐了第二位。

晁蓋知恩圖報，推宋江爲山寨之主，是他比王倫高明之處。但是晁蓋爲人之
量和待宋江之義亦有限，表現在一推之後，不僅無再推，而且臨終遺囑宋江
「若那個捉得射死我的，便叫他做梁山泊主」，等於反悔曾推宋江爲寨主之
意，剝奪了宋江順位繼承山寨之主的權利，從而次生宋江與盧俊義推讓寨主
的敘事

　　即第二個層次的「三而一成」，有三推三讓：第一次第六十二回寫盧俊義
被俘上梁山後：

> 吳用上前說道：「昨奉兄長之命，特令吳某親詣門牆，以賣卜爲
> 由，賺員外上山，共聚大義，一同替天行道。」宋江便請盧員外坐
> 第一把交椅。盧俊義答禮道：「不才無識無能，誤犯虎威，萬死尚輕，
> 何故相戲？」宋江陪笑道：「怎敢相戲！實慕員外威德，如饑如渴。
> 萬望不棄，爲山寨之主。早晚共聽嚴命。」盧俊義回說：「寧就死亡，
> 實難從命。」吳用道：「來日卻又商議。」

第二次是第六十七回寫梁山泊好漢打破大名府，救了盧俊義上山：

> 宋江會集諸將下山迎接，都到忠義堂上。宋江見了盧俊義，納
> 頭便拜。盧俊義慌忙答禮。……當下宋江要盧員外爲尊。盧俊義拜
> 道：「盧某是何等之人，敢爲山寨之主！若得與兄長執鞭墜鐙，願爲
> 一卒，報答救命之恩，實爲萬幸。」宋江再三拜請，盧俊義那裡肯
> 坐。……吳用勸道：「且教盧員外東邊耳房安歇，賓客相待。等日後
> 有功，卻再讓位。」宋江方才歡喜。

第三次是第六十八回寫「盧俊義活捉史文恭」之後：

> 宋江道：「向者晁天王遺言『但有人捉得史文恭者，不揀是誰，
> 便爲梁山泊之主。今日盧員外生擒此賊赴山，祭獻晁兄，報仇雪恨。

> 正當爲尊，不必多說。」盧俊義道：「小弟德薄才疏，怎敢承當此位！若得居末，尚自過分。」宋江道：「非宋某多謙，有三件不如員外處：……尊兄有如此才德，正當爲山寨之主。他時歸順朝廷，建功立業，官爵升遷，能使弟兄們盡生光彩。宋江主張已定，休得推託。」盧俊義恭謙，拜於地下，說道：「兄長枉自多談！盧某寧死實難從命！」

加以眾人反對，宋江只好暫罷道：「你眾人不必多說，我自有個道理，盡天意，看是如何，方才可定。」然後才經過第六十九、七十兩回宋江與盧俊義二人拈鬮打城，宋江勝出並由「石碣天文」宣示，宋江才順應「天意」做了梁山第三位寨主。

總之，無論從全部敘事還是從晁蓋死後的敘事看，宋江得爲梁山寨主都合於儒家「三而一成」之禮。至於其間宋江還多次跪請被俘上山的秦明、關勝、呼延灼、董平等爲「山寨之主」，論者或以其諸多的讓盡屬虛僞，其實不然，乃作者欲以充分顯示宋江遵從孔子「以禮讓爲國」（《論語·里仁》）之道的品質，不惜反覆皴染而已。

從細節描寫看，《水滸傳》多於作者所心儀人物形象塑造上突出其「儒者氣象」。明清評點家對此有所揭示，如第二回（金批本第 1 回）寫「王進夜走延安府」途宿史太公莊，見太公的兒子史進棒法不精，乃對太公道：「既然是宅內小官人，若愛學時，小人點撥他端正，如何？」金聖歎夾批曰：「全是高眼慈心，亦復儒者氣象。」又寫史進挑戰，「王進只是笑，不肯動手。」金聖歎夾批道：「寫王進全是儒者氣象，妙妙。」再寫史進被王進打得「棒丟在一邊，撲地望後倒了。王進連忙撇了棒，向前扶住，一則曰：「又妙，全是儒者氣象。」第九回（金批本第八回）寫「林沖棒打洪教頭」，柴進欲林沖與洪教頭比棒：「柴進道：『林武師，請較量一棒。』林沖道：『大官人休要笑話。』就地也拿了一條棒起來，道：『師父，請教。』」句下金聖歎夾批曰：「儒雅之極。」第六十四回（金批本第六十三回）寫關勝，金聖歎回前評曰「寫大刀處處摹出雲長變相，可謂儒雅之甚」等等，都正確指出了《水滸傳》人物描寫中儒家意識的滲透與規範，使某些人物形象能有「儒者氣象」。

其實，第十九回寫林沖罵「白衣秀士」王倫爲「村野窮儒」「落第腐儒，胸中又沒文學，怎做得山寨之主」云云，言外之意也有崇尚眞正「儒者氣象」的作用，即在作者看來，「儒雅」「儒雅之極」才是《水滸傳》理想「儒家」應有的品質。

四、餘論

《水滸傳》寫人敘事的「儒家」底色當然出於作者的故意，是其自身儒家情懷的自覺體現，並時有流露於字裏行間。

最顯見是《水滸傳》全書《引首》詞起句云：「試看書林隱處，幾多俊逸儒流……」是作者自命爲「儒流」，其書當然遵循儒家的思想原則，表達儒家的思想情感。

其次是《水滸傳》於引首詩用「故宋神宗天子朝中一個名儒，姓邵，諱堯夫，道號康節先生」之作，其後才是道教「誤走妖魔」的「入話」等，即使並非故在表明《水滸傳》敘事融和儒、道而以儒爲引導、爲精神之本源的創作態度，也至少客觀上顯示與作者自爲「儒流」一致的，是《水滸傳》自「名儒」之學流出，《水滸傳》爲儒書之衍義。

還可以提到的是《水滸傳》直接引用或化用有不少儒家言論。如第七十五回「孝當竭力，忠則盡命」（第七十五回）出《千字文》，自《論語》「事父母能竭其力」與「臣事君以忠」兩句化出；第九十八回）「天時不如地利，地利不如人和」出《孟子·公孫丑下》；第九十回「富與貴人之所欲，貧與賤人之所惡」自《孟子·萬章上》「富，人之所欲，富有天下，而不足以解憂；貴，人之所欲，貴爲天子，而不足以解憂」諸句化出；第二回、第四回、第四十四回先後引用《論語·顏淵》載孔子的話「四海之內，皆兄弟也」，等等。其數量不算太多，但作爲一部比《三國演義》更爲通俗的章回小說，能有此多儒家言論的運用也是很值得注意了。

但是，作者包括改定者或於儒家學問不甚精通，或由於疏忽，第九十二回有詩云：「苟圖富貴虎吞虎，僞取功名人殺人。清世不生鄒孟子，就中玄妙許誰論。」李卓吾評曰：「孟子那裏論得玄妙？」可見《水滸傳》雖然崇儒，但作者於儒學修習有限，又「神道設教」，「三教合一」，所以看起來其儒家底色並不十分突出明顯，須特別留意、深入分析才見。儘管如此，《水滸傳》寫人敘事儒家底色的事實不容忽略，其與「替天行道」「忠義」等共同標誌全書儒家思想主導的作用不容低估，以其爲「貶抑儒家」更是完全錯誤的。

二〇一七年十月二十日星期五

《水滸傳》的「血腥描寫」及其文化闡釋

　　本文所謂《水滸傳》的「血腥描寫」是指書中有關食人、虐殺與濫殺行為的描寫。這類描寫文字雖然不多，但是多附著於全書寫得最好的人物和最精彩的情節，血腥暴力，刺目虐心，從而久為多數讀者所詬病，近今甚至成為某些學者以「暴力崇拜」全面否定《水滸傳》一書價值的主要根據〔註1〕，應當予以認真關注和有深入闡釋，以正定是非，促進《水滸傳》與讀者的良性互動。而為了闡釋的方便，先請不避繁冗，略敘《水滸傳》「血腥描寫」的具體內容和近年來由此引發的爭議，然後試分別從歷史與美學的觀點〔註2〕以見《水滸傳》「血腥描寫」的歷史必然性和審美的藝術性，進而探索這類文字在閱讀與接受上的特點與對策

一、《水滸傳》的「血腥描寫」

　　《水滸傳》〔註3〕「血腥描寫」的文字總量不大，但散見於全書，而且多在於寫得最好的前半部和與武松、李逵等幾個重要人物形象有關，所以顯得突出，略敘如下：

　　（一）關於「食人」的，有第二十七回《母夜叉孟州道賣人肉，武都頭十字坡遇張青》寫孫二娘開店孟州道大樹十字坡賣「人肉的饅頭」；第十七回

〔註1〕劉再復《雙典批判——對《水滸傳》和《三國演義》的文化批判》，三聯書店
　　　 2010年版，第43頁。
〔註2〕〔德〕恩格斯《致斐·拉薩爾》，北京大學中文系文藝理論教研室編《馬克思、
　　　 恩格斯、列寧、斯大林論文藝》，人民文學出版社1980版，第101頁。
〔註3〕〔元〕施耐庵、羅貫中《水滸傳》，李永祜點校，中華書局1997版。本文凡
　　　 引此書均據此本，僅隨文說明或括注回次。

《花和尚單打二龍山，青面獸雙奪寶珠寺》寫鄧龍在二龍山、第三十二回《武行者醉打孔亮，錦毛虎義釋宋江》寫燕順、王矮虎在清風山、第三十六回《梁山泊吳用舉戴宗，揭陽嶺宋江逢李俊》寫李俊、李立兄弟在揭陽嶺等，第九十三回《混江龍太湖小結義，宋公明蘇州大會垓》寫費保、倪雲在榆柳莊等，都有試圖取人心肝做「醒酒湯」的描寫。

（二）關於「虐殺」的，有第二十六回《鄆哥大鬧授官廳，武松鬥殺西門慶》寫武松殺潘金蓮祭兄、第四十六回《病關索大鬧翠屏山，拼命三火燒祝家店》寫楊雄殺潘巧雲。

（三）關於「虐殺」並「食人」的，有第四十一回《宋江智取無為軍，張順活捉黃文煩》寫李逵活剮黃文炳，取其心肝做「醒酒湯」；

（四）關於「濫殺」的，有第三十回《張都監血濺鴛鴦樓，武行者夜走蜈蚣嶺》寫武松前後殺張都監手下並家人二十七口，丫頭嬰兒都沒放過；第四十回《梁山泊好漢劫法場，白龍廟英雄小聚義》寫李逵「殺人最多」，「當下去十字街口，不問軍官百姓，殺得橫遍地，血流成渠。推倒顛翻的，不計其數」；第四十五回寫宋江為了拉有恩於梁山的朱全上山入夥，使李逵殺死朱全替上司看護的幼兒小衙內；第五十回寫「李逵正殺得手順，直搶入扈家莊裏，把扈太公一門老幼，盡數殺了，不留一個⋯⋯」第六十二回《放冷箭燕青救主，劫法場石秀跳樓》寫「石秀從樓上跳下來，手舉鋼刀，殺人似砍瓜切菜。走不迭的，殺翻十數個」等。

此外，僅概括提及而沒有具體刻畫的「血腥描寫」，有第四回寫魯智深是「裸形赤體醉魔君，放火殺人花和尚」；第五回寫周通「他是個殺人不斬眼魔君」「吃人心肝的小魔王」；第四十四回有詩說「多食人肉雙睛赤，火眼狻猊是鄧飛」，如此等等。

上述《水滸傳》的「血腥描寫」，雖然主要見於佔據了故事中心的「梁山泊好漢」的相關情節，但是其寫鄧龍、費保等不在「梁山泊好漢」之列的草寇也有此類行徑。可見《水滸傳》的「血腥描寫」並非突出為「梁山泊好漢」的一個特色，而是其所寫時代「綠林」「江湖」人物非正常生存中的一個常態，至少是不罕見的一種行為。只是《水滸傳》重在寫「梁山泊好漢」一百零八個人，所以有關「血腥描寫」體現於「梁山泊好漢」形象者為多。又一百零八個人性格各異，處境不同，所以又以與李逵、武松等形象相關者最多而且突出。這就給了讀者專家對這若干人物形象進而「梁山泊好漢」全夥，更進

而《水滸傳》全書的道德倫理的感受與判斷，造成一定的困惑，更由於某種外部的誘因引出對《水滸傳》的否定與批判。

二、《水滸傳》因「血腥描寫」招致的否定與批判

明清二代，《水滸傳》雖然屢遭禁燬，但是「血腥描寫」並非遭禁燬的主要原因。上世紀五十至七十年代中期，《水滸傳》主要是被作爲「農民起義的史詩」成爲「造反有理」的象徵而受到基本的肯定，影響所及，其所有「血腥描寫」固然沒有被頌揚肯定，但也沒有被指責，大體上是被有意無意地忽略而「寬恕」了。但是，自上世紀八十年代以來，隨著意識形態與社會情勢的變化和《水滸傳》被一次次改編搬上銀屏，其「血腥描寫」的影響無可避免地被不斷放大增長，從而引出對《水滸傳》影視的否定與批判，自然延及對《水滸傳》一書價值與傳播的質疑，近年來甚而被上升到現實社會「維穩」需求方面的考量。這就硬是把《水滸傳》閱讀與研究的一個文學的和學術的問題扭曲放大，製造出了一個《水滸傳》閱讀與傳播的社會政治問題，從而使有關《水滸傳》「血腥描寫」的認知與對待，也就跨在了政治與學術的邊緣，而《水滸傳》研究也似以新的話題形式，又回到了上世紀八十年代之前與政治糾纏不休的境地。上世紀八十年代至今，由《水滸傳》的「血腥描寫」引起對這部書的否定與批判主要有三次：

（一）吳世昌動議禁演《武松》。是 1982 年 2 月 27 日，由山東電視臺拍攝的十八集電視連續劇《武松》在中央電視臺開播的前四天，曾做過政協第四、五屆全國委員，全國人大常委會委員和人大教科文衛委員會副主任委員的著名教育家、紅學家吳世昌致函中央電視臺，認爲：

> 《水滸》這部小說中……最殘暴、最野蠻、最無理的兇殺情節正是武松《血濺鴛鴦樓》這一回。除了他的三個「仇人」蔣門神、張團練、張都監外，他還殺了……十七人。這被殺害的十七人，除夫人外，都是封建社會中受壓迫的「下等人」，而武松自己的出身卻是「都頭」（相當於警察局長），這種故事，也算是「農民革命」嗎？這被殺的十七人，不正是農民的階級弟兄，階級姐妹嗎？宣傳這些兇殺，也是站穩馬列主義的立場嗎？……在《血濺鴛鴦樓》這一故事中，武松宣佈他的殺人哲學是：「殺了一百個，也只一死」……是同一種瘋狂嗜血的殺人哲學嗎？……因此，我緊急動議：立即停止

播映《武松》這類貨色！〔註4〕

（二）劉再復指《水滸傳》等為「中國人的地獄之門」。2010年，長期旅居海外的著名學者劉再復先生出版了所著《雙典批判──對〈水滸傳〉〈三國演義〉的文化批判》一書，基於以上基本相同的事實，指《水滸傳》為「暴力崇拜」，「《水滸傳》反社會的事件中最嚴重的事件，是武松的血洗鴛鴦樓」〔註5〕。《水滸傳》與《三國演義》並為「中國人的地獄之門」，「兩部都是造成心靈災難的壞書」，是中國人的「大災難書」〔註6〕。對此，知名紅學家胥惠民先生著文認為：「我們不能同意這種看法，因為它帶有極左思潮的烙印，就是在十年浩劫中，在四人幫大發淫威、否定一切的時候，也還沒有出現如此徹底否定這兩部偉大作品的人。」〔註7〕而在中國大陸傳統小說研究界，《雙典批判》幾乎受到全體一致的質疑、反駁或漠視。

（三）某委員提議「禁播《水滸》。據《中國經營報》官方微博2014年3月5日報導：「……認為：《水滸》這樣的電視劇應該禁播，戰爭題材的電視劇要有所控制，這些都和暴力相關。《水滸》是舊時代的名著，與我們時代不適應。」消息一經發出，立刻在網絡上引發爭議。有網友認為《水滸》中的一些情節的確過於暴力，即使「不說禁播，起碼要從名著中剔除。這麼一部把殺人狂、無良滅門者、開黑店賣人肉等惡人都歌頌成英雄，還腦補打敗遼國，這種負能量爆棚的（作品）跟其他三大經典並列名著，太褻瀆其他經典了。」更有贊同者認為：「《水滸》中的英雄個個殺人無數，血腥暴力，堪稱恐怖分子中的殺人冠軍軍團，價值觀與現代文明社會的法律相差甚遠。」不過，更多網友反對某委員的意見。例如有網友表示，「《水滸》眾人皆知的四大名著之一，如果禁播，那是不是以後書也變禁書了？這讓傳統中國文學情何以堪？再者，如果《水滸》和時代不符，暴力情節太多，那麼抗日游擊解放那麼多的情節和時代相符嗎？這些都不暴力嗎？代表們能不能關注點實在的問題！」有的網友還指「禁播」的提議是「沒有文化真可怕」。〔註8〕

〔註4〕吳世昌《關於電視劇〈武松〉致中央電視臺函》，《吳世昌全集》第二卷，河北教育出版社2003年版。

〔註5〕《雙典批判──對《水滸傳》和《三國演義》的文化批判》，第43頁。

〔註6〕《雙典批判──對《水滸傳》和《三國演義》的文化批判》，第5頁。

〔註7〕胥惠民《雜談〈水滸傳〉〈三國演義〉的永恒文化價值──兼與劉再復先生商榷》，《廣西師範大學學報》2011年第4期。

〔註8〕《政協委員李海濱稱應禁播〈水滸〉引各方熱議》，觀察者網2014-03-06 12:11:28（http://www.guancha.cn/politics/2014_03_06_211452.shtml？BJJX）

　　以上三次直接或間接地批判與否定《水滸傳》的事件，雖然大都是文化人或以文化的名義提出的，但其出發點和目標卻都不在文學的鑒賞，而在於《水滸傳》對政治特別是現實政治影響的考量。按說他們以抹黑《水滸傳》向政治獻祭的訴求應該受到來自政治方面的優遇，但是不幸得很，第一次的吳先生即使以魯迅先生「救救孩子」的悲憫慷慨陳詞，他的動議也還是沒有被有關方面採納，或根本未加理睬。那一年電視劇《武松》不但繼續播出，而且還獲得 1982 年第三屆「飛天」獎一等獎、中國《大眾電視》「金鷹獎」，事實上是否定了吳先生的動議；第二次的劉再復對「雙典」的批判與否定雖然顯得更「學術」一些，但是也正因為如此，其影響大約只在學術圈內。又明眼人一望可知其否定「雙典」真正的用心並不在學術，而在於通過對「雙典」的否定以質疑上世紀中國經由「暴力革命」以奪取政權的歷史，所以在學術界至今附合者甚少，反駁者多，而在社會上則基本沒有什麼影響，更不可能對《水滸傳》的閱讀與流傳構成真正的威脅。但是，第三次也就是最近一次上述某委員提議的效果就有所不同了。他那被稱為「沒文化」的提議雖然遭到了網絡上多數人的反對，提議者在網友一片反對聲中似乎也感到了某種尷尬，為《水滸傳》辯護的一方好像是勝利了，但是，世人稍有留意就可以發現，自那以後有關「雙典」的影視播放就幾乎見不到了。包括由著名歌唱家劉歡首唱並曾經紅極一時的《水滸傳》電視劇主題曲《好漢歌》，似乎也宣告了曲終人散。

　　由此可見，《水滸傳》在當今的傳播與接受中確實受到了來自政治和道德倫理上嚴峻的挑戰，其所反映的是當下中國文化發展與轉型中一個有關古典名著理解與對待的嚴重困局，應當從黑格爾、恩格斯等所倡導的文學批評歷史的與美學的觀點予以破解和引導。因此，雖然近三十多年來，《水滸傳》被否定、受冷遇的原因非止一端，但「血腥描寫」從來是其遭受批判與否定中最先被舉例強調的幾乎唯一的理由，從而有關《水滸傳》「血腥描寫」的理解與評價，就不能不是當下為《水滸傳》閱讀與流傳解困的第一個題目。

三、《水滸傳》「血腥描寫」的歷史淵源

　　眾所周知，《水滸傳》敘事雖有一定的歷史根據，但是正如金聖歎評說：「《宣和遺事》具載三十六人姓名，可見三十六人是實有。只是七十回中許多事蹟，須知都是作書人憑空造謊出來。」〔註9〕〔這個區分是對的。但是，若

〔註 9〕陳曦鍾、侯忠義、魯玉川輯校《水滸傳會評本（上）》，北京大學出版社 1981 年版，第 524 頁。

作整體的概觀，《水滸傳》雖有某些眞人眞事的基礎，但本質是作者基於現實生活的對歷史的虛構，是一部「七實三虛」都夠不上的小說。從而《水滸傳》的所謂「血腥描寫」與其所寫當時視爲「正能量」的「忠義」因素一樣，都不是一個歷史問題，更不應該成爲當今社會的現實問題，而是一個需要歷史和審美地對待的文學問題。在這個意義上，眞正閱讀需要的，不是簡單地肯定或否定，而是歷史地理解和審美的品味。從歷史的方面看，應該把握以下幾點：

首先，《水滸傳》所寫食人、虐殺與濫殺等本就是中國歷史上存在的一線暗黑傳統。人類的歷史從叢林走向文明，本就是在血與火中前行，從而人類不僅有戰爭的殺戮，還延伸至征服目的以外的對敵人或弱者肉體的「血腥」對待。這類行爲自古以來即未可避免，至今也還看不到完全絕跡的希望，乃人類最大的悲哀。這是古來學者欲無言而又不能不言的事實。即以人「食人」而言，中國的正史、野史記載中因戰爭、饑荒等各種原因所造成的所謂「人相食」「易子而食」等等慘劇幾乎無代無之。所以，魯迅小說《狂人日記》中所說中國的歷史書中密密麻麻寫著「吃人」二字，絕對不僅是比喻誇張的形容，而是自茹毛飲血的時代以降殘酷而眞實的歷史現象〔註 10〕。至於家國復仇的場合，「食肉寢皮」「焚骨揚塵」「壯志饑餐胡虜肉，笑談渴飲匈奴血」等說，雖然現代人多看作是形容甚至誇張了，但是正如「燕山雪花大如席」畢竟也是燕山下雪的，所以也不能不說古代復仇的「食肉」「飲血」確系歷史上曾經發生過的現象。所以，只是由於從來中國的歷史學家與文學家包括通俗小說作家，或如王肅注《論語》「子不語怪、力、亂、神」以爲是「或無益於教化，或所不忍言也」，也就是不願或不忍「睜了眼看」，更不曾把這一「食人」之暗黑傳統的眞相如實寫傳後人，而有意無意地把這一歷史的眞實遮蔽了而已。因此，上述《水滸傳》所寫有限的「食人」情節，充其量是這一暗黑傳統點到爲止的反映。儘管即使如此，現代「文明」的讀者們還可能有所不適，更有人橫生各種各樣的顧慮或枝節，但是不能因此而以《水滸傳》「血腥描寫」的「睜了眼看」，即說了眞話爲缺陷，爲現實社會問題的替罪羊。而應該如實承認，《水滸傳》有限的「血腥描寫」是作者還能夠「睜了眼看」，

〔註 10〕 筆者所知這方面的文獻有〔美〕鄭麒來《中國古代的食人：人吃人行爲透視》，中國社會科學出版社 1994 年版；鄭義《食人宴席》，〔日〕光文社 1993 年版；黃文雄《中國食人史》，〔臺北〕前衛出版社 2005 年版；以及網絡搜索到的還有黃粹涵編《中國食人史料鈔》等。

忠於歷史的一個表現。這正如魯迅先生所說:「《紅樓夢》中的小悲劇,是社會上常有的事,作者又是比較的敢於實寫的,而那結果也並不壞。」〔註11〕反而如果《水滸傳》寫「食人」的場合沒有了相應的文字,或者寫「食人」者有了「君子遠庖廚」的「不忍」之心,那恐怕就太假而「結果」一定不會是好的了。

所以,今存清代以前古代通俗小說雖有千部之多,但是除了《三國演義》中寫了劉安殺妻以供食於劉備而並沒有具體描繪之外,作爲一部比《三國演義》更「下里巴人」的通俗小說《水滸傳》不止一次地寫到中國歷史上的食人、虐殺和濫殺現象,其實是一個驚世駭俗的例外。這類「血腥描寫」在古代被熟視無睹,應該是那時讀者多能認可《水滸傳》的「血腥描寫」爲歷史生活的寫實,但是《水滸傳》因此而受到近今讀者的批判與否定,卻幾乎是這一部書注定的命運。然而,這仍然不能說是《水滸傳》「血腥描寫」的缺陷,而是當今讀者不善讀古典小說的之過。這過錯一方面當然是由於中國自古以來盛行魯迅所抨擊的瞞與騙的文學所養成,然而時至今日,欲揭穿這文學上瞞與騙的歷史,《水滸傳》的「血腥描寫」恰恰成爲了難得的佐證。《水滸傳》以古典現實主義的眞實描寫揭示了中國古代歷史上的這一縉紳先生難言之的暗黑傳統,正可以補充中國古史教育客觀、眞實性之不足,而應該成爲此書被最新發現的一個價值才是,又怎麼可以簡單粗暴地否定了呢!

同樣的道理,《水滸傳》中的「虐殺」與「濫殺」描繪固然也與「食人」描寫一樣令有的讀者不適甚至反感,但是,一方面那在《水滸傳》寫宋江等一百零八人中只是武松、李逵等少數人的行爲,不是「梁山泊好漢」行爲的主流;另一方面是具體來看,包括李逵殺死小衙內在內也有某種《水滸傳》式的正當理由,而並非絕對的無辜(詳後);三是假如《水滸傳》沒有了這些「血腥描寫」,那麼所謂「梁山泊好漢」豈不就與當今影視中有「政策觀念」的「革命隊伍」一樣,沒有了基本歷史形象和性質的差異了嗎?

因此,《水滸傳》有限的「血腥描寫」是其成書歷史上古人生活與情感眞實的反映,也是其作爲江湖俠盜題材歷史小說的一種必然。這種必然即藝術的合理性,可以從明無名氏《〈水滸傳〉一百回文字優劣》開頭的一段話得到啓發和總括的論定。他說:

〔註11〕魯迅《論睁了眼看》,《魯迅全集》(1),人民文學出版社 1981 年版,第 239頁。

世上先有《水滸傳》一部，然後施耐庵、羅貫中借筆墨拈出。
若夫姓某名某，不過劈空捏造，以實其事耳。如世上先有淫婦人，
然後以楊雄之妻、武松之嫂實之；世上先有馬泊六，然後以王婆實
之；世上先有家奴與主母通姦，然後以盧俊義之賈氏、李固實之。
若管營，若差撥、若董超，若薛霸，若富安，若陸謙，情狀逼真，
笑語欲活。非世上先有是事，即令文人面壁九年，嘔血十石，亦何
能至此哉？亦何能至此哉？此《水滸傳》之所以與天地相終始也與？
〔註12〕

四、《水滸傳》「血腥描寫」的文化淵源

《水滸傳》「血腥描寫」在藝術上的合理性，不僅表現在有關具體描寫在
其當下的合理性及其與上下文銜接上的一氣貫通，而更主要的是從全書主體
思想與總體構思的大處看，這類描寫是《水滸傳》文本總體構思合乎藝術規
律的自然展開的結果，有深刻的文化淵源。

首先，《水滸傳》的「血腥描寫」是受道家——道教思想特別是《莊子》
中「盜跖」形象影響的結果。《水滸傳》以「忠義」為歸是儒家思想，而寫「梁
山泊好漢」在人間的身份，雖然可以是「吳學究綸巾羽扇，公孫勝鶴氅道袍，
魯智深烈火僧衣，武行者香皂直裰」（第八十二回）等等的各色混雜，但其原
本都是被洪太尉從道教祖庭江西龍虎山「伏魔之殿」所謂「誤走」，而由九天
玄女教導護祐下世歷劫的群魔，乃「天罡地煞」之星臨凡。這一基本的設定，
一方面表明《水滸傳》之儒、釋、道三教並尊，另一方面也表明《水滸傳》
雖以儒家「忠義」為旨歸，但同時以為「忠義」之旨的實現必有道、釋二氏、
尤其是道教的配合。因此，道家思想與道教（神仙）法術是《水滸傳》具體
描寫的靈魂與情節發展的重要支撐。我們看《水滸傳》寫戰爭，一到無奈處，
就是公孫勝施展法術，就可以想見其描寫在思想上受道家——道教觀念影響
匪淺匪微。進而就《水滸傳》的「血腥描寫」，應該注意到的是其受《莊子》
敘事與思想影響的淵源。具體說即上述《水滸傳》能有直面歷史的「血腥描
寫」，應直接《莊子·雜篇·盜跖》的敘事傳統。按《盜跖》載「孔子與柳下
季為友，柳下季之弟，名曰盜跖。盜跖從卒九千人，橫行天下，侵暴諸侯。」

〔註12〕〔明〕無名氏《〈水滸傳〉一百回文字優劣》，朱一玄、劉毓忱編《水滸傳資
料彙編》，百花文藝出版社 1981 年版。

柳下季即春秋時魯國那位「坐懷不亂」的著名賢者柳下惠,本姓展。其弟盜跖相傳原名展雄,為大盜;一說跖為黃帝時大盜。而《宋史》載「宋江以三十六人橫行河朔、京東,官軍數萬,無敢抗者」(《宋史·侯蒙傳》);又宋李若水《捕盜偶成》詩云:「去年宋江起山東,白晝橫戈犯城郭。殺人紛紛剪草如,九重聞之慘不樂。」《水滸傳》的作者(或寫定者)必熟悉有關盜跖與宋江的這些文獻,必因就宋江這一歷史人物的虛構描寫而能夠想到同是在魯國一帶橫行無忌的上古之盜跖。從而接下來讀《盜跖》又載孔子「往見盜跖。盜跖乃方休卒徒太山之陽,膾人肝而餔之」的記載,和《史記·伯夷列傳》也載:「盜跖日殺不辜,肝人之肉,暴戾恣睢,聚黨數千人橫行天下,竟以壽終。」等,就不能不認為上述《水滸傳》的「血腥描寫」,正是盜跖之風和《盜跖》記事的一脈相傳。這也就是說,《水滸傳》的「血腥描寫」既在一定程度上是歷史的寫實,又是融鑄其所習道家文獻——具體說是《莊子》一書敘事傳統流為小說敘事的體現。

其次,《水滸傳》的「血腥描寫」是其所寫一百零八人本為「妖魔」特徵的應有體現。從《水滸傳》一百回的總體框架看,《水滸傳》決不是寫「農民起義」或「英雄傳奇」的書,而是一部寫北宋王朝「年衰鬼弄人」所發生的「妖魔」轉世——替天行道——歷劫歸神的小說。這一定性既是從第一回寫「張天師祈禳瘟疫,洪太尉誤走妖魔」和第一百回寫「宋公明神聚蓼兒窪,徽宗帝夢遊梁山泊」敘事首尾的照應可以看得出來,更是從第四十二回寫「還道村受三卷天書,宋公明遇九天玄女」明確定位宋江為「星主」,說他是「魔心未斷,道行未完,暫罰下方」經受鍛鍊和考驗的「妖魔」首領得到證明。從而因宋江等一百零八人本為「妖魔」轉世之故,一再發生於這些人身上的食人、虐殺、濫殺等「血腥」行為,除了具體情景之下的自然而然之外,更在深層次上都是其前世之「魔心未斷」的表現,乃其作為謫世「妖魔」之底色綻露使然,不足為異。如果今人只是讀了《水滸傳》中「梁山泊好漢」五個字,又機械地對號其為某個時期教科書粉飾過的歷史上的「農民起義」,以為處處都該是一副合乎現代標準的「義」軍,從而把偶見於武松、李逵等少數「梁山泊好漢」形象的「血腥描寫」視為思想與藝術上的缺陷或不和諧因素,那就大謬不然了。《水滸傳》寫宋江等一百零八人既是「妖魔」轉世,那麼他們就不可能一出世就是「完人」,就需要有一個歷世轉變的過程。事實上從第四十二回寫九天玄女對宋江的教導,就可以知道宋江等下世歷劫的「替

天行道」，在他們自身卻是一個由「魔」而「道」的修行過程。從而正如書中所寫，發生在這些人物身上的食人、虐殺、濫殺等行徑也是一個先後逐漸減少而終至於無的過程，就可以知道《水滸傳》前後「血腥描寫」的從有到無，其實是人物由「魔」而「神」之「成長」的標誌，乃《水滸傳》敘事寫人總體構思合乎邏輯的體現。

第三，《水滸傳》的「血腥描寫」是「梁山泊好漢」中部分人物賦性的必然體現。《水滸傳》寫宋江等一百零八人作為下世歷劫的「妖魔」，綽號多「龍」「蛟」「虎」「豹」「蛇」「蠍」等等，就表示了這一班人中可能有食人、虐殺、濫殺的行徑。因此，儘管如宋江有怒殺閻婆惜和參與分食人（黃文炳）的行徑並不與其綽號「呼保義」有意義上的照應，而武松殺嫂的狠毒也與其綽號「行者」了無關係，但就總體而言，在這一本為轉世「妖魔」而頗多以野獸猛禽、魔鬼蛇蠍為象徵的群體中有上述「血腥描寫」的表現，是再自然不過的了。反而《水滸傳》若寫這樣一個群體人物個個心慈面軟，舉止溫雅，那還是什麼「梁山泊賊寇」？還是什麼「綠林」和「江湖」的世界？雖然如此，包括宋江在內，梁山泊好漢多數人都沒有也不贊成「血腥」行為。即如宋江，雖然已如上述與「血腥」有染，但他對待人命基本的態度還是有底線、有原則的。如第五十回寫李逵把「扈太公一門老幼，盡數殺了，不留一個」，宋江就責備他道：「前日扈成已來投降，誰教他殺了此人？如何燒了他莊院？」又喝道：「你這廝，誰叫你去來！你也須知扈成前日牽牛擔酒，前來投降了。如何不聽得我的言語，擅自去殺他一家，故違了我的將令？」雖然這既已無補於扈太公一家，也並不可能使李逵有任何改變，但是畢竟使宋江和梁山泊好漢大多數人與「血腥」行為劃清了界限，實際也表示了《水滸傳》對「血腥」行為的否定。這是觀察評價《水滸傳》「血腥描寫」絕不可以忽略的。

第四，《水滸傳》的「血腥描寫」還是某些人物宿命的作為。這從書中為某些人物設定的「星座」可以得到進一步驗證。如武松、李逵之多有虐殺或濫殺的行為，似乎損害他們「好漢」的形象，更似乎有悖於人道的精神，其實正是《水滸傳》「石碣天文」以李逵為「天殺星」、武松為「天傷星」的宿命使然，乃其各自作為「魔心未斷」的「天煞星」下世性格命運中與「忠義」相反相成的有機因素。否則，「梁山泊好漢」一百零八人，為什麼不是其他人，而只有武松、李逵等少數幾個人最為「冷血」呢？其實，第五十二回寫羅真人已對戴宗道出李逵嗜殺成性的宿命，即「這人是上界天殺星之數」。讀者只

要由此設想開去，就不難明白《水滸傳》寫「梁山泊好漢」食人也罷，所謂虐殺女性和濫殺無辜也罷，都是包括武松、李逵、楊雄等人在內的這夥「殺人奪貨」之徒命由天定的一部分，乃《水滸傳》人物形象塑造合乎邏輯的發展。

　　第五，《水滸傳》的「血腥描寫」是全書寫宋江等一百零八人「替天行道」的應有之義。《水滸傳》寫宋江率一百零八人上奉九天玄女所傳「玉帝」鈞旨「替天行道」，雖然「專以忠義爲主」（第六十四回等），但是正如《老子》所說：「天之道，其猶張弓與！高者抑之，下者舉之，有餘者損之，不足者與之。天之道，損有餘而補不足。」「天地不仁，以萬物爲芻狗；聖人不仁，以百姓爲芻狗」。所以，《水滸傳》雖曰「忠義」，書中也一再寫宋江「專以忠義爲主」，但「忠義」並非宋江等「替天行道」的全部，而還擔負有「高者下之」和「損有餘」的責任。所以，宋江等「梁山泊好漢」既是「以忠義爲主，全施恩德於民」，又要「哄動宋國乾坤，鬧遍趙家社稷」（《引首》），「禪杖打開危險路，戒刀殺盡不平人」（第二回）。從而「忠義」與「殺人」不啻是「梁山泊好漢」們「替天行道」的一個硬幣的兩面。書中寫阮小五歌唱所謂「酷吏贓官都殺盡，忠心報答趙官家」（第十九回），即後人所謂「反貪官，不反皇帝」，就正是把「殺人」與「忠義」二者統一了起來。今人雖尊重生命，以生命爲最高價值，但也絕不至於反對「梁山泊好漢」們「殺盡不平人」和「酷吏贓官都殺盡」，但是，若只是片面地想著《水滸傳》寫宋江等「替天行道」是「以忠義爲主，全施恩德於民」，那就容易誤會以爲如李逵、武松等「梁山泊好漢」的「殺人」，有時是可以少殺或不殺的了。其實不然，宋江等在「全施恩德於民」的同時，「殺盡不平人」和「酷吏贓官都殺盡」正是「替天行道」另一面的責任即代行「天罰」，其中也包括所謂武松、李逵之「虐殺」或「濫殺」。從「替天行道」的高度看，這一類的殺戮雖出其人之手，卻非其人之罪，乃「天道」假手於二人殺之，即「天殺」「天傷」。第五十二回寫羅眞人論李逵就說過：「貧道已知這人是上界天殺星之數，爲是下土眾生，作業太重，故罰他下來殺戮。」由此可知，所謂李逵的「濫殺」，其實是「替天行道」，而「下土眾生」看來無辜的被殺，其實由於各種讀者莫名其妙的「作業太重」！江州法場的「看客」和朱全所看顧的天眞兒童小衙內就屬於此類。他們的死，主要不是因爲一般所說的有罪，而是由於各自的宿命，即《詩經》所謂「天實爲之，謂之何哉」！（《北門》）。諸如此類文字，讀者只有從古人以「宿命」

作解的角度，才可能有如書中所寫羅眞人給予李逵的諒解與寬恕。

第六，《水滸傳》的「血腥描寫」是其寫宋江等「盜亦有道」的一個方面。《莊子·胠篋》曰：「跖之徒問於跖曰：『盜亦有道乎？』跖曰：『何適而無有道邪？夫妄意室中之藏，聖也；入先，勇也；出後，義也；知可否，知也；分均，仁也。五者不備，而能成大盜者，天下未之有也。』」《水滸傳》寫宋江、李逵、武松等人之「血腥描寫」也正是如此。然而宋、李、武等所爲「血腥描寫」的「道」又是什麼呢？答曰一是相對於宋江所說「朝廷不明，縱容姦臣當道」云云的「天下無道」，宋江等人奉「上帝」之旨下世「替天行道」，雖「以忠義爲主，全施恩德於民」，但是並無政治的手段，就只好訴諸武力，所謂「戒刀殺盡不平人」和「酷吏贓官都殺盡」，甚至正是實現其「忠義」的主要手段，乃亟須張揚之絕對不可避免之事；二是凡有嫌於「虐殺」「濫殺」等「血腥描寫」的行爲無非出於報仇雪恨和斬草除根。如武松殺潘金蓮和鬥殺西門慶，「當下武松對四家鄰捨道：『小人因與哥哥報仇雪恨，犯罪正當其理，雖死而不怨。』」（第二十六回）李逵割食黃文炳是奉晁蓋之命替宋江「消這怨氣」，「報了冤仇」（第四十一回）；林沖殺陸虞侯等，「喝道：『潑賊！我自來又和你無甚麼冤仇，你如何這等害我！正是殺人可恕，情理難容！』」（第十回）楊雄殺巧雲，「……指著罵道：『你這賊賤人！我一時誤聽不明，險些被你瞞過了！一者壞了我兄弟情分，二乃久後必然被你害了性命……』」而先殺丫環迎兒之時，「石秀把迎兒的首飾也去了，遞過刀來，說道：『哥哥，這個小賤人留他做甚麼！一發斬草除根！』楊雄應道：『果然！兄弟把刀來，我自動手！』」（第四十六回）乃至名不在梁山好漢之數的鄧龍手下人拿到了魯智深，也大叫：「解上山來，且取這廝的心肝來做下酒，消我這點冤仇之恨。」（第十七回）都是把「食人」「虐殺」「濫殺」等作爲報復的手段；三是出於生理的需要，即書中不止一次出現的用心肝做「醒酒湯」（第三十二回等）；四是圖財害命以維持生計，如孫二娘、李俊、李立兄弟做「人肉饅頭」的黑店。然而即使圖財害命做「人肉饅頭」，張青夫婦的「十字坡」店裏也有「三等人不可壞他」（第二十七回），等等。由此可知，《水滸傳》「血腥描寫」的存在決非爲了宣揚鼓吹血腥與暴力，而是古代江湖「叢林法則」極致的寫實。這在當時的市井也幾乎如此。我們看王婆啜使西門慶給武大下毒也是說：「可知好哩。這是斬草除根，萌芽不發；若是斬草不除根，春來萌芽再發！官人便去取些砒霜來，我自教娘子下手。」（第二十四回）就可以知道今天讀者以

和平時代仁慈之目視以爲「虐殺」「濫殺」的現象，實乃出於古代亂世江湖生存競爭的一種普遍心態，只不過在「梁山泊好漢」那裡更趨極端罷了。

這裡還要特別說一下《水滸傳》第三十九回寫「梁山泊好漢劫法場」中李逵的「濫殺」，「看客」並非完全無辜。這是因爲官府殺宋江示眾，既以對被殺者極盡震懾，又是以儆效尤。在這種情況下，如果不能主張正義，盡力施救，那麼無奈的沉默就已經是對官府殺害宋江的默許，而圍觀則是對殺人行爲的縱容甚至贊助，事實上有站到殺人者的一邊的嫌疑了。這樣的「看客」正是吃「人血饅頭」的一類，其「排頭」的吃李逵「一斧一個⋯⋯砍將去」，即使不說該死，也是自己找死，並不值得讀者有太多的同情。至於「小衙內」之被李逵所殺，雖誠極可憐，但是這只要讀一下黃宗羲《原君》所說：「昔人願世世無生帝王家，而毅宗之語公主，亦曰：『若何爲生我家！』」就大體可以釋然了。

五、《水滸傳》「血腥描寫」的閱讀與接受

《水滸傳》一書版本複雜，自原作至今見諸本，數百年演化，不知有幾多增刪，幾多改竄，但是其文中上論所謂「血腥描寫」，從版本進化的觀點看當是很早就有了的，卻又從不曾被剔除過，甚至不曾見歷史上有過剔除這些描寫的訴求。至今《水滸傳》無數次再版，也不曾有過除「少兒不宜」情況下任何這方面的刪節。可見《水滸傳》的「血腥描寫」，有使今天讀者感到不適甚至反感的確是一個需要正視和解決的問題，但是這些文字在書中有其存在的合理性，和對讀者不構成眞正的危害，也都不容置疑，當然也就沒有影響到其正常的傳播。但是，畢竟如吳世昌等先生的顧慮也不完全是無因而至。所以，有關《水滸傳》中「血腥描寫」的閱讀與接受，也還是要有不同於一般的特殊對待。也就是怎樣才能幫助讀者，從這部分描寫的理解與鑒賞獲得與整體閱讀一致的美感。結合於以上的論述，筆者以爲欲達此目的，《水滸傳》「血腥描寫」部分的閱讀與接受，應該注重從以下四個方面來看：

（一）從全書看，就是把《水滸傳》「血腥描寫」放在全書的總體構思中，與全書主題或曰作者的命意統一來看，而不是孤立地就該「血腥描寫」作道德或藝術的評論，才能夠斟酌有度，褒貶得當。因爲僅僅從對個體生命的敬畏孤立來看，任何「血腥描寫」都足以造成對相關「梁山泊好漢」的形象道德上的強烈質疑甚至否定，更是與一般認爲的「英雄」人格難以對接。但是，若如上論從全書看，如實以《水滸傳》作者所謂「梁山泊好漢」，本就是「洪

太尉誤走妖魔」釋放出來的一夥「稟性生來要殺人」（第十八回阮小七唱詩）、「專好殺人」（第七十七回說魯智深）、「好殺人的漢子」（第九十二回說李逵），那麼《水滸傳》的「血腥描寫」實在是就如西方小說寫談戀愛必然要寫到接吻甚至上床一樣地自然而然，不僅不足爲怪，而且順理成章，是其作爲一部寫「綠林」「江湖」題材小說應有可有和必有之內容。而且事實上《水滸傳》的「血腥描寫」在其當下的情境和上下文的銜接中，也都做到了張弛有度，「大略如行雲流水……常行於所當行，止於所不可不止」（蘇軾語），而絕非故爲渲染之辭。這裡就不細說了。

（二）從全人看，就是把《水滸傳》的「血腥描寫」放在相關人物形象的整體考察，看其與人物性格是否兼容和諧，而共同指向某一特定圓滿自足的性格。以李逵論，上引《水滸傳》寫羅眞人說破李逵「這人是上界天殺星之數」云云之前，戴宗就已經向羅眞人說了李逵的許多好話：

> 戴宗告道：「眞人不知，這李逵雖是愚蠢，不省禮法，也有些小好處：第一，鯁直；第二，不會阿諂於人，雖死其忠不改，第三，並無淫欲邪心，貪財背義，勇敢當先。因此宋公明甚是愛他。不爭沒了這個人回去，教小可難見兄長宋公明之面。」羅眞人笑道：「貧道己知這人是上界天殺星之數……吾亦安肯逆天，壞了此人？只是磨他一會，我叫取來還你。」

由此可見不僅戴宗，而且羅眞人的不肯「壞了此人」，雖曰順天，實亦應人，客觀上等於承認了戴宗所說李逵的「小好處」。這給我們一個啓發，就是讀《水滸傳》如果能夠不拘於魯迅先生以《紅樓夢》之前小說「敘好人完全是好，壞人完全是壞」〔註13〕的武斷，如實看到《水滸傳》寫宋江等一百零八人都不同程度和特點地是後世《紅樓夢》中所說「正邪兩賦之人」（第二回），那麼一切所謂「血腥描寫」的問題也就容易有同情之理解了。事實上早在三百年前，金聖歎評《水滸傳》論及武松就已經是這樣看了。他說：

> 上文寫武松殺人如菅，眞是血濺墨缸，腥風透筆矣。入此回，忽然就兩個公人上，三翻四落寫出一片菩薩心胸，一若天下之大仁大慈，又未有仁慈過於武松也者，於是上文屍腥血跡洗刷淨盡矣。蓋作者正當寫武二時，胸中眞是出格擬就一位天人，憑空落筆，喜

〔註13〕魯迅《中國小說的歷史的變遷》，《中國小說史略》，人民文學出版社 1973 年版，第 306 頁。

則風霏露灑，怒則鞭雷叱霆，無可無不可，不期然而然。〔註14〕

　　從歷史的背景看，也就是如實以《水滸傳》為古人為其當時人所寫關於古代亂世「綠林」「江湖」等非正常社會生活的一部小說，看到所寫社會政治的現實是昏君在上，姦臣當道，法紀蕩然，人們可寄希望以主持公道的，既沒有明君，又無得力的清官，剩下就只有宋江等由「妖魔」轉世的一百零八個「梁山泊好漢」來「殺盡不平人」和「酷吏贓官」了。然而這些人又哪裏可能都時刻講得「政策」與「分寸」？兼之亡命天涯，生死之際，從而有的只是「任性」。所以李逵是「專一路見不平，好打強漢」（第三十八回），武松說：「憑著我胸中本事，平生只是打天下硬漢、不明道德的人」（第二十九回），從而有相關「血腥描寫」的文字，就是很容易理解的了。況且「綠林」「江湖」本是「叢林法則」的世界，我們看第二十八回寫武松與張青「兩個又說些江湖上好漢的勾當，卻是殺人放火的事。兩個公人聽得，驚得呆了，只是下拜」，就不能不想到武松因江湖兇險，對經多見廣的「公人」尚且要說些安撫的話，就可以知道那時所謂「江湖上好漢的勾當」，其實無非「殺人放火」，快意恩仇，哪裏還會有如今讀者自幼受教育養成的道德、倫理上種種的計較？因此，《水滸傳》作為一部寫「綠林」與「江湖」豪俠的古代小說，有些許今天所謂「血腥描寫」，實已相當節制。這應該是《水滸傳》作者畢竟全神貫注於「忠義」二字，而於彼等「殺人放火」處不忍細緻描繪。若不然，則連篇累牘，比比皆是矣！而今之讀者與其責難古人不知隱晦，反不如以平常心面對《水滸傳》所寫古代社會「負面」的真實，認可《水滸傳》的「血腥描寫」實屬中國歷史上暗黑血腥一頁的留證，有無可替代的歷史文獻價值。至於今人閱讀或有不適的感受，更不必由生當數百年前之《水滸傳》作者或寫定者負責，而只有通過提高今人閱讀欣賞的水平得到解決。簡單地以今範古，甚至斥以「中國人的地獄之門」一類暴力相向的毒舌語言，根本不是什麼真正的學術研究。而且此例一開，必使已經走向墮落的學術風氣雪上加霜，否定者被後來人否定的日子也就不會太遠了！

　　（四）從敘事的情勢看，也就是從具體描寫的本身及其與上下文情節的聯繫看其是否自然而然，不得不然，還是故為渲染，或畫蛇添足。以第三十一回寫「張都監血濺鴛鴦樓」為例，看官只要著眼武松如何被蔣門神通過張

〔註14〕魯迅《論睜了眼看》，《魯迅全集》（1），人民文學出版社 1981 年版，第 524 頁。

團練買通張都監陷害，並一而再、再而三地加害，使武松多次瀕臨死地，就可以理解武松對張都監等之仇恨累累，無以復加。所以，武松的報復也就殺人不止，恨恨連聲：一是殺了四個防送公人之後說：「雖然殺了這四個賊男女，不殺得張都監、張團練、蔣門神，如何出得這口恨氣！」二是殺了二張一蔣之後說：「我方才心滿意足！走了罷休！」三是在連夜出城後又補一句說：「這口鳥氣，今日方才出得松榞……」三復寫武松之「殺人如菅」，皆因「這口恨氣」。可知《水滸傳》寫武松殺人之似乎「濫」，皆由於其屢遭暗算中一再被催生而又極度受壓抑的「恨氣」。如果不是蔣門神、張團練、張都監等對武松的累累加害，追殺不已，則武松實未必出此辣手，再說也沒有了「血濺鴛鴦樓」的空間與機會。而正是由於前此的累累追殺，使武松最後報復的「殺人如菅」有了合理的基礎，成爲非如此不是好漢的節奏。至於丫頭、養娘與懷抱中嬰兒都不能幸免，則一面是所謂「覆巢之下，焉有完卵」，一面是江湖復仇所謂「斬草除根」〔註15〕。其實，武松何嘗不仁？又何嘗嗜殺？我們看在張青店裏，武松對兩個防送公人說：「難得你兩個送我到這裡了，終不成有害你之心。我等江湖上好漢們說話，你休要吃驚。我們並不肯害爲善的人。你只顧吃酒，明日到孟州時，自有相謝。」出語是何等溫厚慈祥！就可以知道武松前此之「殺人如菅」，雖有其性格上剛烈的原因，但更是自「快活林」「醉打蔣門神」積漸而來的「恨氣」使然，又情勢所迫，乃不得不然而然。

　　綜合以上述論，《水滸傳》中包括食人、虐殺與濫殺等在內的所謂「血腥描寫」，其實與可以稱之爲「正面因素」的內容一樣，既是中國古代歷史眞實一面的反映，又是其託爲神魔轉世故事總體構思和人物形象塑造應有可有從而必有之事，是《水滸傳》敘事寫人藝術初步走出「敘好人完全是好，壞人完全是壞」的幼稚與蒙昧，向著更高級階段演進的創新之舉。讀者只要能從歷史與美學的觀點和全書、全人及具體情勢的深入分析，就完全可以對《水滸傳》的「血腥描寫」有同情的理解，而獲至一種唯《水滸傳》才有之異樣古典之美或可謂「暴力美學」的享受，閱讀的不適或反感或根本不會產生，或有之而易於緩解以至於消除了。至於某人所謂《水滸傳》「血腥描寫」是「宣

〔註15〕　「斬草除根」一詞在《水滸傳》中至少五回書中出現了五次，且不限於「梁山好漢」，亦不限於有罪或無辜。如第四十六回寫楊雄殺妻，「石秀也把迎兒的首飾都去了，遞過刀來說道：『哥哥，這個小賤人留他做什麼，一發斬草除根。』楊雄應道：『果然。兄弟，把刀來，我自動手。』」可見此種情境下的「斬草除根」是古人處事不留後患的原則，而不是故爲濫殺。

揚暴力」，與《三國演義》並為「中國人的地獄之門」，「壞書」「大災難書」云云的指責，其意實不在「雙典」的評論，更不是文學的探討，而是打了「文化批判」的旗號，委曲以寄其政治的訴求。這裡姑不論其訴求的是非，而單說其「明修棧道，暗渡陳倉」的表達，就確鑿不像一個好漢，儘管亦不害其為一個肯用心的讀書人。至於動議「禁播」諸公，則杞人憂天或不善讀書之過也。其一再有發聲和至今似乎已經發生的影響，表明《水滸傳》閱讀與傳播的環境和條件已經和正在發生變化，需要有與時俱進的關於《水滸傳》乃至其他古典小說的研究與批評出來，以扶正糾謬，探幽燭隱，引導構建名著閱讀與傳播的「新常態」。

（原載《河北學刊》2008 年第 1 期）

「與國家出力」──《水滸傳》是「忠義」「護國」之書

　　《水滸傳》在明清被屢遭禁燬，自有某些當時政治上看得見的表面上的理由。即近代「戊戌變法」的領袖之一、後來又是倡爲「小說界革命」的第一人梁啓超先生也認爲的：「今我國民綠林豪傑，遍地皆是，日日桃園之拜，處處梁山之盟……遂成哥老、大刀等會，卒至有如義和拳者起，淪陷京國，啓召外戎，曰：惟小說之故。」此論雖在近百年來並沒有對《水滸傳》的流傳產生大的干擾，但是其潛在影響並未絕跡。從而有近來學者以《水滸傳》與《三國演義》爲「中國人的地獄之門」，還有人提議禁演《水滸傳》（指電視劇），實以《水滸傳》寫「梁山泊好漢」殺人越貨，占山結寨，大敗官軍，易啓劫盜之心，不軌之行，有害於維穩治平。這看來不無道理，其實是皮相之論，迂執之見。《水滸傳》全名一稱「忠義水滸傳」，乃一部「忠義」「護國」之書。而「與國家出力」是《水滸傳》一書的最強烈訴求！

　　《水滸傳》的「忠義」與「護國」，首先表現在「反貪官，不反皇帝」。《水滸傳》「反貪官，不反皇帝」是近百年來學界共識。因爲「反貪官」之故，事情發展到梁山多有與官軍作戰並戰而勝之，這就看起來似「造反」有「倡亂」的可能。但是，宋江等在梁山實是「暫居水泊，專待朝廷招安，盡忠竭力報國」（第五十六回），是有反跡而無反心。這一點書中反覆點明，以致菊花會上武松對宋江叫道：「今日也要招安，明日也要招安去，冷了弟兄們的心！」（第七十一回）所以，本來可以「招安」解決的問題，卻一定要大軍圍剿。從而圍剿梁山雖以官軍的名義，實際卻是貪官蠱惑皇帝的亂作爲。而梁山的

反圍剿，對敵雖是官軍，實質卻是造「貪官」的反。貪官是皇權的蛀蟲，政治的內敵。因此，《水滸傳》「反貪官，不反皇帝」，就不僅是「不反」，而且是民間江湖方式的「清君側」，是真正的忠君。請問除卻弱智與腦殘，世間有以「不反皇帝」為「造反」和「倡亂」的嗎？固然，《水滸傳》確實也寫有李逵曾聲言「殺去東京，奪了鳥位」，但是這話也正是當即被戴宗斥為「胡說」，即作者所不取。而真正的貧苦漁農阮小五所唱「酷吏贓官都殺盡，忠心報答趙官家」，才是作者也就是宋江等絕大多數「梁山泊好漢」的心裏話。這些人的目標都是如戴宗所說：「只等朝廷招安了，早晚都做個官人。」

其次，李逵等少數人除外，宋江等絕大多數「梁山泊好漢」一直是以上梁山為負「罪」在逃，以待罪梁山之身如葵花向陽，時刻準備「歸順朝廷」。《水滸傳》寫宋江從來不敢也沒有承認過自己「造反」。反而是他在「殺惜」以後，不僅幾乎逢人便說「我是個犯罪的人」一類話頭，他不得已上梁山後所做的一切都是為了爭取自己以至梁山全夥受「招安」。這種反叛朝廷的「負罪感」在梁山並非宋江獨有，而是包括「恐託膽稱王」的晁蓋在內，多數頭領共同的心理，並程度不同地都有如宋江「借得山東煙水寨，來買鳳城春色」之想頭。從而宋江等「梁山泊好漢」有反跡而無反心，是身在綠林而心存魏闕的「忠臣」。《水滸傳》不以跡而以心，肯定這些人為「忠義」，就是要為朝廷與梁山之間尋求共識，達至「招安」的妥協。「招安」既可以使朝廷兵不血刃，化盜為良，平治天下，又給宋江等「與國家出力」，「去邊上一槍一刀，博得個封妻蔭子，久後青史上留得一個好名」的機會，《水滸傳》為封建王朝末世資治之用心，何其良苦也！

第三，宋江等多數「梁山泊好漢」「歸順朝廷」，是為了「與國家出力」。《水滸傳》寫阮氏兄弟、李逵等在梁山「論秤分金銀，異樣穿綢錦；成甕吃酒，大塊吃肉，如何不快活」，但那不是宋江等為首多數頭領的追求。宋江本人曾執意不上梁山，不得已而上山並終於坐上第一把交椅後，他的作用實有似於運籌「梁山泊好漢」「歸順朝廷」的一個「臥底」之人。這期間宋江自道或他人稱道宋江的，除「替天行道」和「忠義」之外，最多就是要「與國家出力」。受「招安」後「征遼」以攘外，「平方臘」以安內，就是宋江等「與國家出力」夙願的實現。這樣一位宋江，魯迅先生從反封建的立場說他「終於是奴才」固然切中要害，但是以此反觀明清兩代朝廷視《水滸傳》為「倡亂」「妖書」必欲禁絕而後快，豈非看朱成碧，連夢遊梁山泊的宋徽宗的那點

覺悟也沒有了嗎？！

　　最後，宋江「與國家出力」而終為「忠義之烈」，是「專圖報國」之忠君「護國」的典型。明代李贄《忠義水滸傳序》中說：「水滸之眾，皆大力大賢、有忠有義之人可也。然未有忠義如宋公明者也……獨宋公明者，身居水滸之中，心在朝廷之上，一意招安，專圖報國，卒至於犯大難，成大功，服毒自縊，同死而不辭。則忠義之烈也，真足以服一百單八人者之心，故能結義梁山，為一百單八人之主。」誠為中肯之言。讀者倘不囿於先入之成見，當知《水滸傳》所寫宋江，自始就一直在苦苦尋求一條「與國家出力」的道路。所以，在梁山他把「聚義廳」改為「忠義堂」，念念不忘「招安」，等於把有可能「稱王」的梁山大寨改作了「盼天王降詔早招安」的道場；「招安」後下梁山，他立即把表明「忠義」的「替天行道」的旗幟改換成為「順天」「護國」兩面大旗，亮出《水滸傳》「替天行道忠義」的最高訴求是「護國」。而全書結末寫宋江受鴆毒而死，臨終遺言「寧肯朝廷負我，我忠心不負朝廷」，則蓋棺定論他實如岳飛是「忠義之烈」，一位「專圖報國」之忠君「護國」的典型。

　　總之，《水滸傳》一部古代的大書，儘管思想內容複雜甚至有自相矛盾處，但在政治倫理上，它主要是一部褒揚「忠義」，鼓勵「專圖報國」「與國家出力」的「忠義」「護國」之書，一部真心資治於封建朝廷治平維穩之書。以宋江為首的「梁山泊好漢」，雖在性格與行為上有種種過失與缺陷，包括對朝廷某種程度上的怨懟，但是總體不失為一群真心報國、迂迴盡忠的「大力大賢」。只是由於明清兩代朝廷既乏政治上的識鑒，又無文化上的寬容，遂誤以《水滸傳》為「倡亂」之禍端，必欲拉雜摧燒之而後快。此真愚蠢之極，又所謂「莫須有」者，「欲加之罪，何患無辭」！至於梁任公所稱當時確有各種利用《三國》《水滸》倡為「桃園之拜……梁山之盟」等「拜盟」之事，中國早在《左傳》中就已有記載（《桓公元年》），而且民間「拜盟」所以發生的真正根源在社會現實，多由於社會治理的無序與不公。正如明朝人所說：「世上先有《水滸傳》一部，然後施耐庵、羅貫中借筆墨拈出。」而非二書所寫為始作俑。但是，明清朝廷不想也無力從根本上解決和學者的不明，遂委罪二書尤其是《水滸傳》以李代桃僵，豈不冤枉！影響所及，乃至今有上所提及對《水滸傳》最新的討伐，與當今弘揚傳統文化新潮殊不合拍，令人憂慮。我故為此小文，以揭明《水滸傳》曲折迂迴，苦心孤詣，唯在「團結一切可以團結

的力量」，「與國家出力」。至於學者和社會上另有對《水滸傳》的其他責難，亦多屬吹毛求疵，或斷章取義，不善讀書之過，當另文辨析。

（原載《齊魯學刊》2014 年 11 月 30 日《文化人・思無邪》，題《〈水滸傳〉是「忠義」「愛國」之書》。此據原稿收錄）

《水滸傳》寫茶說

引　言

　　中國是茶的故鄉〔註1〕，種茶、製茶、飲茶都有很悠久的歷史，唐朝時飲茶即已成風氣，至晚宋代茶即被視爲生活必需的八件事（柴、米、油、鹽、酒、醬、醋、茶）之一，後來去了酒，茶成爲「開門七件事」之一。是知飲茶之風興起於唐而盛大於宋。並因嗜好而生巧藝，遂有「茶道」「茶藝」之說，乃至有「十六湯」「生成盞」「茶百戲」〔註2〕等種種講究與戲耍，有所謂「賜茶」「拜茶」「分茶」「鬥茶」「獻茶」「下茶」「定茶」「合茶」「品茶」等各種承前或新興的茶事、茶禮、茶俗。進而人以群分，又有了茶人的社團，如著名的文人茶社「湯社」〔註3〕等。

　　唐、宋先後是詩詞盛世，茶飲風行，形諸詩詞，舉世譽之。唐詩寫飲茶最有名的當推盧仝《走筆謝孟諫議寄新茶》詩中云：「一碗喉吻潤，兩碗破孤悶。三碗搜枯腸，唯有文字五千卷。四碗發輕汗，平生不平事，盡向毛孔散。五碗肌骨清，六碗通仙靈。七碗吃不得也，唯覺兩腋習習清風生。」（《全唐

〔註1〕據中安在線 http://www.anhuinews.com/images/lg.gif 轉載中國寧波網（時間：2015-07-02 00:41:53）《餘姚田螺山遺址發現距今約 6000 年茶樹根》。

〔註2〕〔宋〕陶穀《清異錄》卷下《茗荈門》，《宋元筆記小說大觀》本，上海古籍出版社 2007 年版，第 121 頁。

〔註3〕〔宋〕陶穀《清異錄》卷下《茗荈門·湯社》：「和凝在朝，率同列遞日以茶相飲，味劣者有罰，號爲湯社。」《宋元筆記小說大觀》本，上海古籍出版社 2007 年版，第 119 頁。

詩》第三三八卷）此數句舉世傳頌，別得名爲《七碗茶歌》；宋詞中最多《茶詞》，僅黃庭堅就有題爲《茶》或《茶詞》的詞七闋，題爲《湯詞》的一闋，另有《滿庭芳》〔北苑龍團，江南鷹爪〕等實際也是詠茶的詞。而《全宋詞》無名氏《醉落魄》寫飲茶云：「香芽嫩茶清心滑，醉中襟量與天闊，夜闌似覺歸仙闕，走馬章臺，踏碎滿街月。」飲趣清逸，遠接《七碗茶歌》的意境。而以茶會友之心，白居易《山泉煎茶有懷》可以概之云：「坐酌泠泠水，看煎瑟瑟塵。無由持一碗，寄與愛茶人。」（《全唐詩》第四四三卷）

　　唐宋「愛茶人」對茶的愛尙，既浸漬於生活的方方面面，又綻露於詩詞的歌詠，當然也不妨進入唐宋以降漸次興起的話本——白話小說。於是至今見存多種宋元話本中時有有關茶人、茶事、茶俗的敘述與描寫，最著者當推《趙伯升茶肆遇仁宗》的故事就在茶肆中發生，而《水滸傳》自宋末無名氏《宣和遺事》有關宋江三十六人故事演義，也頗多以茶寫人敘事的情節，如有關閻婆惜、潘金蓮、潘巧雲三個所謂「淫婦」故事，都是「風流茶說合」〔註4〕的橋段，將另文討論，這裡單說《水滸傳》中有關飲茶風俗的描寫亦復不少，值得研究。

　　《水滸傳》一百回，「茶」字在全書四十餘回共出現二百餘次，詞頻次僅次於「酒」。但《水滸傳》中「茶」字往往與「酒」字先後出，又飲酒有時，吃茶卻不分早晚，也不分飯前飯後和酒前酒後，還多有寫及「茶飯」（第十一回）、「粗茶淡飯」（第四回）、「搬茶搬飯」（第二十八回）等。由此可知，《水滸傳》中寫茶頻次雖少於寫酒，但所透露《水滸傳》的世界裏，茶不僅堪與酒飯並列，還似乎更不可少。但是，學者對《水滸傳》寫酒，寫「成甕吃酒，大塊吃肉」（第十四回）等多有討論；對其寫茶，卻關注甚少，更是從無專文述說。故摘舉書中有關茶俗數語各自爲題，略說《水滸傳》茶事如下。

一、「茶肆」

　　《水滸傳》寫茶，賣茶的店鋪叫茶肆，亦稱茶坊、茶房等。第八十一回《燕青月夜遇道君，戴宗定計出樂和》寫燕青與戴宗在汴京幹事，來至高太尉府前：

〔註4〕〔元〕施耐庵、羅貫中著，《諸名家先生批評忠義水滸傳》，李永祜點校，中華書局1997年版。本文以下如無特別說明，凡引此書均據此本，僅隨文說明或括注回次。

那虞候道：「你是甚人？」燕青道：「請幹辦到茶肆中說話。」

兩個到閣子內，與戴宗相見了，同坐吃茶。

接下又寫道：

那人便起身吩咐道：「你兩個只在此茶坊裏等我。」那人急急入

府去了。戴宗、燕青兩個在茶坊中，等不到半個時辰，只見那小虞

候慌慌出來⋯⋯

又第二十四回《王婆貪賄說風情，鄆哥不忿鬧茶肆》，回目中所稱「茶肆」，在本回正文並未再稱作茶肆，而是叫做茶坊，如：

不多時，只見那西門慶一轉，踅入王婆茶坊裏來，

又叫做茶房：

西門慶一逕奔入茶房裏，來水簾底下，望著武大門前簾子裏坐

了看。

由此可知《水滸傳》中的茶肆或稱茶坊，偶而也叫做茶房。

《水滸傳》中的「酒肆」也叫做「酒店」，如第二十八回《施恩重霸孟州道，武松醉打蔣門神》寫武松與施恩與快活林，途中飲酒罷，「兩個便離了這座酒肆，出得店來」，「武松、施恩兩個一處走著，但遇酒店便入去吃三碗。約莫也吃過十來處酒肆」等。準此則茶肆應該也可以叫做「茶店」，並且第二十四回也寫有西門慶「又踅將來王婆店門簾邊坐地」的話，但是書中從不曾把包括「王婆茶坊」叫做「茶店」的任何茶肆叫做「茶店」。可見那時與酒肆能夠叫做「酒店」不同，茶肆不叫做「茶店」，正如酒肆叫做「酒店」，卻沒有叫做「酒坊」或「酒房」的一樣。

雖然如此，但如果是茶與酒一起銷售，情況就不一樣了。第九回《林教頭風雪山神廟，陸虞候火燒草料場》寫李小二對恩人林沖曾說：「小人夫妻兩個，權在營前開了個茶酒店。」可見《水滸傳》中不把茶肆、茶坊與茶房叫做「茶店」，但是兼營茶酒的可以叫做「茶酒店」。

《水滸傳》中有「茶肆」等稱而不稱「茶店」，影響據《水滸傳》西門慶、潘金蓮故事演義的《金瓶梅詞話》，百回中有九十九回書中共九百零六次用到「茶」字，字頻之高遠過於《水滸傳》，卻也與《水滸傳》同樣有茶肆等稱而不稱「茶店」。這一現象應是表明《水滸傳》和《金瓶梅》各自的作者對宋代飲茶之俗的認識中，都沒有或以為不應該有「茶店」的概念，所以即使也知「王婆茶坊」就是「王婆茶店」，卻並不稱它做「王婆茶店」。針對這一現象，

筆者試就常用電子文獻檢索明代以前小說，僅從金代元好問《續夷堅志》得見「茶店」一詞的兩個用例，而明清小說中絡繹不絕，乃即初步認定《水滸傳》不稱「茶店」與明前小說中情況更為相合，進而頗疑這很是對《水滸傳》成書於明代以前說的一個支持。

然而，《水滸傳》中「茶肆」值得一說並首先說，更因為茶肆是書中描寫往往是梁山泊好漢做成大事的關鍵場所。如第二回《史大郎夜走華陰縣，魯提轄拳打鎮關西》中史進在渭州，「只見一個小小茶坊正在路口」，正是在那裡遇到了魯提轄；第十七回《美髯公智穩插翅虎，宋公明私放晁天王》中宋江為「飛馬救晁蓋」留住何濤吃茶的「縣對門一個茶坊」；第七十二回《柴進簪花入禁院，李逵元夜鬧東京》寫宋江等京城名妓李師師門前落座打探信息的茶坊，第八十一回《燕青月夜遇道君，戴宗定計賺蕭讓》中高太尉府前燕青請「府裏一個年紀小的虞候」說話的茶肆，第九十回《五臺山宋江參禪，雙林渡燕青射雁》中燕青、李逵在東京向會茶老者確認「張招討下江南，早晚要去征進」方臘消息的「小小茶肆」等等，都是《水滸傳》敘事轉捩的關鍵之點，至於第二十三回《王婆貪賄說風情，鄆哥不忿鬧茶肆》中做成西門慶與潘金蓮姦情大案的「王婆茶坊」，更是一個所謂「廟小妖風大」的場合，值得專設一小題。

二、「王婆茶坊」

《水滸傳》寫茶肆多為一鱗半爪，如第三十九回寫李逵劫法場從「十字路口茶坊樓上一個虎形黑大漢……半空中跳將下來」，因知江州「十字路口茶坊」有樓，是一座茶樓。又如第六十一回寫北京（大名府）州橋下茶坊，涉及「茶房內樓上……樓下」，還有第八十一回寫燕青「請幹辦到茶肆中說話」，是「兩個到閣子內，與戴宗相見了，同坐吃茶」。因知《水滸傳》中茶肆，大者有樓有閣，但是並沒有稱作「茶樓」，更不曾有具體描寫。幸而有第二十四回寫「王婆茶坊」，才留下了宋元時代一座茶坊的影子。

《水滸傳》寫王婆茶坊只有「屋裏」，而未如寫武大郎家還有「樓上」，可知其格局之小，是書中那種所謂「小小茶坊」了，卻寫得布置有方，具體可以想見。如其位置：

> 武松替武大挑了擔兒，武大引著武松，轉灣抹角，一逕望紫石街來。轉過兩個灣，來到一個茶坊間壁，武大叫一聲「大嫂開門。」

這個「間壁」的茶坊就是王婆開的書中唯一有名號的茶肆,稱「王婆茶坊」。這裡特別點出「王婆茶坊」在武大郎家的「間壁」,是爲了它是個將要發生故事的地方。

《水滸傳》寫王婆茶坊最多是寫它的「簾子」。《水滸傳》中寫許多店家都有簾子,但是除了大樹十字坡孫二娘的店有「酒簾兒」,其他都沒有分別地稱作「簾子」,包括武大郎賣炊餅門上懸著的也只叫做「簾子」,唯有王婆茶坊簾子卻叫做「水簾」,值得注意。

水簾是茶坊外掛在門上以招引客人的半截布簾,也許還寫有「茶」字樣。可以肯定的是由於是半截的,方便在屋裏坐著看到外面,所以西門慶被潘金蓮叉竿誤打一節,「卻被這間壁的王婆正在茶局子裏水簾底下看見了」。而西門慶在初見潘金蓮似被收了「三魂七魄」之後來王婆茶坊,也是「去裏邊水簾下坐了」,或「王婆店門口簾邊坐地,朝著武大門前」,就是因爲「水簾下」這個位置坐了正好能看到「武大門前」。

《水滸傳》寫西門慶爲「勾搭」潘金蓮六次來王婆茶坊,敘事中寫及水簾頗多,金聖歎評數算這一回自「那婆子正在茶局子裏水簾底下看見了,笑道:『兀誰教大官人打這屋檐邊過,打得正好!』」起,至西門慶與潘金蓮在王婆茶坊中成奸以後「笑了去」結,寫「笑」計有三十九次,而寫「簾子」也有十四次之多〔註5〕,並評曰:「有草蛇灰線法。如景陽岡勤敘許多『哨棒』字,紫石街連寫若干『簾子』字等是也。驟看之,有如無物,及至細尋,其中便有一條線索,拽之通體俱動。」〔註6〕確係獨具隻眼的看法。

上引王婆從「水簾底下看見」西門慶被叉竿打著後情景時,正在茶坊內「茶局子」裏。「茶局子」是茶坊做茶水的工作間,書中寫道:

> 王婆開了門,正在茶局子裏生炭,整理茶鍋。西門慶一逕奔入茶房裏,來水簾底下,望著武大門前簾子裏坐了看。王婆只做不看見,只顧在茶局裏煽風爐子,不出來問茶。

這段敘述使我們看到,王婆茶坊的「茶局子」裏有「茶鍋」,當然是用來煮茶的。煮茶燒的是「炭」。「生炭」是把炭點燃生發出火的意思。生炭用的是爐子,叫「風爐子」。這裡,「煽風點火」的本義正是王婆煮茶的關鍵工序。

〔註5〕陳曦鍾、侯忠義、魯玉川輯校《水滸傳會評本(上)》,北京大學出版社 1981年版,第 468 頁。

〔註6〕《水滸傳會評本(上)》,第 20 頁。

　　除了「茶局子」，王婆茶坊應該另有客人吃茶的房間和王婆自住的臥室，但是書中一概稱作「屋裏」。潘金蓮爲王婆做壽衣和與西門慶勾搭成奸，以及與王婆三人密謀害死武大郎，就都在這「屋裏」，卻與正經茶坊沒有多少關係了。

三、「茶博士」

　　「博士」之稱起於戰國時的秦國。歷史上有關秦博士最大的事件，就是因「博士齊人淳于越」奏請始皇「師古」，而引發「焚書坑儒」的千古文禍（《史記・秦始皇本紀》）。但是，漢承秦制，並歷代大體相沿設有博士一職，用其博學以備顧問。

　　「茶博士」因官本位得名，今見最早記載於唐代封演的《封氏聞見記》，說陸羽（733～804）著《茶論》，引起「茶道大行，王公朝士無不飲者」，唯御史大夫李季卿「李公心鄙之。茶畢，命奴子取錢三十文酬煎茶博士」。「三十文」是小錢。這只要參考《水滸傳》中寫牛二詆毀楊志的寶刀說：「我三十文買一把，也切得肉，切得豆腐！」（第十一回）就可以知道李公的這「三十文」，與其說是對博士演「茶道」的酬資，不如說是輕蔑。所以陸羽「甚感羞愧，復著《毀茶論》」〔註7〕。然而，風氣既成，即使倡導者陸羽也已經無法毀其「茶道」於方熾，所以「茶博士」仍然成爲了茶肆夥計的雅號。特別是到了宋代，說話人中有「戴書生、周進士……徐宣教」〔註8〕，聽書人被稱爲「看官」，篦頭的都可以稱作「待詔」（第二十八回）的宋代，「茶博士」就越發成爲茶肆夥計樂於受用的榮名了。

　　《水滸傳》至少有四回書中寫及「茶博士」。其一是第三回寫史進尋訪師父王進，來到渭州：

　　　　只見一個小小茶坊，正在路口。史進便入茶坊裏來，揀一付座位坐了。茶博士問道：「客官吃甚茶？」史進道：「吃個泡茶。」茶博士點個泡茶，放在史進面前。史進問道：「這裡經略府在何處？」茶博士道：「只在前面便是。」史進道：「借問經略府內有個東京來的教頭王進麼？」茶博士……道猶未了，只見一個大漢，大踏步入來，走進茶坊裏。

〔註7〕〔唐〕封演《封氏聞見記》，中華書局1985年版，第72頁。
〔註8〕〔南宋〕吳自牧《夢梁錄》，傅林祥注《夢梁錄》《武林舊事》合訂本，山東友誼出版社2001年版，第292頁。

這來的「大漢」就是渭州經略府裏幹事、後出家爲僧法名智深的魯提轄，由二人出茶肆去酒店吃酒，敘事「換檔」爲魯智深故事，這位「小小茶坊」的「茶博士」正是得力的轉捩。

其二，是第十八回寫何濤捉拿晁蓋等人，來至鄆城縣縣衙前等待：

> 何濤走去縣對門一個茶坊裏坐下吃茶相等。吃了一個泡茶，問茶博士……茶博士說道：「知縣相公早衙方散，一應公人和告狀的，都去吃飯了未來。」何濤又問道：「今日縣裏不知是那個押司值日？」
> 茶博士指著道：「今日值日的押司來也。」

上引寫茶博士雖然也是沒名沒姓，但是由他「指著」宋江在全書第一次出場，等於做了《水滸傳》最重要人物宋江出場的「主持人」。還不僅如此，接下書中又寫道：

> 宋江起身，出得閣兒，分付茶博士道：「那官人要再用茶，一發我還茶錢。」離了茶坊，飛了似跑到下處……

這裡顯而易見，正是有了這位茶博士，宋江才得以「分付」他招待何濤「用茶」，然後「飛也似跑」去報信「私放晁天王」。「茶博士」豈非在關鍵時刻給宋江進而晁蓋和梁山出了大力？

其三，是第六十二回寫盧俊義的管家李固欲害死陷於大牢的盧俊義，尋兩院押牢蔡福行賄：

> 蔡福轉過州橋來。只見一個茶博士，叫住唱喏道：「節級，有個客人在小人茶房內樓上，專等節級說話。」蔡福來到樓上看時，卻是主管李固。

這裡顯然是李固早在茶肆中等待，茶博士或因李固的安排，或點茶招待中言來語去知道了李固的來意，而做了李固與蔡福間牽線的人。而無論如何這位茶博士也是不可少的。

其四，即第七十二回寫宋江與柴進、燕青遊賞東京，來至名妓李師師門前：

> 宋江見了，便入茶坊裏來吃茶。問茶博士道：「前面角妓是誰家？」茶博士道：「這是東京上廳行首，喚做李師師。間壁便是趙元奴家。」宋江道：「莫不是和今上打得熱的？」茶博士道：「不可高聲，耳目覺近。」宋江便喚燕青，付耳低言道：「我要見李師師一面，暗裏取事。你可生個宛曲入去，我在此間吃茶等你。」宋江自和柴進、戴宗在茶坊裏吃茶。

此後燕青一人先憑舊相好的關係入見李師師，得准有請宋江，「燕青逕到茶坊裏，耳邊道了消息。戴宗取些錢還了茶博士，三人跟著燕青，逕到李師師家內」。雖然書中此後再不提起這一家茶坊並茶博士，但是上引有關茶博士的描寫，既側露出李師師「和今上打得熱」的名妓風頭，也給給了燕青先入見李師師一個必要的支點。

總之，茶坊一如酒店，「擺開八仙桌，招待十六方」，是舊時消息最為靈通的地方。所以《水滸傳》雖寫茶坊並在小說中罕見地寫到茶博士，但是其意並不在茶坊，不在茶，也不在茶博士，而在於或大或小的茶坊吃茶，是人物落腳交際並獲取特定信息的最好空間，而有茶博士就是那個能提供推動情節轉換之信息力的人物而已。從而《水滸傳》寫茶博士有共同的特點：一是均無姓氏名號，更無具體身容相貌的描寫，呼之即來，揮之即去，明顯是一種道具性的布置；二是都為主要人物傳遞了重要信息，有的還給後者一定的協助；三是都在並不知情的情況下實際參與的可能是大事。但作為懵懂中人，茶博士即使起過重要作用，後來也不再被提起，只成為作品中道具似人物。

四、「茶飯」

茶飯指茶與飯，或茶後飯，或以茶下飯，或飯後茶。最早記載見於陸羽《茶經》引《晏子春秋》曰：「嬰相齊景公時，食脫粟之飯，炙三弋五卵，茗茶而已。」但今本《晏子春秋》「茗茶」作「苔菜」，所以「茶飯」未必始於晏子。但至晚趙宋時代已有「茶飯」之說，而中國人多「茶飯」度日。《謝疊山全集校注》卷二《送史縣尹朝京序》：「客就館，用大牲，小則刲羊刺豕，折俎充庭，號曰『獻茶飯』。」文人詩詞中「茶飯」幾成飲食的別稱，如《全宋詞》黃庭堅《宴桃源》〔書趙伯充家上姬領巾〕中有云：「天氣把人僝僽。落絮遊絲時候。茶飯可曾忺，鏡中贏得銷瘦。」又趙師俠《蝶戀花》〔用宜笑之語作〕下闋有云：「茶飯不忺猶自可，臉兒瘦得些娘大。」陸游《沁園春》〔孤雁歸飛〕下闋中有云：「幸眼明身健，茶甘飯軟，非惟我老，更有人貧。」王炎《驀山溪》〔巢安僚畢工〕中有云：「饑時飯，飽時茶，困即齁齁睡。」蜀妓〔鵲橋仙〕〔說盟說誓〕中有云：「不茶不飯，不言不語，一味供他憔悴。」等等，都以「茶飯」代指飲食，可見茶之為宋人「八件事」之末，其實並不見得比列在之前的「醬醋」更不重要。

《水滸傳》寫「茶飯」，多係早餐。如第十一回林沖「次日早起來，吃些

茶飯」；第二十九回「施恩早來，請去家裏吃早飯。武松吃了茶飯罷……」等。雖然「茶飯」的實際過程不見得那麼刻板，但從《水滸傳》的描寫看，「茶飯」的程序不是先吃茶再吃飯，也不是茶伴飯或茶泡飯，而都是先飯後茶。如第二十九回武松「早飯罷，吃了茶」；第四十七回李應招待石秀、楊雄，「就具早膳相待。飯罷，吃了茶」；又第二十八回武松初到孟州牢房，莫名其妙地接受了施恩派人款待，「武松吃罷飯，便是一盞茶」。由此可以知道明清小說戲曲中常見的「茶餘飯飽」和至今習見的「茶餘飯後」等語，其實都源於古代「茶飯」的習俗。

《水滸傳》沒有明確寫及中、晚餐的「茶飯」。但如上引第二十八回寫武松了享用施恩派人送的「茶飯」以後：

> 卻才茶罷，只見送飯的那個人來請道：「這裡不好安歇，請都頭去那壁房裏安歇。搬茶搬飯卻便當。」

這裡說的「搬茶搬飯」應不僅指武松剛用過的這種早間「茶飯」。又，第五十六回寫徐寧被梁山泊好漢所賺，他的「妻子並兩個丫環如熱鍋子上螞蟻，走頭無路，不茶不飯」；第七十三回寫那太公道「我……止有一個女兒……著了一個邪祟，只在房中茶飯，並不出來討吃」；第七十四回寫燕青對店小二道「我先與你五貫銅錢，央及你就鍋中替我安排些茶飯」；第八十二回寫蕭讓、樂和在東京，「高太尉府中親隨人，次日供送茶飯與蕭讓、樂和」；又同回寫宿太尉奉旨來梁山泊招安，梁山上「準備筵宴茶飯席面」；以及第四回開篇詩寫寺院中僧侶「打坐參禪求解脫，粗茶淡飯度春秋」等等，各處所稱「茶飯」應該都不限於早餐，也包括了中、晚餐，是一日三餐或兩餐的必備，當然就比偶而享用的「酒食」更加普遍了。「民以食為天」，宋人是以飯後茶的「茶飯」為「天」。一旦「不茶不飯」，就一定是「攤上大事」了。雖然想來「不茶不飯」的問題主要在「不飯」，但是畢竟要說到「不茶」，這就與「粗茶淡飯」一樣，都可表明彼時「茶」之於「飯」，餐飲一體，乃生活的常態。

然而「茶飯」一詞近今已不甚流行，自然有生活水平提高和包含習慣變化的原因，卻不一定是養生科學上的一個進步。這是因為近年來世界無數科學研究證明，飲茶有抗衰老和預防癌症的功效，甚至是奇效〔註9〕。但是據有關報導，中國作為茶的故鄉，茶葉與種茶、製茶技藝自唐宋以來大量輸出，卻至今在世界上並不是靠前的飲茶大國：

〔註 9〕參閱新華網《茶葉與癌症的關係，震驚！》，2015 年 05 月 30 日 06:00:00。

Quartz 根據 Euromonitor 公司的數據繪製了一張世界各國人民人均飲茶圖，一直認爲我們大中國起碼前三吧，結果發現差點就沒擠進前 20，平均每人每年只喝了不到 1.248 磅（0.566 千克），跟人均 6.961 磅（3.16 千克）的土耳其相比實在是不值一提呀，這不科學。〔註10〕

這個調查的結果是否屬實或基本屬實？尚難斷定。當然，我們可以不去與外國人相比，但是由「茶飯」一詞之早已不甚流行，也大概可知國人飲茶之風今不如昔。那麼，爲了健康，何不讀《水滸傳》，重拾「茶飯」的優良民族傳統！

五、「茶湯」

《水滸傳》有四回書共四次寫及「茶湯」，其一即第十六回寫晁蓋、吳用等「智取生辰綱」，白勝假做黃泥崗上賣酒，晁、吳等「七個客人」與白勝搭話說：「看你不道得捨施了茶湯，便又救了我們熱渴。」其二即第四十五寫潘巧雲請得海公和尚爲前亡夫做功德，「相待茶湯已罷，打動鼓鈸，歌詠讚揚」；其三即第六十一回寫吳用扮作算命先生去賺盧俊義，「盧俊義請入後堂小閣兒裏，分賓坐定。茶湯已罷，叫當直的取過白銀一兩，放於卓上，權爲壓命之資。『煩先生看賤造則個。』」其四即第七十五回寫陳宗善拜見蔡太師，「茶湯已罷，蔡太師問道……」。

以上《水滸傳》寫及「茶湯」都無具體描繪，卻又非閒筆，而肯定是作者認爲必有提及才好，所以也值得讀者注意。但是古今注家大約以爲一望可知即茶水，所以都無釋義。其實疏忽了。

按《水滸傳》所寫宋元時代，「茶湯」指兩種飲品即茶水與湯。朱彧《萍州可談》卷一《茶湯俗》云：

> 茶見於唐時，味苦而轉甘，晚採者爲茗。今世俗客至則啜茶，去則啜湯。湯取藥材甘香者屑之，或溫或涼，未有不用甘草者，此俗遍天下。先公使遼，遼人相見，其俗先點湯，後點茶。至飲會亦先水飲，然後品味以進。但欲與中國相反，本無義理。〔註11〕

〔註10〕參閱第一茶葉網（toooi.com）茶葉信息首頁〉〉茶市動態〉〉茶市分析〉〉世界各國人民人均飲茶消耗量排名。

〔註11〕〔南宋〕朱彧撰《萍州可談》，《宋元筆記小說大觀》第二冊，上海古籍出版社 2007 年版，第 2288 頁。

　　朱彧，字無惑。湖州烏程（浙江湖州）人。生活於兩宋之際。其父朱服，歷知萊、潤諸州，曾使遼，後爲廣州帥。彧於宣和年間，以父之見聞，著《萍州可談》，上引當即其父所見宋、遼「茶湯」飲用之俗。證以《全宋詞》載程俅寫在朝飲茶湯，分別作《西江月・茶詞》和《鷓鴣天・湯詞》，又載李處全《柳梢青》詞兩闋分別題爲《茶》《湯》等，可見上引《萍州可談》所載，當屬信史。

　　按上引朱氏父子所記宋、遼「茶湯」之俗，在宋是「客至則啜茶，去則啜湯」；在遼則相反，是「俗先點湯，後點茶。但在「飲會」（詳後）時也與宋俗一樣「先水飲，然後品味」即先茶後湯。這大概是未見遼有「湯茶」之說的原因。總之，無論宋、遼，「茶湯」所指都不僅是茶水，也不是單一種飲品，而是「茶」與「湯」兩種飲品的合稱。而其所以合稱「茶湯」，則是因爲在宋人把招待「茶」與「湯」作待客禮節中迎送兩端的飲品，遂以成爲這種禮儀的代稱。所以上引《水滸傳》四次寫及「茶湯」，倒是有三次說「茶湯已罷」。這個話固然直接是說飲過了茶，也啜過了湯，但以常情論這又何足掛齒？其實作者必要提及「茶湯已罷」的意思不僅在「茶湯」本身，還在於說人物彼此已經行過「相待茶湯」之禮，接下來應是客人告辭或賓主進入下一階段的互動了。

　　然而，正是因爲「茶湯」是「茶」與「湯」兩種，又分先後送上，所以在等級森嚴的社會裏，特別是朝廷「相待茶湯」的禮節中，又有了厚此薄彼的嚴格區分。《萍州可談》卷一《宰相禮》載：

　　　　宰相禮絕庶官，都堂自京官以上則坐，選人立白事；見於私第，雖選人亦坐，蓋客禮也。唯兩制以上點茶湯，入腳床子，寒月有火爐，暑月有扇，謂之「事事有」，庶官只點茶，謂之「事事無」。〔註12〕

由上引「庶官只點茶」逆想「唯兩制以上點茶湯」，除了也可知「茶湯」是「茶」與「湯」的合稱之外，還見得「只點茶」與「點茶湯」是待客中不同規格的禮節。而上引《水滸傳》中除白勝所稱「茶湯」之外，其餘三處寫及「相待茶湯」就都有說禮貌周全之意，所以並非閒筆。

　　由上引《萍州可談》載唐人以早茶爲「茶」，晚茶爲「茗」。則其所謂「茶湯」之「茶」，也應當是就是早茶，而語焉不詳。而說「湯取藥材甘香者屑之，或溫或涼，未有不用甘草者」，實是以中草藥材料磨末烹製的保健飲品。

〔註12〕〔南宋〕朱彧撰《萍州可談》，《宋元筆記小說大觀》第二冊，第2288頁。

但是，「湯」也指沏茶之水。宋初陶穀《清異錄》卷下《茗荈門》有「十六湯」小序引蘇廙《仙芽傳》云：「湯者茶之司命。若名茶而濫湯，則與凡末同調矣。煎以老嫩，言者凡三品；（自第一至第三）注以緩急，言者凡三品；（自第四至第六）；以器標者共五品；（自第七至十一）以薪論者共五品；（自第十二至十六）；其第十二品《法律湯》云：「凡木可以煮湯，不獨炭也。唯沃茶之湯，非炭不可。在茶家亦有法律：水忌停，薪忌薰。犯律逾法，湯乖則茶殆矣。」從諸說「茶」與「湯」的關係看，「湯」即沏茶之沸水，也就是「茶湯」。

但是，未見宋人有以「茶湯」指沏茶之水的明確說法。唯宋初陶穀《清異錄》卷下《茗荈門·生成盞》說「注湯幻茶」，羅大經《鶴林玉露》丙編卷三《茶瓶湯候》載：「然瀹茶之法，湯欲嫩而不欲老。蓋湯嫩則茶味甘，老則苦矣。」〔註13〕等等，所說「湯」均即沏茶之水，而「茶湯」應該就是茶水了。

但是，畢竟未見唐宋人明確以「茶湯」指茶水者。所以筆者於《水滸傳》所謂「茶湯」，寧肯相信其為「茶」是「茶」「湯」是「湯」的「茶湯」之禮，而不是普通的請吃茶。這只要看一下上引《水滸傳》中說「相待茶湯」和「茶湯已罷」處，都是官宦富室之家所為，而其他場合的吃茶均僅有茶而已，從不曾說到「湯」，就可以知道了。

六、「泡茶」

《水滸傳》第三回寫史進尋訪師父王進來至渭州：

> 史進便入茶坊裏來，揀一付座位坐了。茶博士問道：「客官吃甚茶？」史進道：「吃個泡茶。」茶博士點個泡茶，放在史進面前。

又第十八回寫何濤在鄆城縣：

> 何濤走去縣對門一個茶坊裏坐下吃茶相等。吃了一個泡茶，問茶博士道：「今日如何縣前恁地靜？」

又第二十四回寫王婆對西門慶說自己的生意：

> 王婆哈哈的笑起來道：「老身不瞞大官人說，我家賣茶，叫做鬼打更。三年前六月初三下雪的那一日，賣了一個泡茶，直到如今不

〔註13〕〔宋〕羅大經《鶴林玉露》，《宋元筆記小說大觀》第五冊，上海古籍出版社2007年版，第5340頁。

發市。專一靠些雜趁養口。」

以上《水滸傳》中寫到「泡茶」的三處都列出了。但從這三處提及，除了顧名思義的茶水之外，讀者並不能確知「泡茶」到底是怎麼一回事。

按「泡茶」即今所說沏或泡一壺茶。「泡茶」看似無甚學問，但在古代茶人講究，便有了一定的「法」。明張源《茶錄》載「泡法」云：

> 探湯純熟，便取起。先注少許壺中，祛蕩冷氣傾出，然後投茶。茶多寡宜酌，不可過中失正，茶重則味苦香沈，水勝則色清氣寡。兩壺後，又用冷水蕩滌，使壺涼潔，不則減茶香矣。罐熱則茶神不健，壺清則水性常靈。稍俟茶水沖用，然後分醆布飲。釃不宜早，飲不宜遲。早則茶神未發，遲則妙馥先消。〔註14〕

這段話大體的意思，一是「泡茶」的水要燒至「純熟」，即滾開水。《紅樓夢》第四十一回寫「妙玉自向風爐上扇滾了水，另泡一壺茶」即是；二是注水於壺中，清除冷氣後倒出。這是連《紅樓夢》中也沒有寫到的；三是酌量投放茶葉，不使「味重」或者「氣寡」；四是泡過兩次之後，用冷水清壺裏，便於保持茶香；五是茶葉罐避熱，茶壺常清；六是飲用適時。這就是古代的「工夫茶」了。

《水滸傳》寫梁山泊好漢好的是武功和「成甕吃酒，大塊吃肉」，沒有吃這種「泡茶」的閒「工夫」。所以，《水滸傳》寫「泡茶」，大約只如今天普通的喝茶，說不定只是如今天「大碗茶」，而不是其本來意義上的「工夫茶」。

這也就是說，今天指普通喝茶的「泡茶」，早在《水滸傳》中就已經形成了；而作為眞正「泡茶」的「工夫茶」一詞，好像那時還沒有產生。但是，「泡茶」流行為普通喝茶的結果，卻是催生「工夫茶」的契機，直到某一天「工夫茶」的名號出來，「泡茶」便完全退為普通人喝茶的俗稱。從「工夫茶」的「泡茶」到不是「工夫茶」的普通人「泡茶」的過程，也就是普通喝茶與後世「工夫茶」的分手。這一過程大概至《水滸傳》的時代就已經基本完成了。

七、「拜茶」與「獻茶」

「拜茶」與「獻茶」雖有區別，但都是請人吃茶，所以放在一起說。

「拜茶」在《水滸傳》中先後有九回十次用過，即第三回寫「史進慌忙

〔註14〕〔明〕張源《茶錄》，朱自振，沈冬梅編著《中國古代茶書集成》，上海文化出版社 2010 年版，第 246 頁。

起身施禮，便道：『官人請坐拜茶。』」第四回寫長老答應收留魯提轄道：「這個是緣事，光輝老僧山門。容易，容易！且請拜茶。」第七回寫林沖對突然來拜訪的陸謙道：「少坐拜茶。」第十五回寫晁蓋道：「教他改日卻來相見拜茶。」寫晁蓋又道：「先生少請到莊裏拜茶如何？」第十八回寫何濤當街迎住宋江，叫道：「押司，此間請坐拜茶。」第二十六回寫何九叔對武松道：「小人便去。都頭且請拜茶。」第四十五回寫海和尚卻請：「乾爺和賢妹，去小僧房裏拜茶。」第四十九回寫顧大嫂請樂和道：「舅舅且請裏面拜茶。」第七十二回寫「李師師便道：『請過寒舍拜茶。』」

以上用例共同的特點，一者都是發出邀請者所用；二者用於彼此初見或地位懸殊，又或還不夠熟悉的人之間；三者是在自己的家裏或先入為主的場合。這三個特點決定了「拜茶」是請人吃茶最高的敬語。其意若曰：跪請您吃茶！中國古代以跪拜為大禮，還有什麼能比當面請人「拜茶」更為恭敬和鄭重其事呢？

「拜茶」一詞在唐宋或未產生，但至元明清小說戲劇中頗為多見，如王實甫《崔鶯鶯待月西廂記》第一本《張君瑞鬧道場》法聰對張生說：「俺師父不在寺中，貧僧弟子法聰的便是，請先生方丈拜茶。」吳敬梓《儒林外史》第三十三回寫「道士聽了，著實恭敬，請坐拜茶」等即是。但《紅樓夢》及其大量的續書中都沒有用到這個詞，是否「拜茶」只是漢族人的說法？還未可知。

然而「拜茶」並非真的跪請吃茶，而是行跪拜禮時代至謙的表示。大約隨著近世跪拜禮的取締，這個用語就不再流行了。試想跪拜禮都不行了，還怎麼好意思當面請人說「拜茶」？所以，與中國人至今書信往來還有「拜識」「拜上」「拜讀」等等的套語不同，多用於口頭交流的「拜茶」在日常生活中早就消失了。

「拜茶」是請人吃茶。但真正請到了人吃茶的禮節，卻只是「獻茶」。「獻茶」見於《水滸傳》三回書中共有四次：一是第一回寫「（洪）太尉居中坐下，執事人等獻茶」；二是第三十九回寫黃文炳拜見蔡九知府，「左右執事人獻茶」；三是第八十八回寫宋江「夢授玄女法」，「（玄女）特命青衣獻茶。宋江吃罷，令青衣即送星主還寨」。

從以上用例看，「獻茶」是賓主相接的一種禮節，可以是下對上，如用例一。也可以是上對下，如用例二、三；「獻茶」是客人入座後的第一道禮節，

如用例一、二。也用作示意送客，如用例三。

從以上用例還可以看出，「獻茶」作爲一種待客的禮節，可以由主人安排，「執事人等」去做，基本上是待客的一種常規。但主人爲了表示親敬，有的也親自「獻茶」，如《水滸傳》第七十二回寫「宋江、柴進居左，客席而坐。李師師右邊，主位相陪。奶子奉茶至。李師師親手與宋江、柴進、戴宗、燕青換盞」。這裡並沒有說李師師「獻茶」，實際上李師師對宋江等行了「獻茶」之禮。

「獻茶」的本義指茶鄉等地方官員或庶民向朝廷貢獻茶葉，《太平御覽》卷八百六十七飲食部二十五《茗》引《唐史》：「又曰：大和九年十月，王涯獻茶，以涯爲榷茶使。茶之有稅，自涯始。」後來用爲貢獻茶水即請人吃茶的口語，今見較早有南宋朱彧《萍州可談》卷二《鄒浩因泰陵遺詔得全》載：

> 鄒浩志完，以言事得罪貶新州，媒孽者久猶不已。元符二年冬，有旨付廣東提刑鍾正甫就新州鞫問志完事，不下司。是時鍾挈家在廣州觀上元燈，得旨即行。漕帥方宴集，怪其不至，而已乘傳出關矣，眾愕然。鍾馳至新，召志完，拘之俗室。適泰陵遺詔至，鍾號泣啓封，志完居暗室，不自意得全，又聞使者哭泣，周測其事，意甚隕獲。良久，鍾遣介傳語，止言爲國恤不及獻茶，且請歸宅。志完亦泣而出。其後東坡聞之，戲云：「此茶不煩見示。」〔註15〕

鄒浩（1060～1111），字志完，常州晉陵（今江蘇常州）人。以上記載說他於宋哲宗元符二年（1099）冬得旨被拘，由鍾正甫審訊。適哲宗去世，鍾乃派人釋放鄒浩回家，只說因有國喪而不親自去「獻茶」了。後來蘇軾聽說了，戲說：「這茶就不獻也罷！」言外之意是說能不入獄就夠幸運了，還喝什麼茶！這當然是通情達理的話。但是，鍾正甫畢竟還是提到了沒有「獻茶」。雖然這裡說「獻茶」實表示親來送行的意思，但以「獻茶」代，則可見那時「獻茶」是待客必要的禮節。即使不得已有所缺欠，也還要有抱歉的表示。

但是，眞正可能與《水滸傳》寫及「獻茶」有關的，是《宣和遺事》後集載有關欽宗北狩途中有野寺胡僧「獻茶」的故事：

> 僧呼童子曰：「可點茶一巡與眾人吃。」時眾人與帝，茶不知味十年矣。阿計替且思茶難得，燕京以金一兩易茶一斤，今荒寺中反有茶極美，飲其氣味，身體如去重甲之狀。及視茶器，盡是白石爲

〔註15〕〔南宋〕朱彧撰《萍州可談》，《宋元筆記小說大觀》第二冊，第2315頁。

之。眾人中亦有更索茶者。二童子收茶器，及胡僧皆趨堂後屏間而去，移時不出。阿計替等將謝而告行，共趨屏後求之，則寂然一空舍，惟有竹堂後小室中，有石刻一胡僧、二童子。視其容貌，即獻茶者是也。眾人嗟歎。阿計替至寺前拜帝曰：「王歸國必矣，敢先爲大王賀！自大王之北徙南行，蓋有四祥：一者妖神出拜，二者李牧興身，三者女將軍獻酒，四者聖僧獻茶。」帝亦微笑，謂阿計替曰：「使我有前途，汝等則吾更生之主也，敢不厚報！」〔註16〕

此事雖涉神異，不足認真對待。但是，一般認爲《水滸傳》成書以《宣和遺事》載宋江等人事蹟爲藍本。今考其用「獻茶」一詞則見於《宣和遺事》非宋江事蹟部分，雖不能斷定二者爲後先沿用，但至少有可能加強《水滸傳》與《宣和遺事》淵源聯繫的認識。同時可考至晚南宋時代「獻茶」即已由地方向朝廷貢獻茶葉的繳納行爲而轉移爲人際間請吃茶水的禮節了。《水滸傳》寫及「拜茶」較多，寫及「獻茶」較少，但二者真真切切都是宋代飲茶禮俗的反映。

八、「會茶」

《水滸傳》寫及「會茶」只有一次，見第九十回寫燕青與李逵在東京：

> 兩個廝挽著，轉出串道，離了小巷，見一個小小茶肆。兩個入去裏面，尋付座頭，坐了吃茶。對席有個老者，便請會茶，開口論閒話。那老人道：「客人原來不知。如今江南草寇方臘反了……朝廷已差下張招討、劉都督去剿捕。」燕青、李逵聽了這話，慌忙還了茶錢……來見軍師吳學究，報知此事。吳用見說，心中大喜。來對宋先鋒說知……宋江聽了道：「我等軍馬諸將，閒居在此，甚是不宜……情願起兵前去征進。」……偶從茶肆傳消息，虎噬狼吞事又興。

由上引詩「偶從茶肆傳消息」句看，這位老者的主動來尋燕青二人「會茶」，實在只是作者安排「傳消息」的一個「道具」行爲。其事雖細，但在此節敘事上卻有「四兩撥千斤」的轉捩作用，並因此給《水滸傳》多了一個有關飲茶的專門用語。

〔註16〕〔南宋〕無名氏《宣和遺事》，丁錫根點校《宋元平話集》本（上），上海古籍出版社1990年版，第376~377頁。

「會茶」，顧名思義就是一起吃茶。但是，吃茶可以一個人獨飲，也可以兩個人對飲，只有到了三個人及其以上更多人共飲，才是「會茶」。上引《水滸傳》寫燕青與李逵兩個「坐了吃茶」，只是尋常吃茶而已。但是，「對席有個老者，便請會茶」，就是因爲增加了「老者」成三個人一起吃茶了，所以就是「會茶」。

古人飲茶於人數多少頗有講究，而大都不喜人多。張源《茶錄·飲茶》云：

> 飲茶以客少爲貴，客眾則喧，喧則雅趣乏矣。獨啜曰神，二客曰勝，三四曰趣，五六曰泛，七八曰施。〔註17〕

這就是說，飲茶以「獨啜」得「神」爲最高境界，二人對飲能至「勝」境也很不錯，三、四個人共飲則「趣」味盎然，五、六個人就過多了，至七、八個人一起飲茶，那就如施捨茶水一般。《水滸傳》第十六回寫晁蓋、吳用等「七個客人」在黃泥崗上與白勝搭話說：「看你不道得捨施了茶湯，便又救了我們熱渴。」說「捨施了茶湯」，大概就是因爲「七八曰施」的緣故。

但是，以茶會友，啜茗談說的「會茶」，又顯然是人際交往一種既經濟實用又方便隨意的好形式，所以自從飲茶之風大興，社會上便有了以飲茶爲名的聚會，也就是今所稱「茶話會」。大約也是興起於唐，而盛行於宋。

唐代「會茶」之說似不甚流行，各種文獻中鮮見，檢《全唐詩》僅從《補編》得盧中《贈天昕禪老》詩涉及「會茶」云：「翰苑營嘉致，到來山意深。會茶多野客，啼竹半沙禽。」注出《詩淵》第一冊第三八四頁，又按云：「疑爲元人馬臻字虛中詩。」（《全唐詩補編·全唐詩續拾》卷四十九《楚下》）其他皆稱「茶會」，有錢起《過長孫宅與朗上人茶會》（《全唐詩》第二三七卷）、武元衡《資聖寺賁法師晚春茶會》（第三一六卷）、周賀《贈朱慶餘校書》：「樹停沙島鶴，茶會石橋僧。寺閣邊官舍，行吟過幾層。」（第五○三卷）、劉長卿《惠福寺與陳留諸官茶會得西字》（《全唐詩稿》第一四九卷）等。

從上引諸詩例篇中「茶會」的相關地皆寺院，和相關人物分別爲「禪老」「上人」「法師」和「僧」看，唐代的「茶會」大約只在寺院中舉行。但與會的人，除僧侶之外，就有詩作者那樣的「諸官」。總之，筆者就所見資料得到的印象，唐代「茶會」是僧侶與官員文士的聚會。但是想來應不排除寺院以

〔註17〕〔明〕張源《茶錄》，朱自振，沈冬梅編著《中國古代茶書集成》，上海文化出版社 2010 年版，第 246 頁。

外的社會上也已經有了「會茶」或「茶會」的交際活動，只是尚未見到有關的資料。

到了宋代，「會茶」與「茶會」之說並行，則多見於文獻的記載。如宋羅大經《鶴林玉露》丙編卷五《陸氏義門》載：「陸象山家於撫州金溪，累世義居。……晨揖，擊鼓三疊，……食後會茶，擊磬三聲。」〔註18〕又宋朱彧《萍州可談》載：「太學生每路有茶會，輪日於講堂集茶，無不畢至者，因以詢問鄉里消息。」〔註19〕宋佚名《道山清話》載：「館中一日會茶，有一新進曰：『退之詩太孟浪。』時貢父偶在座，屬聲問：『風約半池萍，誰詩也？』其人無語。」〔註20〕由此可知，至宋代太學、翰林都有「會茶」之俗。陸象山是宋代大理學家，宋明「心學」的開山祖師，「食後會茶」是他「累世義居」的大家族的族規。而陳元靚編《歲時廣記》卷第二十九《中元上·請茶會》引《歲時雜記》載：

> 解夏受歲，事見諸經，不可備舉，近世唯禪家解、結二會最盛，禮信畢集，施物豐夥，解、結齋畢，長少番次召諸僧茶會，諸僚互會茶，十餘日乃畢。」〔註21〕

上引雖說是僧家「會茶」之俗，但是於「茶會」與「會茶」關係說得明白。即「茶會」是「會茶」之（聚）會，「會茶」是「茶會」之（吃）茶。在這個意義上，「茶會」就是「會茶」，就是今天的「茶話會」，一種以相聚吃茶為形式的聯誼活動。「茶話會」之由來久矣！

「會茶」即「茶會」在後世寫唐宋背景故事的小說中時見。如《古今小說·趙伯升茶肆遇仁宗》寫道：「與店中朋友同會茶之間，趙旭見案上有詩牌，遂取筆，去那粉壁上寫下詞一首。」〔註22〕由此因緣際遇，做了大官；《西遊記》第六十九回寫八戒道：「我又不曾與他會茶會酒，又不是賓朋鄰里，我怎麼認得他！」〔註23〕以「會茶會酒」並舉為交友的形式。

總之，「會茶」即「茶會」，「茶會」即「會茶」，二者一而二，二而一，

〔註18〕〔宋〕羅大經《鶴林玉露》，《宋元筆記小說大觀》第五冊，上海古籍出版社2007年版，第5368頁。

〔註19〕〔南宋〕朱彧撰《萍州可談》，《宋元筆記小說大觀》第二冊，第2300頁。

〔註20〕佚名《道山清話》，《宋元筆記小說大觀》第三冊，上海古籍出版社2007年版，第2928頁。

〔註21〕〔宋〕陳元靚《歲時廣記》，《叢書集成初編》本，第372頁。

〔註22〕〔明〕馮夢龍編《古今小說》人民文學出版社1984年版，第176頁。

〔註23〕〔明〕吳承恩《西遊記》，山東文藝出版社1996年版，第841頁。

興起於唐，興盛於宋；由寺僧朝官至於士庶，官學市井之間，流行爲一種特定的交遊形式，並頻見於各種文獻的記載，乃至以宋代爲故事背景的《水滸傳》崇尚「成甕吃酒，大塊吃肉」的同時，也還有描摹市井茶坊，留下了「會茶」即「茶會」文化的一點記憶，雖不引人注目，但是仔細想來，也還是難得的！

　　綜上所述論，《水滸傳》成書當唐宋以後我國飲茶之風大盛的年代，是第一部大量寫及朝野官私社會飲茶之俗的長篇小說。《水滸傳》有關茶人茶事的描寫，不僅留下了我國宋元時期茶與社會的文學資料，而且豐富了小說表現生活的角度與手段，形成小說探索與反映社會人生的獨特藝術畫面。例如其所首創以「王婆茶坊」爲主要策源地的西門慶與潘金蓮故事，作爲古代小說寫「說風情」橋段的經典，後來直接成爲《金瓶梅》敘事的主要起點。在這個意義上，《水滸傳》寫茶堪稱我國古代所謂「世情小說」形成的一個重要支點，其光前裕後之用可謂大矣！

（原載《陝西理工大學學報（社會科學版）》2016 年第 4 期）

《水滸傳》「茶」敘事述論

　　《水滸傳》一百回〔註1〕，用「茶」字有四十餘回中共二百餘次，僅次於「酒」字。《水滸傳》寫「酒」之精妙，已多有學者討論；其寫茶之佳處，卻少有人評說。其實，《水滸傳》寫「茶」的熱心與手段，何嘗在寫「酒」之下？我故試探《水滸傳》以「茶」敘事在關合人物和情節轉折方面的表現，主要有兩個方面：一曰「風流『茶』說合」，二曰情節「茶」轉換。茲略說二者，並試探其可能的文化淵源如下。

一、「風流『茶』說合」

　　《水滸傳》寫「梁山泊好漢」之事，卻多因緣於情色；而其寫與「梁山泊好漢」相關情色之事，又多以「茶」為男女相攝合。其例有三：

　　其一，第二十一回《虔婆醉打唐牛兒，宋江怒殺閻婆惜》，寫宋江為行義而勉強收閻婆惜為外室，卻不能得婆惜喜歡：

> 　　原來宋江是個好漢，只愛學使槍棒，於女色上不十分要緊。這閻婆惜水也似後生，況兼十八九歲，正在妙齡之際，因此宋江不中那婆娘意。一日，宋江不合帶後司貼書張文遠來閻婆惜家吃酒。這張文遠卻是宋江的同房押司。那廝喚做小張三，生得眉清目秀，齒白唇紅。平昔只愛去三瓦兩舍，飄蓬浮蕩，學得一身風流俊俏，更兼品竹彈絲，無有不會。這婆惜是個酒色倡妓，一見張三，心裏便

〔註1〕〔元〕施耐庵、羅貫中《水滸傳》，李永祜點校，中華書局 1997 年版。本文如無特別說明，凡引此書均據此本，隨文說明或括注回次。

喜，倒有意看上他。那張三見這婆惜有意，以目送情。等宋江起身
淨手，倒把言語來嘲惹張三。常言道：「風不來，樹不動。舡不搖，
水不渾。」那張三亦是個酒色之徒，這事如何不曉得。因見這婆娘
眉來眼去，十分有情，記在心裏。向後宋江不在時，這張三便去那
裡，假意兒只做來尋宋江。那婆娘留住吃茶。言來語去，成了此事。
誰想那婆娘自從和那張三兩個搭識上了，打得火塊一般熱。亦且這
張三又是慣會弄此事的。豈不聞古人之言：「一不將，二不帶。」只
因宋江千不合，萬不合，帶這張三來他家裏吃酒，以此看上了他。
自古道：「風流茶說合，酒是色媒人。」正犯著這條款。閻婆惜是個
風塵倡妓的性格，自從和那小張三兩個答上了，他並無半點兒情分
在那宋江身上。

上引大段文字純用敘述，寫宋江的外室閻婆惜勾搭上了張文遠，固然因為宋
是「性冷淡」，張是「小鮮肉」，閻是「酒色娼妓」，有基於人物性格的必然。
但是，張文遠所以能勾搭上閻婆惜，卻是由於「宋江不合帶……張文遠來閻
婆惜家吃酒」。從而閻、張成事並導致「宋江殺惜」，就都由「吃酒」引起，
體現的是其後所點明「酒是色媒人」之句意。

然而，在《水滸傳》說「酒是色媒人」，似乎只是酒能亂性。真正男歡女
愛的「合」，還要「吃茶」來「說」。所以，上引張文遠「假意兒只做來尋宋
江」之際，便有「那婆娘留住吃茶。言來語去，成了此事」。這裡讀者當格外
著眼「那婆娘留住吃茶」一語，雖然僅為平淡的敘述，卻實非閒筆。因為很
顯然，閻、張二人之意肯定都不在「吃茶」，但「吃茶」卻是閻婆惜留住張文
遠「成了此事」的藉口，也是「成了此事」的「平臺」。也就是說，有了「吃
茶」的「言來語去」，才進一步有了二人的「合」。從而在閻、張情色故事中，
雖然「酒是色媒人」，但「言來語去」的「風流『茶』說合」才是「成了此事」
的關鍵。

其二，第二十四回《王婆貪賄說風情，鄆哥不忿鬧茶肆》，寫西門慶初識
潘金蓮，「卻被這間壁的王婆見了。那婆子正在茶局子裏水簾底下看見了，笑
道：『兀誰教大官人打這屋檐邊過，打得正好！』」又寫「不多時，只見那西
門慶一轉，踅入王婆茶坊裏來，便去裏邊水簾下坐了。王婆笑道：『大官人卻
才唱得好個大肥喏？』西門慶也笑道：『乾娘，你且來，我問你。間壁這個雌
兒是誰的老小？』」等等。從而在西門慶之漁色來說，已經因「茶肆」即「茶

之便，而有「王婆貪賄說風情」之事；進一步王婆爲西門慶攝合，則是以鄰居之便邀約潘金蓮，其藉口也是「茶」：

> 這王婆開了後門，走過武大家裏來。那婦人接著，請去樓上坐
> 地。那王婆道：「娘子，怎地不過貧家吃茶？」那婦人道：「便是這
> 幾日身體不快，懶走去的。」

接下來王婆又是借「曆日」，又是說「裁衣」，又是說「衣料」，又是說「裁縫勒揩」……曲曲折折，一溜說到就請潘金蓮裁衣，還要「起動娘子（潘金蓮）到寒家則個」直到潘金蓮痛快答應：「既是乾娘恁地說時，我明日飯後便來。」

如此一篇設局文字並以下武大被鴆、武松鬥殺西門慶、殺嫂、殺蔣門神、張都監……系列潑天命案，便都由王婆「娘子，怎地不過貧家吃茶」一語開啓，從而王婆的請「吃茶」眞如打開「潘多拉盒子」的咒語，並再也無法蓋上它！由此可見《水滸傳》以「吃茶」爲關合情節作用之大，又運用之妙，幾於不著痕跡。

其三，第四十四回《楊雄醉罵潘巧雲，石秀智殺裴如海》寫潘、裴情色之禍，因二人的私通被石秀發現，並殺了裴如海取證，導致第四十六回「楊雄大鬧翠屏山」，殺潘巧雲雪恨。這兩回書中寫潘、裴成事，固然基於二人的舊情，但其勾搭成奸的過程，卻有兩個主要的節點：一是裴如海藉口爲潘巧雲前夫王押司去世兩週年送禮，來楊家見到了潘巧雲，後者爲裴如海「獻茶」：

> 只見裏面婭環捧茶出來。那婦人拿起一盞茶來，把帕子去茶鍾
> 口邊抹一抹，雙手遞與和尚。那和尚一頭接茶，兩隻眼涎瞪瞪的只
> 顧看那婦人身上。這婦人也嘻嘻的笑著看這和尚。

按舊時禮教「男女授受不親」，這裡寫潘巧雲要親自奉茶與和尚，即或有過，但肯定出格非禮的是奉茶時她又「把帕子去茶鍾口邊抹一抹」。讀者當知「帕子」是潘巧雲擦拭手臉肌膚之物，以此把裴如海將要銜飲的「茶鍾口邊抹一抹」，明顯是一個如今之「索吻」的色情的暗示，即潘巧雲對裴如海來尋舊歡的欣然接受的表達。接下來「那和尚……這和尚」的描寫就順理成章了。總之，這裡以潘巧雲帕抹茶鍾口的傳神一筆，使「茶」成爲了潘、裴一拍即合的關鍵。

潘、裴成事的第二個節點是潘巧雲去裴如海住持的報恩寺還願，事罷：

> 海和尚卻請：「乾爺和賢妹，去小僧房裏拜茶。」一邀把這婦人
> 引到僧房裏深處。預先都準備下了。叫聲：「師哥拿茶來。」只見兩

個侍者，捧出茶來。白雪定器盞內，朱紅托子，絕細好茶。吃罷，放下盞子：「請賢妹裏面坐一坐。」又引到一個小小閣兒裏。

然後是裴如海勸用酒饌，再後來即二人「共枕歡娛」，並訂下海和尚去楊雄家幽會潘巧雲之法。這裡由寫潘巧雲心懷鬼胎的「還願」，一轉而入裴如海引她步步入彀的成奸，雖然不是必然的套路，但是書中描寫終於成就其事並恰到好處的就是「海和尚卻請：『乾爺和賢妹，去小僧房裏拜茶。』」從而「茶」在《水滸傳》情色故事中再一次成爲男女「說合」的關鍵。

如上《水滸傳》寫潘、裴之事，「茶」爲關鍵，遠比寫閻、張之事更爲生動，卻並沒有如前者描寫中再次拈出「風流茶說合」云云的古語，而留待第二十四回爲寫潘金蓮與西門慶故事進一步點睛。其錯落參差，搖曳多姿，誠古人論詩所謂「眞活法也」。

二、情節「茶」轉換

《水滸傳》寫「茶」用於一般敘事結構和情節的表現，則可概括曰「轉折因『茶』便」，即以「吃茶」爲轉捩之機造成情節的起伏跌宕，實現故事的峰迴路轉。顯著者有二例。

一是第十八回《美髯公智穩插翅虎，宋公明私放晁天王》，寫「吳用智取生辰綱」事發，濟寧府差觀察何濤去鄆城縣緝拿晁蓋等：

何觀察領了一行人……逕奔鄆城縣衙門前來。當巳牌時分，卻值知縣退了早衙，縣前靜悄悄地。何濤走去縣對門一個茶坊裏坐下吃茶相等。吃了一個泡茶，問茶博士道：「今日如何縣前恁地靜？」茶博士說道：「知縣相公早衙方散，一應公人和告狀的，都去吃飯了未來。」何濤又問道：「今日縣裏不知是那個押司值日？」茶博士指著道：「今日值日的押司來也。」何濤看時，只見縣裏走出一個吏員來。

這人就是宋江。這裡寫何濤來鄆城縣衙門先入茶坊，而宋江之出場也由「茶博士」引薦，何濤於「茶坊」中看見。一番介紹頌讚後又接寫道：

當時宋江帶著一個伴當，走將出縣前來。只見這何觀察當街迎住，叫道：「押司，此間請坐拜茶。」宋江見他似個公人打扮，慌忙答禮道：「尊兄何處？」何濤道：「且請押司到茶坊裏面吃茶說話。」宋公明道：「謹領。」兩個入到茶坊裏坐定，伴當都叫去門前等候。

接下又寫兩人各自我介紹，然後：

> 兩個謙讓了一回，宋江坐了主位，何濤坐了客席。宋江便叫茶
> 博士將兩杯茶來。沒多時，茶到。兩個吃了茶，茶盞放在卓子上。

於是何觀察「茶話」來由公事，或者因見宋江是押司，乃公門中人，竟粗心大意或極不專業地向宋江透露了案情和抓捕對象等，引出「宋公明私放晁天王」。而宋江為爭取「私放」晁蓋的時間，除託故縣官尚未「坐廳」和自己要回去「分撥了些家務」之外，其穩住何濤請「觀察少坐一坐」的安排也一發是請他繼續「吃茶」：

> 宋江道：「不妨。這事容易。甕中捉鱉，手到拿來。只是一件，
> 這實封公文，須是觀察自己當廳投下。本官看了，便好施行發落，
> 差人去捉。小吏如何敢私下擅開。這件公事，非是小可，勿當輕泄
> 於人。」何濤道：「押司高見極明。相煩引進。」宋江道：「本官發
> 放一早晨事務，倦怠了，少歇。觀察略待一時。少刻坐廳時，小吏
> 來請。」何濤道：「望押司千萬作成。」宋江道：「理之當然。休這
> 等說話。小吏略到寒舍，分撥了些家務便到。觀察少坐一坐。」何
> 濤道：「押司尊便，請治事。小弟只在此專等。」宋江起身，出得閣
> 兒，分付茶博士道：「那官人要再用茶，一發我還茶錢。」離了茶坊，
> 飛了似跑到下處。先分付伴當去叫直司，在茶坊門前伺候。若知縣
> 坐衙時，便可去茶坊裏安撫那公人道：「押司便來。叫他略待一待。」
> 卻自槽上鞁馬，牽出後門外去。宋江拿了鞭子，跳上馬，慢慢地離
> 了縣治。出得東門，打上兩鞭，那馬不刺刺的望東溪村攛將去。沒
> 半個時辰，早到晁蓋莊上。莊客見了，入去莊裏報知。

由以上宋江先後對「茶博士」「伴當」的囑咐都是關照何濤「吃茶」看，「吃茶」在穩住何濤以爭取「私放晁蓋」時間上所起的作用，實不啻黃泥崗上麻翻了楊志等人的藥酒了。所以，書中接下寫宋江在千鈞一髮之際向晁蓋說明情況，除「我只推說知縣睡著」之外，還特別提到「且教何觀察在縣對門茶坊裏等我。以此飛馬而來報你」。乃至晁蓋得信後向吳用等述說宋江如何救「我們七個」，也特別強調「虧了他穩住那公人在茶坊裏挨候。他飛馬先來報知我們」。可見不僅此節敘事邏輯上何觀察在「茶坊」吃茶的細節有關鍵意義，而且作者也正是通過反覆的提及，向讀者顯示其寫何觀察「吃茶」的匠心，即此所謂「情節『茶』轉換」也。

　　如果說「宋公明私放晁天王」的「情節『茶』轉換」還略顯隱晦，要提點剖析才見，那麼《水滸傳》中這一手法的應用還有極簡捷明快者，如第九十回《五臺山宋江參禪，雙林渡燕青射雁》寫宋江等由受招安、征遼的全盛向平方臘之役中死傷殆盡毀滅結局的轉折，就是通過三言兩語的「茶話」開啓的。這一回書中先寫宋江等功高不得封賞，眾心懷怨，李逵甚至聲言反回梁山。宋江雖彈壓一時，但不無憂慮。適逢上元節，宋江攜燕青、李逵等東京觀燈，於桑家瓦子聽說《三國志》「關雲長刮骨療毒」，惹出事端亦即敘事的轉機：

> 　　燕青拖了李逵便走。兩個離了桑家瓦，轉過串道，只見一個漢子飛磚擲瓦，去打一戶人家。那人家道：「清平世界，蕩蕩乾坤，散了二次，不肯還錢，顛倒打我屋裏！」黑旋風聽了，路見不平，便要去勸。燕青務死抱住。李逵睜著雙眼，要和他廝打的意思。那漢子便道：「俺自和他有帳討錢，干你甚事。即日要跟張招討下江南出征去，你休惹我。到那裡去也是死。要打，便和你廝打。死在這裡，也得一口好棺材。」李逵道：「卻是什麼下江南？不曾聽的點軍調將。」燕青且勸開了鬧。兩個廝挽著，轉出串道。離了小巷，見一個小小茶肆。兩個入去裏面，尋付座頭坐了吃茶。對席有個老者，便請會茶，閒口論閒話。燕青道：「請問丈丈，卻才巷口一個軍漢廝打。他說道要跟張招討下江南，早晚要去出征。請問端的那裡去出征？」那老人道：「客人原來不知。如今江南草寇方臘反了，佔了八州二十五縣，從睦州起直至潤州，自號爲一國。早晚來打揚州。因此朝廷已差下張招討、劉都督去剿捕。」燕青、李逵聽了這話，慌忙還了茶錢，離了小巷，逕奔出城，回到營中，來見軍師吳學究，報知此事。吳用見說，心中大喜。來對宋先鋒說知：「江南方臘造反，朝廷已遣張招討領兵。」宋江聽了道：「我等軍馬諸將，閒居在此，甚是不宜。不若使人去告知宿太尉，令其於天子前保奏，我等情願起兵前去征進。」當時會集諸將商議，盡皆歡喜。

此後就是宋江請旨隨征，自然一切順利，標誌了《水滸傳》敘事由「始」至「中」向大結局「終」點轉折的完成。這一轉折的關鍵，往大處說自然是宋江等上元節東京觀燈了；再具體就是他們於桑家瓦子聽說書之後李逵打抱不平，聽「那漢子」說「俺……即日要跟張招討下江南出征去」云云。但是，

這一信息的真正落實，卻是燕青拉了李逵在「一個小小茶肆……吃茶」的一番「茶話」。所以上引文字後接下即「有詩為證：屏跡行營思不勝，相攜城內看花燈。偶從茶肆傳消息，虎噬狼吞事又興。」把這一導致宋江等百零八個好漢故事即《水滸傳》大結局的關鍵歸之於「偶從茶肆傳消息」，是非常恰當的。由此可見作者故以「情節『茶』轉換」為敘事之一法的匠心。

三、試說淵源

　　大約於元末先後成書的《三國演義》《水滸傳》中都寫到古今中國人所好之「酒」與「茶」。但是，《三國演義》寫「茶」與其寫「酒」不同，僅為順筆提及而已，並無顯著因「茶」生事或因「茶」成事的敘事表現。而《水滸傳》不然，乃一如其寫「酒」，成為如上所述論以物敘事的重要手段。《水滸傳》作者這種自覺熱心和更為大量的「茶」敘事藝術，應該有些歷史的原因或淵源。試說如下。

　　一是《水滸傳》取材時代社會生活與文學背景的影響。我國古代飲茶歷史悠久，但至《三國演義》所寫三國時代，也還未至於十分興盛，所以無論《三國志》或《三國志平話》等《三國演義》據為創作的前期資料中，都很少有關「茶」的記載。雖然這可能與那些資料不甚注重日常生活習俗的記載有關，但是因此而《三國演義》據正史、採小說，就不可能或難得有更多寫「茶」進而以「茶」寫人敘事的表現了。《水滸傳》則不然，其所寫故事時代背景的宋朝，正當華夏茶風方熾，而且唐以來正史、詩文中連篇累牘，多有關於「茶」的記載和吟詠，影響小說中不乏有關「茶」的故事。例如宋元話本《趙旭遇仁宗傳》的故事就主要是在茶肆中發生的〔註2〕，以致後來《古今小說》採錄則易題為《趙伯昇茶肆遇仁宗》，特意點出故事發生的地點「茶肆」。《水滸傳》作者顯然從中汲取了營養，我們看其寫潘金蓮落下撐簾子的叉竿失手恰好打在了路過的西門慶頭上的描寫，與《趙旭遇仁宗傳》寫仁宗在樊樓上飲酒失手墜扇落在了秀才趙旭破藍衫袖上的情節何其相似，就可以知道，從而相信《水滸傳》寫「茶」有其時代社會與文學背景的影響了。

　　二是《水滸傳》取材和其作者或主要作者羅貫中的地域背景的影響。我國古代飲茶之風大約興起於唐代江南民間，但其流行全國，則起自泰山靈巖

〔註 2〕程毅中《宋元小說家話本集》，齊魯書社 2000 年版，第 587～600 頁。

寺僧人的推動。唐封演《封氏聞見記》卷六《飲茶》載：

> 茶，早採者為茶，晚採者為茗。《本草》云：「止渴，令人不眠。」
> 南人好飲之，北人初不多飲。開元中，太山靈巖寺有降魔師大興禪
> 教，學禪務於不寐，又不夕食，皆恃其飲茶。人自懷挾，到處煮飲。
> 從此轉相仿傚，逐成風俗。起自鄒、齊、滄、棣，漸至京邑。城市
> 多開店鋪，煎茶賣之，不問道俗，投錢取飲。

《水滸傳》寫宋代梁山泊好漢故事，最後成書於元末東原（今山東東平）人羅貫中之手。東原即今山東東平、寧陽、汶上一帶，還有可能就是靈巖寺所在泰山西北的「東太原」，即今山東省濟南市長清區。以泰山靈巖寺為中心，這一帶正是我國飲茶之風的起源地。《三國演義》和《水滸傳》的作者（或主要作者）羅貫中生於斯並曾長期在這一帶活動，其在《水滸傳》中一如寫「酒」般的放筆寫「茶」，使書中有如上以「茶」敘事妙筆生花的諸多表現，其實是很自然的。當然，這一現象也可以看作《水滸傳》與泰山文化密相關聯的一個跡象。

三是《水滸傳》以「茶」敘事，其「風流『茶』說合」的表現當因緣於「茶」在古人兩性婚姻關係中的應用。按明人許次紓《茶疏》說：「茶不移本，植必子生。古人結婚，必以茶為禮，取其不移植之意也。今人猶名其禮為下茶，亦曰吃茶。」此俗由來更早於明代，如《全宋詩》卷一二〇二《李覯三·田舍女》云：

> 田家女兒不識羞，草花竹葉插滿頭。紅眉紫襦青絹襖，領頸粗
> 糙流黑油。日午擔禾上場曬，也喜年豐欲還債。傭工出力當一男，
> 長大過竿不會拜。有者四十猶無家，東村定昏來送茶。翁嫗吃茶不
> 肯嫁，今年種稻留踏車。

這首詩說一個農家姑娘被父母（翁嫗）留作家裏的「傭工」，即使有人「送茶」求婚，「翁嫗」卻只「吃茶」，不肯把女兒嫁人。由此可見「吃茶」在宋人婚姻中既是締婚的一個禮節，也是男方求女的一個隱喻。這一隱喻的意義源於婚禮過程中茶的應用，並反過來使「吃茶」成為男女溝通情感的一個表達。宋代著名詩人陸游《老學庵筆記》有載說：

> 辰、沅、靖州蠻……嫁娶先密約，乃伺女於路，劫縛以歸。亦
> 忿爭叫號求救，其實皆偽也。生子乃持牛酒拜女父母。初亦陽怒卻
> 之，鄰里共勸，乃受。飲酒以鼻，一飲至數升，名鈎藤酒，不知何

物。醉則男女聚而踏歌。農隙時至一二百人爲曹，手相握而歌，數
人吹笙在前導之。貯缸酒於樹陰，饑不復食，惟就缸取酒恣飲，已
而復歌。夜疲則野宿。至三日未厭，則五日，或七日方散歸。上元
則入城市觀燈。呼郡縣官曰大官，欲人謂己爲足下，否則怒。其歌
有曰：「小娘子，葉底花，無事出來吃盞茶。」蓋竹枝之類也。〔註3〕

　　這雖然主要是苗俗中的行爲，但陸游《老學庵筆記》後世流行頗廣，此
一記載應能夠爲《水滸傳》的作者們所知。所以，我既傾向於認爲上論「宋
江殺惜」故事中「那婆娘留住吃茶」爲閻、張「言來語去，成了此事」的最
後關鍵，又認爲其所以必有「那婆娘留住吃茶」一句，也是爲此後拈出「風
流『茶』說合」語的鋪墊。而「王婆貪賄說風情」故事中寫王婆出手爲西門
慶攝合潘金蓮第一次打招呼即曰「娘子，怎地不過貧家吃茶」，也有基於「吃
茶」有男女私會之隱喻意義的可能。總之，所謂「風流『茶』說合」之必是
「茶」，而不是其他，乃至不是「酒」的原因，在於至晚宋代「茶」文化就已
經與男女婚戀情色之事有了約定俗成的聯繫。讀者只有從這種聯繫上看，才
可以深入讀懂《水滸傳》敘事以「風流『茶』說合」爲機杼之必然，並進一
步於後世《紅樓夢》寫王熙鳳打趣林黛玉說「既吃了我們家的茶，怎麼還不
給我們家做媳婦兒」（第二十五回）云云的意義，也才會有更深切的會心。

　　四是《水滸傳》以「茶」敘事更深刻的根源，又或在於唐宋人「茶禪一
味」觀念的影響。上論飲茶即「吃茶」之風，實興起於中晚唐佛教禪宗，而
禪宗有戒、定、慧三學。「定」即定心，即排除外界的干擾而歸於靜寂。此明
心見性漸進成佛之徑，猶飲茶之能袪止昏睡，使人心智定於清醒。所以，禪
家既「皆恃其飲茶。人自懷挾，到處煮飲」，以「吃茶」爲修行之輔助，又其
偈語之中，也有了「吃茶去」之說，並流爲名句。據《古尊宿語錄》卷十四
《趙州（從諗）眞際禪師語錄之餘》載：

　　　師問二新到：「上座曾到此間否？」云：「不曾到。」師云：「吃
　　茶去。」又問那一人：「曾到此間否。」云：「曾到。」師云：「吃茶
　　去。」院主問：「和尚，不曾到，教伊吃茶去即且置。曾到，爲什麼
　　教伊吃茶去？」師云：「院主。」院主應諾。師云：「吃茶去。」〔註4〕

〔註3〕〔宋〕陸游《老學庵筆記》，本社編《宋元筆記小說大觀》（第四冊），上海古
　　　　籍出版社1999年版，第3483頁。
〔註4〕〔宋〕賾藏主編集《古尊宿語錄》，中華書局1994年版，第243～244頁。

　　「吃茶去」自趙州和尚拈出以後，遂在佛家流行甚廣，成為著名的偈語。但是未見有明確的解釋，可能學禪在自悟，他人一說便俗。倘勉為一說，竊以為「吃茶去」就是因「茶」以「定心」，一切放下，以無疑無問、無想無住，即以無心為心、無解為解，身如槁木，心如死灰，才算達到了「明心見性」的「禪悅」之境。否則，疑神疑鬼，思慮無窮，心猿意馬，事事動心，如今俗所謂「活得太累」，便終無了斷而萬境皆空悟道成佛。這也許就是「吃茶去」作為禪宗偈語的真意，故宋僧圓悟克勤曰「茶禪一味」。

　　《水滸傳》以「茶」敘事，自然不能也不會是對「吃茶去」的膠柱鼓瑟的模擬，但其動輒拈出「茶坊」「茶博士」「過貧家吃茶」等作為情節發展的關合或轉捩，雖從敘事因緣生法來看乃自然而然，卻仍不能不使人疑及其深層意識上與佛家「吃茶去」的禪意若有關聯。儘管這只在深長思之才可以有些相信的事，但畢竟其敘事大小關鍵處，甚多如上所述類似「吃茶去」的設計。尤其讀至第四十五回寫「海和尚卻請：『乾爺和賢妹，去小僧房裏拜茶。』」便更是引起其是否暗涉禪家那句「吃茶去」偈語之意的想像，當然是戲謔和暗諷的模倣。

　　綜合以上述論，儘管《水滸傳》「茶」敘事在其思想藝術上未至於舉足輕重，但是一方面，如《水滸傳》這等數百年讀者專家揣摩評說看來已無所不至之書，能揭出一二新奇之點，應不免有「那人卻在，燈火闌珊處」的驚喜之感；另一方面，其事雖微，卻也從一個角度關乎《水滸傳》藝術的判定，可證其作者運思用筆，似俗實雅，似粗實細、似淺實深，非積學深心不可以徹底讀懂。以故，筆者提出閱讀尤其是研究古代通俗小說名著的「雅」觀「通俗」之法。即以古人「治經」的態度深入考索，作「窄而深」的鑽研，「研究者務求甚解，則非有『雅』觀『通俗』之心，又於可觀之處隨時以觀，才有可能洞悉幽隱，發現伏藏，不辜負作者之心，而真得古代通俗小說文本之深義。」〔註5〕

（原載《南都學壇》2017 年第 4 期）

〔註 5〕杜貴晨《試論中國古代小說「雅」觀「通俗」的讀法——以〈水滸傳〉「黑旋風沂嶺殺四虎」細節為據》，《東嶽論叢》2012 第 3 期。

《水滸傳》「王婆賣茶」考論

　　《水滸傳》〔註1〕寫飲酒多，寫喫茶少；寫酒店多，寫茶坊少。但是，比較書中寫得最好的景陽崗、十字坡酒店之精彩，《水滸傳》第二十四回前半「王婆貪賄說風情」寫「王婆茶坊」情節之重要與筆法之高妙都毫不遜色，或有所過之。因爲正是在這個小小茶坊裏發生的「王婆貪賄說風情」，媒孽了西門慶與潘金蓮的私通，引發了潘金蓮殺夫的惡行，才導致包括王婆本人在內的三家四人的毀滅，後續又有武松「大鬧飛雲浦」「血濺鴛鴦樓」等血腥慘烈的殺戮……。因此，自古及今，《水滸傳》寫「王婆茶坊」，並未被讀者稱之爲「黑店」，但是就其作爲以上諸多命案的策源之所而言之，其爲店之「黑」的程度上，實不下於大樹「十字坡」酒店之賣人肉「饅頭」。唯是孫二娘酒店之「黑」，也還有「三等人不可壞他」（第二十七回）的規矩，但「王婆茶坊」之「黑」，卻是連可憐的小生意人武大也下得狠手！豈非論「黑店」之「黑」，「王婆茶坊」才是《水滸傳》中眞正的第一？所以《水滸傳》寫茶值得注意，其寫「王婆茶坊」尤其值得專注的賞鑒。然而由檢索可知，居然迄今爲止的《水滸傳》研究中，題目中有關其寫「酒」的文章多達二百餘篇，有關其寫「茶」的卻只有三兩短文，全面討論「王婆賣茶」者甚至於無。我故爲「王婆賣茶」考論如下。

一、「王婆賣茶」溯源

　　《水滸傳》寫「王婆賣茶」，雖然整體上是一個創造，但「王婆」名號及

〔註1〕〔元〕施耐庵、羅貫中《水滸傳》，李永祜點校，中華書局 1997 年版。本文如無特別說明，凡引此書均據此本，隨文說明或括注回次。

其「賣茶」的身份形象等卻基本因襲於前人，乃淵源有自，可考索而知。

以「王婆」稱開店做生意的老婦，較早見於五代王仁裕撰《玉堂閒話》載：「范公引賓客，絏鷹犬，獵於王婆店北。」（《太平廣記》卷二〇四《王仁裕》）這個「王婆店」很可能已成爲了地名，但是由此更可以確信「王婆」作爲店名，早在五代以前就已經存在並在社會上被叫響了。

宋元話本中更多見「王婆」的身影，且都是媒人。卻分兩種類型：一類是大體上正面能行好事的，如《史弘肇傳》中爲史弘肇說媒的孝義店的王婆〔註2〕和《鬧樊樓多情周勝仙》中爲周勝仙治病並說媒的「隔一家」的王婆〔註3〕；一類是品行不端往往作惡的，如《西山一窟鬼》中爲秀才吳洪做媒的「半年前搬去的鄰舍」，這個「王婆是害水蠱病死的鬼」〔註4〕。但是，既然無論行好或作惡的媒氏女性人物多稱作「王婆」，那麼「王婆」在事實上也就成爲了那時話本中女性媒人的「共名」〔註5〕。

宋元話本中作爲女性媒人之「共名」的「王婆」必有現實中一定的根據。因爲據吳自牧《夢粱錄》載，北宋東京汴梁就有一座「中瓦內王媽媽家茶肆名一窟鬼茶坊」〔註6〕。雖然有可能是這家「王媽媽……一窟鬼茶坊」打了當時說話藝術中《西山一窟鬼》話本的招牌，而不是《西山一窟鬼》話本以「王媽媽……茶坊」爲原型創造，但是可以肯定的是現實中類似於《西山一窟鬼》中多行不義的「王媽媽……茶坊」一定有的。而唐宋以降各種有關「王婆」的記載，特別是《西山一窟鬼》中的「王婆」和《夢粱錄》有關「王媽媽……茶坊」的記載，正是《水滸傳》中「王婆茶坊」的遠源或遠源之一部。

《水滸傳》寫「王婆茶坊」雖然只有一個，但是寫「王婆」卻有三個：一是第七回寫林沖娘子央了來看家的「間壁王婆」，二是第二十一回寫爲閻婆惜做媒納爲宋江外室的「王婆」，第三個才是本文擬着重討論的第二十四回出場至第二十七回被東平知府陳文昭判劇的「王婆茶坊」的「王婆」。由《水滸傳》寫「王婆」多至於三個，一方面可見「王婆」這個形象，不僅在宋元話

〔註2〕程毅中《宋元小説話本集》，齊魯書社 2000 年版，第 613～617 頁。

〔註3〕《宋元小説話本集》，第 789～792 頁。

〔註4〕《宋元小説話本集》，第 212～219 頁。

〔註5〕《荀子‧正名》：「物也者，大共名也。推而共之，共則有共，至於無共然後止。」楊倞注：「起於總謂之物，散爲萬名。是異名者本生於別同名者也。」「共名」在近世西方文論的漢譯中用指某一類人物典型名稱的概括性。

〔註6〕〔宋〕吳自牧《夢粱錄》，傅林祥《夢粱錄‧武林舊事》，山東友誼出版社 2001 年版，第 210 頁。

本中，而且在《水滸傳》本書也是一類人物形象的「共名」；另一方面由《水滸傳》作者似情不自禁地再三寫及同以「王婆」命名的人物，既可見此一「共名」影響之大，又可見作者對塑造這一類型人物的熱心與專注，從而愈寫愈好，至「王婆賣茶」，乃創造出寫「王婆」和以「茶」寫人的經典！

自晚唐五代「王婆」逐漸成為古典小說寫媒氏女性人物「共名」現象，早就引起了古代小說家創作上的模倣與評論上的注意。如明袁于令著《隋史遺文》第五回就曾借人物之口對包括「王婆」在內的人物「共名」現象議論道：

> 秦叔寶道：「我與你賓主之間，也不好叫你的名諱。」店主笑道：「往來老爹們，把我示字，顛倒過了，叫我做王小二。」叔寶道：「這也是通套的話兒，但是開店的，就叫做小二。但是做媒的，就叫做王婆，這等我就叫你是小二哥罷。」〔註7〕

古代小說中的「王婆」作為「做媒的」一類女性人物的「共名」，雖然沒有達到凡「做媒的」女性都叫做「王婆」的壟斷地位，但是就以上舉例看，在宋代社會和宋元明小說戲曲作品中「做媒的」王婆，也確實較為多見，並有若干共性特點一脈相傳：一者都為人做媒不必說了，二者都是主人公的近鄰甚至「間壁」，三者往往開店包括「賣茶」的，四者往往有多種號稱能治病消災的「忽悠」手段。宋元話本《鬧樊樓多情周勝仙》寫迎兒所推薦的「隔一家有個王婆⋯⋯喚作王百會，與人收生，作針線，作媒人，又會與人看脈，知人病輕重。鄰里家有些些事都浼他」〔註8〕，就差不多是一個標準的「王婆」了。然而，若論這類人物身份特徵之典型，乃非《水滸傳》第二十四回寫「王婆茶坊」這位「王婆」莫屬：

> 王婆哈哈的笑起來道：「老身不瞞大官人說，我家賣茶，叫做鬼打更。三年前六月初三下雪的那一日，賣了一個泡茶，直到如今不發市。專一靠些雜趁養口。」西門慶問道：「怎地叫做雜趁？」王婆笑道：「老身為頭是做媒，又會做牙婆，也會抱腰，也會收小的，也會說風情，也會做馬泊六。」

總之，作為《水滸傳》中的三個「王婆」之一，在俗語中「賣瓜」的「王婆」出現之前，這位「王婆茶坊」的「王婆」，可說是寫得最好、名氣最大的

〔註7〕〔清〕袁于令《隋史遺文》，人民文學出版社1989年版，第40頁。
〔註8〕《宋元小說話本集》，第789頁。

「王婆」，而沒有之一。尤其她各種「雜趁」中「爲頭是做媒」，卻以「賣茶」爲名，不僅賦予了這一人物形象鮮明的身份特徵，而且以其爲「說風情」左右開源如神助之效果，爲後世文學（主要是《金瓶梅》）中的「王婆」形象定格，是一個特別的貢獻。故本文無論作爲《水滸傳》的研究，還是作爲古代小說「共名」之「王婆」的研究，都可以取「王婆賣茶」以概其餘，作爲討論的主要對象。當然，這裡先要說明的是，「王婆賣茶」不僅一如其「賣茶，叫做鬼打更」，「專一靠些雜趁養口」，而且其所賣「茶」之本身，也是依傍於「茶」的各種花葉果蔬之類烹製的飲品；至於其交易行爲，不過是以「賣茶」爲「說風情」、行「貪賄」「馬泊六」的手段。所以，本文論「王婆賣茶」將無關其商業的性質，而僅僅注意其以「茶」寫人敘事的藝術。

至於「王婆賣茶」故事的情節構造，卻似與《宣和遺事》有關「周秀茶坊」的記事略有淵源。按宋元間無名氏著《宣和遺事》記宋徽宗微服「遊玩市廛」行幸李師師事云：

> 徽宗聞言大喜，即時易了衣服，……引高俅、楊戩私離禁闕，出後載門，留勘合與監門將軍郭建等，向汴京城裏串長街，驀短檻……抵暮，至一坊，名做金環巷……又前行五七步，見一座宅……忽聞人咳嗽一聲。睜開一對重瞳眼，覷著千金買笑人……這個佳人，是兩京詩酒客，煙花帳子頭，京師上亭行首，姓李名做師師……天子見了佳人，問高俅道：「這佳人非爲官宦，亦是富豪之家。」高俅道不識。猶豫間，見街東一個茶肆，牌書「周秀茶坊」。徽宗遂入茶坊坐定，將金籃內取七十足百長錢，撒在那卓子上。周秀便理會得，道是個使錢的勤兒。一巡茶罷，徽宗遂問周秀道：「這對門誰氏之家？簾兒下佳人姓甚名誰？」周秀聞言，「上覆官人：問這佳人，說著後話長。這個佳人，名冠天下，乃是東京角妓，姓李，小名師師。」徽宗見說，大喜，令高俅教周秀傳示佳人道：「俺是殿試秀才，欲就貴宅飲幾杯，未知娘子雅意若何？」周秀去了，不多時，來見官人言曰：「行首方調箏之間，見周秀說殿試所囑之言，幽情頗喜。不棄潑賤，專以奉迎。」徽宗聞言甚喜，即時同高俅、楊戩望李氏宅來。〔註9〕

〔註 9〕〔元〕無名氏《宣和遺事》，丁錫根《宋元平話集》，上海古籍出版社 1990 年版，第 309～311 頁。

以上引文敘宋徽宗逛街途中，偶至李師師之宅，入茶坊吃茶，然後得見李師師諸情節，《水滸傳》第七十二回寫宋江東京看燈得見李師師的故事即已套用：

> 且說宋江與柴進扮作閒涼官。再叫戴宗扮作承局，也去走一遭。
> 有些緩急，好來飛報。李逵、燕青扮伴當，各挑行李下山……四個
> 轉過御街，見兩行都是煙月牌，來到中間，見一家外懸青布幕，裏
> 掛斑竹簾，兩邊盡是碧紗窗，外掛兩面牌，牌上各有五個字，寫道：
> 「歌舞神仙女，風流花月魁」。宋江見了，便入茶坊裏來吃茶。問茶
> 博士道：「前面角妓是誰家？」茶博士道：「這是東京上廳行首，喚
> 做李師師。間壁便是趙元奴家。」宋江道：「莫不是和今上打得熱的？」
> 茶博士道：「不可高聲，耳目覺近。」宋江便喚燕青，付耳低言道：
> 「我要見李師師一面，暗裏取事。你可生個宛曲入去，我在此間吃
> 茶等你。」宋江自和柴進、戴宗在茶坊裏吃茶。

把以上兩段引文敘事比較，我們看宋江等出行一如宋徽宗，也是在東京，也是改扮了服裝身份，也是帶有二或三名隨行，也是逛街中偶經李師師宅門，也是恰好就有一座茶坊，也是入茶坊吃茶打聽得李師師情狀，也是主動求見並得到李師師的接待。如此七處與上引宋徽宗見李師師描寫的雷同，無疑是《水滸傳》模倣《宣和遺事》的結果。但是，《水滸傳》對《宣和遺事》此節的模倣，卻早在第二十四回寫「王婆賣茶」故事即已小試牛刀，只不過賣茶的「周秀」變成了世俗更為有名的「王婆」，「周秀茶坊」也變成了「王婆茶坊」。而宋徽宗則變成了西門慶，宋徽宗在李師師宅門望見「佳人」，變成了西門慶在武大郎門前被叉竿誤打得見潘金蓮，整個故事更加民間化了而已。由此可見《宣和遺事》有關宋徽宗、李師師的記載，不僅是《水滸傳》寫宋江、李師師故事的淵源，同時是《水滸傳》進而《金瓶梅》承襲之「王婆賣茶」故事的源頭之一。而《水滸傳》對《宣和遺事》之承衍也並未限於記宋江三十六人故事一節，而是能取盡取，多多益善。《水滸傳》作者致力於對舊資料的採擇化用，因故為新，踵事增華的藝術特點，也由此可見一斑。

二、假象寄意，以「茶」寫人

《水滸傳》「王婆賣茶」之「茶」，名色多變，或諧音，或寓意，或影射，每變皆關「說風情」事體之關鍵核心，可謂「茶」隨事走，移步換形，搖曳多姿，得以「茶」寫人和敘事之妙。茲以王婆先後之茶語為序分說如下。

（一）「大官人吃個梅湯？」

《水滸傳》寫「冬已將殘，天色回陽微暖」，一日清晨，西門慶路過武大郎住處因遭叉竿誤打而迷上了潘金蓮之後，一心要「勾搭」上這個「雌兒」。應是情急似火，所以當天剩下來的時間裏，竟接連三次來王婆茶坊。第一次即與潘金蓮別過之後：

> 不多時，只見那西門慶一轉，踅入王婆茶坊裏來，便去裏邊水簾下坐了。王婆笑道：「大官人卻才唱得好個大肥喏？」西門慶也笑道：「乾娘，你且來，我問你。間壁這個雌兒是誰的老小？」

按此即西門慶為勾引潘金蓮第一次來王婆茶坊，不是為了吃茶，也沒有吃茶，只為茶坊中「水簾下坐了」看武大郎家門前動靜方便，也好打聽「這個雌兒是誰的老小？」而舊時茶坊有八方來客，遂使店家成為當地的「消息靈通人士」。更不用說王婆茶坊在武大郎家隔壁，王婆當然知道「雌兒是誰家老小」，同時也曉得這位「西門大郎」，「從小也是一個奸詐的人」。所以本就「不依本分」的王婆，遇上西門慶心生不良，便一心裏只如她稍後說的，「那廝會討縣裏人便宜，且教他來老娘手裏納些敗缺」。而西門慶此來，只是問道：「王乾娘，我少你多少茶錢？」並非真心還賬。所以，她答覆西門慶之問，或聲東擊西，或閃爍其辭，大略只是一些「瘋話」。雖亦微露其已心知肚明有可以幫辦成事的意思，卻遠非肯定的答覆。這就使西門一時摸門不著，「說了幾句閒話，相謝起身了」。從而西門慶第一次來王婆茶坊，只算作打了一個招呼，而未及實質是討價還價的吃茶請託。

於是有這一天之中西門慶再來「王婆茶坊」：

> 約莫未及兩個時辰，又踅將來王婆店門簾邊坐地，朝著武大門前。半歇，王婆出來道：「大官人吃個梅湯？」西門慶道：「最好。多加些酸。」

這裏「約莫未及」是說不到「兩個時辰」，並以顯西門慶情慾難耐之急。而「王婆賣茶」之慘淡經營，正是「八十媽媽休誤了上門生意」〔註10〕，於是「專一靠些雜趁養口」的她便開始放出「也會說風情」的手段。首先是欲擒故縱，雖肯定是第一時間就知道了西門慶「又踅將來……」，卻並不立即出面招呼，而是「半歇……出來」，這顯然不合店家迎客的常情，而是王婆有意藉這「半歇」之慢，向西門慶表明其「說風情」待價而沽的態度；其次是展開以「賣

〔註10〕 李綠園《歧路燈》，欒星校注，中州書畫社1980年版，第142頁。

茶」爲由的試探,問「大官人吃個梅湯」而一語雙關,看西門慶是何心思。

「梅湯」是由酸梅加冰糖熬煮而成,又名酸梅湯,屬於廣義上的茶即果茶。上引寫王婆問西門慶「吃個梅湯」,讀者雖不難會意,但一言難盡者大約有四:一是「梅湯」味酸開胃,以顯王婆薦飲此湯,是所謂「弔胃口」也;二是「梅湯」味酸,卻正中西門慶下懷,被贊爲「最好」,還要「多加些酸」,以顯「高富帥」的西門慶對「矮挫窮」的武大郎有潘金蓮這等豔妻,心裏「吃醋」之甚也;三是更明顯是「梅」音諧「媒」,王婆以此寄意,試探西門慶是否要她爲他與潘金蓮做「媒」?四是以「梅湯」作爲由說「茶」跳轉爲做「媒」的支點,給了西門慶跟進求助的機會,推動情節的發展。書中寫道:

> 王婆做了一個梅湯,雙手遞與西門慶。西門慶慢慢地吃了,盞托放在卓子上。西門慶道:「王乾娘,你這梅湯做得好。有多少在屋裏?」王婆笑道:「老身做了一世媒,那討一個在屋裏。」西門慶道:「我問你梅湯,你卻說做媒,差了多少?」王婆道:「老身只聽的大官人問這媒做得好,老身只道說做媒。」西門慶道:「乾娘,你既是撮合山,也與我做頭媒,說頭好親事,我自重重謝你。」

這裡最妙是王婆薦飲的「梅湯」被「西門慶慢慢地吃了」。以「西門大郎」的「破落戶」性情和他急於「牽手」潘金蓮的心情,這「慢慢地吃」絕非心不在焉,而應該是他一邊品嘗著這「梅湯」的滋味,一邊更是動起了心思。三思而後乃由誇獎王婆的「梅湯做得好」,一轉而祭出「有多少在屋裏」的一語雙關之問,從而把由「梅湯」跳轉「做媒」的「皮球」踢回王婆一方,「逼」出王婆以假作真,直接由「梅湯」的話題轉爲「老身做了一世媒」云云,情節遂「無縫拼接」,聯翩而下。

按此即西門慶第二次來王婆茶坊和「王婆賣茶」第一次。這一次她與西門慶籍「梅湯」展開的互相試探,雖使彼此明瞭有求有應的立場與態度,西門慶甚至說到「也與我做頭媒,說頭好親事,我自重重謝你」,但由於畢竟西門慶僅口惠而實未至,所以王婆雖也急切要藉此事從西門慶手裏弄些錢財,但是並不立即跟進,而是留下「媒」的女方是潘金蓮一層不去戳破。從而又只好是「西門慶笑了,起身去」。

(二)「大官人,吃個和合湯如何

這是第一天之中西門慶第三次來王婆茶坊,時間也已經是傍晚:

> 看看天色晚了,王婆卻才點上燈來,正要關門,只見西門慶又

　　覷將來，逕去簾底下那座頭上坐了，朝著武大門前只顧望。王婆道：
「大官人吃個和合湯如何？」西門慶道：「最好，乾娘放甜些。」王
婆點一盞和合湯，遞與西門慶吃。

「和合湯」當係果仁、蜜餞之類調和烹製的飲品，茲不深究。但論「和合湯」
之名曰「和合」，其作為詞彙的義項有若干，其一即在道教指男女交媾、婚姻
之事。《雲笈七籤》卷十七《三洞經教部‧太上老君內觀經》：

　　老君曰：天地構精，陰陽布化，萬物以生，承其宿業，分靈道
一，父母和合，人受其生。〔註11〕

　　由此可知，上引《水滸傳》寫王婆為撮合西門慶與潘金蓮薦飲「和合湯」
之「和合」，也正如前此的請吃「梅湯」，是以湯名寄意，一語雙關，是再一
次和更進一步向西門慶暗示，她能夠為他與潘金蓮的「和合」牽線搭橋。而
西門慶說「最好」，實乃表示已經心領神會；又說「放甜些」，則以暗示王婆
大力促成之意。然後寫「王婆點……西門慶吃」，明是敘吃茶，暗寓的卻是她
（他）們作為主顧之間進一步確認達成了為西門慶「說頭好親事」約定。但
是，西門慶「坐個一晚，起身道：『乾娘記了賬目，明日一發還錢。』王婆道：
『不妨。伏惟安置，來日早請過訪。』」從王婆接西門慶「明日一發還錢」的
話，結末叮囑「來日早請過訪」，可以看出王婆至此雖然答應了為西門慶與潘
金蓮做「媒」，但是否付之行動，還有一點尚未說破的，就是要等待西門慶「來
日早請過訪」，「納些敗缺」即銀兩來。

　　這裡寫西門慶至第三次登門不成，雖已不合於古俗「事不過三」的慣例，
但是非如此不足以寫出西門慶有「潘、驢、鄧、小、閒」之「閒」，也不足以
凸顯王婆生意人「不見兔子不撒鷹」的現實態度與摳門性格。所以儘管西門
慶已「三顧茅廬」，但由於「王婆賣茶」所得，都只是「記賬」，而並無真金
白銀到手，所以總是按兵不動。也就是說在王婆看來，只有銀子才是最會說
話的。西門慶不把銀子送上，縱然跑斷腿、磨破嘴，也是完全不中用的。

　　按此即西門慶第三次來王婆茶坊和「王婆賣茶」第二次。這一次彼此的
互動仍然無果，仍是西門慶「起身去了」。但是，西門慶欲火難息，決不言棄，
從而「王婆賣茶」再生波瀾，越發好看。

（三）「濃濃的點兩盞薑茶」

　　承上王婆囑西門慶「來日早請過訪」，西門慶果不負約，第二天第四次來

〔註11〕　〔宋〕張君房《雲笈七籤》，齊魯書社1988年版，第102頁。

王婆茶坊：

> 次日，清早，王婆卻才開門……西門慶一逕奔入茶房裏，來水
> 簾底下，望著武大門前簾子裏坐了看。王婆只做不看見，只顧在茶
> 局裏煽風爐子，不出來問茶。西門慶呼道：「乾娘，點兩盞茶來。」
> 王婆應道：「大官人來了。連日少見，且請坐。」便濃濃的點兩盞薑
> 茶，將來放在卓子上。西門慶道：「乾娘，相陪我吃個茶。」王婆哈
> 哈笑道：「我又不是影射的。」

這裡所說「薑茶」，以薑或薑加少許茶葉、紅糖等製成，成分不一，至今市場
有賣。「薑茶」可以發汗解表，溫肺止咳，對流感、傷寒、咳嗽等有一定療效。
所以，清初大才子、小說評點家金聖歎釋曰：「此非隱語，乃是百忙中點出時
節來，夫薑茶所以破曉寒也。」〔註12〕這雖然不失爲一種說法，卻不免皮相
而未得要領。試想其前此先後寫兩種茶各都爲「隱語」，金評亦曾說是「一路
隱語」〔註13〕，爲什麼到了寫「薑茶」就忽然又不是了呢？事實上讀者若能
至王婆說及「影射」而回頭看，即可恍悟其寫「薑茶」以「點出時節」之意
淺，以「薑茶」及其「兩盞」之數別有寄託之意深。「兩盞薑茶」，話裏有話，
弦外有音，是比較「梅湯」「和合湯」更爲精緻的「隱語」。

　　何以見得？這裡讀者且須注意的，一是西門慶自「點兩盞茶來」，邀王婆
共飲，實含深致央求之意，也有意無意給了王婆借「兩盞茶」說「瘋話」以
假作眞的由頭，即她「哈哈笑道：『我又不是影射的。』」——「影射的」即
替身，具體所指就是西門慶渴望到手的潘金蓮。所以，王婆的話說白了，就
是我替不了你想的潘金蓮呢！——你想瘋了吧！可知此處寫西門慶自點茶，
卻不說點什麼茶，是把敘事的「文眼」放在了「兩盞」之數上，讀者不可錯
過了。

　　二是接下寫王婆依西門慶所說，「便濃濃的點兩盞薑茶」。這句話又把敘
事的「文眼」由「兩盞」挪移作「薑茶」。以書中前文寫「多已將殘，天色回
陽微暖」之際，這裡寫王婆並不如前問西門慶「如何」，而徑送其早飲「薑茶」，
或爲時俗，所以本文亦以上引金聖歎評「破曉寒」之說破或有一定的道理。
但若見止於此，恐怕還淺識了。因爲即使當時有早飲「薑茶」之俗，情理上

〔註12〕陳曦鍾、侯忠義、魯玉川輯校《水滸傳會評本》，北京大學出版社1981年版，
　　　　第453頁。
〔註13〕《水滸傳會評本》，第451頁。

說飲什麼茶，仍還是要顧客做主。所以，這裡王婆不是如前先問過西門慶「如何」，便自作主張給他點了「薑茶」，就應該不僅是爲「破曉寒」，而很可能有別樣的考量。若筆者作一個大膽猜測，還應與「薑茶」的中藥性聯繫來看按《普濟方》載「薑茶散（出《聖濟總錄》，治霍亂後煩躁，臥不安。」（卷二百三《霍亂門》），又有「薑茶湯，止休息痢。」（卷二百十三《泄痢門》）而《醫方類聚》載：「薑茶散：生薑能助陽，茶能助陰。」（卷之二百五十一《小兒門》）這些雖未必王婆所可知，但作者使王婆自己決定爲西門慶點「薑茶」，大概就有以此針對西門慶煩躁不安之意。而下文王婆爲潘金蓮也是點了「薑茶」，則既與西門慶飲「薑茶」呼應，也「生薑能助陽，茶能助陰」的功效都發揮出來了。

還是回到此飲「薑茶」之事，乃西門慶第四次來王婆茶坊和第三次「王婆賣茶」向西門慶。儘管這一次西門慶通過請王婆飲茶再次表達了相央的意思，但他還是沒有拿銀子出來，所以除了又聽王婆說了一些風情繚繞的「瘋話」，其他依然不得要領，只好又「起身道：『乾娘，記了帳目。』……西門慶笑了去。」這也再一次表明王婆貪賄的精明老到：就是在她看來，「記了帳目」的錢還不一定是錢，只有拿在手裏沉甸甸的銀兩才能「使得鬼推磨」。

（四）「吃個寬煎葉兒茶如何？」

此後不知何故，隔了「好幾個月」的某日，西門慶又來王婆茶坊。此前王婆大約以爲西門慶久不來，或就不來了，而心實念之：

> 王婆只在茶局子裏張時，冷眼睃見西門慶又在門前，踅過東去，又看一看，走轉西來，又睃一睃。走了七八遍，逕踅入茶坊裏來。王婆道：「大官人稀行，好幾個月不見面！」西門慶笑將起來，去身邊摸出一兩來銀子，遞與王婆說道：「乾娘，權收了做茶錢。」婆子笑道：「何消得許多。」西門慶道：「只顧放著。」婆子暗暗地喜歡道：「來了！這刷子當敗！」且把銀子來藏了，便道：「老身看大官人有些渴，吃個寬煎葉兒茶如何？」西門慶道：「乾娘如何便猜得著？」婆子道：「有甚麼難猜！自古『入門休問榮枯事，觀著容顏便得知』。老身異樣蹺蹊作怪的事，都猜得著。」

從以上引文可知，王婆憑她「異樣蹺蹊作怪的事，都猜得著」的敏感，從西門慶的「容顏」已經看出他在「好幾個月」不來茶坊的日子裏，已經被對潘金蓮的相思煎熬得「有些渴」了。這也就可以理解爲什麼他這一次進茶坊就

送上「一兩來銀子」，那對於吃茶來說可是一個頗大的數額。而這正是王婆所想，所以「暗暗地喜歡……把銀子來藏了」，並再一次回復到主動招呼道：「老身看大官人有些渴，吃個寬煎葉兒茶如何？」「寬煎葉兒茶」應該是當時被認為最能解渴的茶飲，但是恐怕更重要的，還是這一茶名傳遞了王婆得了銀子以後，開始真心幫辦，先以此傳達讓西門慶「寬」心的信息。何以見得？

這個道理在於如果王婆薦飲「寬煎葉兒茶」只是因其最適合解身體缺水之渴，那麼西門慶就不該驚奇於「乾娘如何便猜得著？」而如果西門慶問王婆「猜得著」的只是體內缺水之「渴」，則王婆又怎麼會引俗語「觀著容顏便得知」呢？可見這「寬煎葉兒茶」雖然很可能比別種茶更能解體內缺水之「渴」，但同時或更重要是能解西門慶對潘金蓮的心裏相思之「渴」，乃王婆見錢眼開之後，假於茶名寄意，回敬西門慶教他放心的「寬」心茶。卻仍不說破和有具體的響應，而等西門慶一再曲意相求，一曰：「我有一件心上的事，乾娘若猜的著時，輸與你五兩銀子。」再曰：「乾娘，端的與我得這件事成，便送十兩銀子與你做棺材本。」王婆均隨機步步跟進，達成如何勾引潘金蓮的骯髒協議，推動情節進一步發展。這裡「銀子」的由一兩、五兩至十兩的遞增顯然起了決定的作用，故金聖歎評曰：「一兩銀子便看你，五兩銀子便猜你，十兩銀子便與你說出五件事、十分光來。一篇寫刷子撒奸，花娘好色，虔婆愛鈔，色色入畫。」但是，「寬煎葉兒茶」由先前的頻頻暗示到「打開窗子說亮話」的跳轉過渡作用也是不可忽略的。

按此即西門慶第五次來王婆茶坊和「王婆賣茶」第四次。至於「寬煎葉兒茶」本身，由於我國自古有俗說「喜酒、悶茶、醃臢煙」，即慶賀飲酒、破悶飲茶和憋屈抽煙的說法，所以王婆為西門慶薦飲以解渴破悶的「寬煎葉兒茶」，應該不是稍加烹煮的薄茶，而是加時烹煮（寬煎）的濃茶，並由此轉入實施約見潘金蓮的具體設計。為此，西門慶「作別了王婆，便去市上綢絹鋪裏，買了綾綢絹段，並十兩清水好綿。家裏叫個伴當，取包袱包了，帶了五兩碎銀，迳送入茶坊裏。王婆接了這物，分付伴當回去」。此後的敘事旋即轉向王婆著手安排引誘潘金蓮來茶坊與西門慶相見。

（五）「怎地不過貧家吃茶」

如上《水滸傳》寫「王婆賣茶」至此，是王婆與西門慶因「茶」而互相試探，暗通款曲，直到「打開窗子說亮話」，算是事情進展到了半途。下半就是王婆詭施手段做成西門慶幽會潘金蓮的「風情」了。也是曲折而進，天天

有「茶」，步步有「茶」。首先，是王婆過隔壁武大郎家「說誘」潘金蓮：

> 這王婆開了後門，走過武大家裏來。那婦人接著，請去樓上坐
> 地。那王婆道：「娘子，怎地不過貧家吃茶？」

這裡先請「吃茶」，正是王婆作爲近鄰並茶坊主身份合當如此。從請茶入，引出問「娘子家裏有曆日麼？借與老身看一看，要選個裁衣日。」引出有衣料卻無人幫做「送終衣服⋯⋯老身說不得這等苦」，以博同情，誘其主動上鉤：

> 那婦人聽了，笑道：「只怕奴家做得不中乾娘意。若不嫌時，奴
> 出手與乾娘做如何？」那婆子聽了這話，堆下笑來，說道：「若得娘
> 子貴手做時，老身便死來也得好處去。久聞得娘子好手針線，只是
> 不敢來相央。」那婦人道：「這個何妨得。既是許了乾娘，務要與乾
> 娘做了。將曆頭去，叫人撿個黃道好日，奴便與你動手。」

兩人言來語去，說到親切處，潘金蓮答應「我明日飯後便來」。於是潘金蓮連續三天過王婆茶坊爲王婆縫製「送終衣服」，又稱做「生活」。而王婆在確認潘金蓮能來做「生活」的「當晚，回覆了西門慶的話，約定後日準來」。

第一天，書中寫道：

> 次日清早，王婆收拾房裏乾淨了，買了些線索，安排了些茶水，
> 在家裏等候⋯⋯那婦人⋯⋯從後門走過王婆家裏來。那婆子歡喜無
> 限，接入房裏坐下，便濃濃地點薑茶，撒上些松子胡桃，遞與這婦
> 人吃了。

按此即「王婆賣茶」第五次，又是「安排了些茶水⋯⋯等候」，又是「濃濃地點薑茶」。「薑茶」既「破曉寒」，又與上述爲西門慶「濃濃的點兩盞薑茶」呼應相對，還比較爲西門慶點薑茶，多了「撒上些松子、胡桃」，就又顯得格外殷勤和溫馨了。而且不僅此也，請人做活即使不付工錢，也要管待吃飯。所以「日中，王婆便安排些酒食請他，下了一箸面與那婦人吃了」。這就在請「茶」之外，「酒食」也跟進，標誌敘事開始由「風流茶說合」逐步轉向「酒是色媒人」的階段。

第二天，書中寫道：

> 次日飯後，武大自出去了，王婆便趕過來相請。走到他房裏取
> 出生活，一面縫將起來。王婆自一邊點茶來吃了，不在話下。

按此即「王婆賣茶」第六次，雖然已是「不在話下」，但還是要先「點茶吃了」。又雖然因爲武大郎的囑咐，「看看日中，那婦人取出一貫錢，付與王婆說道：

『乾娘，奴和你買杯酒吃。』」但王婆是何等老於世故，一面道：「呵呀！那裡有這個道理……」一面「生怕打攪了這事，自又添錢去買些好酒好食，希奇果子來殷勤相待……請那婦人吃了酒食」。這是在請「茶」之後「酒食」繼續跟進，至「好酒好食，希奇果子」了。這一次不出茶名，但「酒」已是「好酒」，標誌敘事由「風流茶說合」向「酒是色媒人」的轉向開始加速。

但至第三天，隨「好酒好食，希奇果子」而來的最重要跟進是西門慶赴王婆之約而來，此時及稍後雖然還「酒」「茶」並寫，但是「茶」漸少而「酒」漸多，標誌敘事由「風流茶說合」更大幅度轉向「酒是色媒人」，此係後話不提，而要注意的是「王婆賣茶」至此將見「茶說合」的結局而成尾聲了。

（六）「王婆便去點兩盞茶來」

第三天，書中寫道：

> 話休絮煩。第三日早飯後，王婆只張武大出去了，便走過後頭來，叫道：「娘子，老身大膽。」那婦人從樓上下來道：「奴卻待來也。」兩個廝見了，來到王婆房裏坐下，取過生活來縫。那婆子隨即點盞茶來，兩個吃了。

按此「王婆賣茶」第七次。上引說「話休絮煩」，實在說是「事不過三」。而第三天正是王婆與「西門慶……約定……準來」的「後日」，所以作者在敘過潘金蓮來茶坊「取過生活來縫……點盞茶來，兩個吃了」之後，便筆鋒一轉而至「西門慶巴不到這一日，……逕投這紫石街來」，假作無事地進了王婆茶坊，因與潘金蓮再見：

> 西門慶得見潘金蓮十分情思，恨不就做一處。王婆便去點兩盞茶來，遞一盞與西門慶，一盞遞與這婦人，說道：「娘子相待大官人則個。」

按此即西門慶第六次來王婆茶坊和「王婆賣茶」第八次。至此而西門慶終於將遂其心願與潘金蓮先坐到了一處。而且不必西門慶請動，「王婆便去點兩盞茶來」云云，這一次的「王婆賣茶」分明是前此為西門慶點各種茶四次和為潘金蓮點「薑茶」等三次的合一，是真正的「攝合山」的「和合茶」，所以「茶」效立見。書中接下又寫道：

> 吃罷茶，便覺有些眉目送情。王婆看著西門慶，把一隻手在臉上摸。西門慶心裏瞧科，已知有五分了。

上引說「吃罷茶，便覺」和「西門慶心裏瞧科，已知有五分了」云云，

儘管都是王婆「攝合山」的工夫，但其工夫的頭道是「便去點兩盞茶來」。除卻吃茶提神能使人有無端的愉快之外，由此回顧西門慶第二天第四次來王婆茶坊，要王婆「點兩盞茶來」，王婆便「濃濃的點兩盞薑茶」相陪，並哈哈笑道：「我又不是影射的。」而潘金蓮第一天來王婆茶坊做「生活」也是吃的「薑茶」等，便知此處的「王婆便去兩盞茶來，遞一盞與西門慶，一盞遞與這婦人，說道：『娘子相待大官人則個。』看似一切正常的隨意點染，實則爲工於心計的巧立名目，又前呼後應，眞乃「無平不陂，無往不復」（《周易‧泰卦》）。

然而「王婆賣茶」至此也便到了尾聲。因爲到了「王婆便去點兩盞茶來」云云，「風流茶說合」的男女當事人既已如願坐到了一起，儘管「茶」還是要吃的，但是其作用已回歸主要是解體內缺水之「渴」的層面，可以「話休絮煩」，而完全讓位於「酒」了。所以至上引敘西門慶與潘金蓮「吃罷茶」以後，本回就再沒有寫「茶」，而是再次引自古道「風流茶說合，酒是色媒人」的俗語以承上啓下，掉轉筆鋒寫隨「茶」而至的「酒食」之「酒」，寫如之何「酒是色媒人」了。

總之，上述《水滸傳》第二十四回「王婆賣茶」一段文字，主要寫了書中再次引用俗語的前五個字一句曰：「風流茶說合。」誠爲以「茶」寫人敘事之絕妙好文，不可不知，亦不可不論。

三、「王婆賣茶」描寫的藝術價値

綜合以上《水滸傳》「王婆賣茶」以「茶」寫人敘事種種精彩，而置於古代小說史的背景之上，可就其在古代小說創作藝術上有多方面的繼承與創新有以下認識。

（一）「茶」意象的創新與充分運用。《水滸傳》之前或同時包括《三國志通俗演義》等在內的話本、小說、戲曲中多有關於「茶」的描寫，但是同一部作品中從未有如《水滸傳》大量集中運用「茶」意象寫人敘事者，更無如《水滸傳》寫「茶」意象之精彩者，而「王婆賣茶」又是《水滸傳》寫「茶」意象精彩之最。一是已如上述其敘西門慶來王婆茶坊至得與潘金蓮在茶坊相會，可謂曲曲折折，但天天有「茶」，步步有「茶」，自始至終可謂人來「茶」來，人走「茶」涼，極盡以「茶」寫人敘事之能事；二是自「梅湯」「和合茶」「薑茶」以至「寬煎兒葉茶」，以及「酸」「甜」「濃濃」「兩盞」等等，各假物或假名，或諧音，或影射，或以數等暗以寄意，既「性」趣盎然，又話中

有話，味外有味，恰到好處地契合於人物身份性情和顯示事情本身的曖昧性質；三是與各種「茶」名絡繹而出的相隨，或一人獨啜，或邀與共飲，或並送「兩盞」，或「記帳」，或現錢，或問「王乾娘，我少你多少茶錢？」又或「酸」或「甜」，敘飲茶之事，移步換形，變幻多端，讀之如行山陰道上，唯感奇情異趣，應接不暇，而不覺有絲毫繁瑣和呆板。

（二）人物形象個性化特徵的賦予或加強。「王婆賣茶」賦予或加強了王婆、西門慶、潘金蓮三個人物的個性化特徵。首先，上已述及「王婆」早在《水滸傳》之前和《水滸傳》之中都已經成為媒婆的「共名」之一，有了一定的個性基礎，如媒婆、「賣茶」「王百會」等，但至「王婆賣茶」，雖然未盡把「王婆」個性特徵全面寫出，但已經展現了比前此「王婆」形象後來居上的高度個性化的特點。最突出有兩點：一是王婆的「茶坊主」身份，前此「王婆」雖然也有開茶坊的，但是都不過提及而已，無如「王婆賣茶」描寫有載在口碑的相當於掛牌的「王婆茶坊」，更不如此節王婆得在「王婆茶坊」的環境與事務中有被有骨有肉般具體描寫。從而「王婆賣茶」使王婆作為茶坊主的身份特徵得有進一步的完整、強化和凸顯；二是空前地刻畫了「王婆」的貪婪之心。媒婆圖利雖舊為人之常情，但是這一回標目就有「王婆貪賄說風情」，可知「貪賄」是「王婆賣茶」有意突出的看點。我們看書中寫王婆存心要西門慶「來老娘手裏納些敗缺」和得了「一兩來銀子」就「暗暗地喜歡」，及至西門慶許諾「輸與你五兩銀子」「端的與我得這件事成，便送十兩銀子與你做棺材」等層層加碼，王婆似已求財得財並操縱自如，但實際是被西門慶「有錢使得鬼推磨」了。因此，如果說後來西門慶、潘金蓮二人是死於「色」，那麼「王婆」無疑就是死於「財」，也就是死於她「賣茶」中一再裸露出的貪婪之心；三是「王婆」語言上「瘋婆子」的特點，讀者易見，不必說了。其次，後世為《金瓶梅》所大加演義的西門慶形象首見於本節敘事，是小說史上一個絕大創造。換言之「王婆賣茶」不僅為《水滸傳》此後敘事，而且為後世《金瓶梅》一書奠定了西門慶形象的個性基礎，那就是他被潘金蓮「似收了我三魂七魄的一般」地一往情深，和為了「做個道理入腳處」，一日三顧，前後共六次登門，贈銀許願，才求得王婆「弄手段」助他一臂之力，就可以知道西門慶之惡只是放縱情慾越過了道德的底線，但他的情慾本身及其對潘金蓮所嫁非人的感慨，都不是不可以理解的；最後潘金蓮雖然早在此前就已經出場，但「王婆賣茶」中的潘金蓮更多展現了西門慶心目中「女神」的美

麗大方與溫婉，以及她在自己的情慾和西門慶與王婆暗中算計與擺佈的兩面夾攻之下走向外遇的身不由己的命運。如此等等，都成爲這三個人物性格命運進一步發展的良好基礎。

（三）「『倚數』編撰」的創新。筆者嘗論包括《水滸傳》在內的古今中外文學都有「『倚數』編撰」〔註14〕的數理傳統。所謂「『倚數』編撰」就是所有精心編撰的作品中，在無論篇章結構、人物設置、敘事長度與節奏，乃至細節、語言的運用諸方面，都或隱或顯，或自覺或不自覺地依照一定的度數、頻率或比例等數度進行，並因此而增生或加強了作品的某種意義。最近網絡流行名言「重要的事情說三遍」〔註15〕可有助於說明本人所提倡「文學數理批評」的合理性及其意義。「王婆賣茶」作爲全書的一個不長的情節，就正是在細節和語言上貫穿了「『倚數』編撰」的原則。如其寫西門慶遇巧潘金蓮之後，當即去王婆茶坊，一天之內總共就去了三次；潘金蓮應請去王婆家做「生活」以至與西門慶成奸，前後共計三天；西門慶許諾並先後兌付或保證兌付王婆的銀子三份，分別爲「一兩來」「五兩」「十兩」；西門慶從巧遇潘金蓮後去王婆茶坊，到得王婆之助遂其與潘金蓮成奸的心願，前後出入王婆茶坊共有六次；「王婆」分別爲西門慶點茶四次、爲潘金蓮點茶三次，合共「王婆賣茶」七次之後，才有西門慶、潘金蓮兩人在王婆茶坊見面，也就是實現了「風流茶說合」，並有作爲「茶說合」之延伸的第八次「王婆賣茶」使二人共飲的吃茶。當然也還可以提及這中間王婆爲西門慶說「五件事」「十分光」，以及說「十分光」的一反一正等。這些都不能不使讀者想到《三國演義》中的「三顧茅廬」「六出祁山」「七擒孟獲」等「『倚數』編撰」的範例。其實《水滸傳》中也正是有「三打祝家莊」「三敗高俅」之類明確是「三而一成」（董仲舒《春秋繁露·官制象天》）之數理邏輯的運用，並多方顯示了文本描寫對《三國演義》的追摹。這應該與《水滸傳》的作者或作者之一就是《三國演義》的作者羅貫中有絕大關係。因此而《水滸傳》寫「王婆賣茶」之「風流茶說合」的過程，暗套《三國演義》「三顧」「七擒」的數理敘事手法，就是很自然的了。但是，自《三國演義》以至《水滸傳》其他部分的「『倚數』編

〔註14〕 杜貴晨《中國古代文學的重數傳統與數理美——兼及中國古代文學數理批評》，《中國社會科學》2002年第4期。收入本文集第一卷。
〔註15〕 《網絡名言「重要的事情說三遍」是尼采說的嗎？》發表時間：2015-10-02 10:13:08 鏈接：http://www.guancha.cn/culture/2015_10_02_336328.shtml

撰」，往往只是用於英雄傳奇性的寫人敘事並多作標明，如「三打」「三敗」「六出」「七擒」「九伐」之類，而「王婆賣茶」卻是用於寫普通人日常生活亦即真正「世情」的具體描繪，並且純係暗用，只用描寫的重複如「不多時，只見那西門慶一轉，踅入王婆茶坊裏來，便去裏邊水簾下坐了」「約莫未及兩個時辰，又踅將來王婆店門簾邊坐地，朝著武大門前」「只見西門慶又踅將來，逕去簾底下那座頭上坐了，朝著武大門前只顧望」「西門慶從早晨在門前踅了幾遭，一逕奔入茶坊裏來，水簾底下，望著武大門前簾子裏坐了看」等顯示出來，以某種動作的重複描寫成為敘事節奏的標誌，使相關意趣得到凸顯和加強；又如寫西門慶問「間壁這個雌兒是誰的老小？」王婆必要待西門慶三猜不著之後，才明告他潘金蓮的「蓋老便是街上賣炊餅的武大郎」等，也明顯是遵循「三而一成」的數理。並且還很明顯的是，「王婆賣茶」文雖不長，但它這種「三」「七」等數度的運用卻參差錯落，你中有我，我中有你，其所成文本描寫之藝術圖像，只有參照《周易·繫辭上》所謂「參伍以變，錯綜其數。通其變，遂成天下之文。極其數，遂定天下之象。非天下之至變，其孰能與於此」的道破天機，才可以從中國數理文化的根本上有真正的理解。總之，由「王婆賣茶」而開後世所謂世情小說「『倚數』編撰」的新傳統，是《水滸傳》對小說史的一個重要而突出的貢獻。

綜合以上所考論，《水滸傳》寫「王婆賣茶」是對前代文學的一個繼承，但其假象寄意，以「茶」寫人，步步生蓮，妙筆著花，以及暗用數理傳統「『倚數』編撰」等，卻是寶貴的創新。其在小說寫人敘事藝術中的成就，不特於古代作品全部中寫「茶」為獨標高格，而且於寫「酒」、寫「酒店」「黑店」最好的《水滸傳》一書中，其以物寫人，也是最濃墨重彩，精妙絕倫之處。

（原載《河北學刊》2017 年第 3 期，此據原稿收入）

「九天玄女」與《水滸傳》

　　九天玄女俗稱九天玄女娘娘，是我國道教之女神。這一宗教神話人物被寫入《水滸傳》，雖然只在百回本的十三回書中，共二十五次涉及名號，其中有形象出現僅兩次，描寫不多，給人的印象不深，研究者較少論及。但是，這個人物在《水滸傳》居高臨下，指揮一切，有重要作用，是不可忽略的。

一、《水滸傳》「九天玄女」與太（泰）山文化

　　我國古代九天玄女傳說，見於《黃帝問玄女兵法》《龍魚河圖》《黃帝出軍訣》《黃帝內傳》《集仙錄》等書，宋人張君房輯《雲笈七籤》卷一百一十四《九天玄女傳》所載最詳，略曰：

> 九天玄女者，黃帝之師聖母元君弟子也。黃帝在昔，……戰蚩尤於涿鹿。帝師不勝，蚩尤作大霧三日，內外皆迷。……帝用憂憤，齋於太山之下。王母遣使，披玄狐之裘，以符授帝曰：精思告天，必有太上之應。居數日，大霧，冥冥晝晦。玄女降焉，乘丹鳳，御景雲，服九色彩翠之衣，集於帝前。帝再拜受命，玄女曰：吾以太上之教，有疑可問也。帝稽首曰：蚩尤暴橫，毒害蒸黎，四海嗷嗷，莫保性命。欲萬戰萬勝之術，與人除害，可乎？玄女即授帝六甲、六壬兵信之符，《靈寶五符》策使鬼神之書……。帝遂復率諸侯再戰，……遂滅蚩尤於絕轡之野、中冀之鄉，……大定四方。……然後採首山之銅，鑄鼎於荊山之下，黃龍下迎，帝乘龍昇天。皆由玄女之所授符策圖局也。

可知至宋代，九天玄女（以下簡稱「玄女」）在諸神譜系中，與黃帝並為王母

即西王母弟子，是一品位頗高的太（泰）山女神。她法力極大，又關懷民命，因黃帝之請，自太上降臨「太山之下」，親授黃帝兵符策書等。黃帝因此得以殲滅蚩尤，安定天下，後又飛昇成仙。至北宋末宋江起義發生，故事流傳，玄女便成爲宋江故事的參與者。

今見最早把玄女與宋江故事聯繫起來的是《大宋宣和遺事》。這部宋微宗宣和年間的野史，有一段敷衍宋江等三十六人故事。其中寫宋江在鄆城縣，因殺了閻婆惜，被官府追捕，逃回家鄉宋公莊上，「走在屋後九天玄女廟裏躲了」，因拜玄女，得「天書一卷」，上寫三十六個人姓名，又有詩曰：「破國因山木，刀兵用水工。一朝充將領，海內聳威風。」列三十六人名號，後又有一行字道：「天書付天罡院三十六員猛將，使呼保義宋江爲帥，廣行忠義，殄滅姦邪。」《水滸傳》寫玄女，就在這一基礎之上敷衍生發，錘鍊再造，踵事增華。

但是，無論《大宋宣和遺事》還是《水滸傳》，寫宋江故事而能引入玄女的重要原因之一，應是由於宋江爲山東鄆城人，因殺閻婆惜被追捕所至是其住家的宋家莊或不遠的還道村，都離「（黃）帝用憂憤，齋於太山之下」得見玄女的地方很近。而泰山有王母池、玉女池、碧霞元君祠，是道教女神薈萃的地方。《水滸傳》的作者羅貫中又是當年梁山泊之濱的山東東平（今縣，屬山東泰安市）人，也離泰山不遠。這些因素的和諧存在，應該是自《大宋宣和遺事》以迄《水滸傳》，玄女得以被引入宋江故事，並不斷被放大加強的基礎與動力，從而九天玄女與《水滸傳》的關係是可以在齊魯文化的背景上得到解釋的。

二、《水滸傳》寫「九天玄女」

《水滸傳》寫英雄傳奇爲主，也不乏神仙。較重要的南有信州（今江西上饒）龍虎山張天師，北有薊州（今天津薊縣）二仙山羅眞人，都屬地仙；而最著者爲九天玄女，是降於南北兩者之間太（泰）山的唯一的天仙和女神，且著墨最多，在《水滸傳》諸仙中最引人注目。

今百回本《水滸傳》寫玄女文字不多，但比較《宣和遺事》的簡略，已是百倍的幻化與放大，無量的改造與增飾。從有些未盡妥貼的地方，如書中寫玄女雖至第四十二回才正式出場授書，但早在第二十一回卷首《古風一首》中，就已經提及宋江「曾受九天玄女經」，可見在比百回本更早的本子中，玄女授宋江天書事被寫在第二十一回或這一回之前，是今本挪至第四十二回，

其間必有些如何是好的斟酌，從而表明寫定者對這一人物作用的重視，而文獻有關，無可具論。但是，從分散在前後十三回書中不時的提及，或為宋江回想玄女之教言，或用玄女課占卜以釋疑解惑，於情節上固然並無十分必要，但是，因此可以感知作者對這一人物推動故事發展的作用，一直縈繞於懷，而時時回顧照應，特筆點染，使讀者眼中心裏，始終不忘有此一玄女形象，對全書情節發展的連貫，神秘氣氛的持續與加強，都有一定作用。

但《水滸傳》寫玄女濃墨重彩處只有相關的最前最後兩回書。最前是第四十二回寫還道村玄女第一次出面，就救了宋江，又接寫曰：

> 殿上法旨道：「既是星主不能飲，酒可止。教取那三卷天書，賜與星主。」青衣去屏風背後玉盤中，托出黃羅袱子包著三卷天書，度與宋江。宋江……再拜祗受，藏於袖中。娘娘法旨道：「宋星主！傳汝三卷天書，汝可替天行道，為主全忠仗義，為臣輔國安民，去邪歸正。他日功成果滿，作為上卿。吾有四句天言，汝當記取，終身佩受，勿忘於心，勿泄於世。」宋江再拜，「願受天言，臣不敢輕泄於世人。」娘娘法旨道：「遇宿重重喜，逢高不是凶。北幽南至睦，兩處見奇功。」宋江聽畢，再拜謹受。娘娘法旨道：「玉帝因為星主魔心未斷，道行未完，暫罰下方，不久重登紫府。切不可分毫失忘。若是他日罪下酆都，吾亦不能救汝。此三卷之書，可以善觀熟視。只可與天機星同觀，其他皆不可見。功成之後，便可焚之，勿留在世。所囑之言，汝當記取。目今天凡相隔，難以久留。汝當速回」。
> 便令童子：「急送星主回去。他日瓊樓金闕，再當重會。」

這裡描寫既以玄女施救推動情節，又借玄女之口說破宋江以至百零八人共同的因果，而更重要是指示未來，即聚義、招安、征遼、平方臘、死後封神等，書中自此以後故事脈略的發展，就都是玄女這一番「天言」逐步的實現。而宋江的思想性格也因此有根本的轉變，即不僅悟到「這娘娘呼我做星主，想我前生非等閒人也……」，而且此後就念念不忘，或「昔日玄女有言……」（第五十九回），或「宋江便取玄女課焚香占卜」（事見第八十一、八十二、八十五、八十六等回），或「取出玄女天書」（第六十四回）觀看，以玄女「天言」為最高的指示，以玄女天書為臨事的「錦囊」，而每有效驗。

最後是第八十八回寫宋江領兵破遼，「無計可施，正在危急之際」，玄女再次託於宋江夢中相見：

　　玄女娘娘與宋江曰：「吾傳天書與汝，不覺又早數年矣。汝能忠義堅守，未嘗少怠。今宋天子令汝破遼，勝負如何？」宋江俯伏在地，拜奏曰：「臣自得蒙娘娘賜與天書，未嘗輕慢彙漏於人。今奉天子敕命破遼，不期被兀顏統軍，設此混天象陣，累敗數次。臣無計可施，正在危急之際。」玄女娘娘曰：「汝知混天象陣法否？」宋江再拜奏道：「臣乃下土愚人，不曉其法。望乞娘娘賜教。」玄女娘娘曰：「此陣之法，聚陽象也。只此攻打，永不能破。若欲要破，……可行此計，足取全勝。……吾之所言，汝當秘受。保國安民，勿生退悔。天凡有限，從此永別。他日瓊樓金闕，別當重會。汝宜速還，不可久留。」

　　這裡自「吾傳天書與汝」說起，使讀者可知，玄女雖自第四十二回一見之後，即未再現身，但她其實於冥冥中一直都在關注宋江等百零八人的作為，直至這一次也是最後一次，似不得已再親自出面，授宋江破陣之法，看來有故事情節發展的需要，但作者之意，似更在藉此照應第四十二回的「天言」等，以她對宋江「不覺又早數年」間的「考核」，代表天意肯定了宋江「為主全忠仗義，為臣輔國安民」的「道行」將完，預示了故事大結局的即將到來，並以「天凡有限，從此永別」自情節中淡出，完成了這一人物的塑造。

　　儘管如此，《水滸傳》寫玄女總體上仍然著墨不是很多，形象也不夠鮮明突出，比較百零八人特別是李逵、武松、魯智深、林沖等形象鮮活的造型，僅可如驚鴻一瞥，近乎一個道具性人物。但是，也不能不說其已經是全書形象體系的一個有機的成分，不可忽略的角色。特別是前後兩回書的描寫，突出了玄女形象提綱挈領的地位與作用，使我們如果要對《水滸傳》作全面瞭解，比較快捷地抓住其要義與中心的話，就不能不對這一形象加以認真審視。

三、「九天玄女」在《水滸傳》中的地位與作用

　　《水滸傳》寫玄女雖然只是近乎一個道具性人物，但是，由於小說的特殊構造，這一人物的地位非同一般，作用無可替代，更不可小覷。就《水滸傳》總體構思與邏輯的或抽象的意義上而言，她實可稱之為全書關鍵人物中之關鍵，表現於以下幾個方面。

　　首先，玄女居高臨下，是玉帝的代表，天命之象徵。上引玄女兩度現夢，都是只見宋江一人，其自天庭而降的尊貴，玉女天仙的神秘，可見一斑。又

其道「玉帝因爲星主魔心未斷」云云，就是代玉帝說話，宣示「天命」。這些在今天看來，除了虛妄近於狂妄之外，自然還矯揉造作得可笑。但是，須知古往今來，無論任何作者的何等拙劣的文字，都不會是爲了見笑於後人，而必有其當下不得不如此的道理，更需要的是後人給予歷史的同情與科學的理解。因此，這裡我們先要打破一種成見，即《水滸傳》是寫「農民起義」等等的所謂「現實主義」作品的考量，認識到中國的幾部章回名著，沒有一部從總體構思上不是把「現實」問題作「天命」問題來處理的。即其處理現實題材的思想，也就是把握故事情節、人物命運的基本觀念乃「天人之際，合而爲一」〔註1〕，「人事法天」〔註2〕，「天人感應」〔註3〕，從而不可能只作現實的描繪，而不顧及「天道」如何。而是相反，不管是眞信還是僅僅爲了適應讀者的期待，現實的描繪總是被作爲「天命」的注腳。從而雖然書中林林總總，活動著的最多自然是芸芸眾生，但是，必有一兩個代表「天命」的人物——自然是神佛出來，代宣「天命」。《水滸傳》寫玄女就是這樣一個居高臨下，代宣「天命」的人物。

其次，照應開篇「誤走妖魔」，點明宋江等雖行事爲「替天行道」，但在自身卻是將功贖罪、去邪歸正、「重歸紫府」的修行之路。這表現在上引第四十二回《還道村受三卷天書，宋公明遇九天玄女》的作用，不僅是在這一回中玄女救了宋江故事的本身，也不僅是一般文章關節脈絡的承先啓後，而是借玄女對宋江的教訓，照應並點明此前此後上梁山的人，都與宋江一樣是以宋江爲「星主」的第一回所寫洪太尉誤放的「妖魔」，亟待經歷世事的磨難，而後「去邪歸正」。這裡包含了作者對梁山全夥總體的看法，正如後來《紅樓夢》中所稱「正邪兩賦」（曹雪芹《紅樓夢》第一回）之人，說不上完全的善，也說不上完全的惡，總是都要有一個性格命運的轉變。例如第十二回開卷詩論林沖、楊志：

天罡地煞下凡塵，託化生身各有因。落草固緣屠國士，賣刀豈可殺平人？

東京已降天蓬帥，北地生成黑煞神。豹子頭逢青面獸，同歸水滸亂乾坤。

〔註1〕〔西漢〕董仲舒《春秋繁露·深察名號第三十五》。
〔註2〕《周易正義·上經乾傳卷一》。
〔註3〕《全晉文》卷一許芝《上符命事議》。

詩中雖以林沖與楊志對比，就百零八人各自「託化生身」的情況作了區別，一種如林沖「落草固緣屠國士」，情有可原；一種如楊志「賣刀豈可殺平人」，罪不可恕，但無論如何，他們「同歸水滸亂乾坤」，並不可提倡。又第五十八回有詩評呼延灼背著朝廷以降梁山曰：

> 呼延逃難不勝羞，忘卻君恩事寇讎。因是天罡並地煞，故爲嚮導破青州。

這裡雖把呼延灼的做法一股腦地歸因於「天罡並地煞」的前世緣，但畢竟譴責他背君事仇的惡劣。這些一如書中寫李逵爲拉朱仝入夥而殘忍地殺死小衙內，又斧劈羅眞人，以及孫二娘賣人肉包子等，作者實際上都並不表贊成，而視爲如宋江一樣「魔心未斷」的表現。所以，玄女謂宋江「魔心未斷」的評價，亦不止針對宋江一人，而實際概指梁山全夥，都是「魔心未斷」，甚至「魔心」如熾的人。這對於《水滸傳》人物的塑造大有影響，自然也是我們觀察把握《水滸傳》人物應該注意的方面。

第三，玄女是宋江的保護神、導師，進而是百零八人命運即故事全局的主宰。《水滸傳》以「誤走妖魔」爲楔，引出宋江等一百零八人故事，不僅是爲了聳人聽聞和好看，而更重要是通過這個故事，把宋江等一百零八人命運，置於「天人合一」的框架之中，定義其各爲「妖魔」轉世，結果歷經三度「聚義」，三易寨主，三度招安，乃歸順朝廷，攘外安內，建功立業，死後廟享，完成從「魔」到「神」的轉變。這自然也是荒唐言，卻也是作品的實際，作者的初衷。讀者倘不能無視而必須認眞對待的話，那就應該看到，這個帶領百零八人完成由「魔」而「神」轉變故事的關鍵人物是宋江，而啓發指導宋江認識並指導其負起這一責任的人物則是玄女。從而宋江是百零八人關鍵，而玄女作爲宋江的保護神與導師，是關鍵中之關鍵。從描寫本身已足看出，更從《水滸傳》把《宣和遺事》寫宋江見玄女故事的地點原爲宋公莊，而改寫爲「還道村」，得到更直接的證明，此乃作者有意爲之並強調之，集中體現了作者的創作意圖。即在作者看來，此次玄女現夢雖然僅是對宋江一人，卻不僅關乎宋江一個，而是關乎梁山全夥，關乎梁山全夥當下的作爲，與未來終於「還道」的命運，是一部大書故事全局的綱領。

第四，玄女「天言」「天書」預言並指導未來，成爲全書此後中心線索。這從第四十二回寫玄女傳「三卷天書」並兩番「法旨」的內容，與後來情節發展的實際對照可見，而更集中體現於第七十一回寫排座次以後：

梁山泊忠義堂上，號令已定，各各遵守。宋江揀了吉日良時，
焚一爐香，鳴鼓聚眾，都到堂上。宋江對眾道：「今非昔比，我有片
言：今日既是天罡地曜相會，必須對天盟誓，各無異心，死生相託，
吉凶相救，患難相扶，一同保國安民。」眾皆大喜。各人拈香已罷，
一齊跪在堂上。宋江為首，誓曰：「宋江鄙猥小吏，無學無能。荷天
地之蓋載，感日月之照臨。聚弟兄於梁山，結英雄於水泊。共一百
八人，上符天數，下合人心。自今已後，若是各人存心不仁，削絕
大義，萬望天地行誅，神人共戮。萬世不得人身，億載永沈末劫。
但願共存忠義於心，同著功勳於國。替天行道，保境安民。神天察
鑒，報應照彰。」誓畢，眾皆同聲共願，但願生生相會，世世相逢，
永無斷阻。當日歃血誓盟，盡醉方散。看官聽說：這裡方才是梁山
泊大聚義處。

這裡寫宋江的所作所為，不折不扣就是落實第四十二回玄女之教。第八
十八回寫玄女再次現夢，授宋江以征遼破陣之法，又有法旨云云，用意似重
在傳法，但從全書總體構思看，恐怕更重在由玄女出面為宋江以至梁山全夥
的表現作一總結，既照應第四十二回「還道村受三卷天書」，以至全書開卷第
一回「誤走妖魔」，又以玄女的引退，為後來「征方臘」諸人死亡殆盡——一
個個「還道」或「重歸紫府」，做一大鋪墊，或說掃清了道路。所以，這一回
玄女再次託夢宋江的描寫，是對第四十二回以來故事一大收束，並預告了大
結局的開始，在水滸故事即梁山人物命運的轉折中，也起了關鍵的作用。試
想如果沒有玄女這再一次的出現，征遼破陣的問題也許並不難解決，但是，
此後「征方臘」的損兵折將，十去七八，就不好解釋，而顯得突兀了。

總之，《水滸傳》寫玄女形象雖說不上是很大的成功，卻是一書敘事的眉
目，也是讀書把握全局的要領與關鍵。在故事總體構思與全書意義的指向上，
她是作者之代言，一部書思想與靈魂的象徵。認識了她，也就認識了《水滸
傳》作者把握處理水滸故事的基本立場、思想與態度。

四、《水滸傳》玄女形象的意義

九天玄女在《水滸傳》中是一個獨特的存在，因而也具有非同尋常的意
義，約有以下幾個方面：

第一，加強了《水滸傳》的道教色彩。《水滸傳》從洪太尉奉旨請龍虎山

張天師禳災而「誤走妖魔」寫起，就把全書故事置於了道教思想的籠罩之下。玄女的加入和自第四十二回至第八十八回不時的提及與遙相呼應的出現，更加強了水滸故事的道教色彩。雖然《水滸傳》中也寫有五臺山智眞長老、「花和尙」魯智深等佛教人物，但畢竟爲個別，而以天仙玄女爲中心，加以前有張天師，後有羅眞人，百零八人中又有入雲龍公孫勝等，各爲書中起關鍵作用的人物，從而《水滸傳》整個故事，就基本上是在道教人物與思想的支配下發展完成，而玄女則是書中道教人物與思想最集中的代表。

第二，體現了全書化「魔」爲「神」即弭盜爲良的淑世意圖。玄女形象雖自《宣和遺事》而來，但進入《水滸傳》以後，成了作者整合所有水滸故事以再創造之主旨的象徵，是作者的代言。她對梁山的關懷，特別是對宋江的教導，所體現作者的意圖，是既以天命爲諸如宋江之類「亂乾坤」者存在的理由，又以宋江等秉玄女之教，「替天行道」，恪守「忠義」，爲「亂乾坤」者說法，指一條朝野相安、上下妥協的化「盜」爲「良」、治國安邦之路，作爲拯亂救世的良方妙藥。

第三，顯示了《水滸傳》成書資料有更複雜的來源。如上已論及，《水滸傳》玄女形象直接並主要是來自上引《九天玄女傳》，爲上古傳說中幫助黃帝安天下之玄女形象的繼承與發展。但從其寫宋江食仙棗後「懷核在手」與《漢武故事》寫武帝食王母仙桃而「留核」細節的近似看，實亦受了《穆天子傳》以降古代小說寫西王母的影響。而《漢武故事》這樣的文獻非宋元普通市井說話藝人所能通，由此可以認爲，《水滸傳》成書的基礎雖主要是有關史料、傳說與話本等，但羅貫中最後創作的過程中，也還有過諸如《漢武故事》等更多的參考。

第四，在《水滸傳》「天人合一」即「誤走妖魔」→神聚蓼兒窪之謫世升仙的故事框架中，玄女爲代表「天」而居高臨下指導一切的人物。這個人物的出現開章回小說這類人物設置模式的先河。後來《西遊記》寫「西天取經」故事中觀音菩薩、《紅樓夢》中寫時時護祐賈寶玉（即造世歷劫之神瑛侍者）的警幻仙姑，一僧一道，雖妙用各有不同，但其構想與手法，就都從《水滸傳》寫玄女模擬而來，而《水滸傳》對這類模式的開創之功，實不可沒。

綜上所論，儘管九天玄女形象在《水滸傳》中描寫不是很多，以今天小說批評的標準也說不上是很大的成功，但是，書中這個人物所擔當的角色，

是一個居高臨下爲中心人物宋江以至梁山事業說法指路的人。她實際是代表作者給梁山人物、事業以指導和評價的人。研究這一人物，在一定程度上也就研究了《水滸傳》作者的思想。而至今我們對《水滸傳》作者的思想與創作意圖等情況，還知之甚少，從而作爲作者之代言，九天玄女形象對於研究者來說，就更有特殊重要的價值。

（原載《濟寧師專學報》2006 年第 5 期）

試論中國古代小說「雅」觀「通俗」的讀法——以《水滸傳》「黑旋風沂嶺殺四虎」細節爲例

　　有關古代通俗小說的代表作之一《水滸傳》中「黑旋風沂嶺殺四虎」（以下或簡稱「李逵殺四虎」）故事的考論已經是很小的題目了，至於又僅關注其「細節」，則屬小之又小。但這一方面因爲這個故事的框架淵源早已經人揭出，僅餘細節似可以考論；另一方面研究者管窺蠡測，努力於窄而深的探求，既是一種相對於寬而博的討論爲不可偏廢的角度與路徑，也似乎可以引出通俗小說文本閱讀也有考據之必要性與重要性的認識，建立一種我所稱之謂「雅」觀「通俗」的小說讀法。所以仍不避瑣屑之嫌，以此一故事之細節的考證爲例，試論如下。

一、「李逵殺四虎」細節溯源

　　《水滸傳》百回本第四十三回寫「李逵殺四虎」故事大略如下：

　　1、李逵背娘上沂嶺，「捱得到嶺上松樹邊一塊大青石上，把娘放下」，遵母命自己去尋水；

　　2、「李逵聽得溪澗裏水響，聞聲尋路去，盤過了兩三處山腳」，用石香爐就溪中取水而回，已不見娘；

　　3、李逵尋娘「尋到一處大洞口，只見兩個小虎兒在那裡一條人腿」，知道娘是被老虎吃了。李逵乃先於洞外殺一小虎，後追入洞中又殺一小虎，並用刀刺一母虎糞門，迫其出洞墮澗而死，而後又殺一公虎，「一時間殺了母子

四虎」〔註1〕。

對此，魯迅先生《華蓋集續編·馬上支日記》考證云：

> 宋洪邁《夷堅甲志》十四云：「紹興二十五年，吳傅朋説除守安豐軍，自番陽遣一卒往呼吏士。行至舒州境，見村民穰穰，十百相聚，因弛擔觀之。其人曰，吾村有婦人爲虎銜去，其夫不勝憤，獨攜刀往探虎穴，移時不反。今謀往救也。久之，民負死妻歸，云，初尋跡至穴，虎牝牡皆不在，有兩子戲岩竇下，即殺之，而隱其中以俟。少頃，望牝者銜一人至，倒身入穴，不知人藏其中也。吾急持尾，斷其一足，虎棄所銜人，踉蹌而竄；徐出視之，果吾妻也，死矣。虎曳足行數十步，墜澗中。吾復入竇伺，牡者俄咆哮而至，亦以尾先入，又如前法殺之。妻冤已報，無憾矣。乃邀鄰里往視，舁四虎以歸，分烹之。」

並曰：「案《水滸》敘李逵沂嶺殺四虎事，情狀極相類，疑即本如此等傳説作之。《夷堅甲志》成書於乾道初（1165），此條題云《舒民殺四虎》。」〔註2〕

魯迅此説甚是，但猶有未盡。因爲二者「情狀極相類」處，主要在上列妻子或母親爲虎所害和於洞裏洞外殺四虎報仇的故事架構；而在細節上，比較「如此等傳説」《舒民殺四虎》的大體只是「粗陳梗概」〔註3〕，「李逵殺四虎」的描寫顯然更加具體細緻，內涵豐富，從而殺虎人形象也有了重大變化，主要有三：

1、李逵負母至嶺頭一塊大青石上坐等，自己奉母命尋水；

2、李逵自山腳下溪中以石頭香爐取水而回；

3、「李逵殺四虎」最精彩處是以刀刺「母大蟲尾底下」之「糞門」而殺之。

這些由全知角度出發的細節描寫使行動中的殺虎人李逵形象，比較其自述殺虎經歷的原型舒民，無疑是更加立體和豐滿了，而故事的內蘊也由前者的比較單純而變得豐富複雜，情理備至，可説以細節的增飾實現了質的超越。

一般説來，我們以這些細節的增飾爲《水滸傳》無所依傍的獨創，應該是不錯的。然而若爲深究，卻很可能不然，而是也如其故事架構一樣，是從前代文記中「情狀極相類」者挪移變化而來。

〔註1〕〔元〕施耐庵、羅貫中著《水滸傳》，李永祜點校，中華書局 1997 年版，第570 頁。本文如無特別説明，凡引此書均據此本，僅隨文説明或括注回次。

〔註2〕《魯迅全集》（3），人民文學出版社 1981 年版，第 322 頁。

〔註3〕魯迅《中國小説史略》，人民文學出版社 1973 年版，第 54 頁。

按南朝梁蕭繹《金樓子》卷六《雜記十三上》載：

> 孔子游舍於山，使子路取水，逢虎於水，與戰，攬尾，得之，內於懷中。取水還，問孔子曰：「上士殺虎如之何？」子曰：「上士殺虎，持虎頭。」「中士殺虎如之何？」子曰：「中士殺虎持虎耳。」又問：「下士殺虎如之何？」子曰：「下士殺虎捉虎尾。」子路出尾，棄之，復懷石盤曰：「夫子知虎在水，而使我取水，是欲殺我也。」乃欲殺夫子。問：「上士殺人如之何？」曰：「用筆端。」「中士殺人如之何？」曰：「用語言。」「下士殺人如之何？」曰：「用石盤。」子路乃棄盤而去。〔註4〕

以此與上列「李逵殺四虎」之細節相對照，二者「情狀極相類處」有三：

1、「孔子游舍於山，使子路取水」，與李逵負母上嶺後奉母命取水，都是奉長者之命，從山上往山下爲其取水；

2、子路殺虎「持虎尾」，而李逵殺虎以刀刺「母大蟲尾底下」之「糞門」，都是從「虎尾」或「虎尾」處得之；

3、子路銜恨，欲殺孔子，而「復懷石盤」，與李逵爲取水而「雙手擎來」石頭香爐，所懷均石器。

儘管這些「情狀極相類處」基於各自不同的事理，但其相類若此，卻不像是出於偶然。從而筆者甚疑這些相類處就是「李逵殺四虎」從上引「孔子游舍於山」故事挪移變化來的。理由亦有三：

一是從能夠想像的作者生平與學養看可信如此。《水滸傳》作者或作者之一的羅貫中生平事蹟固然不詳〔註5〕，但他生當元明尊孔讀經的時代，又作爲小說家，必是雜學旁收，應是熟知《金樓子》「孔子游舍於山」故事，順手拈來化用到「李逵殺四虎」的描寫中去。而以孔子「好勇過我」（《論語·公冶長》）的學生子路比李逵，在元代文學中已有先例。如應是比《水滸傳》較早的東平籍戲曲家高文秀《黑旋風雙獻功雜劇》中形容李逵，就說「恰便似那煙薰的子路，墨染的金剛」〔註6〕。由此可見子路以至《金樓子》「孔子游舍於山」中子路的故事，當時如高文秀一班文學家的作者羅貫中應甚爲熟悉的，所以得心應手運用到了《水滸傳》此節描寫中了。

〔註4〕 〔南朝梁〕梁元帝撰《金樓子》，中華書局1985年版，第101頁。

〔註5〕 《水滸傳》的成書與作者向存爭議，筆者相信羅貫中爲《水滸傳》的作者或主要作者，故本文涉及《水滸傳》作者只提羅貫中一人。

〔註6〕 〔明〕臧晉叔編《元曲選》第二冊，中華書局1989年重排版，第688頁。

　　二是「李逵殺四虎」敘事中已隱約點出以「孔子游舍於山」中子路殺虎爲原型的謎底。即書中在寫李逵殺虎後眾獵戶見了，齊叫道「不信你一個人如何殺得四個虎？便是李存孝和子路，也只打得一個」云云，雖然以李存孝與子路並提而又以子路殿後，但寫有李存孝打虎故事的《殘唐五代史演義傳》也署名羅貫中所作，可知除《舒民殺四虎》之類傳說是「李逵殺四虎」故事的原型之外，還應該看到「孔子游舍於山」故事中的子路殺虎所給予「李逵殺四虎」描寫精神上的啓迪；而除卻「四虎」之數外，可以認爲「孔子游舍於山」故事中的子路殺虎是羅貫中筆下包括李存孝打虎、李逵殺虎乃至武松打虎故事共同的原型。這也就是說，《水滸傳》的作者或作者之一同時是《殘唐五代史演義傳》的作者羅貫中〔註7〕，雖然在寫「李逵殺四虎」時受有《舒民殺四虎》的影響，但他無論寫李存孝、李逵或武松打虎，都是沿襲借鑒了元初水滸戲以李逵擬於子路的流行做法，而溯源則是他所熟悉的《金樓子》「孔子游舍於山」的故事。

　　三是明人評點也認可其爲如此。對《水滸傳》寫李逵打虎祖擬於子路打虎一點，明容與堂本眉批就曾於上引「也只打得一個」句下評曰：「博學君子亦知子路打虎故事麼！」〔註8〕僅舉「子路打虎故事」而不提存孝打虎，可知評者意中正是以「子路打虎故事」而不是存孝打虎故事爲「李逵殺四虎」故事所本；而且這樣以問句略一提點出之的做法，似也顯示在評點者看來，這一謎底雖未至於盡人皆知，但在那時讀者中也並非很深隱的秘密。

　　因此，我們可以肯定地認爲，「李逵殺四虎」寫李逵從山上往山下去取水以及用石器等與上引「孔子游舍於山」故事「情狀極相類」處，乃直接從後者模擬脫化而來，與其故事構架同屬事有所本，乃奪胎換骨，因故爲新。

二、「李逵殺四虎」細節釋義

　　比較《夷堅志・舒民殺四虎》之類「傳說」的影響主要是使《水滸傳》「李逵殺四虎」成爲了一個驚險的「故事」，《金樓子》「孔子游舍於山」所給「李逵殺四虎」細節描寫的影響，才是使這一偶然的恐怖的虎害故事有了充足的

〔註7〕在羅貫中對兩書著作權的問題上，學術界尚無共識，但兩書寫打虎的相似性，有可能加強羅貫中是兩書作者的認識。

〔註8〕陳曦鍾、侯忠義、魯玉川輯校《水滸傳會評本》（下），北京大學出版社1981年版，第804頁。

泛詞餘韻，上升到眞正藝術的「有意味的形式」〔註9〕決定性因素。由此產生了既驚險動人，又情味雋永的折光人物性格的藝術效果。

這一效果可概括爲三個方面：一是從李逵雖性質粗鈍，但能不厭母親之絮叨，費盡周折，下山取水，可見其純孝之心；二是從李逵奉母命取水，把已經年邁失明的母親孤身一人安頓在嶺上坐等，而完全沒有慮及嶺上有野獸出沒的危險，以致母親死於虎吻，且後來亦不曾有半點後悔與自責，又可見其性質確屬粗鈍。宜乎第十四回《吳學究說三阮撞籌，公孫勝應七星聚義》寫「阮小二叫道：『老娘』」下金聖歎夾批評曰：「突然叫聲老娘，令人卻憶王進母子也。試觀王進母子，而後知求忠臣必於孝子之門，斯言爲不誣也。三阮之母，獨非母乎？如之何而至於有三阮也？積漸既成。而至於爲黑旋風之母，益又甚矣。其死於虎，不亦宜乎！凡此等，皆作者特特安排處，讀者宜細求之。」〔註10〕以爲有砭責李逵之意；三是通過取水、殺虎刺「糞門」和用石器等，總體上以與「孔子游舍於山」中的子路作比，隱譏李逵之爲人，實是比「下士」還等而下之才。這就層層遞進，凸顯或深化了李逵性格的本質特徵。

但如上第三點效果的產生，又非相關描寫自身直接的結果，而是由於其於因故爲新中還兼具了「春秋筆法」的特點。所謂「春秋筆法」，又稱「書法」，是指孔子作《春秋》爲「避當時之害」，而故意「微其文，隱其義」〔註11〕的一種文章寫法。這種寫法就是史家可以在不便「直書」的地方，採用或隱諱，或含糊，或側面，或委婉，或暗射等手法，使史書儘管沒有公然地歪曲事實，卻不露或只是有分寸地顯露事實與本意，達到「微而顯，志而晦，婉而成章，盡而不污，懲惡而勸善」（《左傳·成公十四年》）的目的。這種筆法的極致，就是晉人杜預所謂「一字爲褒貶」〔註12〕，即不是通過議論說明，而是通過遣詞用句的這樣或那樣的特別方式，暗寓史家對所寫人與事或褒或貶的看法。這種筆法的運用自然主要體現在寫人敘事的細節上。古代小說仰攀史部，

〔註9〕〔英〕克萊夫·貝爾《藝術》，周金環等譯，中國文聯出版公司 1984 年版，第 4 頁

〔註10〕陳曦鍾、侯忠義、魯玉川輯校《水滸傳會評本》（上），北京大學出版社 1981 年版，第 273 頁。

〔註11〕〔晉〕杜預《春秋左傳序》，《春秋左傳正義》卷首，阮元校刻《十三經注疏》下冊，中華書局 1980 年影印本，第 1707 頁。

〔註12〕《春秋左傳正義》卷首，阮元校刻《十三經注疏》下冊，中華書局 1980 年影印本，第 1707 頁。

作爲「史之餘」，有時也不免承襲了這古老的「春秋筆法」傳統。在筆者看來，「李逵殺四虎」中的某些細節描寫正是運用了「春秋筆法」以見作者之寓意與褒貶的，分述如下：

首先，寫李逵以刀入「糞門」殺虎暗含貶義。「李逵殺四虎」的描寫中也曾提及「母大蟲尾」，倘使寫李逵如舒民那樣「急持尾，斷其一足」而趕殺之，則其在士殺虎的品級中就一如子路爲「殺虎捉虎尾」的「下士」了。但李逵甚至未能如舒民那般，而是從老虎「尾底下……糞門」用刀，把老虎刺殺了。雖然這在一般看來已與「下士殺虎捉虎尾」沒有什麼相干，但深細辨之，則從作者特別點出「把刀朝母大蟲尾底下」可知，作者不僅仍是在借「捉虎尾」做文章，而且更下至「母大蟲尾底下」的「糞門」，以極寫李逵尚且不如「殺虎捉虎尾」之「下士」，乃更等而下之人。這是作者對李逵欲盡孝心，卻因粗蠢誤了母親性命的貶斥之筆。

寫李逵以刀入「糞門」殺虎暗含貶義，還可以從與同書寫武松打虎相對照看得出來。《水滸傳》作者以武松爲書中「第一人」〔註13〕，我們看「景陽崗武松打虎」，是將「半截棒丟在一邊，兩隻手就勢把大蟲頂花皮胳嗒地揪住，一按按將下來」（第二十三回），然後拳打腳踢，把老虎打死，是只在「虎頭」上用力，而全然不及於「虎尾」，更無論「糞門」！以此核之以孔子「士殺虎」之論，豈不是《水滸傳》明確以武松爲「殺虎持虎頭」之「上士」，而相比之下，李逵豈非連「殺虎捉虎尾」的「下士」也還不如了嗎？

其次，寫李逵取水用石頭香爐，似擬子路「懷石盤」欲殺孔子，亦暗含貶義。上述李逵與子路的同用石器，雖居心善惡迥異，但作爲李逵爲孝敬母親取水而實際是害了母親情節中的一個突出細節，寫以石頭香爐盛水而回，看似體現了他的聰明能幹，但客觀的效果卻是作爲取水中的一個曲折，加重了這一樁蠢事的惡果，與子路「懷石盤」的實際取向沒有什麼兩樣。這正近乎《春秋》書「趙盾弒君」（《左傳·宣公二年》），乃所謂趙盾雖不親弒君，而君卻因趙盾未救而死，應該視作《水滸傳》作者曲擬「孔子游舍於山」故事中子路「懷石盤」的「春秋筆法」，也有深切貶責之意存焉。

最後，我們可以進一步探討作爲「李逵殺四虎」餘波的李逵回到山寨與眾人相見一段描寫所暗含對李逵的貶義。但這必須結合了「孔子游舍於山」中士分三等之論的由來才容易明白。按《老子》曰：

〔註13〕 陳曦鍾、侯忠義、魯玉川輯校《水滸傳會評本》，北京大學出版社 1981 年版，第 486 頁。

上士聞道，勤而行之；中士聞道，若存若亡；下士聞道，大笑
之。不笑不足以為道。

對照可知，「孔子游舍於山」中士分三等的對話形式正是來源於上引《老子》有關「士聞道」的名言。在此基礎上，「李逵殺四虎」寫李逵回山之後一段文字的奧義就容易明白了。第四十四回寫李逵回到山寨：

李逵訴說取娘至沂嶺，被虎吃了，因此殺了四虎。又說假李逵
剪徑被殺一事。眾人大笑。晁、宋二人笑道：「被你殺了四個猛虎，
今日山寨裏又添的兩個活虎上山，正宜作慶。」眾多好漢大喜，便
教殺牛宰馬，做筵席慶賀。

這裡寫「李逵訴說取娘至沂嶺，被虎吃了」等事，固然有值得「大笑」「作慶」的成分，但畢竟李逵此行是為了「取娘」，李逵的娘「被虎吃了」，卻得不到包括晁、宋（宋江尚且以「孝義」著稱）在內眾人的半點同情與安慰，這至少從發生在以「孝義」聞名天下的宋江身上來說，著實令人費解！對此，明人評點說：「他的娘被老虎吃了，倒都大笑起來，絕無一些道學氣。妙，妙！」實乃不明就裏而曲為之說；近人薩孟武著《水滸與中國社會》一書中則解為「不是因為他們沒有道德，乃是因為他們的倫理觀念與紳士的倫理觀念不同」〔註14〕。這固然可備一說，但筆者認為，聯繫上述「李逵殺四虎」以「孔子游舍於山」故事為本事的實際，與其從今天「意識形態」或「階級分析」的角度作解，也許還不如從「孔子游舍於山」中的「士殺虎」之論的框架擬於《老子》的「士聞道」作想，以為上引「李逵殺四虎」中寫「眾人大笑。晁、宋二人笑道」云云，是又並《老子》「士聞道」的具體內容一起沿襲化用了。

具體說來，就是此節描寫實乃《水滸傳》作者擬《老子》「下士聞道，大笑之。不笑不足以為道」的戲筆。這一戲筆所顯示之「道」，一面是暗譏李逵之「孝」道非「道」，即包括晁、宋在內「眾人」的「大笑」，不在於表現「眾人」的似無心肝，而在於以晁、宋等眾人的不屑一顧，顯示李逵粗蠢誤母之行的不值得同情，從而貶責愈深。另一面作為全書表現主題的有機成分，所體現的是百零八個「妖魔」乘時下世「替天行道」之「道」。具體說是作者寫李逵此番下山，根本用心不在其「取娘」，也不在其「殺四虎」，而在於引朱富、李云「兩個活虎上山」，以湊合「一會之人……數足」（第七十一回）。所以，李逵「取娘」不成固然是世俗人情上的遺憾，值得同情，但在《水滸傳》

〔註14〕 薩孟武《水滸與中國社會》，嶽麓書社1987年版，第12頁。

寫「眾虎同心歸水泊」來說，不過是召之即來，揮之即去的內容，只有李逵此行的「替天行道」，促進了梁山「一會之人……數足」才是真正重要的。此目標既然已經達到，作為由頭的李逵取娘之事自然不必再說，從而僅以「眾人大笑」一笑了之，而於朱富、李云「兩個活虎上山」，卻以「晁、宋二人笑道……正宜作慶」，給以特筆強調和突出。其用筆輕重，一以全書敘事的主要目標為裁量。讀者不當作一味揣摩情景的刻板寫實之文粗漫看待，而應視為胸有全局、匠心獨運的神來之筆深味其奧義。

總之，從文本淵源於「孔子游舍於山」和遠祖《老子》「士聞道」名言以及所用「春秋筆法」暗寓的意義看，「李逵殺四虎」的細節描寫中包含對李逵形象的具體而微的評價，總體上對當下李逵的為人行事貶過於褒，是全書寫李逵作為「天殺星」雖好人卻不完全是好的一個方面。至於其因故為新和採用「春秋筆法」，則是《水滸傳》作者以才學為通俗小說的精彩表現。讀者於此等描寫處，似當全神貫注，用些「治經」式考據的工夫，才有可能得故事之奧義與作者之深心。

三、「雅」觀「通俗」的小說讀法

以上考論表明，作為古代通俗小說名著《水滸傳》的「李逵殺四虎」一節，除卻其故事框架疑從《夷堅志》所載《舒民殺四虎》「此等傳說」脫化之外，其細節描寫還從蕭繹《金樓子·孔子游舍於山》進而《老子》「上士聞道」云云的哲人文士之作脫化而來。加以近年來筆者已曾考論《三國演義》「玄德學圃」「聞雷失箸」等化用《論語》之例〔註15〕，考論《水滸傳》書名與《詩經·大雅·綿》〔註16〕、宋元話本《錯斬崔寧》與《詩經·衛風·氓》〔註17〕的聯繫等，積累至本文的探索乃逐漸意識到，古代通俗小說的考索，自然不能不往「傳說」與「話本」的方向上求其下層社會俗文學的源頭，但同時也要看到其與上層社會雅文化千絲萬縷的聯繫，必要時做「俗」中求「雅」，「雅」觀「通俗」的探討。這也許不失為通俗小說的一種解讀之法，有關思考具體如下：

（一）古代通俗小說其實都是「雅」人做的。今天所見古代通俗小說如

〔註15〕杜貴晨《齊魯文化與明清小說》，齊魯書社 2008 年版，第 81 頁。
〔註16〕杜貴晨《傳統文化與古典小說》，河北大學出版社 2001 年版，第 242～252 頁。
〔註17〕《傳統文化與古典小說》，第 415 頁。

《水滸傳》，溯源雖然可以到宋元市井勾欄瓦舍的說話藝術，但那畢竟只是「源」而已，流傳到今天的文本，卻基本上都是由羅貫中那樣的飽學之士創作或加工寫定的。雖然羅貫中等早期通俗小說作者的身世生平至今大都是謎，但就時代與所著書懸想其人，也當是讀書做官不成，百無聊賴，退而爲小說以抒其憤的天才文藝家。他們創作通俗小說雖尙俗黜雅，但有時是化雅爲俗，即不排除把從飽讀經典所接受上層社會的「雅」化爲下層社會可以接受之「俗」的可能。這就決定了他們的小說創作不免熔經鑄史和化用典故，而且爲了無礙於「通俗」的緣故，這種鎔鑄化用還當力求無跡可求，使其寄思甚深，託情甚隱。這個結果就是通俗小說無不有經史等雅文化複雜而深細的屬混滲入，讀者須「雅」觀「通俗」，才能眞正瞭解其有關描寫的內蘊與指向。

（二）古代通俗小說本質上不是俗文學，而是以「俗」傳「雅」、「俗」中有「雅」、貌「俗」而神「雅」之文學。古代「通俗」之義本就重在化「雅」爲「俗」和以「雅」化「俗」。漢服虔有《通俗文》已佚，清翟灝有《通俗編》，都是學者文人爲俗人所作；而《京本通俗小說‧馮玉梅團圓》中有詩句云：「話須通俗方傳遠，語必關風始動人。」明確認爲「話」雖然要「通俗」，但「語」即「話」的具體內容卻必須「關風」。而《毛詩序》云：「風也，教也。風以動之，教以化之。」「關風」的內容當然是從經典主要是儒家經典來的。這就決定了「通俗」的重要目標之一，就是以化「雅」爲「俗」的手段，達到以「雅」化「俗」的目的。從而古代通俗小說無論內容與形式，都不免有經史典籍雅文化內容的大量滲透與制約，實際是「俗」中有「雅」、貌「俗」而神「雅」之文學。古代通俗小說的這一特點，正體現了歷來統治階級主導一代思想文化潮流的一般規律性。「雅」觀「通俗」首先是要認識到通俗小說之俗，雖然有其題材內容手法上來自民間的本然之俗，但也有爲量不小的化「雅」爲「俗」之俗即「俗」中之「雅」，把「通俗」小說作「俗」中有「雅」的研究對象看待，自覺從通俗小說文本與「雅」文化密切聯繫的角度深入鑽研，考論結合，庶幾能有意外的收穫。

（三）「雅」觀「通俗」的目的是深入解讀文本，揭蔽古代「雅」「俗」文化之間歷史地存在著的內部聯繫，發現聯繫中與矛盾對立並存的和諧統一的一面，以更深入解讀文本。學界長期以來，一般認爲《水滸傳》等通俗小說源自宋元說話藝術，敘述與描寫唯求逼眞與生動，不可能有什麼值得深求

的微言大義，當然也就不需要如本文「治經」式考據的態度與做法。這種認識養成並助長了通俗小說文本解讀偏重作品整體思想內容與藝術特色的概論式批評，阻礙了「雅」觀「通俗」研究態度與方法的形成，長時期中一定程度上局限了古代通俗小說研究的深入發展，乃至近一二十年來，致力於通俗小說特別是名著文本解讀的學者越來越少，是很可令人憂慮的現象。而本文所謂「雅」觀「通俗」的小說讀法，與過去直觀故事情節與人物形象的概論式批評相比，更注重通俗小說文本內在細微處所受雅文化影響的一面，力求通過對文本細節所受雅文化影響的探考，深窺其上、下層文化互滲互涵、交織交融的特點，進而從通俗小說的視角還原中華古代文化既異彩紛呈又和諧統一的整體本質，加深對中國乃至人類歷史文化統一性的認識。

（四）「雅」觀「通俗」是「窄」而「深」研究，需要更沉潛的鑽研和更廣博的知識。作為帶有「治經」特點的「雅」觀「通俗」的小說讀法，理論上雖然不排斥對文本的宏觀把握，但顯然更偏重文本細節所脫化自雅文化淵源的推考與研討，從而多要自小觀大，就具體而微的現象下判斷，著眼點雖小，而關懷甚深，「從極狹的範圍內生出極博來」〔註18〕，則必然難度較大。這就要求研究者不僅要有「雅」觀「通俗」的自覺性，更要有傳統文化的廣博知識；不僅能對作者一般地知人論世，更要能夠讀作者所可能讀過之書，最大限度地接近文本創作的原生態，在近乎「體驗」的狀態下還原文本產生的可能情景而易於洞幽燭隱。這對於今天去古已遠的學者來說，除本文識小之例或可能偶得之外，即使僅就一書全部文本會通內外，遍察幽隱，恐亦非多年沉潛而難得有大的收穫。因為即使前代讀者去古為近，或又兼以博學多才，也未必不有見不到處。例如清初金聖歎是何等才情，其評《水滸傳》雖於「武松打虎一篇」與「李逵取娘文中……一夜連殺四虎一篇」（金批本第四十二回）讚不絕口，多能見微知著，可謂心細如髮，目光如電，但由於其全副精神，專注文法，而於如上故事構造之本事源流、情韻神理，竟全無感受，更不曾說到孔子、老子等。這就很可能是他只知其一、不知其二了。而古代通俗小說之與其前代典籍文化間盤根錯節、騎驛暗通之複雜深刻的聯繫，以及通俗小說經典的似易讀而實難明，都於此可見一斑。

當然，諸如「李逵殺四虎」細節化用經史文獻、採用「春秋筆法」之類，

〔註18〕梁啟超語，轉引自謝桃坊《回顧梁啟超與胡適在東南大學的國學講演》，《古典文學知識》2011年第1期。

在通俗小說中既非絕無僅有，所以有必要提出所謂「雅」觀「通俗」的小說讀法；但是，畢竟古代通俗小說作者作爲「雅」士也不可能完全脫俗，又其爲此類小說本是寫給俗人看的，其「俗」中含「雅」不會也不應該是處處設伏，讀者雖須隨時警惕，但更要實事求是，可疑處有疑，實有處說有，而不應該風聲鶴唳，草木皆兵。況且我們所謂「雅」觀「通俗」，本是一種欲求甚解的研究態度與做法，而讀書特別是小說卻是可以不求甚解的，如《水滸傳》等通俗小說名著的一大優越處，又是可以淺讀得淺，深求得深，並非一定做到「雅」觀「通俗」的地步才可。所以「雅」觀「通俗」雖可以爲小說閱讀之一助，但主要是爲研究者試說法。因爲研究者務求甚解，則非有「雅」觀「通俗」之心，又於可觀之處隨時以觀，才有可能洞悉幽隱，發現伏藏，不辜負作者之心，而眞得古代通俗小說文本之深義。天都外臣序《水滸傳》贊其文筆之妙曰：「此可與雅士道，不可與俗士談也。」即此意。

（原載《東嶽論叢》2012 年第 3 期，有修訂）

儒學原典與古典小說「君臣之義」「忠」「義」觀念比較例論——以《三國演義》《水滸傳》等爲中心

　　儒學原典指最早載述儒學基本學說的標誌儒學創立的儒家代表性著作，具體指「四書五經」，應該是當今學界的共識。中國古典小說數量眾多，但至今廣爲流行的主要是明代「四大奇書」和清代《儒林外史》《紅樓夢》等名著，可以視爲古典小說的代表。這些小說名著後起而不能不在思想上蒙受儒學的影響，是有目共睹的事實，但是，思想與文學的情況成分複雜，隨時變異，從而儒學對古典小說影響並不容易分辨清楚。加以近百年來「打倒孔家店」「批儒評法」等運動的挾持，遂有古典小說研究中某些思想觀念被指爲儒學遭受批判的現象，其結果不僅使古典小說的研究誤入歧途，而且使儒學李代桃僵，受无妄之災，並至今沒有得到認眞的重估和清理。這種狀況將不利於古典小說思想研究的深入，也不利於還原儒學作爲我國傳統文化思想正宗的面貌，也不利於對儒學歷史價值和現實意義的探討，應該積極的應對。但是，這個課題甚大，本文只能期待見微知著，從一點的嘗試深入以窺其餘，乃舉《三國演義》《水滸傳》等古典小說中「忠」與「義」以及「忠義」等若干偏重政治思想方面的觀念爲例，作粗淺的議論，略陳儒學原典思想——主要是「孔孟之道」——在古典小說研究中被誤會傷害之弊，或可望有拋磚引玉之效。

一、「君臣之義」

　　「君臣之義」在古典小說中或稱「君臣之道」〔註1〕是儒家最重的人倫之一，故又稱「君臣大義」。《論語‧微子第十八》載：「子路曰：『不仕無義。長幼之節，不可廢也；君臣之義，如之何其廢之？欲潔其身，而亂大倫。君子之仕也，行其義也。……』」這裡「義者，宜也」（《中庸》），即適當的意思。子路的意思是說儒者拒絕做官是不正常的，出仕事君是儒者應該做的事。可見儒家以「君臣之義」為人倫之常，把事君為官看作儒者不可逃避的責任和義務。甚至《孟子》載孟子答周霄問「古之君子仕乎」，曰：「仕。《傳》曰：『孔子三月無君，則皇皇如也，出疆必載質。』公明儀曰：『古之人三月無君則弔。』」（《滕文公下》）可謂汲汲如不及。而積極求仕以實踐「君臣之義」，則是儒家處世一貫提倡的基本的態度和首選目標。

　　進而儒家原典強調儒者要事君竭盡忠誠。《論語》載子夏曰：「賢賢易色；事父母，能竭其力，事君，能致其身……吾必謂之學矣。」（《學而》）又載孔子曰：「事君盡禮，人以為諂也。」（《八佾》）又載孔子曰：「事君，敬其事而後其食。」（《衛靈公》）上引「事君，能致其身」，楊柏峻譯為「服事君上，能豁出生命」〔註2〕，且又要「盡禮」和「敬其事而後食」，真是兢兢業業，恪盡職守，足見儒家原典對「君臣之義」的鄭重態度。

　　但是，《論語》也載孔子（及其門徒）雖然強調了「不仕無義」，卻非一味的「官迷」和「忠君」。而是本著「道不同，不相為謀」（《衛靈公》）的原則，主張「用之則行，捨之則藏」（《述而》），「邦有道則仕，無道則可卷而懷之」（《衛靈公》），和「天下有道則見，無道則隱。」（《泰伯》），甚至「道不行，乘桴浮於海」（《公冶長》），而決不苟且為官。

　　同時，《論語》載孔子（及其門徒）強調即使出仕為官，「君臣之義」也不是臣子無條件地對君「致其身」，而是君、臣間要有合乎禮的相互對待的前提。《論語》載：「定公問：『君使臣，臣事君，如之何？』孔子對曰：『君使臣以禮，臣事君以忠。』」（《八佾》）又載孔子論曰：「所謂大臣者：以道事君，不可則止。」（《先進》）總之，即孔子對齊景公問政所說：「君君，臣臣，父父，子子。」（《論語‧顏淵》）這句話本是說君臣、父子間雖然有上下、尊卑，

〔註1〕陳曦鍾、宋祥瑞、魯玉川輯校《三國演義會評本》，北京大學出版社 1986 年版，第 1030 頁。

〔註2〕楊柏峻《論語譯注》，中華書局 1980 年版，第 5 頁。

但是都要各守其本分，相互有恰當的對待，無過或不及。但至近世，這句話往往成了與漢儒「君為臣綱」「父為子綱」之單向控制關係的同義語，顯然是對儒學原典思想的扭曲利用。

《孟子》繼《論語》之後，除肯定「君臣之義」為與「父子」「夫婦」等並列的「人倫」之一，還一再重複地強調了「君仁莫不仁，君義莫不義，君正莫不正。」（《離婁上》《離婁章句下》）也就是在孟子看來，臣對君的態度完全決定於君是一個什麼樣的君。《孟子‧公孫丑章句上》載公孫丑問「伯夷、伊尹何如？」孟子答曰：「不同道。非其君不事，非其民不使；治則進，亂則退，伯夷也。何事非君，何使非民；治亦進，亂亦進，伊尹也。可以仕則仕，可以止則止，可以久則久，可以速則速，孔子也。皆古聖人也，吾未能有行焉；乃所願，則學孔子也。」又《告子下》載孟子答陳子問「古之君子何如則仕？」曰：「所就三，所去三。迎之致敬以有禮，言將行其言也，則就之；禮貌未衰，言弗行也，則去之。其次，雖未行其言也，迎之致敬以有禮，則就之；禮貌衰，則去之。」

同時在孟子看來，「君臣有義」雖然是有「君」才有「臣」，但是君的重要性並不見得在臣之上。他那最有名的論述說：「民為貴，社稷次之，君為輕。是故得乎丘民而為天子，得乎天子為諸侯，得乎諸侯為大夫。諸侯危社稷，則變置。犧牲既成，粢盛既潔，祭祀以時，然而旱乾水溢，則變置社稷。」（《孟子‧盡心下》）這就是說在孟子看來，天子、諸侯、大夫、社稷等一切都可以改易，只有「民」是永遠的主宰而不可動搖。眾所周知，這段話招致明太祖朱元璋之忌，曾經遭到被刪除的命運，可見其見解卓異超前！

總之，《孟子》中的「君臣有義」本質上是一種對等互利的關係，即孟子所面陳於齊宣王曰：「君之視臣如手足；則臣視君如腹心；君之視臣如犬馬，則臣視君如國人；君之視臣如土芥，則臣視君如寇讎。」（《離婁下》）因此，孟子又認為對於暴虐的君王，臣下可以不必追隨。《離婁下》曰：「無罪而殺士，則大夫可去；無罪而戮民，則士可以徙。」甚至可以殺掉暴君，取而代之，《梁惠王下》載孟子對齊宣王「臣弒其君，可乎」曰：「賊仁者謂之賊，賊義者謂之殘，殘賊之人謂之一夫。聞誅一夫紂矣，未聞弒君也。」即臣民起而殺死如紂一樣的暴君，不應該被看作「弒君」，而是「誅一夫」——殺掉一個「（匹）夫」即普通人而已。

所以，孟子雖然同情地理解孔子以及「古之人三月無君則弔」，但他更強

調了儒者不能爲了做官而不擇手段。《孟子·滕文公下》載孟子一段論婚姻的話，實際卻是爲了揭明儒者求仕之道，曰：

> 丈夫生而願爲之有室，女子生而願爲之有家。父母之心，人皆有之。不待父母之命、媒妁之言，鑽穴隙相窺，踰牆相從，則父母國人皆賤之。古之人未嘗不欲仕也，又惡不由其道。不由其道而往者，與鑽穴隙之類也。

又《離婁下》有「齊人有一妻一妾」故事，寫齊人渴求富貴，不惜乞墦而食，也是爲了說明「由君子觀之，則人之所以求富貴利達者，其妻妾不羞也，而不相泣者，幾希矣」。

比較《論語》，《孟子》中更加突出了爲臣的權利與尊嚴，《孟子》中甚至引有「語云：『盛德之士，君不得而臣，父不得而子。』」（《萬章上》）同時又載孟子曰：

> 「伯夷……非其君不事，非其民不使。治則進，亂則退。橫政之所出，橫民之所止，不忍居也。思與鄉人處，如以朝衣朝冠坐於塗炭也。當紂之時，居北海之濱，以待天下之清也。故聞伯夷之風者，頑夫廉，懦夫有立志。」（《萬章下》）

又答萬章「敢問不見諸侯，何義也？」，曰：

> 「在國曰市井之臣，在野曰草莽之臣，皆謂庶人。庶人不傳質爲臣，不敢見於諸侯，禮也。」（《萬章下》）

又載：

> 萬章曰：「庶人，召之役，則往役；君欲見之，召之，則不往見之，何也？」曰：「往役，義也；往見，不義也。且君之欲見之也，何爲也哉？」（《萬章下》）

又《公孫丑下》載孟子曰：

> 「故將大有爲之君，必有所不召之臣。欲有謀焉，則就之……湯之於伊尹，桓公之於管仲，則不敢召。管仲且猶不可召，而況不爲管仲者乎？」

又《萬章下》載：

> 王曰：「卿不同乎？」曰：「不同。有貴戚之卿，有異姓之卿。」王曰：「請問貴戚之卿。」曰：「君有大過則諫，反覆之而不聽，則易位。」王勃然變乎色……請問異姓之卿。曰：「君有過則諫，反覆

之而不聽，則去。」

總之，從《論語》到《孟子》，我們從儒家原典看到的「君臣大義」關係雖有主從，但是絕未至於是主奴，而是一種特殊的主客關係。這種關係在古典小說中被大量描寫，得到或真實，或扭曲，或顛倒的描寫，成為古典小說最引人注目的一部分政治內容。如《封神演義》寫武王伐紂明顯如此可不必說，這裡僅舉《三國演義》等書中若干須有所審視才可以確認之例。

如上引《論語》以「君臣之義」為「君使臣以禮，臣事君以忠」，和「事君，能致其身」「事君盡禮」和「事君，敬其事而後食」等，在《三國演義》中有關劉備與諸葛亮關係的描寫大體可以說是這些話的演義。其中「三顧草廬」所顯示，在劉備即為「將大有為之君」，在諸葛亮即為「不召之臣」；《孟子》以「君臣有義」的佳境是「君之視臣如手足；則臣視君如腹心」，這在《三國演義》中即劉、關、張「朋友而兄弟、兄弟而又主臣」（第二十六回）關係的概括。《三國演義》寫劉、關、張「桃園結義」，「不求同年同月同日生，但求同年同月同日死」，而且劉備以「朕不為二弟報仇，雖有萬里江山何足為貴」，並最後死於為關羽復仇的征吳之役，不僅因此幾乎壞了「萬里江山」，而且銷除了儒家「事君，能致其身」的主客關係，事實上成了臣為君死，君亦為臣死，這就把兄弟之義等同或高置於君臣關係之上。對此，毛宗崗批評也支持趙雲對劉備的諫阻，以為劉備應該「先君臣之公義，而後兄弟之私仇」。但是，毛宗崗更是深刻理解或就勢闡述了劉備執意伐吳在形象塑造上的意義，以為「今人稱結義必稱桃園，玄德之為玄德，索性做兄弟朋友中立極之一人，可以愧後世之朋友寒盟、兄弟解體者」（第八十二回）。只是這樣一來，劉備做了「兄弟朋友中立極之一人」，《三國演義》寫劉、關、張結義的實質就不再是儒家的「君臣之義」，而是草莽英雄的江湖之義了。

又如《儒林外史》寫時知縣為了討好危素，「差翟買辦持個侍生帖子去約王冕」：

> 王冕笑道：「卻是起動頭翁，上覆縣主老爺，說王冕乃一介農夫，不敢求見，這尊帖也不敢領。」翟買辦變了臉道：「老爺將帖請人，誰敢不去……難道老爺一縣之主，叫不動一個百姓麼？」王冕道：「頭翁你有所不知。假如我為了事，老爺拿票子傳我，我怎敢不去！如今將帖來請，原是不逼迫我的意思了。我不願去，老爺也可以相諒。」翟買辦道：「你這都說的是甚麼話？票子傳著倒要去，帖子請著倒不去，這不是不識抬舉了！」秦老勸道：「王相公，也罷，老爺拿帖子

　　　請你，自然是好意。你同親家去走一回罷！自古道：『滅門的知縣』，
　　　你和他拗些甚麼？」王冕道：「秦老爹，頭翁不知，你是聽見我說過
　　　的。不見那段干木、泄柳的故事麼？我是不願去的。」（第一回）

這裡王冕雖然引了「那段干木、泄柳的故事」為自己不見時知縣的根據，但
道理上卻是上引《孟子》所說「庶人，召之役，則往役；君欲見之，召之，
則不往見之」，乃「庶人不傳質為臣，不敢見於諸侯，禮也」（《萬章章句下》）。

　　又如《儒林外史》第八回寫蘧太守離任，差兒子蘧伯玉面見接任太守王
惠交代，具體情景固屬於虛構，但其神理氣韻實得自《論語·公冶長篇第五》
載：

　　　子張問曰：「令尹子文三仕為令尹，無喜色；三已之，無慍色。
　　　舊令尹之政，必以告新令尹。何如？」子曰：「忠矣。」

再如《紅樓夢》第三十六回寫賈寶玉笑道：

　　　「人誰不死，只要死的好。那些個鬚眉濁物，只知道文死諫，
　　　武死戰，這二死是大丈夫死名死節。竟何如不死的好！必定有昏君
　　　他方諫，他只顧邀名，猛拚一死，將來棄君於何地！必定有刀兵他
　　　方戰，猛拚一死，他只顧圖汗馬之名，將來棄國於何地！所以這皆
　　　非正死。」

接下又說：

　　　「那武將不過仗血氣之勇，疏謀少略，他自己無能，送了性命，
　　　這難道也是不得已！那文官更不可比武官了，他念兩句書污在心
　　　裏，若朝廷少有疵瑕，他就胡談亂勸，只顧他邀忠烈之名，濁氣一
　　　湧，即時拚死，這難道也是不得已！還要知道，那朝廷是受命於天，
　　　他不聖不仁，那天地斷不把這萬幾重任與他了。可知那些死的都是
　　　沽名，並不知大義。」

　　這兩段話的意思雖然較為複雜，但核心都是認為事君之道，不必「文死
諫，武死戰」。過去讀者或以為這是曹雪芹進步思想的體現，其實不然。除了
其在根本上通於孔子所說：「所謂大臣者：以道事君，不可則止。」（《論語·
先進》）和孟子所說「異姓之卿……『君有過則諫，反覆之而不聽，則去。』」
（《孟子·萬章下》）之外，《晏子春秋》第三卷《內篇問上第三·景公問忠臣
之事君何若晏子對以不與君陷於難第十九》中也表達過同樣的意思：

　　　景公問：「忠臣之事君也何若？」晏子對曰：「有難不死，出亡

不送。」公不說，曰：「君裂地而封之，疏爵而貴之，君有難不死，出亡不送，可謂忠乎？」對曰：「言而見用，終身無難，臣奚死焉；謀而見從，終身不出，臣奚送焉。若言不用，有難而死之，是妄死也；謀而不從，出亡而送之，是詐偽也。故忠臣也者，能納善於君，不能與君陷於難。」〔註3〕

由此可知，《紅樓夢》中反對「文死諫，武死戰」的說法不是曹雪芹個人的發明，而屬於繼承發揚春秋戰國儒家乃至諸子的公論。

順便說到，曹雪芹《紅樓夢》中並沒有那麼多新思想，倒是顯出他除了雜學旁收，於經學也有較深入的鑽研，所以能把「文死諫，武死戰」之「大丈夫死名死節」信手拈來，作些評判。其實他的評判出於「將來棄君於何地」「將來棄國於何地」的擔憂，比較孔、孟、晏子的思想還倒退了，更不用說沒有半點新意！

雖然大體說來，儒家「君臣之義」在古典小說中較多地得到了準確的演義，體現了儒家「以道事君」的「大臣」氣度。但是，也有很大的例外，如《說岳全傳》寫岳飛大勝金兵，正要「直搗黃龍府，迎還二聖，早晚成功」之際，接了朝廷的聖旨，便為了「一生只圖盡忠。即是朝廷聖旨，那管他姦臣弄權」，毅然撤兵，並愚忠至死，還可以說有一定歷史的根據。但是早於《說岳全傳》成書的《水滸傳》，寫宋江在明知「今日朝廷賜死無辜」的情況下，卻「寧可朝廷負我，我忠心不負朝廷」（第一百回）的可稱之謂毫不利己、專門利君的觀念，又是從哪裏來的呢？對此，筆者不僅從先秦儒家的經典，而且從其他諸子的著作中都未見因由，從而肯定其不是包括儒家在內的先秦諸子的思想，甚至也不是後儒的思想。卻發現它的根源似乎並不在古代士人所熟悉的經史百家，而在「街談巷語，道聽塗說者之所造」（班固《漢書·藝文志》）的民間小說。如《大唐秦王詞話》第五十九回寫秦王李世民受誣陷被賜藥酒自盡，裴文靖勸阻不聽，說：「哪有此理！古語云，君要臣死，臣若不死為不忠；父要子亡，子若不亡為不孝！你眾官替我世民做一個明輔就罷了，——取酒過來！」又如《混唐後傳》第三十一回也是說「俗諺云，『君要臣死，不得不死；父要子亡，不得不亡。』」都只是籠統說根據於「古語」「俗諺」，並不曾追根到儒家經典。但是一般讀者或專家若未曾查考，大約都會想到這

〔註3〕〔清〕孫星衍、黃以周校《晏子春秋》，《諸子百家叢書》本，上海古籍出版社1989年影印版，第25頁。

是儒家原典或後儒的主張。其實包括宋代理學家在內，儒家大師從來不是這樣看待君臣關係。這就是說，歷史上把「君臣之義」扭曲為主奴關係的，並非孔孟等儒家先哲，其始作俑者也不是任何士人身份的思想家或學者，而是封建皇權長期壓迫扭曲人性所致社會自生的「古語」「俗諺」。雖然這類愚忠至死的觀念作始難明，但是過去有不加考證地當作儒家思想批判的做法，實在是沒有根據和不負責任的。

二、「忠」「義」與「忠義」

《三國演義》《水滸傳》〔註4〕等小說多講「忠」「義」，更是標榜合「忠」與「義」為一詞的「忠義」。讀者或以為這都是儒家思想的體現，其實未必然。

「忠」「義」均出儒家原典。據楊伯峻《論語譯注》附《論語詞典》，《論語》用「忠」字十八次，其義皆為「對別人，尤其是對上級竭心盡力。」涉及忠君的只有一次，即「君使臣以禮，臣事君以忠」（《八佾》）；用「義」字二十四次，作「名詞，合理的，有道理（21 次）」，作「敘述詞，合理，有道理（3 次）」〔註5〕。

又據楊伯峻《孟子譯注》《孟子詞典》，《孟子》用「忠」字八次〔註6〕，無一及於忠君；用「義」字一百零八次，用作「合於某種道和理的叫義（98 次）」，和「道理、正理（10 次）」。〔註7〕

但是，《論語》《孟子》雖然講「忠」講「義」，卻都不曾講過「忠義」。所以，雖然「忠義」乃合儒典多用的「忠」與「義」二字為詞，但「忠義」一詞本身既非出於儒家原典，其所表達就不直接是先秦儒家的理念，並有可能是後來學者修正先儒而來的冒牌儒家觀念。

今考「忠義」之說至晚東漢就產生了。據電子文獻檢索，嚴可均編《全上古三代秦漢三國六朝文》有六十二篇七十八次用「忠義」一詞，而以《全後漢文》卷六和帝《求曹相國後詔》有稱「忠義獲寵，古今所同」之說，是今存古代詩文中「忠義」一詞最早的用例。又逯欽立編《先秦漢魏晉南北朝詩》中用「忠義」一詞凡三見，一者《魏詩》卷七曹植《三良詩》有云：「功

〔註4〕李永祜點校，施耐庵、羅貫中著《水滸傳》，中華書局 1997 年版，第 570 頁。本文如無特別說明，凡引此書均據此本，僅隨文說明或括注回次。
〔註5〕《論語譯注》，第 291 頁。
〔註6〕楊伯峻《孟子譯注》，中華書局 1980 年版，第 392 頁。
〔註7〕《孟子譯注》，第 448 頁。

名不可爲，忠義我所安。」二者《魏詩》卷十一《雜歌謠辭・平南荊》有「多選忠義士」之句，三者《宋詩》卷三有謝靈運《臨終詩》有「忠義感君子」之句。可見彼時詩歌中「忠義」一詞也並不甚流行。而正史典籍中「忠義」一詞並見於《後漢書》《三國志》。《晉書》始立《忠義傳》。其《序》云：

> 晉自元康之後，政亂朝昏，禍難薦興，艱虞孔熾。遂使奸凶放命，戎狄交侵；函夏沸騰，蒼生塗炭；干戈日用，戰爭方興。雖背恩忘義之徒不可勝載，而蹈節輕生之士無乏於時。至若嵇紹之衛難乘輿，卞壺之亡軀鋒鏑，桓雄之義高田叔，周崎之節邁解揚，羅、丁致命於舊君，辛、吉恥臣於戎虜，張褘引鴆以全節，王諒斷臂以屬忠，莫不志烈秋霜，精貫白日，足以激清風於萬古，屬薄俗於當年者歟！所謂『亂世識忠臣』，斯之謂也。卞壺、劉超、鍾雅、周嶷等已入列傳，其餘即敘其行事以爲《忠義傳》，用旌晉氏之有人焉。」

由此可見「忠義」之說雖合《論》《孟》中常用的「忠」與「義」而成詞，但根本乃因亂世而生，並因爲用於旌表戰亂之中忠君愛國死節之士得到突出強調，才確立爲一個重要的倫理概念。後來《新唐書》、宋、元、明、清諸史相沿，均立有《忠義傳》。因此，可以認爲，我國古典小說的「忠義」概念不出於儒學，尤其非儒家原典所提倡；「忠義」概念的出處或形成在東漢以降詩文史籍，是所謂「亂世識忠臣」的特殊語言表達。後世雖有宋儒偶一應用，但近今學者若以「忠義」爲儒家思想，就是一個誤解，乃不考而武斷之過。

古典小說中「忠義」詞的意義頗爲狹隘，實即一個「忠」字，即忠君護主的道理。《三國演義》一百二十回，用「忠義」多達五十二次。雖然多用於爲漢獻帝致身盡力，但如第三十回、三十二回分別寫沮授、審配爲袁紹而死，曹操雖殺之，但皆許以爲「忠義」；第四十四回寫周瑜派諸葛瑾以兄弟之情說諸葛亮歸吳：

> 孔明接入，哭拜，各訴闊情。瑾泣曰：「弟知伯夷、叔齊乎？」孔明暗思：「此必周郎教來說我也。」遂答曰：「夷、齊古之聖賢也。」瑾曰：「夷、齊雖至餓死首陽山下，兄弟二人亦在一處。我今與你同胞共乳，乃各事其主，不能旦暮相聚。視夷、齊之爲人，能無愧乎？」孔明曰：「兄所言者，情也；弟所守者，義也。弟與兄皆漢人。今劉皇叔乃漢室之胄，兄若能去東吳，而與弟同事劉皇叔，則上不愧爲漢臣，而骨肉又得相聚，此情義兩全之策也。不識兄意以爲何如？」瑾思曰：「我來說他，反被他說了我也。」遂無言回答，起身辭去。

回見周瑜，細述孔明之言。瑜曰：「公意若何？」瑾曰：「吾受孫將軍厚恩，安肯相背！」瑜曰：「公既忠心事主，不必多言。吾自有伏孔明之計。」

又第七十四回寫曹操有疑，不敢用龐德爲先鋒：

操曰：「孤本無猜疑；但今馬超現在西川，汝兄龐柔亦在西川，俱佐劉備。孤縱不疑，奈眾口何？」龐德聞之，免冠頓首，流血滿面而告曰：「某自漢中投降大王，每感厚恩，雖肝腦塗地，不能補報；大王何疑於德也？德昔在故鄉時，與兄同居，嫂甚不賢，德乘醉殺之；兄恨德入骨髓，誓不相見，恩已斷矣。故主馬超，有勇無謀，兵敗地亡，孤身入川，今與德各事其主，舊義已絕。德感大王恩遇，安敢萌異志？惟大王察之。」操乃扶起龐德，撫慰曰：「孤素知卿忠義，前言特以安眾人之心耳。卿可努力建功。卿不負孤，孤亦必不負卿也。」

又第九十七回寫靳祥與郝昭爲舊友，而戰場敵對相見：

靳祥驟馬徑到城下，叫曰：「郝伯道故人靳祥來見。」城上人報知郝昭。昭令開門放入，登城相見。昭問曰：「故人因何到此？」祥曰：「吾在西蜀孔明帳下，參贊軍機，待以上賓之禮。特令某來見公，有言相告。」昭勃然變色曰：「諸葛亮乃我國仇敵也！吾事魏，汝事蜀，各事其主，昔時爲昆仲，今時爲仇敵！汝再不必多言，便請出城！」靳祥又欲開言，郝昭已出敵樓上了。魏軍急催上馬，趕出城外。祥回頭視之，見昭倚定護心木欄杆。祥勒馬以鞭指之曰：「伯道賢弟，何太情薄耶？」昭曰：「魏國法度，兄所知也。吾受國恩，但有死而已，兄不必下說詞。早回見諸葛亮，教快來攻城，吾不懼也！」

以上諸例表明，《三國演義》的「忠義」其實只是「忠君」。首先是忠於漢獻帝；其次是由於軍閥割據，獻帝已經成了曹操手中的傀儡，在若存若亡之間，士人懷才抱道，只好「良禽相木而棲，賢臣擇主而事」，於是「忠君」便降爲「各爲其主」（第二十七、二十八、三十一、三十九、一百七回），其最高的境界是如女子出嫁要求的「從一而終」。所以，除了如趙雲在故主公孫瓚兵敗自焚後遇巧而轉投劉備，和黃忠在城破之後經劉備、諸葛亮誠請歸降爲無可責備，其他如魏延、張松等即使都是爲書中尊爲正統的劉備的蜀漢出了大力，卻在言語間也都不同程度地受到背主求榮、朝秦暮楚的貶責。

由此可見，《三國演義》中的「忠義」不過是「忠」字後面附庸了一個「義」字，但這個「義」字並不包括「為朋友兩肋插刀」之義，而是在「忠君」或「各為其主」前提下因「忠」而「義」的「義」隨「忠」遷。朋友、兄弟、夫婦甚至父子之義，一旦與忠君護主有了矛盾，便要為「忠」而捨「義」。所謂「大義滅親」，基本上只是發生在親朋夫婦情誼與「事主」尤其是與「忠君」發生矛盾的場合。反之，為親朋夫婦情誼而廢「事主」「忠君」之義，就成了「捨大義而就小義」的不「義」。這也就是說，「忠義」雖然看來有「忠」有「義」，但二者之間決不平等，乃是以「忠」為主，不僅因「忠」而可以廢「義」，而且如曹操讚歎關羽所說「事主不忘其本，乃天下之義士也」，「事主」之「忠」才是最大的「義」。

這同時也就是為什麼劉備因有「結義」而為關羽報仇興兵伐吳之役，諸葛亮、趙雲等皆不以為然，後者勸以「漢賊之仇，公也；兄弟之仇，私也。願以天下為重」。此非趙雲私見，乃彼時多數人的共識。因此，後來即使「尊劉貶曹」傾向更強烈之毛宗崗的批評，也只好稱劉備「索性做兄弟朋友中立極之一人」，即江湖上「義」的典範，只差沒有說劉備對漢室不忠了。《三國演義》「尊劉貶曹」，理論上劉備是正面人物形象的第一人，他的殉「義」而死，使得書中各因「忠」而死節的人物故事相形見絀。在這個意義上，《三國演義》作者基於歷史的真實，可能並不情願地寫使江湖之「義」凌駕於「忠」之上，產生了「今人稱結義必稱桃園……愧後世之朋友寒盟、兄弟解體者」的社會影響。

《水滸傳》至晚成書於元明之際，又名或原題《忠義傳》，明代流行之稱曰「忠義水滸傳」。今本《水滸傳》第八十一回開篇「詩曰」末云：「事事集成忠義傳，用資談柄江湖中。」與今存《水滸傳》版本有題《忠義傳》殘頁情況相合，證明《忠義傳》至少是《水滸傳》較早的題名。這個書名後於上述漢唐諸史立《忠義傳》，基本上可以視為依傍諸史《忠義傳》而來。但是，《水滸傳》所託山東八百里梁山泊為南宋時中國北方「兩河忠義」（宋李心傳撰《建炎以來繫年要錄》卷十八、《宋史·王彥傳》等）堅持抗金活動的中心地區，也應該是《水滸傳》又名《忠義傳》的重要原因。由此可見《水滸傳》以「忠義」為敘事主旨的特點，不僅無所不在地體現於全書描寫，而且植根於中國古代多亂世的歷史實際，和所謂「板蕩識忠臣」的世情特點。

所以，《水滸傳》的「忠義」也不是出於儒家原典的「忠」加上「義」，

而是漢唐諸史《忠義傳》所列爲君主死節的「忠」。而「義者，宜也」，只是對這個「忠」的評價爲合理、有道理。從而「忠義」的實質只是一個忠君的「忠」字，加上「義」字僅是爲了標明忠君達到了史家認爲合理的程度。約言之，「忠義」即忠的道理，而不是「忠」之外另有什麼「義」。「忠義」之「義」如果還可以解釋爲有什麼獨立的倫理意義的話，那恐怕也只是所謂「君臣大義」。而「君臣大義」在對臣的要求一面說，仍然只是忠君的「忠」。

由此也就可以理解《水滸傳》既稱「忠義」，卻到頭來宋江爲了「忠義」要借朝廷賞賜被姦臣下了毒藥的酒把李逵害死了：

> 宋江道：「兄弟，你休怪我！前日朝廷差天使賜藥酒與我服了，死在旦夕。我爲人一世，只主張忠義二字，不肯半點欺心。今日朝廷賜死無辜。寧可朝廷負我，我忠心不負朝廷！我死之後，恐怕你造反，壞了我梁山泊替天行道忠義之名。因此請將你來，相見一面。昨日酒中，已與了你慢藥服了。

這裡寫宋江明知「今日天子信聽讒佞，賜我藥酒」，是「中了奸計」，卻用同樣的方法，假以「忠義」之名欺騙李逵也喝下藥酒與自己同死。這樣的「忠義」豈非只是對得起皇帝一人，而於李逵則是根本的背叛，與儒家「朋友有信」（《論語・學而第一》）之義正相反對！

事實上自宋江上了梁山，一直到他坐上了山寨第一把交椅，「聚義廳」改名爲「忠義堂」，就一步步完全拋棄了「朋友」和「兄弟」之「義」，其後他一切的作爲，就都是在自覺地做一個朝廷在梁山的「臥底」。我們看其所標榜「寧肯朝廷負我，我忠心不負朝廷」，與孔子所主張「以道事君，不可則止」的教導，何曾有半點相似？魯迅評宋江「終於是奴才」，誠爲千古不移之定論！

但是，這種「終於是奴才」的「忠義」絕非孔、孟爲代表的儒家觀念，甚至《三國演義》《水滸傳》中的「義」也與儒家所倡導的「義」有很大區別南懷瑾先生《論語別裁》中有一篇題曰《〈三國演義〉的幕後功勞》中說：

> 這個「義」字，有兩個解釋，儒家孔門的解釋講：「義者宜也。」恰到好處謂之宜，就是禮的中和作用，如「時宜」就是這個意思。另外一個解釋，就是墨子的精神——「俠義」，所謂「路見不平，拔刀相助」。中國人有這個性格，爲朋友可以賣命，我們中國人這種性格，有時候比儒家的影響還要大，爲了朋友，認爲這條命該送給你，沒有關係，幫你的忙給了你，其他民族也有這種精神，可是沒有這

種定義。我們有這種文化，而且過去中下層社會普遍存在。這很重要，尤其一個國家在變亂的時候更明顯，在抗戰期間就看到，老百姓為國家民族犧牲的精神，非常偉大，就是中國文化的表現。有人說這是儒家孔孟思想影響的，並不盡然，其實是《三國演義》等等幾部小說教出來的。所以中華民族能夠有忠義之氣，這是我們民族的特性，特別的長處，所以我們負責教育的，要留意這類問題。〔註8〕

上引南懷瑾先生說《三國演義》的「義」不出於「儒家孔門」，而「是墨子的精神──『俠義』」，並「過去中下層社會普遍存在」的判斷是正確的。但是，他說「尤其一個國家在變亂的時候……抗戰期間……老百姓為國家民族犧牲的精神……是《三國演義》等等幾部小說教出來的」，則恐怕有很大的片面性。因為，大量歷史文獻證明，明清時與《三國演義》《水滸傳》聯繫最密切的是「農民起義」，其「占山為王」傳統尤其與《水滸傳》一脈相承。至於如「抗戰期間……老百姓為國家民族犧牲的精神」，則鮮見有從《三國演義》《水滸傳》這樣的小說中激發出來的例證。有之，也是《說岳全傳》和《楊家府演義》一類重在寫朝廷軍隊抵禦外侮內容的小說起了這樣的作用。

但是，《說岳全傳》和《楊家府演義》寫「老百姓為國家民族犧牲」，卻多是由於儒家原典「尊王攘夷」的影響，和後儒如清顧炎武「天下興亡，匹夫有責」的倡導，而不是承衍了源於墨家的「俠義」思想。即使《水滸傳》曾寫有宋江勸武松「將來到邊疆上一槍一刀……」和「征遼」，也只是這一本質為士人形象的儒家思想底色的體現，而與其表面和多見的俠氣無關。

總之，《三國演義》《水滸傳》等所宣揚的「忠義」都是宋江那種「寧肯朝廷負我，我忠心不負朝廷」的愚忠。「我們有這種文化，而且過去中下層社會普遍存在」，並非儒家原典所有，也不可能由儒家原典引導形成。甚至這種思想也不直接根源於中國歷史上任何嚴肅的思想派別，而是與不知起於何時之「君要臣死，臣不得不死」的「街談巷語，道聽途說」為一脈相承。這種自生於民間的愚忠思想乃歷代封建統治者用「君權神授」等思想對民眾長期壓迫「教化」（「洗腦」）的結果，那種把愚忠觀念歸咎於儒家原典學說影響的做法不符合實際，是完全錯誤的。

綜合以上諸書例的討論可以概括認為，中國兩千多年來，以儒學原典為

〔註8〕《南懷瑾選集》第一卷《論語別裁》，復旦大學出版社 2003 年版，第 48 頁。

代表的儒家學說以其深根於中國人性與社會的強大生命力，保持了對華夏文化發展的持續影響，使包括《三國演義》《水滸傳》等名著爲代表的中國古典小說也浸漬濃鬱的儒家思想。但在古典小說中，一方面儒家思想本身就是複雜的，另一方面它不可能是孤立的存在，所以既有顯而易見的體現容易確認，也有似是而非的表象令人迷惑。從而閱讀與研究中應愼思明辨，準確判斷哪些眞正來源於儒家原典，哪些屬於對儒家原典思想的歪曲或假冒，以是處說是，非處說非，不致使儒家學說李代桃僵，受無妄之災，遭池魚之殃。近百年來至於今，雖然「孔子學院」已成爲我國能「出口」國外的唯一思想名牌，但是儒學在國內所遭受的侮辱與損害並沒有得到眞正的清算，而儒學對於中國社會穩定與發展之積極正面的形象，更沒有得到充分的肯定、還原和提倡。其結果就是舉國標榜的「弘揚傳統文化」和「國學熱」等止於表面繁榮，而不是從信仰與實踐的層面眞正把優秀傳統文化作爲樹人立國之本。這就難免不給人以敷衍甚至做戲的感覺。然而，放眼百年中國與世界，有任何國家是可以自蒙自騙、自輕自賤甚至自虐自殘傳統文化而能夠崛起爲世界強國的嗎？

（二○一六年四月十六日星期六）

從曹操、司馬懿到吳仇、宋江的「人、我」論——並及《水滸傳》的作者問題

　　我國古代論人、我間相互的對待，有兩個極端對立的原則，一是「寧我負人，無人負我」，二是「寧人負我，無我負人」。兩者各有出處。

　　前者「寧我負人，無人負我」出《三國志‧魏書‧武帝紀》載曹操逃離董卓，「乃變易姓名，間行東歸」，句下裴注云：

> 《魏書》曰：太祖以卓終必覆敗，遂不就拜，逃歸鄉里。從數騎過故人成皋呂伯奢。伯奢不在，其子與賓客共劫太祖，取馬及物，太祖手刃擊殺數人。《世語》曰：太祖過伯奢。伯奢出行，五子皆在，備賓主禮。太祖自以背卓命，疑其圖己，手劍夜殺八人而去。孫盛《雜記》曰：太祖聞其食器聲，以為圖己，遂夜殺之。既而悽愴曰：「寧我負人，無人負我！」遂行。

這些記載進入《三國志通俗演義》〔註1〕，就成為卷之一《曹孟德謀殺董卓》中曹操誤殺呂伯奢所說「寧教我負天下人，休教天下人負我」。這兩句話講「人、我」關係，極大地凸顯出曹操的奸雄性格，以致小字注有評曰：「後晉桓溫說：『兩句言語，教萬代人罵道是：雖不流芳百世，亦可以遺臭萬年。』」

　　但在魏晉，信奉這種「人、我」論的不止曹操一人。范曄《後漢書》卷三五《列傳》第二五《鄭玄傳》載：

> 玄唯有一子益恩，孔融在北海舉為孝廉；及融為黃巾所圍，益

〔註1〕 〔元〕羅貫中《三國志通俗演義》，汪原放標點，上海古籍出版社1980年版。本文以下引此書無特別說明均據此本。

恩赴難隕身。有遺腹子，玄以其手文似己，名之曰小同。

下注引《魏氏春秋》曰：

> 小同，高貴鄉公時為侍中。嘗詣司馬文王，文王有密疏，未之屏也。如廁還，問之曰：「卿見吾疏乎？」答曰：「不。」文王曰：「寧我負卿，無卿負我。」遂鴆之。

司馬文王即司馬懿。此節《晉書·高祖宣帝紀》不載，應是為尊者諱，也可能只是小說家言。但無論真贗，世間總有了這樣一個有關司馬懿對待小同與曹操對待呂伯奢的態度和做法如出一轍的故事。它們的實質都是從極端的利己主義出發，為了防範萬一給自己造成傷害，而作有罪推定，並先發制人，置人於死，多半屬於欲加之罪，濫殺無辜。

司馬懿（179～251）字仲達，河內溫縣（今河南溫縣西）人。他曾長期追隨曹操（155～220），多參與魏國軍政大計，魏國後期專權，並在死後由他的孫子司馬炎篡魏做了皇帝。其父子相繼從專權到篡位的路徑，正就是曹氏父子在漢末政治經營的翻版。《三國志·魏書·武帝紀》引《魏氏春秋》曰：

> 夏侯惇謂王曰：「天下咸知漢祚已盡，異代方起。自古已來，能除民害為百姓所歸者，即民主也。今殿下即戎三十餘年，功德著於黎庶，為天下所依歸，應天順民，復何疑哉！」王曰：「『施於有政，是亦為政』。若天命在吾，吾為周文王矣。」

這裡的「王」即魏王曹操。以後來司馬懿在魏也與曹操在漢稱王位極人臣，卻沒有取而代之，留與他的兒孫們代魏稱帝，其做法比較曹操之子曹丕代漢，正就是毛本《三國演義》所譏的「再受禪依樣畫葫蘆」。

儘管這兩朝的禪代事各自發生在曹操與司馬懿的身後，但其如出一轍，不僅表明了「葫蘆」是「依樣畫」的，而且能夠「依樣畫葫蘆」的前因，曹操與司馬懿各自為自身及兒孫計的想法是一致的

因此，儘管《三國演義》寫司馬懿沒有用《魏氏春秋》載司馬懿殺小同這一條材料，但如果說在禪代這樣的家國大事上司馬懿都能夠與曹操的想法與做法一致，那就很可能是從曹操行事揣摩傚仿來的。從而司馬懿能有與曹操一樣的「人、我」論，實在是再自然也不過了！

羅貫中《三國演義》寫司馬懿沒有用《魏氏春秋》記殺小同這一條材料，從而未曾刻畫至司馬懿與曹操有共同的「人、我」觀，可能是忽略了，也可能是覺得不便把「再受禪依樣畫葫蘆」寫得過於刻板。但無論如何，羅貫中

肯定是把司馬懿與曹操作一類人物寫了！

「寧人負我，無我負人」也甚早出自晉人。宋朝吳开《優古堂詩話》「寧人負我，無我負人」條考證云：

> 魏曹操有「寧我負人，無人負我」之語。本朝滎陽呂原明乃云：「中年嘗書壁以自警曰：『寧人負我，無我負人。』後觀晁少傅《碎金錄》，已前有此兩句，所謂先得我心之所欲者。然《晉記》鞠粥說羅仇以『主上荒惑信讒，不若勒兵向西平』，羅仇曰：『誠如汝言，然吾家誓以忠義著於西土，寧使人負我，我不忍負人也。』乃知晁少傅之前，羅仇已有此語。羅仇，西涼羌胡耳，能發此語，猶可貴也。〔註2〕

上引載羅仇事又見《晉書》卷一二九《沮渠蒙遜載記》，但「鞠粥」作「曲粥」，羅仇語亦微有不同曰：「理如汝言，但吾家累世忠孝，為一方所歸，寧人負我，無我負人。」可知呂原明、吳开所考大體無誤，而「寧人負我，無我負人」語出羅仇無疑。

但是，吳开考「寧人負我，無我負人」，卻要說到魏曹操有「寧我負人，無人負我」之語上去，似乎以為此二者之間應有某種聯繫。這可以給我們一個啓發，就是，呂仇為晉人，去司馬懿、曹操未遠，他這句忠君的誓言很可能是曹操「寧我負人，無人負我」的反說，是從後者反模倣來的！

這使我們想到《水滸傳》寫宋江被鴆以後，要李逵同死所表白忠君的誓言「寧可朝廷負我，我忠心不負朝廷」。這兩句話雖與上考呂仇語的意義最相接近，但論其出處，即使直接脫自吳仇語，卻歸根到底還是曹操「寧我負人，無人負我」的反說，是從後者反模倣來的。

由此可見《水滸傳》與羅貫中《三國志通俗演義》文理息息相通的關係。這也加強了以《水滸傳》出羅貫中一人之手或最後由羅貫中寫定的傳統看法。

（2016 年 1 月）

〔註 2〕〔宋〕吳开《優古堂詩話》，丁福保輯《歷代詩話續編》，中華書局 1983 年版，第 265～266 頁。

《水滸傳》「十字坡」探源

《水滸傳》成書源自北宋末年宋江三十六人起義游擊冀、魯、蘇、豫、皖等地的故事，加以作者的附會，所以書中涉及山東、河北、河南等十幾個省份的許多城市村鎮、山水林路等名稱。其中府、州、縣等地方建置，除個別錯訛之外，基本屬實，而村鎮以下地方及山水林路等名稱多爲虛構，或不見於現存古代記載而無法確定歷史上是否實有其地。書中因武松、魯智深、孫二娘、張青故事而負有盛名的「十字坡」，就屬不見於古代地志的一個，也同樣不能確定其虛實，卻因爲近來網上披露山東莘縣與河南范縣交界處有一處地方稱「十字坡」，這個問題就有了探討的價值和入手處了。

一、《水滸傳》中的「十字坡」

《水滸傳》中「十字坡」首見於第十七回《花和尙單打二龍山，青面獸雙奪寶珠寺》，寫魯智深對楊志自述野豬林救了林沖，並直送林沖到滄州，因此回到東京大相國寺後，遭高太尉迫害：

> 這日娘賊恨殺洒家，分付寺裏長老不許俺掛搭，又差人來捉洒家。卻得一夥潑皮通報，不是著了那廝的手。吃俺一把火燒了那菜園裏廨宇，逃走在江湖上。東又不著，西又不著。來到孟州十字坡過，險些兒被個酒店裏婦人害了性命，把洒家著蒙汗藥麻翻了。得他的丈夫歸來的早，見了洒家這般模樣，又看了俺的禪杖、戒刀吃驚，連忙把解藥救俺醒來。因問起洒家名字，留住俺過了數日，結義洒家做了弟兄。那人夫妻兩個，亦是江湖上好漢有名的，都叫他做菜園子張青，其妻母夜叉孫二娘，甚是好義氣。住了四五日，打

聽的這裡二龍山寶珠寺可以安身，洒家特地來奔他鄧龍入夥……〔註1〕
這裡寫魯智深說到孫二娘、張青的店在「孟州十字坡」，雖屬虛寫，但是其說
十字坡在孟州是清楚明白的。

《水滸傳》中「十字坡」第二次出現在第二十七回《母夜叉孟州道賣人
肉，武都頭十字坡遇張青》。這一回書除回目再次明確了「十字坡」在「孟州
道」之外，正文則具體描寫了「十字坡」孫二娘的酒店：

> 如今來到孟州路上，正是六月前後。炎炎火日當天，爍石流金
> 之際，只得趕早涼而行。約莫也行了二十餘日，來到一條大路，三
> 個人已到嶺上，卻是巳牌時分。武松道：「兩個公人，你們且休坐了，
> 趕下嶺去，尋買些酒肉吃。」兩個公人道：「也說得是。」三個人奔
> 過嶺來。只一望時，見遠遠地土坡下約有十數間草屋，傍著溪邊，
> 柳樹上挑出個酒簾兒。武松見了，把手指道：「兀那裡不有個酒店！
> 離這嶺下只有三五里路，那大樹邊廂便是酒店。」兩個公人道：「我
> 們今早吃飯時五更，走了這許多路。如今端的有些肚饑。真個快走，
> 快走！」三個人奔下嶺來，山岡邊見個樵夫，挑一擔柴過來。武松
> 叫道：「漢子，借問你：此去孟州還有多少路？」樵夫道：「只有一
> 里便是。」武松道：「這裡地名叫做什麼去處？」樵夫道：「這嶺是
> 孟州道。嶺前面大樹林邊，便是有名的十字坡。」武松問了，自和
> 兩個公人一直奔到十字坡邊看時，為頭一株大樹，四五個人抱不交，
> 上面都是枯藤纏著。看看抹過大樹邊，早望見一個酒店。

以上描寫表明，「孟州十字坡」是在孟州道的嶺下，「遠遠地土坡下，約有十
數間草屋，傍著溪邊」。這個從當時武松等問路時所在的地方看來「遠遠地」
的距離，下文還具體到「離這嶺下只有三五里路」。而據樵者所說，武松當時
所在地方離孟州「只有一里便是」。由此可以推得，「十字坡」除確係在「孟
州道」上之外，還可以確定其是在「孟州道」離孟州約一里的位置。這也就
是說，《水滸傳》寫「孟州十字坡」前後一致：「十字坡」在東平府（治在今
山東東平）去孟州方向上離孟州一里路的位置，不在其他任何地方。

孟州在商代屬朝歌，周秦漢唐稱河陽或河亭等，唐武宗會昌三年（843），
升河陽為孟州，歷宋金元至明洪武十年（1377）改州為縣，始稱孟縣，今復

〔註1〕〔元〕施耐庵、羅貫中《水滸傳》，人民文學出版社 1971 年版。以下引此書
均據此本，不另出注。

稱孟州，為河南焦作所轄縣級市。孟州市位於河南省的西北部，在焦作市的西南隅，南瀕黃河，北鄰沁陽、濟源而遙望太行山，東以豬龍河為界與溫縣隔河相望，西與濟源、洛陽接壤。總之，孟州在武松出發的東平西北方向上約千里之遠，而「孟州十字坡」則在東平西北方向上離孟州一里的地方。因此，若歷史上果然有一個「十字坡」或有人據小說造作一個「十字坡」的話，孟州去東平方向上距孟州一里的某地，應該是最合適的了。

然而多數小說地名實有其地或被後人附會的情況不同，從古代載籍和今天各類傳媒信息檢索，河南孟州古今似無「十字坡」其地，也無「十字坡」之說；或有其說而不夠顯著。從而「孟州十字坡」只在《水滸傳》與後來《十字坡》等水滸戲上。這個現象應是表明，河南孟州除在《水滸傳》中被寫有「十字坡」之外，與「十字坡」並無關係或關係不大。「孟州十字坡」很可能只是《水滸傳》作者羅貫中的虛構，或是從其他什麼地方的「十字坡」挪移來的。換言之，《水滸傳》「十字坡」如果不純粹是羅貫中虛構的，那就應該在其他什麼地方。

二、莘、范二縣傳說中的「十字坡」

按百度網《百科名片·莘縣》「十字坡」條介紹：

> （十字坡）位於莘縣和河南省范縣交界處，相傳是《水滸傳》中菜園子張青和母夜叉孫二娘開店、結交江湖好漢的地方。據說，孫二娘娘家在櫻桃園，婆家住在現在的張青營。十字坡、櫻桃園、張青營三足鼎立，相距不遠。幾百年來，民間藝人在這一帶串鄉演出，都忌諱說唱《武松打店》以及《水滸》中有關孫二娘賣「人肉包子」的故事。十字坡有一座大橋，站在橋頭，可以飽覽金堤河上的秀麗景色。

又百度網《百科名片·十字坡》介紹說：

> 十字坡，位於河南范縣境內、金堤腳下，距櫻桃園和張青營均約 1.5 公里。傳說係《水滸傳》中菜園子張青和母夜叉孫二娘夫婦開店結交江湖好漢的地方。原十字坡有座小石橋，橋旁有一亭，亭下有一塊石碑，碑上刻有「十字坡」3 個大字。1958 年修橋時，亭、碑均被拆掉。

以上兩條資料記「十字坡」的不一致，只在其屬於莘縣還是范縣。對此，筆

者近日曾到該地考察，資料中所說十字坡亭、碑等蕩然無存的情況屬實。還瞭解到歷史上莘縣、范縣區劃建置屢經改變，轄地多所交錯，從而在傳說中的「十字坡」的舊廟、碑等俱已不存，並其原址也難於指認的情況下，實已無法考證其地的確切歸屬。而且舊說中「十字坡」既非一個點，也還不可能是一分半畝的小片地方，如今因區劃更改而兩屬之的情況，並不能完全排除。所以，在沒有進一步確切證據的情況下，實不便也無須定其歸屬。從而上引《百科名片·莘縣》「十字坡」條稱「（十字坡）位於莘縣和河南省范縣交界處」，是最具科學態度的通情達理的說法。

我這樣說，既是尊重目前確定「十字坡」歸屬證據不足的實際情況，也是考慮到因《水滸傳》而名揚天下的「十字坡」故事，在古代除僅有英雄惺惺相惜一點的正面意義之外，其實只是一回令人毛骨悚然的開黑店賣人肉包子的恐怖小說。「十字坡」作為「黑店」的負面影響，遠過於其主人孫二娘終歸於梁山的正面價值。這是人盡皆知的道理。從莘縣人說「幾百年來，民間藝人在這一帶串鄉演出，都忌諱說唱《武松打店》以及《水滸》中有關孫二娘賣『人肉包子』的故事」〔註2〕，即可以想見當地人其實深知「十字坡」黑惡醜陋的一面。所以儘管當地可能自古就有十字坡孫二娘的故事口耳相傳，但由於對其負面性質的諱莫如深，畢竟不便大張旗鼓地宣揚，以致這個故事既不見於官私記載，其口頭流傳的範圍也僅限於莘、范二縣交錯的地方，延宕至網絡的時代才漸為外地人所知。

這是可以理解的。而且人同此心，心同此理，由此可進一步推想《水滸傳》雖然把「十字坡」寫到了河南孟州，但河南孟州自古無「十字坡」也無「十字坡」之說或有其說而並不顯著，也應該由於「十字坡」的故事即使確有本事，但並不發生在那裡；又由於這個故事的負面因素過大，那裡人們不情願因《水滸傳》的描寫把「十字坡」的地名接受下來。這就是說，雖然《水滸傳》把「十字坡」寫在了「河南孟州道」，但如果這個地名與相關故事確有原型與本事的話，一定是羅貫中從別處這個故事的原發地挪移過去的。那麼這個原發地是山東莘縣與河南范縣交界處的「十字坡」嗎？

〔註2〕劉全來、姚緒智《張青營的傳說》，《聊城地名故事》，新世界出版社 2008 年版，第 253～255 頁。

三、「十字坡」傳說原發地的猜想

由於至今能夠查閱到的有關孫二娘「十字坡」故事的資料，就只有上引百度網涉及莘、范二縣兩條所述的同一傳說，所以，若論《水滸傳》寫「十字坡」故事可能的原發地，就只有涉及莘、范二縣交界的這一處「十字坡」了。但這確實是可能的嗎？筆者傾向於肯定的結論，理由如下：

首先，這一傳說的發生有可能在《水滸傳》之前。《水滸傳》的作者羅貫中是東原（今山東東平）人，離莘縣不遠，有可能把他聽到的莘縣「十字坡」黑店傳聞結合於武松、魯智深等人故事挪移到了「河南孟州道」上。《水滸傳》第二十七回寫樵夫對武松稱「有名的十字坡」，又寫武松與孫二娘的對話說：

> 武松道：「我從來走江湖上，多聽得人說道：『大樹十字坡，客
> 人誰敢那裡過？肥的切做饅頭餡，瘦的卻把去填河。』」那婦人道：
> 「客官那得這話！這是你自捏出來的。」

這兩處描寫，前者雖然也未嘗不可以是虛構的，後者孫二娘作了辯白，但《水滸傳》源頭之一是說話人的話本，所以多採謠諺，據傳聞，從而我們寧可信其寫樵夫所說「有名」是借景於現實，而武松所說「大樹十字坡」的民謠也為當時實有，而不可信出自欲洗刷自身的孫二娘之口所謂武松「自捏出來的」的辯白。這也就是說，在羅貫中寫《水滸傳》之時，江湖上確實傳說有「十字坡」黑店的故事，而故事的主人公正是一位女性。羅貫中順手拈來，把這個傳說寫到了書中「孟州道」上。

其次，按莘縣「十字坡」所在當地民眾舊時忌諱講說孫二娘賣人肉包子的習俗表明，這一他們覺得有損當地形象的傳說，不可能是莘縣人從《水滸傳》拿來「黏貼」在自己鄉里的，而很可能是此一傳說在當地發生甚早，古已有之，是播為當地人世代相傳的口碑，不僅出於鄉里有光的驅動，還有其不得已而傳承的一面。這不得已的一面，應該就是傳說的基本內容有無可否認的真實性，從而指向了一個合理的結論，即莘縣「十字坡」故事發生在當地，有當地歷史上的原型或曰根據；它發生的時間要比《水滸傳》的成書更早。

第三，「十字坡」不遠有村曰「張青營」，是這一傳說原發地的有力旁證。張青營可信與一位叫做張青的軍人有關，而歷史上北、南宋之際卻有不止一個張青：

1、《三朝北盟會編》卷第二百四十七炎興下帙一百四十七，載紹興三十

一年十二月十二日庚戌，成閔收復盱眙軍泗州⋯⋯黃旗走報，有云：

> 「閔又分遣統領官左士淵、張青、魏全，部押官兵，攻奪泗州南門，入城佔據。」

這個「張青」是南宋紹興間宋朝軍官，曾隨淮東等路招討使成閔攻下金兵侵佔的泗州。

2、《建炎以來繫年要錄》卷二十建炎三年：

> 武經大夫合門宣贊舍人丁進既受招，以其軍從上行，遮截行人，恣爲劫掠，且請將所部還江北，與金人血戰。其意欲爲亂，會御營都統制王淵，自鎮江踵至，進懼，欲亡入山東。朱勝非過丹陽，進與其眾匿遠林中，以狀遮勝非，自訴淵聞進叛，遣小校張青，以五十騎衛勝非。因紿進曰：「軍士剽攘，非汝之過。其招集叛亡來會。」青誘進詣勝非，至則斬之。

這個「張青」雖爲小校，卻機智勇敢，立了大功。

3、《建炎以來繫年要錄》卷二十九建炎三年：

> 甲子，陳淬與完顏宗弼遇於馬家渡，凡戰十餘合，勝負略相當⋯⋯水軍統制邵青以一舟十八人，當金人於江中。舟師張青中十七矢，遂退於竹篠港，統赤心隊朝請郎劉晏，以所部走常州。

這個張青是一位舟師，因對金作戰勇敢，而被載入於史冊。

4、《建炎以來繫年要錄》卷一百三十三紹興九年：

> 元帥府下令，沿河置寨，防託渡河南歸之人，及與人渡者皆死。海寇張青，乘海至遼東，僞稱王師，遂破薊州。遼土大擾，中原之被掠在遼者，多起兵應之。青初無進取之意，既而復去。

又《大金國志》卷之十《紀年·熙宗孝成皇帝二》：

> 山東海寇張清乘海至遼東，詐稱宋師，破薊州，遼東士民及南宋被虜之人，多有相率起兵應清者，遼東大擾。清無大志，既而乘海復歸。

這兩處分別提到的「張青」與「張清」爲同一人，本「山東海寇」，卻抗金有力，曾突入金國腹地，給金人以很大打擊。

5、《建炎以來朝野雜記》卷十一《中興異姓七王異》載：

> （韓）世忠之子彥古，令統制官張青頌其父功，乞追贈。

這個「張青」是南宋抗金名將韓世忠的舊部。

以上五個「張青」都是北、南宋之際在宋朝一方有大小不等影響的歷史人物。他們共同活動的範圍不出江浙與山東、遼東一帶，而遠未及於河南的孟州。這諸多「張青」的事蹟，使「張青」之名在江浙、山東、遼東諸地區廣爲人知和留有遺跡，都是情理中事。

應是主要因爲如上諸多「張青」故事中的某個因素，使後來作爲《水滸傳》成書基礎之一的《大宋宣和遺事》所寫十二指使，就有了張青之名。他是較早進入水滸故事的一位。

這同時也就不排除五位「張青」中有一位曾在莘縣駐軍，後安家於此，子孫聚族成村爲「張青營」的可能。事實上莘縣張青營村張姓的若干人家，也正是自認爲「張青」的後代，且有家譜爲證。這固然也不足爲此張青即《水滸傳》中張青的根據，但在該族世代相傳的家史上，就有其祖張青在此地娶蘇（孫）二娘爲妻等一系列的故事〔註3〕，或也不一定是空穴來風。

這些很可能就是《水滸傳》「十字坡」孫二娘故事的基礎，卻被羅貫中寫在「孟州道」上了！

最後，作爲位在莘縣與范縣交界處的周邊地區是水滸故事發源地的「十字坡」，確有產生與水滸相關之孫二娘黑店故事的可能。「十字坡」離黃河不遠，北宋時是連接東京（今開封）、北京（今河北大名）、博州（今山東聊城）及梁山（今山東梁山）等地的十字交通要道。東北六十公里處是武松打虎之地的陽穀縣景陽崗，正東六十五公里是水泊梁山，西去五六十里是河南南樂的五花營，是《宣和遺事》所寫劫奪生辰綱的「黃泥崗」所在的地方，又與高唐、東平等水滸故事發生地毗鄰或接近，可說周圍無非水滸故事的發源地，這使我們很願意相信莘縣是發生「十字坡」孫二娘故事的地方。

綜合以上論述，筆者認爲《水滸傳》所寫「十字坡」人物故事，最早的源頭似是山東莘縣與河南范縣交界處的「十字坡」以及莘縣當地張青、孫二娘故事傳說。其人其事是否實有，固然殊難斷定，但事起有因，非空穴來風，則是可以相信的。有關地方藉此以開發水滸文化，不當看作是如孫二娘所說「捏出來的」，而是有一定的根據，是就當地傳統文化生死肉骨、點石成金的創新之舉。希望能夠做大做好！

（原載《濟寧學院學報》2012 年第 1 期）

〔註3〕《張青營的傳說》，劉全來、姚緒智主編《聊城地名故事》，新世界出版社 2008年版，第 253～255 頁。

武松的籍貫與打虎處

　　《水滸傳》與《金瓶梅》都寫到武松，但是，兩書寫武松的籍貫不一，相應他打虎的景陽崗之所在，也有了兩說，值得一辨。

　　《水滸傳》第二十三回寫在滄州橫海郡（軍），柴進向宋江介紹武松說：「這人是清河縣人氏，姓武，名松，排行第二……」又寫道：「相伴宋江住了十數日，武松思鄉，要回清河縣看望哥哥。」武松來到陽谷，打虎之前也曾對酒店老闆說：「我是清河縣人氏，這條景陽崗上，少也走過了一二十遭……」如此等等，不下五處說武松是清河縣人氏，在陽穀縣的景陽崗打虎。

　　而《金瓶梅詞話》從《水滸傳》第二十三回敷衍開篇，卻寫道：「那時山東陽穀縣，有一人姓武名植，排行大郎，有個嫡親同胞兄弟，名喚武松……」打虎之後，眾人請問「端的壯士高姓大名」，武松道：「我行不更名，坐不改姓，自我便是陽穀縣人氏，姓武名松，排行第二。」清河知縣也對武松說道：「雖是陽穀縣的人氏，與我這清河縣，只在咫尺。」等等，至少有三處地方，說到武松是陽穀縣人，在清河縣的景陽崗打虎。

　　這樣，武松就有了兩處籍貫和兩個景陽崗打虎的地方。這兩處籍貫和兩個打虎的地方，名義上為四地，其實只是兩地。一是清河，《金瓶梅詞話》說屬山東東平州，但北宋時屬河北東路恩州，即今河北省清河縣（據何心《水滸研究》）；二是陽谷，《水滸傳》和《金瓶梅詞話》都說屬山東東平州，但北宋時屬東京西路鄆州，即今山東省陽穀縣。這樣，依《水滸傳》，是河北清河的武松，在山東陽谷的景陽崗打虎；依《金瓶梅詞話》，則是山東陽谷的武松，在河北清河的景陽崗打虎。顯然，這個不同是由《金瓶梅詞話》改《水滸傳》而來，並且是先改了武松的籍貫，隨之相應地改變了他打虎處景陽崗的隸屬。

這就使我們思考，《水滸傳》是小說，它寫武松爲河北清河縣人氏，到山東陽谷的景陽崗打虎，有何不可？而且約定俗成，《金瓶梅詞話》敷衍《水滸》故事，可以不做改動，何以《金瓶梅詞話》作者要多此一舉呢？

這個緣故，是《水滸傳》寫武松的故事有了破綻。孤立地看，《水滸傳》寫武松是清河縣人氏，到陽穀縣打虎，無所謂對錯。但是，「清河」「陽谷」都是實有之地，它既然寫武松是清河人，那麼他從居北的滄州橫海郡南行，去清河探兄，路經陽谷，陽谷就應該在清河的北面。然而無論古今，地理上的陽谷都在清河的南面，比清河離滄州還遠。這樣，《水滸傳》寫武松從滄州回清河取道陽谷，就不是一般地繞了遠路，而是經清河過家門不入，到了陽谷，又折回來去清河，這就不合情理。看來《金瓶梅詞話》的作者蘭陵笑笑生發現了這個破綻，並且正確地認識到，只要把武松的籍貫「清河」和他景陽崗打虎的「陽谷」對調，這破綻就沒有了。他就這樣去做。這本是輕而易舉之事，但是，不知爲什麼，這位笑笑生只做了個大概，改動了明顯的幾處，粗看已無破綻。但是，讀者稍加細心，總可以注意到，還有一處胡亂寫作「來到陽穀縣地方，那時山東界上有一座景陽崗」──景陽崗仍在山東陽谷，這就與打虎之後清河知縣賞拔他做都頭有了矛盾；另外，打虎之後那一篇古風還稱武松爲「清河壯士」，也是未能補好的一個用語的漏洞。

古代通俗小說從說話而來。說話人缺乏地理知識，而且因爲是小說，不甚講究人物和故事地點的設定，所以流傳至今的一些早期通俗小說，每多地理方面的錯誤，《水滸傳》中武松的籍貫及打虎處就是一例。《金瓶梅詞話》基本上是文人獨立創作的，作者注意到《水滸傳》的破綻，並盡力作了補正，是一個進步。但是從《水滸傳》到《金瓶梅》的寫定者或作者，從李卓吾到金聖歎、張竹坡等明清的批改評點者，都沒有把這個問題解決好。十年前某出版社出版刪節的《金瓶梅詞話》校勘本，把武松打虎的「陽穀縣」改爲「清河縣」，並在校記中作了說明，解決了前一個矛盾，但是後一個漏洞還是沒有補正，仍經不起全面的推敲。可見「文章千古事」，眞正做到好處，不是容易事。

雖然《金瓶梅詞話》改《水滸傳》並不徹底，但是自《金瓶梅》出來，小說中武松的籍貫和他打虎處，客觀上就有了「清河」「陽谷」和「陽谷」「清河」兩說。這兩說都不可當眞。但是，作爲著名小說人物，武松的籍貫和他打虎的地點，對於實際生活有人文的意義，所以小說中不必當眞的事情，生

活中也要有一個適當的說法。這個說法自然根據於小說，但是在流傳中，小說人物其實是作者與讀者共同創造的，所以生活中的說法根據於小說，不應只是看它的文本，還要看讀者接受的實際。《水滸傳》與《金瓶梅》都是名著，由於各種原因，《水滸傳》歷來擁有更廣大的讀者，而且問世早，先入為主，從來讀者接受的是《水滸傳》的說法。即使後來《金瓶梅詞話》的改動，從敘事學角度看頗有道理，讀者也全不理會——讀者從《金瓶梅》中注意的是另外的東西。所以武松籍貫和打虎地點的兩說，只是分別寫在小說裏。寫在讀者心裏的武松的籍貫只有一個，那就是清河；他打虎、鬥殺西門慶、殺嫂祭兄的地方則是陽谷。前年夏末，筆者去山東陽穀縣，趨車景陽崗，武松廟赫然在焉。陽穀縣城舊有獅子樓，附會武松鬥殺西門慶的故事而建，一度遭毀，現經修復，頗有氣派，也值得一看。

（原載《中國貿易報》1996 年 2 月 2 日《雅周末》）

酒葫蘆

　　《水滸傳》「林教頭風雪山神廟」一節，寫「風雪」之妙，向來爲人激賞，在所當然。但書中那多次出現的「酒葫蘆」，似不曾有人注意。竊以爲倘把「風雪」看作一篇之神，「酒葫蘆」無異這風雪祭起的法器。沒有了它，「風雪」怕就無能爲妙了，至多天上「紛紛揚揚」，地上「碎瓊亂玉」，煞是好看而已。

　　沒有「風雪」，草料場屋子不會倒，林冲就不會暫去山神廟安身，不唯殺不得陸謙等，說不定就燒死在大火中了；同樣，若無「風雪」，林冲未必「尋思沽些酒來吃」，不唯破不得陸謙奸計，說不定早就被壓死在敗壁之下了。所以作者之意不僅在林冲因而躲過被燒之人禍，而且林冲先因沽酒躲過了被房屋倒塌所埋的天災，後者亦是題中應有之義。沽酒固然是由於風雪之寒，但若無「卻才那老軍所說，二里路外有那市井」，便不能成行；而若無那「壁上掛一個大葫蘆」，老軍也就不會說出「那市井」來。所以，書中「壁上掛一個大葫蘆」，實在不是可有可無的，內中便裝了搭救林冲的靈丹妙藥，事有湊巧，有巧成書，不是「天理昭然」。

　　這酒葫蘆自跟了林冲，不僅把林冲介紹給店主，吃得「接風酒」，在店中多盤桓了些時間，而且盛酒歸來，使林冲在山神廟「卻把葫蘆冷酒提來，慢慢地吃」──不得倒頭睡去──「正吃時，只聽得外面必必剝剝地爆響。……卻待開門來救火，只聽得外面有人說將話來」──引出林冲殺仇，然後「……將葫蘆裏冷酒都吃盡了，被與葫蘆都丟了不要，提了槍，便出廟門投東去」。山神廟殺仇一場，正是以得葫蘆飲酒始，以飲酒丟葫蘆終，「酒葫蘆」正是不可少之物。

　　蘇軾《次韻樂著作送酒》詩說：「萬斛覊愁都似雪，一壺春酒若爲湯。」

「風雪山神廟」一節文字，寫朔風飛雪，猶漫天愁慘，而葫蘆飲酒卻如沸湯澆雪。情節上「風雪」與飲酒相生，意境上飲酒與「風雪」相剋。「酒葫蘆」之妙，殆在此歟？

（原載《語文函授》1986 年第 3 期）

爲了「好看」——小議電視劇《水滸傳》的改編

　　大型電視連續劇《水滸傳》的改編，雖有許多不盡人意處，但考慮到名著改編的困難，也基本上可以說是成功的。大致上做到了既忠實於原著，又照顧到今天觀眾的趣味，體現了時代精神，從「好看」方面說，做到了「青出於藍而勝於藍」。

　　首先，《水滸傳》原作對婦女的態度幾乎可以說是惡劣的。不僅潘金蓮、潘巧雲、閻婆惜、盧娘子所謂「四大淫婦」可惡，而且梁山的三員女將「母大蟲」「一丈青」「母夜叉」也很是可怕。照此搬演，雖有根有據，卻一定使觀眾大倒味口。對此，編劇通過一系列藝術手段化腐朽爲神奇。例如，對所謂「四大淫婦」，電視劇在原著描寫蛛絲馬蹟的基礎上，加強了她們各自家庭婚姻不美滿一面的表現，強調社會環境的影響，在不改變她們夥同姦夫害本夫終於墮落爲罪人結局的前提下，也顯示了她們可憐的甚至令人同情的一面。例如原作的潘金蓮出面即是一個蕩婦，幾乎一無是處。而電視劇中她起初給人的印象，雖不滿於武大郎的窩囊，卻還不失爲一個美貌多情、守禮持家的少婦。她在西門慶出現之前，絕無殺夫的邪念。後來由於西門慶的勾引、王婆的教唆，才把一個涉世未深的女子一步步引向墮落，最後成了罪惡的殺人犯。編導通過對潘金蓮性格發展變化過程的細緻刻畫，在使這一人物形象更加貼近現實生活的同時，也是對古代下層婦女的命運寄予了一定的同情。這一改編顯然合情合理，同時因爲加了許多細節，委曲盡致，也更爲「好看」。以同樣的原則，編導對潘巧雲、閻婆惜、盧娘子三位女性形象也作了獨具匠

心的改造，從而很好地矯正了原作「女人是禍水」的傾向。原作的三員女將，從各自的綽號我們不難想像其醜陋可怕。而電視劇中這三個形象在保留了原作潑辣、兇悍性格的同時，也還增加了少許溫柔，加以演員形象較美，給人以可愛的感覺，從而真正體現了原作歌頌英雄的精神，更加「好看」。

其次，原著的結局很悲慘，更顯得悲涼，電視劇在原著基礎上，使英雄末路更具悲壯色彩。原作中張順是在湧金門被槍箭射死，僅一帶而過。而電視劇也寫張順死在湧金門，卻是為宋江勸降方臘，明知凶多吉少，仍義無反顧的去了，死於水中，悲慘然而壯勇。時遷在原作中是病死的，死得無聲無息。電視劇把他的結局改為在攻城中被磨盤砸死，臨死前還有「我這一次可沒有躲過去」的話語，從容而且壯烈。阮氏三兄弟自上梁山，立下了大小無數功勞，後來阮小二，阮小五征方臘戰死，但不是同一個戰役。電視劇中寫其三兄弟一同出戰，不幸落入陷阱，阮小二、阮小五用雙手拖出了阮小七，是他們兄弟倆個救了他們的弟弟，既寫了他們死得壯烈，又顯示了手足情深，可歌可泣。這一系列改造使劇情更生動、更感人。

最後，編劇更加強調了戲劇性和趣味性。原著在《燕青智撲擎天柱》一回中，根本就未出現龐萬春和龐春霞兩人。編劇在燕青打擂中安排這兩個人物出現，一則為以後征方臘中的出現做鋪墊，二則使故事充滿情節曲折，增加了可觀賞性。如依原著中所寫，則就是燕青和李逵來到了泰安州，休息一晚，第二天便與任原「爭跤」，這就直線似的，不甚好看。加了這兩個人也就加了「戲」，特別是有了龐春霞，湊上黑旋風的粗魯莽撞，則就處處是「戲」，又遠啓以後宋江出征方臘攻破城池時，李逵處處保護這龐春霞，越發趣味無窮。《李逵坐衙》一場戲在原著中是縣官早已被李逵嚇跑了，只留下官服，李逵穿戴了胡鬧一番，便回了梁山。而電視劇中則是還有縣官坐在堂下看李逵審案，並且李逵辦案雖然胡亂，卻盡情盡理，聞錢袋斷案等情節又妙趣橫生，又引出了劉太公告狀，把原作中發生在《李逵坐衙》之前的情節置後，使劇情一瀉千里，更加好看。

從小說到熒屏，從「讀」的文學到「看」的藝術，從古代的名著到今天的電視劇，非「改」不可。但是，改得好很不容易。在這方面，電視劇《水滸傳》提供了新的經驗，儘管它的改編並不都是成功。

（1999 年 2 月）

論「梁山泊遺存」——從《讀史方輿紀要》看「梁山泊」並未完全消失

　　歷史上梁山泊是古大野澤近梁山的部分，數千年間因黃河屢有決口注入的影響而時大時小，至宋代號稱「八百里水泊」。後世黃河改道，梁山泊漸以水退爲田，至今梁山周圍，一望平疇，而世間似再無「梁山泊」了。這個結果導致不僅現行中國地圖不再有梁山泊的任何標注，而且梁山當地人也多承認「梁山泊早就消失了」。這個說法未嘗不是今人的眼見爲實，但仔細想來，似乎缺乏歷史的觀點，也不是從以當年山東梁山爲中心的「八百里水泊」故地的全部看問題，所以不夠準確，有必要進一步探討做出科學的結論。

　　按梁山泊因梁山得名，其作爲古水域，漢唐以降多見於史籍，明清人也多有關注。明末清初著名歷史地理學家顧祖禹《讀史方輿紀要》（以下或簡稱《紀要》）卷三十三《山東四·兗州府下·東平州》述其沿革曰：

> 　　梁山，州西南五十里，接壽張縣界。本名良山，漢梁孝王常遊獵於此，因改爲梁山。《史記》「梁孝王北獵良山」是也。山周二十餘里，上有虎頭崖，下有黑風洞，山南即古大野澤。唐乾寧二年朱全忠擊鄆帥朱瑄，戰於梁山，鄆兵敗走。宋政和中盜宋江等保據於此，其下即梁山泊也。又棘梁山，在州西四十里。頂有崖，東西判爲二，其上架石爲橋，可通往來，名曰天橋。〔註1〕

又載東平州「領縣五」，曰「汶上」「東阿」「平陰」「陽谷」「壽張」。「壽張縣」

〔註1〕〔清〕顧祖禹撰《讀史方輿紀要》，賀次君、施和金點校，中華書局 2005 年版，第三冊，第 1554 頁。

條下載：

> 梁山，縣南三十五里，以梁孝王遊獵於此而名，其東北即東平
> 州界。今有梁山巡司。又西南十七里有土山，又南有戲狗山，亦梁
> 孝王遊獵處。

> 梁山濼，在梁山南。汶水西南流，與濟水會於梁山東北，回合
> 而成濼。《水經注》：「濟水北經梁山東，袁宏《北征賦》所云『背梁
> 山，截汶波』者也。」又爲大野澤之下流，水嘗匯於此。「石晉開運
> 初，滑州河決，浸汴、曹、單、濮、鄆五州之境，環梁山而合於汶，
> 與南旺、蜀山湖相連，彌漫數百里。宋天禧三年滑州之河復決，歷
> 澶、濮、曹、鄆，注梁山濼。咸平五年詔漕臣按行梁山濼，開渠疏
> 水入於淮。天聖六年，閻貽慶言廣濟河出濟州合蔡鎮，逼梁山泊，
> 請治夾黃河引水注之。元豐初議者復以梁山等濼澱淤，易於泛浸，
> 乞行疏濬。政和中，劇賊宋江結寨於此。《金史》：「赤盞暉破賊眾於
> 梁山濼，獲舟千餘。」又「斜卯阿里亦破賊船萬餘於梁山泊」，蓋津
> 流浩衍，易以憑阻也。既而河益南徙，梁山濼漸淤。金明昌中言者
> 謂黃河已移故道，梁山濼水退地甚廣，於是遣使安置屯田，自是益
> 成平陸。今州境積水諸湖，即其餘流矣。《志》云：「縣南五十里至
> 南旺湖。」〔註2〕

顧祖禹字復初，一字景範（一作字瑞五，號景範），世稱宛溪先生。江蘇
無錫人。生於明毅宗崇禎四年（1631），卒於清聖祖康熙三十一年（1692）。
清初沿革地理學家和學者。所著《讀史方輿紀要》，魏禧《序》稱爲「此數千
百年所絕無而僅有之書也」，彭士望《序》稱「讀古今上下數千百年之書，以
自成一書，兼括數千百年之上，使數千百年下之人不能不讀」，是中國沿革地
理學最具代表性的著作。因此，上引該書紀梁山泊沿革值得重視，總體上也
應該是可以相信的。但若準確把握其意義，尚須細讀分析，給以具體的說明，
主要有以下幾個方面：

第一，清初「梁山濼」名實俱存，其水域在「在梁山南」。《紀要》列「梁
山濼」條，表明作者顧祖禹以言東平州、壽張縣地理，不可不說「梁山濼」，
而「梁山濼」在顧氏意識中不僅是當存之域名，而且是顧氏作書當時尚存之

〔註 2〕《讀史方輿紀要》，第三冊，第 1569～1570 頁。

水域，其具體位置即如上引所載「在梁山南」。《紀要》雖未載當時「梁山濼」之水域之大小，但其名實俱存並未完全消失是一個事實。這值得今天治歷史地理者重視和思考，即顧氏身後距今雖經三百餘年，當年尚存在於「梁山南」的「梁山濼」後來何時乾涸？如今「梁山濼」之名是否一定要完全廢止？

第二，古「梁山泊」為環梁山之水。這是《紀要》言「梁山泊」的真意，但其說不明，還需解釋。

首先，《紀要》區別於明末「在梁山南」之「梁山濼」而言古「梁山濼」。上引《紀要》說「梁山濼在梁山南」，是說明末之梁山濼，言外之意即明末梁山濼之水只在山南，而山之北、東、西無水。但接下所說「汶水西南流，與濟水會於梁山東北，回合而成濼」，「梁山濼」之水域顯然已經到了「梁山東北」，而不限於南面。這顯然就不是說顧氏當年尚存的「梁山濼」，而是古梁山泊了。這就是說，上引顧氏文一面列「梁山濼，在梁山南」是指其當代可見古「梁山濼」水域之遺存；另一方面上溯古「梁山濼」盛大之時，就不僅「在梁山南」，而是擴及「梁山東北」，梁山至少三面環水了。

其次，《紀要》顯示古「梁山濼」盛大之時有「環梁山」之勢。上引文雖然僅舉「石晉開運初，滑州河決，浸汴、曹、單、濮、鄆五州之境，環梁山而合於汶，與南旺、蜀山湖相連，彌漫數百里」，但由此大體也可以認為，宋代一般說為「數百里」說法中偏大的「八百里水泊」也必是「環梁山」的了。

最後，《紀要》因言宋江事而再次表明其以古「梁山濼」曾為「環梁山」之水泊。《紀要》說「宋政和中，盜宋江保據於此，其下即梁山泊也」，如果梁山泊不是環山聚水，則其山無險可守，宋江等怎麼「保據於此」？所以除了上論《紀要》說「梁山泊在梁山南」應是指明末清初的「梁山濼」之外，《紀要》更突出強調的是「汶水西南流，與濟水會於梁山，東北回合而成濼」之「環梁山」的「梁山泊」，才是歷史上真正的「梁山濼」。這個「梁山濼」因其水勢浩大，曾在「宋政和中，盜宋江保據於此」而名揚天下，傳之永遠，才是最值得治史與治文學者所關心的。

第三，《紀要》以今環梁山八百里內自古積水之湖泊，均為「梁山泊」遺存。上引《紀要》云「今州境積水諸湖，即其餘流矣」。其所稱「今州境」即顧氏所處清初的東平州境。《紀要》成書於清康熙間，當時省、府、州、縣尚承明末建制，而東平州時屬濟南府。《明史・地理志》載：

> 東平州　元東平路，直隸中書省。太祖吳元年為府。七年十一

月降爲州，屬濟寧府，以州治須城縣省入。十八年改屬。北有瓠山。東北有危山。西南有安山，亦曰安民山。下有積水湖，一名安山湖。山南有安山鎮，會通河所經也。汶水在南，西流入安山湖。又西北有金線閘巡檢司。東南距府百五十里。領縣五。

汶上　州東南。西南有蜀山，其下爲蜀山湖。又西爲南旺湖，其西北則馬踏河，運道經其中而北出，即會通河也。又汶水在東北，舊時西流入大清河。永樂中，開會通河，堰汶水西南流，悉入南旺湖。

東阿　州西北。故城在縣西南。今治，本故穀城縣也，洪武八年徙於此。南有磝礉山。西有魚山。會通河自西南而北經此，始與大清河分流。又西有馬頰河，俗名小鹽河，東流入大清河。又張秋鎮在西南，弘治二年，河決於此。七年十二月塞，賜名安平鎮。

平陰　州東北。南有汶河。西南有大清河，又有滑口鎮巡檢司，後廢。

陽谷　州西北。東有會通河。又東有阿膠井。

壽張　州西。洪武三年省入須城、陽谷二縣。十三年十一月復置，屬濟寧府，後來屬。東南有故城，元時縣治在焉。今治，本王陵店，洪武十三年徙置。南有梁山濼，即故大野澤下流。東北有會通河，又有沙灣，弘治前黃河經此，後堙。西南有梁山集巡檢司。

以上引《紀要》說「今州境積水諸湖，即其餘流」而論，可知在顧祖禹看來，上引文中東平州所領五縣（汶上、東阿、平陰、陽谷、壽張）及州治須城（今東平）境內「積水湖，一名安山湖」，汶上縣「蜀山湖」「南旺湖」、壽張「南有梁山濼」等古遺水泊，其實都屬古「梁山濼」遺存，而所涉及境內河流也都屬於梁山泊水系，均顧祖禹所謂梁山泊之「餘流」。

綜合以上三點可以知道，在顧祖禹看來，一方面是清初東平州所領五縣中，壽張縣當時有名爲「梁山濼」的水域「在梁山南」，另一方面其他四縣境內「積水諸湖」皆古「梁山濼」之「餘流」。這也就是說，《紀要》有關梁山濼「今州境積水諸湖，即其餘流」之說，不僅表明了顧氏認可清初梁山泊尚有遺存，而且可以據此對照地志，確認哪些「湖」爲梁山泊之「餘流」！

顧氏身後至今又三百餘年，雖陵谷變遷，但考諸實際，今山東梁山所謂

「馬營濕地」、東平古「安山湖」（今東平湖前身），汶上縣「蜀山湖」「南旺湖」等顧氏所謂「梁山濼」之諸「餘流」俱在。那麼實事求是，「梁山泊」當然還可以是今「環梁山」周邊古遺湖泊及其水系的總稱。

作為我國歷史上沿用千餘年的區域地理傳統，「梁山濼」即「梁山泊」與「梁山」山水一體，相得益彰，既是一個屢經變遷的巨大的水系，又是自古兵家相爭的要地，特別是古典文學名著《水滸傳》賴以產生的地方，積澱或說負載了極為豐富的古代自然與人文的內涵，從而這一名稱既能夠在古代文獻中誕生以來就是重要的存在，又在今天的現實中仍有被應用的理由與價值，理應得到一定的認可與提倡。

因此，本人在 2010 年 10 月 18 日梁山召開的「天下水滸論壇」上曾經建議梁山縣把他們所稱的「馬營濕地」命名為「梁山泊遺存」，得到與會專家與當地領導的支持，會議為此增加了「梁山泊遺存命名儀式」，到會來自全國的百餘專家學者還為此簽名。

我之所以提出「梁山泊遺存」，而不主張稱「梁山泊遺址」的理由，是「梁山泊」以「梁山」為標誌，本是水域，而非古建築之類的遺留。梁山的「馬營濕地」當古代「八百里梁山泊」之中心地區，既屬古遺水系，今人為之命名，當然就應視以為古梁山泊之遺存水域。稱之為「遺址」的話，則名實不符。即使勉強可以流行，那麼梁山方圓八百里中低田窪地，豈非都是梁山泊「遺址」了，那對於強調其為一古水域之遺的特質，還有什麼意義？

「環梁山」周邊古遺湖泊及其水系總稱「梁山泊」（即「梁山泊遺存」），在今地名應用中有例可循。如新疆羅布泊自上世紀 60 年代以來，2 萬平方公里的湖區滴水無存，湖底結成堅實的鹽殼，被人們稱為「死亡之海」，但由於其極大的自然與人文歷史價值，建國後通行中國地圖冊上仍標其遺址名為「羅布泊」，更組織專家於 2007 年 12 月繪製出羅布泊地區地形圖，續後的開發利用是可以想見的。以此例論，「梁山泊遺存」同樣具有高度的自然與人文歷史價值，而且比較前者至今還多有「餘流」，當然更可以在現實生活和通行中國地圖中存其名號。為此，本人提出以下看法：

一、應當重視古「梁山泊」的歷史，仿「羅布泊」之例，對其在人文地理上最有價值時段宋代之「八百里梁山泊」區域予以標識；

二、應當明確當今古「梁山泊」並沒有完全消失的事實，承認明末清初古東平州境內即今山東東平、梁山、鄆城、汶上、陽谷等縣內古遺「積水諸湖」與河流等為「梁山泊遺存」；

三、組織專家對「梁山泊遺存」進行自然與人文地理的勘察和標識；

四、開展「梁山泊」歷史地理研究，以爲歷史與文學研究以及當今魯、冀、豫、皖之間黃淮河流域水利建設提供可能的參考。

本人認爲，提出「梁山泊遺存」的意義約有以下幾點：

一、有利「梁山泊」歷史的揭蔽與深入探討。「梁山泊」因整體久已不存而造成的人們對其認知上的逐漸「失憶」，其所對應現實區域乃至國內外對這一區域的關注，也幾乎不再有「梁山泊」視角的考量，從而歷史上「梁山泊」所形成的文化久被遮蔽。「梁山泊遺存」的提出有利於揭蔽「梁山泊」的歷史與文化，促進這一區域的文化開發建設。

二、有利黃淮海地域歷史文化研究的拓展。歷史上「梁山泊」實爲以魯西爲中心關係冀、魯、豫、皖、蘇數省的水域，在諸如戰爭、水利、漕運、交通等政治、經濟和社會文化等多方面都發生過許多大事，予中國歷史有深刻影響。「梁山泊遺存」的提出，將進一步吸引人們對這一地域歷史文化的關注，同時與運河文化山東段的研究有交叉，也是後者一個有益的參照。

三、有利山東「水滸文化圈」的整合與開發。「梁山泊遺存」所涉古東平州梁山、汶上、東平、鄆城、陽谷等縣，在魯西地域相接，水滸文化實爲一體，不可分割，但由於行政上分屬濟寧、泰安、菏澤、聊城四市，無法形成水滸文化統一的領導，彼此不易協調，甚至發生鄰縣間爲爭「水滸」資源而對簿公堂的憾事，嚴重影響了這一地域的旅遊文化開發。「梁山泊遺存」的提出將有利於在觀念與文化上打破行政區劃的隔閡，促進有關地區的平等交流與合作；

四、有利「中原經濟區」的實際形成與科學發展。雖然今山東省梁山縣沒有被劃入「中原經濟區」，但宋代「八百里」梁山泊的大部分地域都在最近新劃定的「中原經濟區」內。「梁山泊遺存」的提出，可有利於加快現實中這一區域在經濟上對「中原經濟區」的認同與歸屬，促進「中原經濟區」結構的整合，以利建設與發展。

總之，「梁山泊遺存」不是無端之想，虛妄之思，無益之說，而是一個有歷史根據、學術價值和現實功用的重要課題，需要有關學者的共同關注與探討，有關黨政領導的重視與支持。相信只要上下一致認識到位，「梁山泊遺存」該做和能做事情，都會逐漸被提出來並做快做好。

（原載《菏澤學院學報》2013 年第 3 期）